JN177660

集英社オレンジ文庫

時をかける眼鏡

兄弟と運命の杯

椹野道流

本書は書き下ろしです。

Contents

Characters

西條《さいじょう》遊馬《あすま》

現代からこの世界に呼び寄せられた医学生。
母がマーキス島出身、父は日本人。

クリストファー・フォークナー

ロデリックの補佐官で、
鷹匠も務めている。

ロデリック

マーキス王国の皇太子として育つ。
父王の死により、国王になったばかり。

フランシス

ロデリックとは母が違う、第二王子。
現在は宰相として兄を補佐する。

ヴィクトリア

フランシスと同母の第三王子だが、姫として育ち、
ポートギース国の王・ジョアンの元に嫁ぐ。

ジョアン

ポートギース国の王。

キャスリーン

ジョアンの娘。

イラスト／南野ましろ

時をかける眼鏡

兄弟と運命の杯

Toki wo kakeru Megane

一章　懐かしい気持ち

顔が冷たくない。

それが、目覚めた瞬間、西條《さいじょう》 遊馬《あすま》が驚いたことだった。

（ああ……そうか、僕はもう、暖かい場所にいるんだ）

心地よく温かなベッドの中で、遊馬は両手両足を伸ばして、うーんと伸びをした。

その拍子に指先が触れたのは、同じゴツゴツした感触ではあるが、岩肌ではなく、大きさも形もやや不揃《ふぞろ》いな手焼きの煉瓦《れんが》を漆喰《しっくい》で固めて作った壁だ。

（そうだ。マーキスに帰ってきたんだ、僕たち）

首を巡らせれば、そこは懐かしい「我が家」こと、マーキス城の敷地内にある鷹匠《たかじょう》小屋の、「自分の部屋」だ。

（何だか、変なの。帰ってきたとか、懐かしいとか、我が家とか、自分の部屋とか。ここ

はそもそも、僕のいるべき世界じゃないのに。僕が思ってるよりずっと、僕はこのマーキスに愛着があるんだなあ）

自分の心境を半ば面白く、半ば不思議に思いつつ、遊馬はむっくりと身を起こし、枕元の小さなテーブルの上に置いてあった大事な眼鏡《めがね》をかけた。

室内が、より鮮明に見えてくる。

見えるといっても、小さな部屋にあるのは、毛布や衣服を入れておく木製の大きなボックスと、色々な道具を置ける簡素な棚《たな》、それに洗面道具と、丸い小さなテーブルくらいのものだ。

天井に走る黒々とした梁《はり》からは、黄色い小花がたくさんついた草の束が、カラカラに乾いた状態で吊されている。クリストファー曰《いわ》く、防虫効果があるらしい。ほんのり、漢方薬っぽい匂《にお》いがする。

室内はまだ薄暗いものの、小さな四角い窓からは、朝の光がうっすらと差し込んでいる。鷹匠の弟子《でし》としては、それは朝寝坊のサインだ。

しばし耳を澄ませてみたが、コトリとも物音はしない。師匠《ししょう》のクリストファー・フォークナーは、既に鷹匠としての仕事を始めているに違いない。

「ヤバい、行かなきゃ」

起き抜けのセンチメンタルな気分は吹っ飛び、遊馬はベッドを降りて慌ただしく身支度《みじたく》を始めた。

元の世界にいれば、こういうとき、Tシャツを頭から被《かぶ》り、ジャージの上下でも身につければ、三分とかからずに着替えが完了するはずだ。だが、この世界ではそうはいかない。

何しろ、元の世界で遊馬が生まれたときから慣れ親しんでいた「ゴム」も「よく伸び縮みする布地」も、スニーカーも、ここには存在しないのだ。

しかも、クリストファーも遊馬も、マーキス王家から直々に職務を賜《たまわ》っているという立場なので、それなりにきちんとした服装をすることが求められる。

ズボッとしたワンピースタイプの寝間着《ねまき》を脱ぎ捨て、麻の肌着を身につけたら、その上からシャツやタイツやズボン、それにチュニックを着るのだが、一枚着込むごとに要所要所に紐《ひも》を通して結ばねばならず、それが実に面倒臭《めんどうくさ》い。仕上げにブーツを履《は》くときも、長い紐をぐるぐる足首に巻き付けて結ぶことが必要になる。

慌てれば慌てるほど指が縺《もつ》れて上手《うま》くいかなくなるので、「慌てず急ぐ」という難しい行動が肝要《かんよう》となる。

以前、「こんなに着替えが面倒だと、緊急事態が発生したとき、咄嗟《とっさ》に服を着て逃げるのが難しいですね」と遊馬がなにげなく言ったとき、遊馬の上司であり、保護者であり、鷹匠の師匠でもあるクリストファーが大真面目《おおまじめ》な顔で「そうだ。だから間男《まおとこ》は、下の紐だけ緩《ゆる》めてことに及ぶ。亭主が急に帰ってきても、すぐ逃げ出せるようにな」と返してきたのを思い出し、せっせとシャツの穴に紐を通しながら、遊馬はクスッと笑った。

六日前、クリストファーと遊馬は、山間《やまあい》の小国、ポートギースを去った。

マーキス王国の第二王位継承者にして「姫王子」だったヴィクトリアの輿入《こしい》れに随行《ずいこう》した二人は、当初は「色々落ちつくまでしばらく」滞在する予定だった。

ところが、なにひとつ落ち着かないどころか、次から次へと厄介《やっかい》な問題や困難な課題が持ち上がったため、彼らは結局、秋・冬・春と、三つの季節をかの地で過ごすことになったのである。

国王のジョアンや、彼のひとり娘で次期国王となる予定のキャスリーン王女とはすっかり親しくなったし、家臣や民の中にも、笑って挨拶《あいさつ》ができる間柄の人たちが増えた。

厳しい時期を共に耐え忍び、乗り越え、喜怒哀楽のすべての感情を分かち合ったことで、遠いマーキスからやってきた三人の「よそ者」は、ポートギースで知らぬ者はないというくらいの人気者になっていた。

それだけに、未だに貧しくはあるものの、明るい未来をそう遠くないところに感じられるようになり、皆の笑顔が増えたポートギースを去るのは、遊馬にとっては、正直、後ろ髪を引かれる思いだった。

そうはいっても、荷馬車と貨物船を乗り継ぐそこそこの鈍足《どんそく》ルートでも、一週間かからず行き来できる程度の距離だ。

普通なら、キャスリーン王女が別れ際に言っていたように、「これが一生の別れではない」と強がり半分としても笑い飛ばせるところなのだろうが、遊馬は、「そうですね」と上手に笑い返すことができなかった。キャスリーンの隣に立つヴィクトリアもまた、実に複雑な表情で口を噤《つぐ》んでいた。

キャスリーンには知る由《よし》もないことだが、遊馬は本来、ポートギースどころか、この世界そのものに存在すべき人間ではない。

日本の医学生だった彼は、ここマーキス王国に起こった深刻な問題を解決するべく、ヴィクトリアの依頼を受けた自称大魔術師のジャヴィードの手により、それぞれの世界を隔《へだ》てる壁を越えて（遊馬にはよくわからないが、ジャヴィードはそんな風に言っていた）、無理矢理召喚されてしまったのだ。

一度は元の世界への帰還を果たしたものの、どうしてもこちらの世界の仲間たちが気になって我慢できなかった遊馬は、みすみす戻ってきてしまった。

以来、次の帰還のチャンスを待ちながら、マーキス王に仕える家臣のひとりとして、この世界で生活を続けている。

昨夜、マーキス王国に戻り、ここでの住まいであるクリストファーの鷹匠小屋に落ちついたことを、「帰ってきた」と認識してしまう自分の心を持て余しつつも、遊馬はようやく衣服を身につけ終わった。

部屋の片隅にある洗面器に水差しから水を注いでバシャバシャと顔を洗い、濡れた手で寝癖《ねぐせ》のついた髪を撫《な》でつけながら、急ぎ足で家の外に出る。

(天気、イマイチだな)

小さな島国のマーキスは、ポートギースよりずっと南方にあるので、気候は温暖で、気持ちよく晴れた日が多い。

だが今朝は、いつになく空がドンヨリしている。

「雨が降るのかな。草花には、恵みの雨になるんだろうけど」

呟《つぶや》きながら、遊馬は鷹匠小屋のすぐ裏手にある丸太造りの鳥小屋へ向かった。

開け放たれた木製の扉から中を覗《のぞ》くと、果たしてそこには五羽の鷹たちの世話をするクリストファー・フォークナーの大きな背中がある。

「クリスさん、おはようございます。ごめんなさい、寝過ごしました」

振り返ったクリストファーは、頭を下げて詫《わ》びる遊馬に、無骨に笑いかけた。

「構わんさ。旅の疲れが出ているんだろう。鷹の世話は俺ひとりでできる。お前が来るまでは、ずっとそうしてきたんだからな」

「疲れが出てるのは、クリスさんも同じでしょう。師匠ひとりを働かせるわけにはいきませんよ」

遊馬はそう言って小屋に入ったが、クリストファーは広い肩をそびやかして言った。

「もう、あらかた終わったぞ」

「あああ……すみません。旅の疲れといえば、ヒューゴは大丈夫ですか？」

遊馬は申し訳なさそうに、幅の狭い肩をいっそう小さくしながら問いかけた。

この小屋で飼育されているのは先代国王の遺愛《いあい》の鷹たちだが、一羽だけ、クリストファーが個人的に所有する鷹がいる。ヒューゴと名付けられたノスリがそうだ。

ヒューゴは、クリストファーと遊馬がポートギースへ旅立つとき、当初はマーキスで留守番をするはずだったのだが、主人の不在をあまりにも悲しみ、衰弱してしまったので、結局、ポートギースに送られてきた。

あまりにも環境が急激に変化したので、クリストファーはヒューゴの健康を案じていたが、そんなことより、再び主人の傍にいられる喜びが勝ったのだろう。結局、ヒューゴはポートギースで一度も体調を崩すことがなかった。

今回は、二人と共に旅をしてマーキスまで戻ってきたので、遊馬は密かに、ヒューゴの体調を気に掛けていた。何しろ、交通機関を乗り継ぐ長旅は、人間にもなかなかに厳しいものだ。大型の鳥とはいえ、人間に比べればずっと身体《からだ》の小さなヒューゴには、もっとこたえたに違いない。

だが、クリストファーは、誇らしげに胸を張り、遊馬の懸念《けねん》を打ち消した。

「こいつもさすがに多少はくたびれたようだが、大事ない。飯もしっかり食った。今日は訓練を休ませるが、明日からは元気に空を飛べるだろう」

見れば、いちばん奥の区切りの中で、ヒューゴはご機嫌な顔で羽繕《はづくろ》いをしている。

（ああ、ほんとだ、元気そう）

遊馬は、胸を撫で下ろした。

鷹の表情でだいたいの機嫌や体調がわかるようになったのも、このマーキスに来てからだ。現代日本の便利極まりない快適な生活を失った代わりに、遊馬はここで、元の世界では絶対にできなかったであろう素朴《そぼく》な暮らしを知った。

そして、この後の人生に役立つか否《いな》かは別にして、驚くほどたくさんのことを学び、技と知識を身につけることができた。

それ自体はとても嬉しいことだと、遊馬は素直に感じている。

「よかった。ヒューゴは、クリスさんと一緒にさえいられれば、どこまでもタフになれるんですね。僕たちが船酔いでバテバテのときも、ヒューゴは平気そうでしたもん」

「確かにな。……あの時化《しけ》のときは、死ぬかと思った」

「ホントに。船乗りさんたちは『こんなもんは嵐のうちに入らんよ』って笑ってたけど、十分嵐過ぎるほどでしたよね」

「まったくだ」

「実は今朝もまだ、ベッドを降りるとき、足元がふわふわしました。船に乗っているときみたいに」

そんなことを言いながら、遊馬は慣れた様子で鷹たちの世話に使われた道具を片付け始めた。せめてもの手伝いのつもりである。

クリストファーも、後片付けを遊馬に任せ、水桶《みずおけ》で汚れた手を洗いながら言った。

「さて、鷹たちの飯は、昨日までこいつらの面倒をみていた親父《おやじ》が用意しておいてくれたが、問題は、俺たちの朝飯だな。小屋の中には、見事に空《から》の酒瓶《さかびん》しかなかった。親父の奴、ここならお袋に咎《とが》められずに好きなだけ飲めるって寸法だったようだ」

「あはは、どこの世界のお父さんも同じですね。じゃあ今朝は、お城の食堂で朝ごはんにします？　貰《もら》ってくるにしても、パンだけじゃどうにも……」

「そうだな。さっさと食って、登城せねばならん。陛下と宰相《さいしょう》殿下より、帰国の報告をせよとのご命令だ」

そう言って布切れで手を拭《ぬぐ》うクリストファーの精悍《せいかん》な横顔が、今朝は少し緩んでいる。

ポートギースを離れるときはどうにも寂しそうにしていた彼だが、生まれ故郷であるマーキスに戻り、しかも幼なじみであり主君でもある国王ロデリックに再び側近く仕えることができるのは、嬉しいに違いない。

珍しいウキウキ顔だと師匠をからかうことはせず、遊馬は「マーキスのごはんを食べるのは久しぶりだから、楽しみです」とだけ言って、クリストファーが使っていた道具を、すべて棚《たな》に片付けた。

「行くか」

「はいっ」

二人は鷹たちのケージと入り口扉の施錠《せじょう》を共に確認すると、その足で城の食堂へと向かった。


マーキス城で働く人々のために設けられた食堂は、相変わらずごった返していた。

広い厨房《ちゅうぼう》では、たくさんの料理人たちが忙しく立ち働いている。その中で、銅鑼声《どらごえ》を張り上げてあちこちに指示を飛ばしている、小柄だが恐ろしく目立つ女性が、料理長のマーゴである。

生成《きな》りのエプロンを身につけ、白髪交じりの髪を後ろでひっつめてお団子にした彼女は、食堂のすべての作業を監督し、自分もまた大きな鍋《なべ》の前に陣取って、長い木製の匙《さじ》で中味をぐるぐると掻《か》き回していた。

「マーゴさん！　おはようございます。お久しぶりです」

遊馬が大きく手を振ると、マーゴは一瞬、キョトンとした様子だったが、すぐに二人のことを思い出したらしく、はちきれんばかりの笑顔で厨房から出てきた。手には、匙を持ったままだ。

「あっ、鷹匠の若旦那《わかだんな》と弟子《でし》じゃないか！　ええと名前は……ア……」

「遊馬です」

「そうそう、アスマ！　あんた、ヴィクトリア様のお輿入《こしい》れ先に、師匠と一緒についていったんじゃなかったのかい？　まさか、ヴィクトリア様が出戻られたんじゃないだろうね？」

「まさか、そんな！」

「よかった。違うのかい。姫様は、ちゃんとあっちのお国にお馴染《なじ》みになったんだね？」

訝《いぶか》しげに問われ、遊馬は手短に説明した。

「はい、勿論《もちろん》です。奥方様があちらですっかり落ちつかれたので、僕たちはおいとまをいただいて、昨日の夜、戻ってきたんです。今朝は鷹匠小屋に何もないので、こちらで朝ごはんをいただこうと思って」

マーゴは安心した様子で、笑みを深くした。厨房にいるときは実に厳《いか》めしい、迫力満点の顔つきをしているが、笑うと途端に愛嬌《あいきょう》が生まれる。

「ああ、なるほどねえ。そりゃご苦労さん。鷹匠の若旦那は、ちょいと老けたかい？　あっちで苦労したと見えるね」

「まさか。まだヒゲを剃《そ》っていないからじゃないか？」

　クリストファーは顰《しか》めっ面《つら》で頰《ほお》を擦る。「冗談だよ、相変わらず、水は滴《したた》らないがいい男だ」と言って豪快に笑い、マーゴは厨房を振り返った。

「今朝は、焼きたてのパンにドリッピング、それから葱《ねぎ》と豆と間引いた蕪《かぶ》のポタージュだよ。それでいいかい？」

　それを聞いて、クリストファーは精悍な頰をほころばせた。

「旨《うま》そうだ。やはり郷里の飯は、ありがたいな。是非《ぜひ》、いただこう」

「あいよ。そのへん、空いたとこに座って待ってな。今日は特別に、運んでやるよ」

　そう言うと、マーゴは二人を近くのテーブルに座らせ、みずから二つの木製のボウルに、縁が見えないほどたっぷりポタージュを注いで持ってきてくれた。

　すぐに他の料理人がやってきて、大きなバスケットから、分厚く切り分けたパンを二切れずつ、二人の前に置いていく。

「なあ、アスマ。また厨房に寄って、新しい料理を一緒に考えておくれよ。ポートギース料理って奴も知りたいしさ。手が空いたときでいいから」

そんな言葉を残してマーゴが厨房に戻ると、クリストファーと遊馬は、さっそく木製のスプーンを取り上げた。

「いただきます！　ああ、いい匂《にお》い」

盛大に湯気を立てるポタージュに顔を近づけ、遊馬はうっとりした声で言った。

ポートギースの料理も慣れれば素朴《そぼく》で悪くはないが、特に冬のあいだは、チーズと塩漬けや燻製《くんせい》にした肉ばかりを延々と食べ続けることになる。

クリストファーも遊馬も新鮮な野菜に飢えていたので、ふんだんに野菜を使った濃いポタージュは、どんなご馳走《ちそう》よりも旨く感じられた。

「ヴィクトリアさんも食べたいだろうなあ、野菜のポタージュ」

「これからは、ポートギースも野菜が採れる季節になる。奥方様も、召し上がっていることだろうさ。ほら、城の裏庭に、ジョアン陛下が手ずから土を耕《たがや》されたという小さな菜園まであったじゃないか。陛下がお育てになった野菜を、この夏はご一家でお楽しみになるのだろうよ」

「そういや、そうでした。ああ、うっかり思い出したら、会いたくなっちゃいました。元気かな、みんな。特にキャスリーン姫」

遊馬の言葉に、クリストファーはパンをちぎってポタージュに浸しながら苦笑いする。

「あのお転婆《てんば》娘が、元気でなくなるわけがなかろう。相変わらず、やりたい放題の言いたい放題に相違あるまい」

「あはは、そうですよね。……僕がこの世界にいるあいだに、もう一度くらいは会えるといいんですけど」

どこかしんみりした口調でそう言った遊馬に、咄嗟《とっさ》に返す言葉を思いつけなかったのか、クリストファーはパンを口いっぱいに頬張り、何とも言えない表情で咀嚼《そしゃく》した。

遊馬をこの世界に呼び寄せたのは魔術師ジャヴィードであるし、その命《めい》を下したのはヴィクトリアである。

しかし、クリストファーも、無実の罪で死刑にされようとしているロデリックを助けたい一心で、そんなヴィクトリアの企《くわだ》てに全面的に協力してしまった。そのせいで、彼は遊馬に対して未だに大いに責任を感じているらしい。

遊馬はちょっと困った顔で、「別に、責めてるわけじゃないですよ？」と念を押した。

「……わかっている」

口の中のものを飲み下し、クリストファーも微妙な面持《おもも》ちのままで、ボソリと応じる。

「わかってるなら、そんな顔をしないでくださいって。勿論、いつかは元の世界に帰ろうと思ってはいますけど、今すぐ帰りたいわけじゃないですから。僕、こっちの世界の暮らしを楽しんでますよ？」

「そう言われると、余計にどうすればいいのかわからん。出会ったばかりの頃なら、この世界に愛着など持つなと言ったかもしれんが、今は……」

パンを手の中でいじくり回しながら、クリストファーは決まり悪そうに遊馬を見た。

「そう言うべき俺のほうが、お前に愛着を持ちすぎた」

「クリスさん……」

今度は遊馬が言葉に詰まる番である。彼は師匠《ししょう》に倣《なら》ってパンをちぎってポタージュに浸し、それを頬張って、二十回ほどもゆっくり嚙《か》んで飲み下してから、ようやくこう言った。

「あの……嬉しいって言ったら、さらにクリスさんを困らせちゃうのかなって思いましたけど、やっぱり、自分の気持ちに嘘はつけないですね。そう言ってもらえると、僕、凄《すご》く嬉しいです」

「むむ」

クリストファーは、テーブルの上に置いてあるドリッピングを入れた小さな壺《つぼ》の蓋《ふた》を開けたり閉めたりしていたが、やがてその手で、遊馬の肩をポンと叩いた。

「まあ、ことの善悪は別にして、互いに出会えてよかったと思えたなら、それは悪いことではないな」

「はい、全然悪くないです」

「なら、いい」

後悔《こうかい》と迷いを振り払うようにクリストファーはそう言うと、再び匙《さじ》を取り上げた。そして、「早く食ってしまえ」と遊馬を急《せ》かし、自分も丸ごと入っていた小さな蕪を、二ついっぺんに掬《すく》って大口で頬張った……。


二人が登城用の一張羅《いっちょうら》に着替え、マーキス城に向かったのは、それから小一時間後のことだった。

新緑の季節で、城へ続く小径《こみち》は木々の若葉に彩《いろど》られ、実に美しい。

これが晴れた日なら、さぞ気持ちよくピクニック気分で歩けることだろうが、今朝は灰色の分厚い雲が太陽を覆《おお》い、妙に生温かい風も吹いているので、お世辞《せじ》にも心地よいとは言えない状態だ。

「どうにも嫌な感じの湿った風だな」

足早に歩きながら、クリストファーは呟《つぶや》いた。遊馬は、師匠に遅れないよう小走りでついていきながら、空を仰《あお》いだ。

「雲の流れも早いですね。雨が降るのかな」

「降ることは確実だろうな……。急ぐぞ。うっかり濡れてしまったら、そのままでは陛下の御前には出られなくなる」

「そりゃ大変だ。この世界、まだ雨傘はないんですもんね」

「アマガサ？　何だ、それは」

クリストファーは、歩みを遅くすることはなく、チラと遊馬を振り返って訊ねてくる。

遊馬は、軽く息を弾ませながら説明を試みた。

「ほら、陽射しが強いとき、マージョリーがヴィクトリアさんに差し掛けてあげてた、でっかい日傘があったでしょ？」

「うむ」

「あれを、僕らの世界では、雨の日に差すんです」

「……いくら違う世界でも、雨の日に日は照らんだろうに」

いかにも訝《いぶか》しそうなクリストファーの口ぶりに、遊馬は思わず噴き出した。

「そりゃそうですよ。僕らが雨の日に差す傘は、雨に濡れないようにするためのものです」

「む……？」

「水を通さない布地を使って、傘を作るんです。それを片手で差して使うんですよ。こんな風に」

その光景を想像していたのか、しばらく沈黙していたクリストファーは、「なるほど！」と、やや大きな声を上げた。

「言われてみれば、そういう目的でも使えるな。油を塗り込んだ布を張れば、雨をある程度は弾くだろう」

「そうそう、そういうことです。なんでここの人たちは、雨の日に傘を使わないんでしょう」

「言われてみれば、不思議なくらいだな。そんな目的で傘を使うことなど、思いつきもしなかった」

「ええー？」

「だが、そんなものを使うと、片手が常に塞《ふさ》がってしまうだろう。何をするにも、やはり両手が自由であるほうがいい。特に、お守りすべきする方がおわすときは、傘など差してはおれん」

「それもそっか。やっぱり、服のフードが大活躍ですね」

「ああ。ただお前は雨だと、その眼鏡《めがね》が濡れていつも大変そうだな」

「そうなんですよねー。眼鏡にワイパーをつけたいくらい」

「……わいぱー？」

「いえ、何でもないです。小屋に帰るまで、降り出さないといいですね」

「どうだろうな」

それきり口を噤《つぐ》み、クリストファーは先を急ぐ。

すっかりポートギースの冷涼な気候に慣れてしまった身体《からだ》には、マーキスの今日の蒸し暑さはいささかこたえる。

額にうっすら滲《にじ》んだ汗をシャツの袖《そで》でぐいと拭《ぬぐ》い、遊馬は目の前にそびえ立つ石造りの堂々たる城に向かって、ひたすら歩き続けた。

ポートギースに行っている間にも一時帰国したことがあったので、国王の執務室でロデリック国王と、宰相《さいしょう》にして王弟であるフランシスに再会したとき、遊馬の中に「久しぶり」という感覚はあまりなかった。

それでも、「面《おもて》を上げよ」とフランシスに言われ、部屋に入ってすぐ跪《ひざまず》いて最敬礼していた顔を上げたとき、遊馬はマーキス王国に帰ってきたのだと実感することができた。

広い部屋の奥、ごく小さな火が燃える暖炉《だんろ》を背にして、鮮やかなブルーの長衣をまとい、輝くような金髪を後ろで緩《ゆる》く一つに結んだフランシスが立っていた。

一方のロデリックは、執務机に向かっている。左手で軽く頬杖《ほおづえ》をつき、遊馬とクリストファーを見ている暗青色の瞳には、相変わらず、陰鬱《いんうつ》と皮肉とユーモアが仲良く同居している。

二人をここに案内してきた近衛兵《このえへい》たちを軽く手を振って退去させると、フランシスはそこでようやく、二言目を口にした。

「近《ちこ》う寄るがよい」

「……は」

クリストファーは立ち上がり、フランシスのほうへ歩み寄る。遊馬も、師匠の後ろからついていった。

再び跪こうとする二人をやはり片手の僅《わず》かな動きで制し、フランシスはヴィクトリアによく似た美しい顔に、優美な微笑を浮かべてみせた。

「二人とも、よう戻った。そなたらが持ち帰ったジョアン王とヴィクトリアよりの書簡、先刻、陛下がご覧になったばかりだ。ヴィクトリアは、息災《そくさい》のようだな」

クリストファーは、直立不動で恭《うやうや》しく答える。

「は。奥方様におかれましては、ジョアン陛下とたいへん仲睦《なかむつ》まじく、ポートギースの民にも、たいそう人気がおありです」

「ジョアンどのよりの文にも書かれておった。ヴィクトリアは男の身でありながら、もはや民たちに母のように慕《した》われておると」

「まことに」

クリストファーは、簡潔にジョアン王の言葉を支持する。遊馬も、ニコニコして頷《うなず》いた。

そこでフランシスは、ようやく身内だけに見せるざっくばらんな物言いをした。

「ロデリック兄上が、ヴィクトリアの婚礼に参列すると強硬に仰《おお》せにならなんだら、わたしが彼《か》の地へ赴《おもむ》き、弟の晴れ姿を目の当《ま》たりにすることができたはずであったのに。ポートギースにおけるヴィクトリアの振る舞いを、兄として厳しく見定めたいと思うておったが、かなわず口惜《くちお》しいことだ」

それを聞いて、クリストファーと遊馬は思わず顔を見合わせた。

堅苦しい行儀《ぎょうぎ》作法《さほう》にこだわらず、万事ざっくばらんで、国民との距離も驚くほど近い。そんなポートギース王家に嫁《とつ》いで以来、ヴィクトリアはマーキスにいた頃より質素な装《よそお》いをするようになり、高貴でありながら、自然に伸びやかに振る舞えるようになったと、遊馬はずっと感じていた。

遊馬はそれをとても好もしい変化だと考えていたが、もしかすると、今のヴィクトリアの姿を見たら、フランシスは眉《まゆ》をひそめるどころか、怒り出すかもしれない。

彼には、あまり彼の地でのヴィクトリアの様子を、詳細に語らないほうがよさそうだ。

クリストファーも同じ印象を持ったらしく、大きな口を引き結び、じっと黙りこくっている。

そんな二人の警戒ぶりが滑稽《こっけい》だったのか、ロデリックは頬杖から顔を上げ、ふっと笑った。

「あれはもう、ジョアンどのの妻、ポートギース王家の一員となったのだ。そなたが姑《しゅうとめ》のようにガミガミ言う筋合いでは、もはやなかろうよ」

「それはそうでございますが、たとえ他国に嫁ごうとも、肉親の縁は切れぬもの。ああいや、さような戯言《ざれごと》を言うておる場合ではありませなんだ」

フランシスは、我に返って咳払《せきばら》いをした。

「フォークナー、アスマ。実は……」

「ただの一晩では長旅の疲れは到底癒《い》えまいが、それを承知の上でそなたらを早々に呼びつけたのには、確たる理由があるのだ。どうも、なかなかに難儀《なんぎ》な仕儀になりそうでな」

フランシスが話題を変えようとしたのを見事に遮《さえぎ》り、ロデリックは感情のこもらない平板な調子でそう言った。「なかなかに難儀」という言葉にまったく実感がこもっていないが、それがロデリック特有の話し方なのである。

むしろ、冷静沈着で物事に動じない性格のロデリックが「難儀」という言葉を使ったこと自体が、これから話そうとしていることの深刻さを物語っている。

幼なじみでそのことを誰よりも知っているクリストファーは、精悍《せいかん》な顔をなお引き締めた。

「難儀なこととは、陛下？」

「………………」

ロデリックは、不満げな流し目をクリストファーに向ける。クリストファーは、閉口した様子で、しかしどこか嬉しそうに言い直した。

「ロデリック様」

国王に即位してからも、こうして「身内」しかいない場所では、ロデリックは名前で呼ばれることを好む。それは即位の際、国王として、国のため、民のために身を捧げる覚悟を女神の前で誓った身ではあるが、やはり個人としての自分のありかたも同時にきちんと保ちたいという、ロデリックの欲張りな想いの表れなのである。

行儀作法には極めてうるさいフランシスも、そういう兄の気持ちを汲《く》み、「陛下」と「兄上」という、いささか厄介《やっかい》な呼び分けをしぶしぶ受け入れている。

ロデリックは、机の上に広げてあった地図を、クリストファーと遊馬に示した。

「そなたら、命拾いをしたな。あと一日、あるいは二日、帰国が遅れれば、生きてこの城には戻れなんだやもしれぬぞ」

クリストファーは、マーキスを中心にして描かれた詳細な地図を眺め、それから主君の陰鬱な顔を見た。

「と、仰せになられますと？」

ロデリックは、頬にかかった長い黒髪を煩《わずら》わしそうに後ろへ撫《な》でつけると、簡潔に答えた。

「時期はずれの嵐が来る。しかも、かなり大きいようだ」

そして机上《きじょう》のペンを取ると、先端をインク壺《つぼ》に浸し、それから地図の上に青黒いインクで小さな丸を書き込んだ。場所は、マーキス島の南方、何もない海のただ中である。

その丸から始まり、緩いカーブを描いてマーキス島へ続く線を、迷いなくシュッと引く。

「嵐？　去年の夏に、一度あった奴ですか？　その……僕のいた世界というか、僕が住んでいた日本では、台風って呼ばれてる嵐と同じ感じの」

遊馬の問いかけに答えたのは、遅れて机に歩み寄ったフランシスだった。

「さよう。嵐自体は、けして珍しいものではないのだ。常に、遥《はる》か南の海で嵐は生まれ、北上しつつ、何を食しておるのかはわからぬが大きく太り、激しく渦《うず》を巻き、やがてみずから崩れて消えてゆく。北上する道筋は季節により様々だが、毎年、二つや三つの嵐が、夏から秋にかけ、このマーキスの上空を通過してゆく。昨年も、夏に一つ、秋の終わりに一つ、嵐が訪れた」

まさに台風そのものの描写をするフランシスに、遊馬は盛んに頷《うなず》く。

「秋の嵐は僕らがポートギースに行ってからのことだったんですね。夏から秋に来るなんて、不思議なところが日本とよく似てるなあ。……それが、今年はこんなに早く？」

ロデリックは渋い顔で頷く。

「あまりに早すぎるのだ。かような時期に嵐がマーキスを襲うのは、記録をあたらせたところ、八十三年ぶりらしい」

「八十三年ぶり!?　滅茶苦茶《めちゃくちゃ》レアですね」

遊馬は驚き、しかしすぐに不思議そうに、難しい顔をしているロデリックとフランシスの顔を見た。

「でも、何ヶ月か早く来るだけですよね？　そんなに問題が？」

「あるのだ」

ロデリックは、机の端に置いてあった、古ぼけた革表紙の本を開いた。そこには、遊馬には到底読めない、達筆過ぎる字体で、何かがびっしりと書き付けられている。

ページの一部を長い指で指し示し、ロデリックは言った。

「これは八十三年前、同じ時期にマーキスを襲った嵐の被害についての記録だ。アスマ、そなたも覚えていようが、昨年の嵐は、おおよそ半日でマーキスを通過したであろう？」

遊馬は頷いた。

「ええ。台風って、たいていそうですよね。夜に暴風雨になって、やったぞ、明日は学校が休みになるってワクワクして寝たら、あっという間に通り過ぎちゃって、朝には嘘みたいに晴れてて、全然休みにならなくてガッカリするやつ……」

過去の記憶を悔《くや》しそうに語る遊馬を、ロデリックは不思議な生き物を見るような顔で凝視する。

「そなたの申すことはさっぱりわからぬが、たいていの嵐はそうなのだ。ゆえに、被害もあまり大きくはならぬ。されど、季節外れの嵐は、生き物の如き表現をするならば、ここに記されておるように『足踏みをする』、あるいは『うずくまる』ともこちらには表現されておるな」

「足踏みに、うずくまる……ってつまり、嵐が動かなくなるってことですか？」

「うむ。それが何故かはわからぬが、あまりにも早く、あるいはあまりにも遅く訪れた嵐には、さような傾向があるようだ。この記録にも、『過去に同様の嵐の口伝《くでん》がある』と、簡潔に書かれている。周期的に、我がマーキスを襲う試練といったところだ」

遊馬はなるほどと頷き、顎《あご》に手を当てて記憶を辿《たど》った。

「僕、あまり気象学には詳しくないんですけど、台風……つまり、嵐がこう、ぐーんと海の上をぐねぐねしながら進んでくるのは、風の向きと気圧の影響が大きいって聞いたことがあります」

遊馬以外の三人は、怪訝《けげん》そうに顔を見合わせる。どうやらこの世界では、まだ気象学はさほど発達していないらしい。遊馬は、詳細な説明を求められる前に、慌てて話を続けた。

「あのっ、つまり、上空で空気がたくさん集まっているところを高気圧、空気が少ないところを低気圧って言うと思うんですけど……」

実に曖昧《あいまい》な遊馬の話しぶりに、クリストファーは、まずいものでも食べさせられたような顔で腕組みをする。

「俺は頭が悪いからよくわからんが、空気は場所によって多かったり少なかったりするものなのか、アスマ?」

フランシスも、優雅に首を捻《ひね》る。

「わたしは愚鈍《ぐどん》ではないと自負しておるが、さような奇態な話を聞いたことがないぞ、アスマ。あるいは博識であられる兄上ならば……」

「いや、わたしも初耳だ。そなたの世界では、空気に濃淡があるのか？」

学者肌のロデリックは、興味津々《しんしん》で身を乗り出してくる。遊馬は、狼狽《うろた》えて両手をアワアワと振った。

「や、あの、ほんとに僕の知識は酷《ひど》いものなので、あんまり突っ込まないでください。言いたかったのは、空気には濃淡があるっていうか、空気は空の高いところで、常に動いてるってことなんです」

ロデリックは、机に頬杖《ほおづえ》をつき、組み合わせた両手の指の上に顎をそっと置いた。思索に耽《ふけ》るとき、彼がいつもするポーズである。

「ふむ。空気が動くというのは、風が吹くことか？」

「それがもっと大規模に起こってるんだと思います。詳しくはわかんないですけど。その空気の大きな流れが季節によってかなり違うので、台風、あ、いや、嵐の進路が、いちいち違ってくるんだって。小学校の担任の先生に、そんな風に習いました」

「わかるような、わからぬような心持ちがするな。推測するに、その空気の大きな流れが、嵐を前に進ませたり、横に逸《そ》れさせたり、あるいは進もうとするのを押しとどめたりする……ということであろうか」

「たぶん……たぶん、そんな感じです」

ロデリックは、ふむ、と小さく頷くと、こう言った。

「それならば、あながちわからぬでもない。船乗りは、海の上に吹く風を読み、舵《かじ》を取る。航路により、吹く風はたいてい決まっており、そなたが先刻言うたように、季節により、風の向きは少しずつ変わるという。同様のことであろうな」

「……と、思います」

「そなた、こと骸《むくろ》のことについてはあれほどに雄弁であるのに、その『きあつ』とやらについては、妙に歯切れが悪いではないか」

「気象学は、まったくの門外漢《もんがいかん》だからですよ！　僕だって、何でも知ってるわけじゃないんですから。……とにかく、今の時期に嵐が来ることは滅多《めった》にないけど、来るときには停滞する可能性が高いってことですね」

ロデリックは面白そうに遊馬を見ていたが、すぐ真顔に戻って、再び前回の嵐の記録に視線を落とした。

「前回……前回といっても八十三年前だが、嵐はマーキス島の上に三日間留まり、木々をなぎ倒し、家を吹き飛ばし、あるいは水浸しにし、空から魚を雨の如くに降り注がせた……と書かれておる」

フランシスは、兄が読み上げる嵐の記録に耳を傾けつつ、憂《うれ》い顔をした。

「魚が空から降るなど、聞いたことがない。されど、その乱れた筆致を見るだに、未だ嵐の記憶が鮮やかなうちに記されたものであろう。書き手の動揺《どうよう》が伝わってくるようではないか。記録によると、百人近い死者が出たようだ。今回も、同様の規模の嵐が来ることを覚悟せねばなるまい」

クリストファーもことの重大性を悟り、厳しい顔つきで唸《うな》った。

「ロデリック様、嵐の到来は……」

ロデリックは、窓の外に目をやり、長く嘆息《たんそく》した。

「嵐については、船乗りの申すことがもっとも正確であろう。港の船乗りたちに話を聞きにゆかせたが、皆、今夜までは必ず……と口を揃《そろ》えておったそうだ」

「ならば、呑気《のんき》にここで喋《しゃべ》っている場合ではありません。すぐに嵐に対する備えを始めなくては！」

焦るクリストファーを、フランシスは冷静に窘《たしな》めた。

「狼狽《うろた》えるな、フォークナー。既に城下に触れを出しておる。港では、小型の船は陸に引き上げ、中型、大型の船は、互いにぶつかって破損せぬよう、可能な限り厳重に繋留《けいりゅう》するようにと」

「しかし、それだけでは足り……」

「城下のみならず、夜明け前、島内全域に早馬を走らせた。小さき島国ゆえ、海から離れることは難しかろうが、極力、海岸からは距離を置くことや、家畜を屋内へ入れること、畑で収穫《しゅうかく》が可能なものは急ぎ収穫すること、家屋の修繕《しゅうぜん》を可能な限り行っておくこと。いずれも例年の嵐のときに伝達することではあるが、さらに徹底させよと命じておる」

クリストファーは、感嘆の眼差《まなざ》しをフランシスに向けた。

「短時間のうちに、そこまでの采配《さいはい》をなされるとは」

フランシスは、面《おも》はゆそうに顔をしかめる。

「その程度のことができぬようでは、宰相《さいしょう》など務まるまい」

「では、俺とアスマは……」

フランシスは、即座にこう言った。

「フォークナー、そなたは城下の生まれだ。民にも顔が広い。兵どもには言えぬことも、そなたには民も訴えやすかろう。城下を回り、助けが必要な者に手を貸してやれ。そのための兵を、必要なだけそなたに預けよう」

「承知仕《つかまつ》りました」

クリストファーは、緊張の面持ちで右手を左胸に当て、軽く頭を下げた。そして、すぐに行動に移ろうとする。それを引き留め、ロデリックは遊馬を見た。

「アスマ、そなたは我等より文明の進んだ世界から来たのであろう？　かようなとき、そなたの世では、いかなる備えをしていたか、聞かせてはくれぬか」

「うーん、そうですね」

遊馬はしばらく考えてから、口を開いた。

「僕、そこまで酷い台風は経験がないので、一般的な災害時の備えってことになりますけど」

「構わぬ」

「じゃあ、まずは水です」

「水？　水は常に井戸から汲《く》めるゆえ、差し障《さわ》りはなかろう」

フランシスはそう言ったが、遊馬はかぶりを振った。

「さっきの記録の『空から魚が降ってくる』ってのは、嵐の風が、海水ごと魚を空に巻き上げたってことでしょう？　だったら、海水も、雨のように降ったわけですよね。それが井戸に入ったら、水がしょっぱくなって飲めなくなる可能性もあります」

「……むむ」

「今のうちに、大きな桶《おけ》に水を汲んで家の中に溜めておけば、嵐が酷いときも、水を汲みに出る必要はありませんし。水の汲み置きは、災害時にはマストです」

マストという言葉の意味はわからずとも、その必要性は理解したのだろう。フランシスは、「心得た。指示を追加するとしよう」と請《う》け合った。

「それから……嵐が酷ければ、住む場所を失う人も出ると思います。そういう人たちや、海岸近くに住んでいて、高波が怖いって人たちが避難できる場所も必要ですよね。ええと、このあたりで、いちばん頑丈な建物は……」

それには、クリストファーが即答する。

「それは無論、マーキス城と、ネイディーンの神殿だろう」

「ネイディーンの神殿は、滅茶苦茶《めちゃくちゃ》海辺でしたよね。むしろ、危ないから神官さんたちには避難してもらったほうがいいと思います。となると、残ったのはお城か。高台だから、確かに二重の意味で避難場所にはいいですね」

「避難場所？　よもやこの城に、民を入れると申すか？」

フランシスの声音《こわね》には、とんでもないという響きがあったが、遊馬は彼にしては最大限に強い口調で主張した。

「お城のセキュリティの心配より、今は国民の安全確保が大事でしょう？　こういうときこそ、政府の……じゃなかった、王家の信頼を高めるチャンスですよ！　ここはひとつ、お城の一部を城下の皆さんに開放しましょう。お城の中に、広くて、逃げてきた人たちが集まって寝起きできる場所はありますか？　数日くらいは生活できるような場所がいいです。ある程度区切れるなら、もっといいな」

遊馬にぞんざいにやり込められ、いささか気分を害しつつも、その主張の正しさは理解したのだろう。フランシスは、険しい顔ではあるが、きちんと答えた。

「さような目的であれば、やはり大広間であろう」

「じゃあ、大広間を片付けて、大事なものはどこかへしまいましょう。で、衝立《ついたて》や板があれば、大広間をいくつかに区切って、そこに何家族かが一緒に入る感じにすればいいと思います」

「心得た。城内で手の空いている者にやらせよう」

「あと、大事なのは炊《た》き出《だ》し！」

「炊き出し？　嵐が過ぎ去った後に城下で食料を配ることであれば、当然ながら算段しておるぞ」

「それも勿論《もちろん》ですけど、避難所を作ったってことは、逃げてきた人たちを数日間は食べさせなきゃいけません。災害時って、あったかいものや、お腹にたまるもの、保存がきくものが便利ですから、何かそういうものをできるだけたくさん、前もって調理しておくのがいいと思います。僕がいた国では、そういうときにはおむすびを作るんですけど、お米がないなあ……」

「オムスビ？」

「えっと、マーキスでは、芋《いも》とかパンとかですかね。主食になって、それだけで食べられる奴です。芋なら、今からでもそこそこの数が用意できるかな」

　黙ってフランシスと遊馬のやり取りを聞いていたロデリックは、そこで静かに口を挟んだ。

「アスマ、そなたは食に造詣《ぞうけい》が深い。避難者に与える食事の手配については、そなたが料理番と相談し、ことにあたれ。よいな？」

「わかりました。僕でよければ」

遊馬は緊張の面持ちで頷《うなず》く。フランシスは、熱心にメモを取りながら、遊馬に続きを促した。

「他には何ぞないか」

遊馬は、指を折って考え始める。

「ええと……あとはトイレ。人がたくさん集まると、どうしても必要になりますから。城内に、仮設トイレを増やしたほうがいいと思います。それから、怪我《けが》をしたり具合を悪くしたりする人がきっと出ますから、お医者さんも必要ですね」

フランシスは、感心したように明るいブルーの目を見開く。

「ふむ、医者と薬師《くすし》だな。急ぎ呼び寄せ、城内に詰めさせよう。薬もできうる限り用意させねばな」

「お願いします。僕も、そっちでは少しばかりお役に立てるかもしれません。どっちかっていうと詳しいのは死体のほうですけど、頑張ります。あとは……そうだ。畑の様子とか、船の様子とかを、見にいかないように言う！」

ロデリックとフランシスは、同時に同じ方向と角度で首を傾《かし》げる。クリストファーは、呆《あき》れ顔で遊馬を見た。

「何の話だ？」

「台風のとき、それをやって亡くなる人の話を、必ずニュースで聞くんですよ。畑は、水門の管理とかがあるそうだから仕方がないんでしょうけど、出来る限り安全な場所にいて、屋外に出ないっていうのはお触れを出したほうがいいかも」

「なるほど、そういうことか。それは、俺が城下をこれから回るときに言い含めることにしよう」

「そんなものかな……。あ、あと、避難所に来た人たちが眠れるように、毛布とか、あと、着替えも要りますね。着の身着のままで逃げてくる人もいるでしょうし」

フランシスは、みずから書き付けた必要なもののリストを一瞥《いちべつ》し、美しい顔を惜しげなく歪めた。

「必要なものが莫大《ばくだい》だな。今からの手配では、間に合わぬやもしれぬ」

「できる範囲でいいと思います。あっ、これは大事だった！　各家庭で、非常用袋を作ってもらいましょう」

ひじょうようぶくろ、と三人の声が見事に重なる。「何だそれは」と代表して質問したのは、やはりクリストファーだった。

「全部のアイテムをお城で用意するのは無理でしょうから、各家庭で、いざってときに持って逃げられるように、それこそ服の替えとか、毛布とか、いつも飲んでる薬があればそれもだし、あとは水やお酒を詰めた水筒や、家にある保存食や日持ちのする食べ物を袋に詰め込んで、用意してもらうんです。それなら、今からでも可能ですし」

そのアイデアが気に入ったのか、ロデリックは軽く手を打った。

「それはよい考えだ。今回に限らず、常に用意させておくのがよいな。急ぎ、追加の早馬を走らせせよ、フランシス」

「承知仕《つかまつ》りました」

フランシスは、足早に執務室を出て行く。扉の向こうから、彼にしては珍しい、秘書官を呼ぶ大声が聞こえた。

「そんなところか？」

クリストファーに問われ、遊馬は頷いた。

「また思い出したら言います。今はそんなところです」

「よし。では俺は、ロデリック様とフランシス様のご命令に、お前の提案を加え、広く城下に伝えてくる。年寄りや子供は、不安があれば先に避難させておくのがいいだろうな」

「そうですね。あと、病人も。移動に時間がかかる人は、避難所の準備ができ次第、移ってきてもらうのがいいと思います」

「心得た。……では、ロデリック様」

ロデリックは椅子《いす》から立ち上がり、「頼むぞ、クリス」と短く激励《げきれい》の言葉をクリストファーにかける。

「ロデリック様の民を想うお心を皆に伝え、ひとりでも多くの命を守れるよう、最善を尽くして参ります。……アスマ、お前もしっかりやれよ」

そう言うと、クリストファーも深々と一礼し、全身に力を漲《みなぎ》らせて部屋を出ていった。

もはや、旅の疲れなどすっかり忘れてしまっている様子だ。

遊馬も、残されたロデリックに、ペコリとお辞儀《じぎ》をした。

「じゃあ、僕もマーゴさんと色々相談してきます」

そう言って退室しようとした遊馬を、ロデリックは何故か引き留めた。

「どうしたんですか?」

意外そうに振り向いた遊馬に、ロデリックはまだ浮かない顔でこう言った。

「いや、これは嵐を無事にやり過ごした後で警戒にあたるべきことなのだがな」

「まだ、何か『難儀《なんぎ》なこと』が?」

ロデリックは憂鬱《ゆううつ》そうに頷き、再び地図の一点を指さした。そこは、アングレ王国と長年敵対する大国、フランク王国の辺境あたりである。

「これも、船乗りたちがもたらしてくれたことだ。どうやら、フランク王国の一部の地域で、疫病《えきびょう》が流行《はや》り始めたようだ。それも気に掛かっておる」

遊馬も、優しい眉《まゆ》を曇らせる。

「疫病って、感染症のことですよね。具体的に、どんな病気かはわかってるんですか? 重症度とか、致死率とか」

ロデリックは、力なくかぶりを振る。

「詳しいことはまだわからぬ。探りを出そうと思うた矢先にこの嵐だ。しばらくは、身動きが取れまいよ。されど、そなたは病にも詳しかろう。嵐が過ぎ去った後、そなたの知恵を借りることになろうと思う。期待しておるぞ、アスマ」

ロデリックの信頼を嬉しく思う一方で、まだ医学生で国家試験に合格したわけではないのに、まるで医療顧問《こもん》のような扱いを受けることに、戸惑いと不安も大きい。

「僕に、できる範囲のことでしたら喜んで」

我ながら情けないほど消極的な返事をして、遊馬は逃げるように執務室を出た……。

二章　奪うもの、もたらされるもの

星と天気を読ませれば、船乗りの右に出るものはない。

そんなロデリックの言葉どおり、昼過ぎから降り出した雨は、時間が経過するにつれ、どんどん強くなった。

それと共に風も強まり、夕方には、遊馬《あすま》が知っている台風の趣《おもむき》になってきた。

さっき、食材を取りに別棟の倉庫へ行ったときなど、無数の弾丸のような大きな雨粒が縦横無尽《じゅうおうむじん》に叩きつけてきて、服の上から身体《からだ》にめり込むのではないかと半ば本気で心配する羽目になった。

そろそろ日没時刻のはずだが、昼からずっと雨雲が垂れ込め、それが猛然と渦《うず》を巻いているので、薄暗さが少しも変わらない。

食料倉庫は城の裏口の真ん前にあるので、普段なら、二分とかからずに行ける場所である。しかし、木々の幹がたわむほど強い風に押され、というかもはや突き飛ばされ、真っ直ぐ歩くことができない。

小柄な遊馬はまともに立っていることができず、結局、地面を這《は》い、倍以上の時間をかけてどうにか倉庫にたどり着き、目当てのものを取ってくることができた。

厨房《ちゅうぼう》に帰り着いたときには、全身が絞《しぼ》る前の濡れ雑巾のようなありさまで、背負って持ち帰った乾燥豆の詰まった麻袋もぐっしょり濡れ、中身は早くも水を吸い込んで微妙に膨《ぼう》張《ちょう》し始めていた。

「おやおや、外は大変なことになってるようだね。おっと、そのまま入ってくるんじゃないよ。厨房の床がビチョビチョになっちまうだろ。誰か、早く拭くものを持ってきておやり！」

料理長のマーゴは、戻ってきた遊馬を厨房の外で待たせ、下働きの少年に、布巾がわりに使っている布をたくさん持ってこさせた。

「大変なことなんてもんじゃないです。子供の頃、一度だけ家族で沖縄に行って、思いきり台風の直撃を受けたことがあるんですけど、あれ以来です」

「オキナワ？　どこだい、そりゃ」

「あ……ああ、ええと、遠い東の島です。ちょっとマーキスに似てて、でももっと暑いところで」

「ふうん。あんたは色んなところで暮らしてきたんだねえ」

遊馬が異世界人だとはつゆ知らず、マーゴは感心しきりでそんなことを言った。

「ま、まあ、そうですね」

適当に取り繕《つくろ》いながら、遊馬は真っ先にずぶ濡れになった眼鏡《めがね》を外し、ごわついた布で丹念に拭き上げた。

正直、外に出て三秒後には、眼鏡のレンズが完膚《かんぷ》なきまでに濡れてしまい、視界がずっとゆらゆらガラスを通したような状態になっていたのだ。

ようやくまともに見えたマーゴの顔は、朝から働き詰めにもかかわらず、むしろいつもより血色がよく、楽しげですらあった。非常時になると、血が騒ぐタイプなのだろう。

よく「この親にしてこの子あり」と遊馬のいた現代日本では言われていたが、親子でなくても、上司と部下も似るのかもしれない。厨房で立ち働く料理人たちも、いつも以上に陽気で元気いっぱいだ。

今朝、遊馬から嵐が来ることを知らされ、次いで城に避難所を開設して城下の人々に開放すること、被災者や城に詰める人々のための食事を大量に用意しなくてはならないことを聞かされたマーゴは、一秒の躊躇《ちゅうちょ》もなく、その大仕事に取りかかった。

まずは他の料理人や遊馬を交え、彼女はメニューの作成に取り組んだ。

何しろ、城内に避難所を開いて城下の平民を迎え入れるなど、前代未聞のことである。

いったい何十人、何百人が集まるのか、見当もつかない。

しかも、嵐がどのくらい長くマーキス上空に留まるのかも、誰にもわからない。

まさに、マーゴ曰《いわ》くの「女神ネイディーンの思《おぼ》し召し次第」である。

そこでマーゴは、主軸となる方針を立てた。

今日から明日にかけて提供する料理には、できるだけ新鮮な食材を用いる。

以降は、保存食を活用し、できるだけ長く持ちこたえられるよう運用していく。

ただし、避難人数の増減に柔軟に対応できるよう、肉や魚は極力細かく切って、煮込みやスープとして供する。また、城内で働く人々については、いつでも手づかみで食べられるような軽食を別に用意する。

その明快な方針に従い、最初に動き始めたのは、パン職人たちだった。

パンは発酵《はっこう》に時間がかかるので、一刻も早く作業にかからなくてはならなかったのだ。

彼らが全粒粉にほんの少し精製した白い粉を混ぜて、大きくて丸い農村風のパンのための生地をどんどんこねていく間に、他の料理人たちは、二班に分かれて行動を開始した。

片方は、城壁の外で慌てて収穫に励《はげ》んでいる農家を回り、出来る限り食材を買い集める。

もう片方は、現在、手元にある食材を使って、さっそくできる範囲の調理に取りかかるという算段だ。

遊馬が提案したのは、まずは肉片や野菜を水で煮て、塩で味をつけるあっさりしたスープを作り、翌日は、残ったよく煮えた具材を崩して濃いポタージュにするという、いわゆる「リメイク料理」である。

現代日本なら、最終的には市販のルーを投入してカレーにするところだが、残念ながら、ここではスパイスは高価すぎて、そんな贅沢《ぜいたく》な使い方はできそうにない。

また、手づかみで食べられ、ある程度の時間経過にも耐える軽食として、薄切りにしたパンに硬いチーズや焼き魚を挟む、いわゆるサンドイッチ、しかも現代日本でも軽く流行《はや》った「鯖《さば》サンド」のような料理を、遊馬はマーゴに教えた。

以前は、別の世界の情報をあまりこちらの世界に持ち込んではいけないのではなかろうかと慎重に行動していた遊馬だが、よくよく考えてみれば、彼がここに召喚されたことで、既にこの世界の……少なくともマーキスの歴史は、十分過ぎるほど影響を受けている。

遊馬の存在自体が、この世界にとっては大いなる干渉そのものなのだ。

少なくとも、遊馬がいなければ、ロデリックはやってもいない罪を抱えたまま斬首《ざんしゅ》され、国王に即位することはかなわなかった。当時の状況から考えると、国王はフランシスになっていただろう。

その彼とて、おそらく彼を担《かつ》ぎ上げた重臣たちの傀儡《かいらい》にされ、今のような伸びやかな活躍は、到底望めなかったはずだ。

自分がマーキス王家に与えた影響の大きさを思えば、元いた世界の料理や、ちょっとしたライフハックを伝授するくらい、今さらどうということはない……と、遊馬はある時点で開きなおったのである。

そしてもう一つ。

これはクリストファーにさえ打ち明けられないことだが、こちらの世界で長く過ごすうち、遊馬の胸には、いつしか小さな不満が生まれていた。

そもそも、遊馬はこちらの世界に、彼の意向などお構いなしに、強制的に呼びつけられたのである。

無論、一度は帰還のチャンスがあり、そのときは自分の意思で戻ってきたわけだが、それもこれも、こちらの世界を知り、大切な仲間ができてしまったせいだ。

遊馬自身、今でこそこちらの世界の人々と出会えてよかったと思ってはいるが、それとは別に、「何故、自分だけがこちらの世界に馴染《なじ》もうと苦心惨憺《くしんさんたん》しなくてはならないのか」という悔《くや》しさが、彼の心の奥底には存在している。

浅ましい考えだとは思うが、少しくらいは、こちらの世界のほうも遊馬に歩み寄ってくれてもいいのではなかろうか。

色々な料理をマーゴに教えた理由の一つは、そうすれば今だけでなく、いつかこの食堂で、遊馬にとってのお馴染みの味を楽しめる日が来るのではないか……という、ささやかな企《たくら》みからだった。

そんな動機は知る由《よし》もないマーゴは、遊馬の提案を喜んで受け入れてくれた。

そして今、遊馬は忙しく立ち働く料理人たちの邪魔をしないよう、厨房の片隅を借りて、みずから料理に取り組んでいた。

マーゴは好奇心の虫をおさえきれない様子で、自分の作業を他の料理人に任せ、遊馬の元へやってくる。どうやら、遊馬のアシスタントをしてくれるつもりらしい。

「そりゃ、今の朝飯に使った豆だね？」

マーゴに問われ、大きな桶《おけ》に水を張って、その中で乾燥豆に吸水させながら、遊馬は頷《うなず》いた。

「ええ。今朝の美味《おい》しいポタージュを食べてるときに、この豆、僕がいた世か……いえ、国で使ってたレンズ豆に味がそっくりだと思って。で、倉庫で現物を見てみたら、やっぱりレンズ豆っぽかったので、使えると思って持ってきました」

「レンズ豆？　あんたのお国じゃあ、そう呼ぶのかい？　マーキスじゃ、これは『おはじき豆』っていうんだよ。子供が遊ぶおはじきに似てるだろ？　粒はそれよりだいぶ小さいけどね」

水の中から豆を数粒つまみ出し、軟らかさをチェックしながら、マーゴは言った。遊馬は、面白そうに笑う。

「おはじき豆！　なるほど。レンズ豆のレンズも、形が似てるからですけどね」

遊馬も豆を一粒持ち上げて、眼鏡のレンズの前にかざしてみせる。なるほどねえ、とマーゴも頷いた。

乾燥豆はくすんだ黄緑色をしていた。平べったい実が乾燥すると半分に分かれ、本当にごく小さなレンズやおはじきのような形になるのである。

　その薄さが幸いして、他の豆のように長時間の浸水が必要なく、短時間で使えるようになる。まさに、こういう非常時には頼もしい食材の一つだ。

「うん、そろそろ使っても大丈夫だよ、アスマ。茹《ゆ》で時間を長くすりゃ、水で戻さないまま使い始めても何とかなるんだからね、この豆は」

　そんなことを言いながら、マーゴは大きな鍋《なべ》を持ってきて、暖炉《だんろ》の鉤《かぎ》に吊してくれた。

　遊馬は礼を言ってから、そこに水桶からたっぷり水をくみ入れ、戻し汁ごと豆をざらざらと入れた。

　おそらく、乾燥した状態でも二キロはあっただろう。これまで遊馬が扱ったことのない量だが、不安がってはいられない。

「すぐ湯が沸くから、焦げ付かないように時々混ぜながら茹でなきゃいけないよ。で、何を作るんだい、こんなにたくさんの豆で」

　長い木製のスプーンを差し出しながら問いかけてきたマーゴに、遊馬は早くも曇り始めた眼鏡のレンズに閉口しながら答えた。

「僕自身は、被災して避難した経験はないんですけど、僕の生まれた国は、大きな災害に何度も見舞われてきたんです。友だちや親戚《しんせき》には避難所生活を経験した人がいて、そのときの苦労話を聞いたことが何度かあります」

「へえ。そりゃまた大変な国で生まれたんだね、あんたは」

「どこの国にも大変なことはあると思いますけど、まあ、はい。で、その避難所生活の経験談で、勿論《もちろん》生きるための食べ物は大事だったんだけど、そこに嗜好品《しこうひん》がちょっとあると凄《すご》く心が豊かになったって、友だちが言ってて……」

「嗜好品？」

「つまり、なくても死なないけど、あったら嬉しいものです。煙草《たばこ》とか、お酒とか……あと、断然、甘いもの！」

マーゴは、遊馬の太股《ふともも》ほどもあるガッチリした腕を組み、鍋の中で踊り始めた豆を覗《のぞ》き込む。

「なるほどね、確かに甘いものがありゃあ、元気も出るし、気持ちも和《なご》むってもんだ。だが、それを豆で作ろうってのかい？」

遊馬は頷き、綺麗《きれい》なモスリン布を小振りなハンカチくらいの大きさに切り揃《そろ》えながら頷いた。

「僕も、いっぺんしか作るところを見たことがないスイーツなので、あんまり自信はないんですけど。僕の父は、色んな国で働いていたんです。で、帰って来ると、行った先の国の料理を、台所をぐっちゃぐちゃに汚しながら作って、誇らしげに僕と母に食べさせてくれました」

「ほう、そりゃいいお父さんじゃないか」

「まあ、口に合わないものも、けっこうありました。でも、父があんまり自信満々に出すもんだから、美味しいって言うしかなくて、そういうときはなかなかにつらかったです。でも、この豆を使ったスイーツは、何だか懐かしい味で、美味しいと思ったのを覚えています」

マーゴは化粧《けしょう》っ気のないごつい顔を和ませ、遊馬の肩を痛いほどの力で叩いた。

「あんたの思い出の味ってわけだね」

「今朝まですっかり忘れてましたけど、マーゴさんのポタージュのおかげで、父が作ってくれたレンズ豆のお菓子の味が甦《よみがえ》ったんです。そこそこ日持ちもするし、手で食べられるし、避難所で心細い夜を過ごしてる人たちに、一口ずつでも甘いものを食べて貰《もら》えれば、気持ちが少しは和むかなと思って」

「ああ、あたしゃそういう経験はないけど、たしかにイライラしたときとか参ってるときは、甘いもんが食べたくなるよねえ。……うん、豆はそろそろ柔らかくなってきたよ。食べてみな」

スプーンでみずから鍋の豆を少し掬《すく》い取ったマーゴは、太いのに繊細《せんさい》な動きをする指で、熱々の豆を遊馬の手のひらに三粒、載せてくれた。

「あちあちっ……うん、ほっくりして美味しいですね。早く茹で上がるもんだな」

「薄い豆だからね。豆は、ザルに上げていいのかい？」

「あ、はい。僕が……」

「いや、あたしがするよ。あんたじゃ危なっかしい。茹で汁は使うかい？」

「いえ、今回は使いません」

「じゃ、あたしのほうでとっておこう。豆の茹で汁は、いい出汁《だし》になるからね。スープに使える」

そう言いながら、マーゴは柄つきの細長いざるで豆を残さず掬い上げ、大きな素焼きのボウルに入れて、作業台に置いた。

「鍋はまだいるかい？」

「はい、でもさっきより小さいので大丈夫です」

「あいよ。待ってな」

マーゴは羊の毛皮で作った分厚いミトンを両手に嵌《は》めると、豆の茹で汁がたっぷり入った鍋を、両手で鉤から外し、えいっと持ち上げた。

そしてそれを邪魔にならない場所に置くと、今度は別の鉄鍋を持って戻ってきて、「火加減は？」と遊馬に訊ねた。

「あっ、けっこう弱火がいいです」

「じゃあ、こっちだね」

暖炉の隅っこの鉤に鍋を掛けてくれたマーゴに、遊馬は感心しきりで感謝の言葉を口にした。

「マーゴさんは、凄いなあ。僕よりずっと力が強いですよ」

「そりゃ、あたしゃ四つの歳《とし》から厨房《ちゅうぼう》に入って働いてたからね。あんたなんかとは年季が違うよ」

「四つから⁉」

「あたしの母親も、この厨房で料理長をやってたのさ。あたしゃ、ここで育ったようなもんなんだよ」

「へえ。門前の小僧って奴ですね」

「なんだい、そりゃ」

「教わらなくても自然と見聞きして覚えちゃうってことです」

「ああ、まさにそれだ。この厨房が、あたしの学校だったのさ」

料理長のマーゴとは、以前、ヴィクトリアの仲介《ちゅうかい》で遊馬が宴会料理のアイデアを提供して以来、それなりに仲良くなったが、こんなふうに個人的なことを彼女が話してくれるのは、初めてのことだ。

やはり、厨房で一緒に作業をすると、心が通うものなのかもしれない。

遊馬は麵棒《めんぼう》を借りて、それで柔らかく茹で上がった豆を丁寧《ていねい》に潰した。そこに未精製の砂糖を目分量で入れて、味見しながら少しずつ足していく。

「こんなもんかな」

そう言いながら、塩もほんのひとつまみ入れたのを見て、マーゴは小さいのに妙に迫力のある目を見開いた。

「あんた、甘いもんを作るのに、塩を入れるのかい？」

「ちょっとだけ。塩を少し入れると、甘さが引き立つっていうか、味がしまるっていうか」

　そんな父親の受け売りの説明をしつつ、遊馬はまだゆるい甘い豆のペーストを鍋に入れた。そして、弱火にかけてじっくり練《ね》り上げ、水分を飛ばしていく。

　やがて、あんこくらいの硬さになったところで鍋を火から下ろし、遊馬はさっき切っておいたモスリン布を濡らして硬く絞《しぼ》り、広げた。

　そこに豆のペーストを少量取ると、布で包んで茶巾《ちゃきん》絞りにして成形し、皿の上に置いた。

　言うなれば、レンズ豆で作ったあんこ玉のようなものである。小豆ではないので黒々してはおらず、黄色っぽい、まるでサツマイモで作った玉のようだが、ほっくりした感じが実に旨《うま》そうだ。豆独特の匂《にお》いはするが、嫌な印象はなく、優しい香りだ。

「おや、可愛《かわい》い形だねえ。そんな風にして丸めるのかい。落ちる瞬間の雫《しずく》を固めたみたいな形だ」

　マーゴは興味津々《しんしん》で布を取り、遊馬にならってあんこ玉を作ってみる。手の大きさが遊馬より大きいので、一回りジャンボなあんこ玉が、遊馬の作ったものの隣に並べられた。

　他の料理人たちも、マーゴの嬉しそうな声に釣られて、つい作業の手を止め、集まってくる。

「菓子作ってんだって、アスマ。それ、旨そうだな」

そんな声を掛けてきたのは、若手パン職人のトムソンである。

「よかったら、食べてみてください。あっ、でもひとりひとつ食べちゃうと凄く減るので、ちょっとずつ」

「ちぇっ、でもまあ、そうだよな。ほんじゃ、お言葉に甘えて、でっかいほうを」

「おい、そりゃあたしが丸めたほうだよ」

「おっと」

取り返そうとしたマーゴの手を器用によけて、トムソンはあんこ玉を本当に小さく一口齧《かじ》り、「おっ、うめえ」と素直な感想を口にした。

たちまちあんこ玉は同僚たちに取り上げられ、皆、齧っては隣に回していく。

あんこといえば日本人の好物だが、最近では、ヨーロッパのあちこちでも人気だという。マーキスの人々にもまた、そこそこ好まれる味であるようだ。

皆の好意的な反応に遊馬がホッとしたとき、厨房に顔を覗かせたのはクリストファーだった。

マーゴが清潔を重視するのを知っているクリストファーは、厨房の中には入らず、戸口のところで大きく咳払《せきばら》いし、皆の注目を引いた。

「あっ、クリスさん」

遊馬の声に、視線で合図をして、クリストファーはマーゴに声を掛けた。

「料理長、食事の用意はどんな具合だ？」

マーゴは、太い腕で厨房を示した。

「みんな、大車輪でやってるよ。パン生地の発酵《はっこう》の具合を見て、そろそろ焼き始める頃だ。大鍋をいくつか使ってスープを煮てる。今夜は、温かい晩飯を出せるさ。で、その避難所とやらの具合はどうなんだい？」

そう問われて、クリストファーは、濡れて額に張り付いた前髪を片手で掻《か》き上げた。暴風雨の中、城下の見回りをしていたのだろう。着ていたはずの雨よけのマントが役に立たなかったのか、大きな身体《からだ》は濡れ鼠だった。

「それなんだがな。こっちも予想外だったんだが、港近くに暮らす漁師の家族や、ネイディーン神殿の一部の神官、寄港中の船乗り、それに年寄りや、小さな子供を抱えた女たちが、続々と集まってきている。さっき数えたところでは百二十二人だったが、もっと増えるだろう。大丈夫だろうか？」

マーゴは皆の顔をぐるりと見てから、両手を腰に当て、胸を張った。

「誰にものを言ってるんだい？　こちとら、お城で開かれるどんな宴会も仕切ってきたんだよ？　二百人を超えようが、全員にたらふく食わせてみせるさ。なあ、みんな？」

棚《たな》という棚に収められた大量の皿がビリビリ震えるような大音声《だいおんじょう》で、みんな、おお！と大声で応える。

「まるでときの声だな。頼もしい。避難所を開設するのは、俺たちにとっても初めての経験なんだ。色々と厄介《やっかい》をかけるかもしれんが、よろしく頼む」

クリストファーはそう言って、マーゴに一礼した。

クリストファー自身は城下の生まれでマーゴたちと同じ平民階級だが、どんな貴族も一目置かざるを得ない国王補佐官であることを考えれば、彼がたとえ軽くであっても料理番に頭を下げるというのは、皆にとって驚きの事態であったらしい。

マーゴは一瞬面食らった様子だったが、すぐにニッと笑って、クリストファーの広い背中を肉厚の手でバンと叩いた。

「話を聞いたときにゃ驚いたが、あのご立派な大広間を民を守るための避難所にするたぁ、あの王様もなかなかやるじゃないか。あたしゃ嬉しいよ。みんなも同じさ。家族を避難所に来させた者も、こん中にいる。みんな、全力でやるさ」

「ありがとう。……ときに、アスマ」

「はいっ」

手招きされた遊馬は、布を置いて、クリストファーの元へ駆け寄る。クリストファーの身体からは、汗と、海の匂《にお》いがした。暴風が海水を巻き上げ、雨と共に彼の全身に叩き込んだのだろう。

「お前、少し抜けられるか？」

遊馬は、厨房を振り返った。マーゴを取り囲むように、数人の料理人たちが、さっき遊馬がしていたように、レンズ豆のあんこ玉を作る作業を既に始めている。

遊馬はクリストファーに向き直って頷《うなず》いた。

「大丈夫です。何か、他にやる仕事がありますか？」

「俺はすぐまた城下の見回りに戻る。お前には、避難所と厨房を繋《つな》いで、被災者たちの食事の世話を頼みたい」

「わかりました。……あの、でも、クリスさん」

「何だ?」

さっきからずっと気に掛かっていたことを、遊馬は訊ねてみた。

「僕らが二人ともいなくて、鷹《たか》たちは大丈夫でしょうか? 鳥小屋、どうかなっていたりしないかな」

「ああ、それなら、親父《おやじ》を呼んである」

「お父さんを?」

「城下へ降りたときに、実家に寄ったんだ。家のほうは、俺の弟たちが協力して守れるはずだ。親父には、雨風が酷《ひど》くなる前に鷹匠《たかじょう》小屋に入って、鷹たちを守ってくれるよう頼んである」

国王補佐官の仕事がどんなに立て込んでも、家業である鷹匠の仕事のことも決して忘れない師匠の冷静さに、遊馬は感心して安堵《あんど》の息を吐いた。

「よかった。ずっと気に掛かってたんです。……それで、外の様子はどうですか? 僕、さっき食料倉庫へ行こうとして、死ぬかと思ったんですけど」

クリストファーは、精悍《せいかん》な顔をしかめた。その表情で、状況が思わしくないことは窺《うかが》える。

「酷いもんだ。兵士たちを三人ずつの組に分けて城下を回らせているが、既に浸水した家、溢《あふ》れた下水溝、破損した屋根、崩れた塀《へい》……早くも色んな報告が上がってきている。早いところ、ネイディーンとナイアの諍《いさか》いが静まればいいんだがな」

沈んだ声でそう言ったクリストファーの言葉に、遊馬は首を傾《かし》げる。

「ネイディーンとナイアの諍い？　ネイディーンは海の女神でしょう？　ナイアって、誰ですか？」

するとクリストファーは、むしろ驚いた様子で軽くのけぞった。

「知らんのか。ナイアは大地の女神だ。ネイディーンとナイアは、昔は仲が良かったが、あるとき、同じ男神を愛してしまったせいで折り合いが悪くなったといわれる姉妹神だ。共にいると世界が終わるような大げんかをしてしまうから、ネイディーンは海を、ナイアは大地を治めることにして棲《す》み分けた」

「どこの世界の神様も、やたら身内のゴタゴタでケンカするなあ。神様って、意外と短気な人が多いですよね。人じゃないけど。いやまあそれはおいといて、それで？」

「離れて暮らしていても、二人の女神は、それぞれの領土がかち合うところで、たまに諍いを起こす。そのとき両者の間で飛び交う罵詈雑言《ばりぞうごん》が、嵐だと言われているんだ」

「うわー……大迷惑だ」

「二人の女神が諍いをやめ、再び心地よく互いの神殿に落ちつけば、嵐は去る」

「ネイディーンの神殿は、マーキスにありますよね。ナイアの神殿は？」

「いちばん近くの神殿は、フランク王国だな。女神たちは、色々な国の人たちに崇拝《すうはい》されている。不謹慎《ふきんしん》な言い方だが、家をたくさん持ってる金持ちのようなものだ」

明快なクリストファーの説明に、遊馬は納得して相づちを打った。

「なるほど。早くケンカをやめて貰《もら》わなきゃ。あと、その分じゃ、怪我人《けがにん》も出そうですね。慣れない避難所生活で体調を崩す人も出るかもしれないから、どこかもう一つ部屋をあけて、救護所を作ったほうがいいかも」

「それはいい考えだな。どっちも、これまでのマーキスではやったことのない取り組みだが、やる値打ちはあると思う。民も心強く思うだろう。わかった、すぐにフランシス様にお伺《うかが》いを立ててみよう。そういうものが、お前の住んでいた世界にはあったんだな？」

「ええ、ありました。学生時代、避難所の健康相談のボランティアはやったことがあるので、どんなものか少しはわかります」

「よし。なら、さっき頼んだ仕事はひとまず先延ばしにして、俺と一緒に来い。まずはその救護所設置を進言するとしよう」

「わかりました！　マーゴさん、あの」

二人のやり取りを背後で聞いていたマーゴは、すぐに「行っといで」と野太い声で言った。

「豆の菓子は、あたしたちで作っとく。それに、この厨房で、口がきけるのはアスマだけじゃない。避難所とここを繋ぐ係は、他の誰かにやらせるさ。早く行って、大変な目に遭《あ》ってる人たちの力になってやんな」

マーゴの背後で、ほんの数秒だけ仕事の手を休め、他の料理人たちも行ってこいと言わんばかりに手を振ってくれる。

「ありがとうございます！　じゃ、行ってきます！」

厨房の頼もしい人々に手を振ると、早くも歩き出したクリストファーを追いかけて、遊馬は薄暗い通路を小走りで、国王執務室へと向かった……。

＊　　＊

バタバタバタバタッ。

細長い窓に打ち付ける雨粒の音が、人でごった返す避難所の中でも、ひときわ大きく響く。追い打ちを掛けるように、強い風が、ビュウウッと猛々《たけだけ》しい唸《うな》り声を上げる。

夕食を貰《もら》うための列を作った人々は、そのたびに身を竦《すく》ませ、不安げな視線を交わし合った。

「お城に入れてもらえてよかった」と言い合う声も、そのたびにあちこちで湧き上がる。

城下の粗末な家々と違い、石造りの堅固な城は、音は聞こえれども、暴風雨ごときで決して揺らぎはしない。いちばんの高台にあるので、浸水する心配もない。

しかも、同じ「屋根の下」に、敬愛する国王と宰相《さいしょう》もいるのだ。マーキスの人々にとって、これほど安心できる場所はないだろう。

今もなお、新たに避難してくる人々が三々五々到着し、広大な大広間も、七割がた埋まりつつある。

「人数は？　三人。じゃあ、パンを三切れどうぞ。隣でスープを貰ってください。食器が足りないから、一家族一鉢《はち》ずつで。食器を持参した人は、是非《ぜひ》出してください。ちゃんと人数に合わせた量を入れますからね。心配しないで」

遊馬は、被災者のひとりひとりに声をかけながら、切り分けたパンを手渡していく。隣では、パンを焼き終わったトムソンが、大鍋《おおなべ》のスープを鉢によそい、手渡していく。

「受け取った人はそっちから戻って。横入りは駄目だよ。ちゃんとみんなに行き渡るだけあるから、焦らなくていい！」

声を張り上げ、列の整理をしてくれているのは、城で働く人ではなく、被災者の有志たちだ。

遊馬自身に避難所生活の経験はなくとも、幸か不幸か、知人や報道番組から、避難所生活についての知識は多少ある。避難所においては、被災者自身が運営に参画することが重要だと、何度も聞かされた。

そこで救護所の準備をする間に、遊馬はクリストファーに、避難してきた人々をいくつかの班に分け、それぞれの班で世話役を決めてもらうよう頼んでおいた。さらに、作業を手伝いたい有志にも名乗り出てもらうようにと指示した。

どこの世界にも世話好きや、こういうときに皆の役に立ちたいと思う人々は存在するらしく、遊馬が予想していたより多くの人が、今、色々な手伝いを買って出てくれている。

おかげで皆、一度に殺到することなく、きちんと列を守って食べ物を受け取り、それぞれにあてがわれた場所で食事を始めている。

ずぶ濡れで逃げ込んできた人々にとって、熱々のスープは何よりのご馳走《ちそう》なのだろう。食事を味わう皆の顔に笑みが浮かび始めたのを見て、遊馬は胸を撫《な》で下ろした。

(よかった……。あとはみんなが疲弊《ひへい》しないうちに、嵐が過ぎ去ってくれたらいいんだけど)

そんなことを考えながら、遊馬はパンを配る役を他の人に任せ、大広間のすぐ近く、普段は招待客の控え室として使われている部屋を流用した、救護室へ足を向けた。

さすがにベッドを用意する余裕はなかったので、広々とした板張りの床の上に厚手の布を広げただけの寝床しか用意できなかったが、それでも、安全な場所で横になり、静かに身体《からだ》を休められるのは、病人にとっては幸いなはずだ。

既に数人が寝かされ、また、飛んで来たものや崩れたもので怪我をした人たちが入れ替わり立ち替わりやってきて、手当てを受けている。

(ここに、僕がいた世界で当たり前に使っていた医薬品があればなあ……。医療用とまでは言わないから、せめてドラッグストアで買えるようなものだけでも)

無い物ねだりとわかっていても、遊馬はそう思わずにはいられなかった。

正直、病人に関しては、遊馬が知る「まともな薬」がほとんどないので、楽な体位で休ませてやること程度しかできないのだ。

一方で、外傷については、現代日本の応急処置の大原則、「とにかく清潔な水で徹底的に洗え」というのが実現可能なのがありがたい。

遊馬の指示で、手当てにあたる人々は、怪我人がどんなに痛がっても容赦《ようしゃ》なく傷口を洗い、そのあと清潔な布を当て、包帯を巻いていく。

何の気なしに提言した「水を汲《く》んで溜めておく」というのが、この救護所で大いに役に立っていることに、遊馬はホッと胸を撫で下ろした。

傷病者《しょうびょうしゃ》の手当てや看護にあたるのは、城に詰めている女官たちと、やはり被災者の有志たちだ。

日頃は優雅なドレス姿の女官たちも、今は装飾の極力少ない服に着替え、割烹着《かっぽうぎ》を思わせるエプロンを身につけて、忙しく立ち働いている。

医術の心得などない者ばかりだが、非常時に肝《きも》が据わっているのが、この時代の人々の特徴なのだろう。

（それだけ、非常時が日常的だってことだよね。何だか言葉が変だけど）

そんなことを思っていた遊馬の鼓膜《こまく》を、切迫した女官の声が震わせた。

「アスマ様！　どうかこちらへいらしてください」

「えっ？　あ、はい」

遊馬が驚いて声のしたほうを見ると、部屋の片隅で、壁にもたれ、両脚を投げ出して座った十歳くらいの少年と、その傍《かたわ》らに両膝をついて座り込んだ若い女官の姿があった。

「どうしました？　……うわ」

駆けつけ、自分も二人の前に片膝をついた遊馬は、思わず上擦った声を上げた。

「これは……」

女官は、折り畳《たた》んだ布を少年の左のこめかみに当てているが、黄土色の布は、既にかなりの部分が血に染まっている。

女官は、ぐずぐず泣いている少年の代わりに、遊馬に手短に説明した。

「酷《ひど》い雨風の中、壊れかけた家畜小屋を修繕《しゅうぜん》しようとして、舞い上がった小屋の破片で額を切ったそうです。アスマ様、私、どうしてあげたらいいかわからなくて」

まだ十代とおぼしき女官も、すっかり動転して、少年と負けず劣らずの涙目になってしまっている。

遊馬は努めて穏やかに、女官の対応を褒《ほ》めた。

「それでいいんです。出血している傷口は、できるだけ心臓より高くして、今みたいにギュッと圧迫してあげてください。そうすれば、血が止まりやすくなります。咄嗟《とっさ》に押さえたんだと思うけど、それでよかったんですよ」

「……本当ですか？」

女官はホッとして身体の力を抜く。

「はい。お疲れ様でした。代わってください」

遊馬は優しくそう言って、少年の傍ににじり寄った。

「痛かっただろ。ここまでよく来られたね。お家の人は？」

少年は、まだしゃくり上げながらも、素直に答える。

「いっしょにきた。妹がちっちゃいから、あっちに」

「あっち……避難所のほうか。じゃあ、皆さん無事なんだね？　よかった。傷を診《み》せて」

なおも少年を見守っている女官と、怪我人である少年を怯《おび》えさせないよう、あくまで余裕しゃくしゃくを装《よそお》っている遊馬だが、実際は、胸壁《きょうへき》を突き破って心臓が飛び出してきそうなほど緊張していた。

何しろ、まだ医学生に過ぎず、興味があったのは法医学という遊馬だけに、生きた人間相手の経験は極めて乏《とぼ》しい。

ここに来てからというもの、必要に迫られて多少は医者の真似事《まねごと》をしてきたとはいえ、まだ生きた人、特に子供が相手だと、どうしようもなく動揺《どうよう》してしまう。

「水桶《みずおけ》と、綺麗《きれい》な布をお願いします」

女官にそう頼み、遊馬は少年の額に当ててあった布をそっと取り外した。

（うわ）

声には出さないが、唇は動いてしまっていたかもしれない。

露わになった少年の額の傷は、そう大きくはないが、軽く口を開いていた。圧迫が幸いして出血はほとんど止まっているものの、放っておいてよいというレベルではない。

「一針《いっしん》……いや、二針《にしん》置かないと駄目だな」

微妙に血の気が引いてフラフラする頭を片手で支えながら、遊馬は呟《つぶや》いた。

（前に、クリスさんの手首の傷を縫《ぬ》ったことはあるけど、あれは相手がクリスさんだったからなあ……。しかも手だったし。今度は子供で、しかも顔だから、責任重大だよ）

「いっしん……？　にしん？」

少年が不安げな涙声で問いかけてくる。遊馬は、無理矢理笑顔を作った。

「君の怪我を、できるだけ綺麗に治す方法を考えてたんだ。大丈夫だよ。骨が折れたりはしていないから、ちゃんと治る。痛い？」

「痛い」

「そうだよね。もう少し我慢してね。ゆっくりでいいから、横になれるかな。そう、それからちょっと右を向いて。傷口がよく見えるように」

遊馬は少年の背中を支え、布団代わりのごわついた布の上に横たわらせた。筒状《つつ》に丸めた布をうなじに差し入れて、頭部を安定させる。

そこへ女官が水を入れた木桶と清潔な布を数枚持ってきてくれたので、遊馬はそれを受け取り、少年に聞こえないよう、女官に何かを耳打ちした。女官は頷《うなず》いて、すぐにまた去って行く。

「まずは傷口を綺麗にしようね。ちょっと痛いけど、我慢して。こうしておくと、傷口が膿《う》みにくいから」

緊張しながらも、遊馬はできるだけ柔らかな口調で少年に話しかけつつ、傷口を綺麗に洗った。

痛むのだろう、少年は時々ビクッと身を震わせたが、動かないように我慢している。

「偉いなあ。僕だったら泣き叫んでジタバタしちゃうよ」

遊馬がそう言うと、少年はボロボロと大粒の涙をこぼしながらも、「そんなとこ、妹に見せられないから」と言った。

この世界の子供は、遊馬がいた現代日本よりずっと早く、そしておそらくは身体より心が先に、大人にならなければならないのだろう。遊馬は、自分の甘さを反省した。

(思わぬ怪我をして不安だろうに、こんなに小さな子が強がって耐えているんだ。この世界の誰よりも医学的な知識を持ってる僕が、これしきのことで怯えててどうする。ちゃんとやれ。貧血起こしてる場合じゃないぞ!)

遊馬が少年に見えない角度で、自分の頬《ほお》をペシリと平手打ちして気合いを入れていると、女官が小さな木箱を持ってきた。

「アスマ様、これでよろしいのですか?」

「ああ、ありがとうございます。これです。じゃあ、今から処置をするので、この子の頭をしっかり押さえていてくれますか? そして、僕がいいって言うまで、目をつぶっていてください」

我ながら不自然な指示だと思いつつ、遊馬はそう言った。女官に傷口を縫うところを見せるのは、あまりにも気の毒だと思ったからだ。

女官は不思議そうにしていたが、言われたとおり、両手で少年の頭を挟み付けるようにしてギュッと目をつぶった。

遊馬は、不安そうな少年の肩の辺りを撫《な》で、声に力を込めて励《はげ》ました。

「今から、何度かチクッと痛むと思う。でも、君の怪我をちゃんと治すために必要なことなんだ。我慢できるかな？」

「できる」

少年は、こっくり頷く。

「絶対に、動かないでほしい。頑張れる？」

少年は、また頷いた。

「凄《すご》いぞ。君が偉すぎて、みんなビックリしちゃうよ。あとで、おうちの人に説明するからね。じゃあ、これをしっかりくわえていて。そして君も、僕がいいって言うまで、ギュッと目をつぶっていて。開けちゃ駄目だよ、危ないからね」

気力を振り絞《しぼ》って元気な声を出しつつ、遊馬は少年の口に折り畳んだ小さな布をくわえさせた。それから、木箱の蓋《ふた》を開け、水桶で綺麗に手を洗った。

木箱の中に入っていたのは、万が一のときのため、遊馬が用意した医療キットだった。

といっても、この世界なので、大したものは用意できない。

箱の中にあるのは、清潔な布切れの束と、小さな壺《つぼ》だけだ。

壺の中には、以前、城下の鍛冶《かじ》職人に頼んで作ってもらった太すぎるがかろうじて使えるレベルの縫合《ほうごう》針と、縫合糸が入っており、さらに口ギリギリまで、アルコール度数の高い酒を満たしてある。無論、両者を消毒殺菌しておくためだ。

縫合糸も、現代日本で使っていたような優れたものは到底手には入らない。入手が容易で、しかも縫うのに好都合なもの……とあれこれ考え、遊馬が選んだのは、まさかの「馬の尻尾《しっぽ》の毛」であった。

しなやかで長く、強靱《きょうじん》で、しかも数が揃《そろ》うとくれば格好の素材だが、そんなものを使って、これから子供の、しかも顔の傷を縫うと思うと、遊馬の手は細かく震え始めてしまう。針に糸を取り付けるのも、指がワナワナして一苦労だ。

「大丈夫。大丈夫だからね」

という言葉は、実際のところ、少年を励ますためだけでなく、遊馬自身を落ちつかせるためのものでもある。

（いや、クリスさんでも子供でも、傷は傷だ！　前みたいに、落ちついて結節縫合《けっせつ》！　一針ずつ、丁寧《ていねい》にいこう）

心の中で自分自身にそう話しかけ、腹にぐっと力を入れると、遊馬は「いくよ」と少年に声をかけ、開いた傷口をグッと寄せてくっつけた。そして、ぷつん……と、滑《なめ》らかな肌に縫合針を滑り込ませるようにして刺した……。

三章　嵐の中で

嵐は、丸二日にわたってマーキス島に留まり、猛威を振るったあと、三日目の夜明け頃に、嘘のようにあっさりと去って行った。おそらくこの後、遊馬《あすま》の知る台風がそうであるように、海上を蛇行《だこう》しながら北上し、アングレやフランクといった大陸の国々を訪れることだろう。

女神姉妹の諍《いさか》いは、場所を変えて続けられていくのだ。

マーキスには、三日ぶりの青空と、眩《まぶ》しい太陽が戻ってきた。

「台風一過の空は、どこでも一緒だなあ」

額の上に手をかざして眩しげに太陽を見上げ、遊馬はほうっと息を吐いた。

何故か嵐が去った直後の空は、いつもより高く見える。空気が澄んでいるからだろうか。

城内に詰めかけた被災者たちの世話に明け暮れ、また、救護所での外科的な処置もこなさねばならず、この三日、遊馬はほんの短い仮眠しかとれず、働き詰めだった。外に出たのも、食料倉庫へ行った、あのときだけだ。

だがそれは遊馬に限ったことではなく、城内で働く人々もまた、ほとんど休みなく務めを果たし続けてきた。

さっき覗《のぞ》いた厨房《ちゅうぼう》では、力尽きた料理人たちが、食堂のベンチの上で、アザラシの群れのように眠りこけていた。

城で働く人々の中にも、きっと自宅が被害を受けたり、家族が被災した者も少なくないだろう。だが皆、心配を胸に押し込め、城で踏ん張り続けていた。

今、眩しい朝の光の中、被災者たちの多くは、城を去って自宅へ戻りつつある。

遊馬は、救護室の窓から、城を出て行く人々の列をぼんやり眺めていた。

身体《からだ》はくたくたで、今すぐ病人用の寝床に倒れ込んで眠ってしまいたいが、心のほうがまだ緊張状態にあって、眠気は驚くほどなかった。

（交感神経が、仕事をしすぎてるなあ……）

そんな医学生らしい感慨《かんがい》をしみじみ抱いていた遊馬は、背後からつんつんとチュニックの裾《すそ》を引かれ、驚いて振り返った。

「あ」

見れば、頭にぐるりと包帯を巻いた少年が立っていた。避難所を開設して最初の夜、遊馬が額の傷を縫合《ほうごう》してやった少年だ。

そういえば、「具合が悪くなったらすぐに診《み》せて」と言って帰したが、以来、姿を見ていなかったことを遊馬は思いだした。

「君か。どう？　傷は痛む？」

声をかけながら、遊馬は自分より少し小柄な少年の左こめかみの傷に、包帯の上からそっと触れた。

僅《わず》かに熱感はあるが、危惧《きぐ》したような炎症は起こっていないようだ。どうやら、細菌感染は免れたらしい。包帯も、汚れてはいない。

「もう痛くない。平気」

少年は、恥ずかしそうにもじもじしながらそう言った。遊馬は、ホッとして緩《ゆる》んだ笑顔を見せた。

「よかった。布は、毎晩交換してる？」

「お母さんが」

少年は振り返った。少年の背後にはまだ若い夫婦が立っていて、ニコニコしながら遊馬に礼を言った。母親の腕には、ブランケットでグルグル巻きにされた赤ん坊がいる。あの夜、少年が言っていた「小さい妹」だろう。

「皆さん、ご無事でよかったです。あの、七日くらい経ったら、おでこの傷を縫《ぬ》った糸を切って、優しく引き抜いてあげてください。ちょっと痛がるかもしれませんけど、大丈夫ですから」

両親にそう指示をしてから、遊馬は少年の顔を覗き込んだ。

「おでこの傷は、ちょっと痕が残るけど、家を守ろうとした証拠だからね。妹さんが大きくなったら、嵐のこと、話してあげて」

少年は誇らしげに頷《うなず》き、両親に伴《ともな》われて、何度も振り返って手を振りながら去っていく。笑顔で手を振り返し、見送った遊馬は、一家が見えなくなると、ふうっと深い息を吐いた。

幸い、今回は重傷者はいなかったが、それでも数人は縫合を必要とする怪我《けが》をしていて、そのたびに遊馬は処置をしてくれと呼び出された。

しかし、やはり最初の「患者」である少年のことがいちばん記憶に残っていたので、彼が元気に帰宅したことは、遊馬にとっては大きな喜びだった。

（それにしても……）

まだ数人の病人が残っている救護所を見回し、遊馬は溜め息をついた。

今、残った病人たちに薬湯を飲ませたり、マッサージをしたりしてやっているのは、城下でこの世界のクリニックと呼ぶべき小規模な施設を開いている薬師《くすし》や町医者である。

外科的な処置はできないが、いわゆる民間療法、伝統療法的な、カウンセリングや、草木や鉱物を用いた治療、それに血流を良くしたり、筋肉の強張《こわば》りを解《ほぐ》したりするためのマッサージなどを行う人々だ。

王家の求めに応じ、ひとり、またひとりと救護所に駆けつけてくれたのは、そういう人々だった。

他にも、王家や貴族の人々を診察する、いわばハイクラスの医者というべき人々も城下にはいるのだが、そういう医者たちは、誰も姿を見せなかった。おそらく、富にも名誉にも寄与しない平民たちなど、診察するに値せずといったところなのだろう。

（別に、そんなお高くとまった医者たちが来たところで、きっと面倒臭《めんどうくさ》いだけだっただろうから、いいんだけど。いいんだけどさ）

一応、同業者というべき彼らにまったく奉仕の気持ちがないことに、遊馬は軽いショックを受けていた。

（避難所も救護所も、初めて開いたって言ってたから、そういう公的サービスとか、ボランティアとかって意識がまだ低いのかな。でも、避難所の人たちは、みんな助け合って、動ける人は率先《そっせん》して動いてくれてたよなあ……）

無論、限られた空間にたくさんの人が、しかも平常心でない人たちが集まって集団生活をするので、それなりに小競《こぜ》り合いや議論の類《たぐい》は起こり、時には近衛兵《このえへい》たちが仲裁《ちゅうさい》に入るようなことも幾度かあった。

それでも、ストレスで乳が出なくなった母親を、他の授乳中の母親たちが余った乳を分けてサポートしたり、高齢者や子供に優先して食べ物や毛布を与えたりと、遊馬が現代日本で見たような思いやりにもたくさん触れた。

みんながみんな、ボランティア精神を欠くわけではないのだ。

（いや、奉仕しないからって、責める筋合いじゃないよな。うん。それは僕が間違ってた。でも……医療関係者がこういうときに奉仕しないでいつするんだよって思うんだけどなあ。いや、一生しないのか。それはちょっと寂しいかも）

再び窓の外を見ながら、あれこれと考え込んでいた遊馬は、またしても背後から……今度は後頭部をコツンと小突かれ、わっと驚きの声を上げて振り返った。

そこには、ヨレヨレという形容詞が服を着て歩いているような、クリストファーの姿があった。

嵐の最中、ずっと部下についた兵士たちと共に城下を巡回し、被災した人々や怪我人を見つけては避難所へ誘導し、危険な場所を点検したり、応急処置をしたりと働き続けていたのだ。

いつもタフな彼も、顎《あご》に無精《ぶしょう》ひげを生やし、頰《ほお》はゲッソリこけ、目の下には油性ペンで塗ったような濃い隈《くま》ができていた。

「クリスさん！　半日ぶりくらいですけど、大丈夫ですか？　倒れそうですよ。見るからに寝てなさそうですけど、せめてちゃんと食べてます？」

矢継《やつ》ぎ早《ばや》に質問する遊馬に、クリストファーは血走った目をしょぼしょぼさせながらボソリと言った。

「食わないと死ぬからな。皆、餓鬼《がき》のように飯を喰らって、どうにかやり遂《と》げた」

「お疲れ様です……！」

「お前もな。活躍は、城の色々な人から聞いた」

見るからにボロボロの人に労《ねぎら》われて、遊馬はぶんぶんとかぶりを振った。

「僕は、活躍なんかしてませんよ！　ずっと安全なお城の中にいましたしね」

そう言いながら、遊馬はクリストファーの全身をつくづくと見た。

髪は絶えず吹き付ける潮風でバリバリになり、衣服はまだ濡れたままだ。毎晩綺麗《きれい》に手入れされていた革のブーツも、土でコーティングしたかのように泥まみれだった。

「嵐も過ぎたし、だからって仕事が終わりってわけじゃないでしょうけど、少しくらいは休めるんでしょ？　鷹匠《たかじょう》小屋に帰って……」

遊馬はそう言ったが、クリストファーは力なくかぶりを振った。

「いや。そうしたいところだが、その前に陛下と宰相《さいしょう》殿下のもとへゆかねばならん。お前も共に来いとの仰《おお》せだ」

「……こんな格好でいいんでしょうか？」

遊馬は思わず自分の全身も見回した。

そういえば彼も、嵐が来てから一度も着替えていない。眠くてたまらなくて、自分に気合いを入れるために洗顔したことが数回ある程度だ。

たぶん、クリストファーがそうであるように、遊馬も他人が近くにくればいささか臭《にお》うのだろうが、自分ではわからない。

調理や料理の運搬、配膳《はいぜん》などを手伝う傍《かたわ》ら、救護所で処置も行っていたので、はねたスープや泥や血液で、チュニックもシャツもズボンもすっかり汚れてしまっている。

「非常時だ。やむを得まい。行くぞ」

「うう。嵐が過ぎて、少し気を抜いちゃったので、疲れがどっと押し寄せてきたところなんです。正直、歩きたくないなあ」

叱《しか》られることを予想しつつ、遊馬は正直にそう言った。だがクリストファーも、くたびれた顔で広い肩をそびやかしただけで、怒りはしなかった。

「気持ちはわかるが、もうひと頑張りだ。行こう」

「はーい。……それにしても、そんなにくたびれたクリスさん、初めて見ました」

「俺も、そこまで薄汚れたお前を見たのは、地下牢《ちかろう》で出会って以来だな」

「あ、そうか。クリスさんは、ボロボロの僕を知ってるんでしたっけ」

「あのときより、今のほうが酷《ひど》いがな」

そう言って目尻に笑いジワを刻み、クリストファーは歩き出す。遊馬も、この世界に来てほどなく放り込まれた地下牢で出会ったロデリックのこと、そして彼を助け出しに来てくれたクリストファーのことを懐かしく思い出しながら、あの夜と同じように、目の前の大きな背中を追いかけた。

非常時ゆえに、国王執務室にも必要最低限の人数だけを残し、他の人員には様々な臨時業務を割り振っているのだろう。

いつもは取り次ぎをする近衛兵の姿もなく、クリストファーは初めて、直接扉をノックし、フランシスの許可を受けて入室した。遊馬も続いて部屋に入る。

「覚悟していたよりは、少しばかり早う嵐が去ってくれたな。女神たちの諍《いさか》いがひとまずは収まり、重畳《ちょうじょう》であった」

それが、部屋に入るなり、二人の耳に飛び込んできたロデリックの静かな声だった。

今日は儀礼を省略せよと言われて、二人は中途半端に跪《ひざまず》いたところで動きを止め、そのまま立ち上がった。

目の前には、国王ロデリックと宰相フランシスが並んで立っている。

二人の背後の壁面には、マーキス全島を描いた巨大な地図が貼り付けられていた。

そこにくすんだ赤のインクで、被害状況が書き込まれている。流麗《りゅうれい》で几帳面《きちょうめん》な字体は、おそらくフランシスの手によるものだ。

二人とも、衣服こそ、通常より簡素ながらもこざっぱりしたものを身につけていたが、明らかに蓄積した疲労が全身を雨雲のようにどんよりと包み込んでいた。

普段から顔色が悪いロデリックはともかく、いつもはバラ色の頬が印象的なフランシスまで、今朝は紙のように白い顔をして、クリストファーと負けず劣らずのくっきりした隈を、明るいブルーの目の下に作っている。

まるで、今のマーキスの空だ。

執務室の窓からは、城下の景色が遠くまでよく見える。海の向こう、水平線の真上あたりで、抜けるような青空を縁取《ふちど》るように、北へ去りゆく黒い雨雲が見えている。

「とはいえ、皆にとっては、長い三日間であったな」

実感のこもった声でそう言い、フランシスは長い溜め息をついた。

城下や城壁の外からひっきりなしに上がってくる報告を片《かた》っ端《ぱし》からすべて受け、適切な指示を下し、人員を配置する。

代わるもののない指揮官としての務めを、王とその弟は、二人で協力してやり切ったのだ。

遊馬が何か言いかけたとき、それに先んじてフランシスが言葉を吐き出した。

「次にかようなことが生じるまでに、我等に代わり物事を采配《さいはい》できうる人材を育てておかねばならぬな。フォークナー、そなたについても同様だ。次回までに、かような非常時に備え、物資のみならず、人材を揃《そろ》え、鍛えねばならぬ」

遊馬は、我が意を得たりと頷《うなず》いた。

「確かに。今回は三日で嵐が過ぎてくれたから何とかなりましたけど、あれ以上長びいていたら、みんな保たなかったですよ。全員が限界でしたね。今回の嵐の被害を立て直したら、次の災害に備えて、組織作りとか訓練とかを始めたほうがいいと思います」

フランシスは、渋い顔で頷き、しょぼつく目を片手で擦った。まるで子供のような仕草が、遊馬には新鮮で、少しだけ可愛《かわい》らしくも見える。

寝不足で充血した目元を指先で揉《も》みつつ、フランシスは、遊馬をジロリと見た。

さすがに差し出口が過ぎたかと、遊馬はヒュッと首を縮こめる。

だがフランシスは、眠そうな目で遊馬を見て、こう言った。

「わたしは、己を恥じねばなるまいよ、アスマ」

「えっ？」

ポカンとする遊馬に、フランシスは穏やかにこう言った。

「そなたが城内に避難所を設けると言うたとき、わたしは当初、渋ったであろう？　陛下を……兄上をお守りするため、そして城内にある価値ある様々の宝物を守るためのこの城に、城下の民を、身の上を詮議《せんぎ》することもなく迎え入れるなど、正気の沙汰《さた》ではないと思うたのだ」

遊馬は、笑顔でかぶりを振った。

「フランシスさんの不安は、無理もなかったと思います。だけど、あのときは、他に安全な場所を思いつけなかったので。それに、フランシスさんはすぐ理解してくださいました」

「王家への信頼を強めることができると、そなたがいつになく強う言い張ったのでな。これまでの経験上、そなたが強気に出るときは、乗っておくがよかろうと思うた。言わば、咄嗟《とっさ》の打算だ」

「とっさのださん……」

呆気《あっけ》にとられる遊馬に、フランシスは少し自嘲《じちょう》ぎみに笑った。

「されど、そなたの言うたことは正しかった。数回、避難所の様子をこの目で確かめに赴《おもむ》いたが、城下の民に、あれほど感謝されたことはない。皆、堅固な城の中で嵐をやり過ごすことができ、また怪我人《けがにん》、病人の面倒を見てもらえ、あまつさえ温かな食事を与えて貰《もら》えるとはと、手放しで安堵《あんど》しておった」

そのときのことを回想しながら、フランシスは再び目頭《めがしら》に指先で触れた。だがそれは、疲れた目元を揉むためではなく、滲《にじ》んだ涙をさりげなく拭《ぬぐ》うためだったかもしれない。

「フランシスさん……」

「そなたが強う言うてくれなんだら、わたしは大局を見失っておったやもしれぬ。民がおらねば、国は成り立たぬ。陛下……兄上が常に仰せになる言葉だ。そなたは、その言葉を此度《こたび》、確かな形にしてくれたのだ。民の信頼を、いつしかわたしは軽々しく考えていた。我等が胸襟《きょうきん》を開き、民を第一に考え、行動に移してこそ、民は我等の心を理解し、信頼を寄せてくれるのだ。此度の嵐で城門を閉ざしておれば、我等は……いや、兄上は、民の信を失ったやもしれぬ」

いつになく熱のこもった真摯《しんし》なフランシスの言葉に、ロデリックも静かに一言添える。

「避難所に救護所か。アスマ、そなたは我等に新たな概念《がいねん》を与えてくれた。礼を言う」

「そ、そんな、お礼なんて！　これは、僕のいた国でやっていたことを、提案しただけなので。それに、ここでは初めての試みだったのに、避難してきた人たちがたくさん手伝ってくださったので、何とかスムーズにやり遂《と》げることができました。僕がどうこうじゃなく、みんなが一緒に頑張ったから、何とかなったんですよ」

「とはいえ、そなたの提言がなくば、あれほど迅速《じんそく》にことにあたることはできなんだ。やはり、感謝に値する」

なおもそう言い募《つの》るロデリックに、遊馬は照れて困り顔になった。

「だから、ホントに感謝なんて要りませんって。それに僕、ここに来たときの自分なら、お城を開放しろなんて言い出せなかったかもしれません。これは、ポートギースに行かせてもらったからこそ、言えたことです」

ロデリックとフランシスは、思わず顔を見合わせた。先に遊馬に向き直ったのは、フランシスのほうである。

「ポートギースで、そなたは何を学んだというのだ？」

遊馬は、もうずいぶん遠く感じられるポートギースの人々のことを思い出しながら、しみじみと言った。

「ポートギースでは、王家の人たちと城下の人たちの距離が、とても近かったんです。ジョアン陛下はとても国民思いでしたし、苦労はみんなで分かち合おうって感じの人でした。城下の人たちもみんなそれをわかっていて、ちょっと頼りないけど、王様はいい人だから、みんなで盛り立てようって気風が凄《すご》くて。マーキスの王家の高貴なところは凄くいいと思うし、僕も何て言うか、かっこいいし憧れるんですけど、でも、ロデリックさんが、国民のことを凄く大事にしてるっていうのを、みんなに直接伝えられる機会があったらいいなって、ずっと思ってたんです」

「確かに、ジョアン王は破天荒に気さくであられるからな」

フランシスの何とも言えない表現に、遊馬は小さく噴き出しながら同意した。

「はい。今回の嵐はいい機会とはとても言えないですけど、それでも、嵐でみんなが不安なとき、国王陛下が安全な懐《ふところ》に入れて守ってくれるって、凄く嬉しいことだろうと思ったから。……城下の人たちが、そう感じてくれて、僕は凄く嬉しいです。むしろ、僕がありがとうございますって言わなきゃ」

遊馬はそう言って、ペコリと頭を下げた。フランシスは、真っ直ぐな遊馬の言葉に感銘《かんめい》を受けたらしく、右手を胸元に当て、黙り込む。

ロデリックは、「で、あれば、互いに感謝すべきだな」と微笑してそう言うと、背後の地図に向き直った。

「クリス」

呼びかけられ、それまで沈黙を守っていたクリストファーは、地図に歩み寄る。

ロデリックは、骨張った長い指で、地図の城下あたりを指した。

「嵐が本格的に到来する前に避難を始められたこと、そして、そなたと、そなたについた兵士たちの尽力の賜《たまもの》で、少なくとも城下ではひとりの死者も出ておらぬ。八十三年前の嵐の記録では、城下だけで百人以上の死者が出たというのに、だ。ようやってくれた。部下たちにも、わたしよりの心からの謝意を伝えてくれ」

国王みずからの感謝の言葉に、クリストファーは反射的に床に片膝をつく。

「……勿体《もったい》ないお言葉。俺は口下手《くちべた》なので、今のこの心持ちを、彼らに伝えきれるかどうかはわかりませんが、最大限に努力します」

「うむ。されど、島内の数カ所より、被害の報告が入り始めておる。城下でも、家が壊れた者、家財を流された者もあろう。詳細な情報が入り次第、復旧に向けて援助を行うつもりだ」

それでいいかと問うように、ロデリックは遊馬を見る。遊馬は、深く頷《うなず》いた。

「でもまずは、いっぺんしっかり休息を摂《と》ったほうがいいと思います。みんな、嵐と戦ってヘトヘトですから。順番に休憩して、それから復旧に向けて頑張りましょう。とりあえず、厨房《ちゅうぼう》では最後の踏ん張りで、昼過ぎ、街中で炊《た》き出《だ》しをやろうってマーゴさんが言ってました。その手伝いをする人員を、厨房に回してあげてください」

フランシスはすぐに、自分の執務机に歩み寄った。すぐに羊皮紙《ようひし》を革製のシートの上に置き、文鎮《ぶんちん》を載せる。

「心得た。交代要員として控えさせてあった者たちを行かせよう。二十人もおればよいか」

「十分だと思います」

羽根ペンにインクをつけながら、フランシスは視線を上げ、遊馬とクリストファーに声を掛けた。

「そなたらも、鷹匠《たかじょう》小屋に戻って休め。用あらば、使いを寄越す」

言葉は素っ気ないが、声にはいつになく温かみがある。ロデリックも、そんな弟を横目で見て、こう言った。

「では、用あらば、わたしにも使いを寄越すがよい」

しかしフランシスは、それにはすぐに言い返した。

「兄上には、今しばらくこちらに留まっていただきます。王には、家路につく民を見守っていただかねば」

「……まだか」

悄然《しょうぜん》としてぼやくと、ロデリックは立派な執務用の椅子《いす》に倒れるように痩躯《そうく》を預け、目を閉じてしまう。

そんな全身で疲労と眠さを訴える国王と、それを完全に無視する宰相《さいしょう》の姿に、遊馬はこみ上げる笑いを噛《か》み殺しながら、師匠《ししょう》に倣《なら》って恭《うやうや》しく一礼し、退室したのだった……。

互いに、残務を片付けてから鷹匠小屋で落ち合うことにして、クリストファーと遊馬はいったん別れた。

遊馬は、まずは厨房に顔を出し、寝ていたマーゴを申し訳なく思いつつも揺り起こし、応援の人員が二十人来ることを伝えた。

それから、彼はすっかりお馴染《なじ》みになった救護所へ顔を出した。

最後まで残っていた病人たちも、家族に伴《ともな》われて皆、帰り、女官たちが後片付けをしているところだった。

「あら、アスマ様。まだお休みではありませんでしたの？」

最初の夜に、頭を怪我《けが》した少年を介抱していた若い女官が、笑顔で駆け寄ってくる。

実は、女官長が実にしっかりした人物で、救護所に女官を派遣するよう要請《ようせい》を受けたとき、彼女たちをすぐに班分けし、見事に三交代制を敷いてくれた。

おかげで女官たちは、遊馬やクリストファーたちと違い、上手に休息を摂りながら仕事にあたることができ、皆、生き生きしている。

遊馬は、くたびれた笑顔で、彼女に一礼した。

「色々、お世話になりました。片付けの具合はどうかなって、ちょっと気になったものだから」

遊馬がそう言うと、女官は笑って室内を見回した。

「このお部屋については、アスマ様より、わたしどものほうが詳しゅうございますから、ご案じめされませんよう」

「それもそっか。でも、お礼を言う機会があってよかったです。処置を手伝ってもらったおかげで、あの男の子の頭の傷も綺麗《きれい》に治りそうだし」

「それはようございました。……ああ、わたしのほうも、アスマ様にお目にかかれてようございました。これを」

そう言うと、彼女はエプロンのポケットから、折り畳《たた》んだ布切れを取り出し、遊馬に差し出した。

「それは?」

「ふふ、ここでアスマ様に怪我の手当てを受けた子供たちが、包帯の端布に暖炉《だんろ》の炭で絵を描いて残していったのです。お渡しできて、ようございました。アスマ様が、上手に描かれておりますよ」

「えっ、僕が?」

遊馬は、布切れを開いてみた。

なるほど、包帯を切り取った後に残った四角い布切れいっぱいに、何やら黒々と絵が描かれている。遊馬は、眼鏡《めがね》を掛け直し、しげしげとそれを眺めた。

「えっと……もしかしてもしかすると、これが僕……かな?」

布の中央に、まるでカマキリのように両目の大きな丸顔の人間が、おおむね丸と三角で描かれている。女官は、年頃の女の子らしく、クスクスと無邪気に笑った。

「その眼鏡を真っ先に描いたのでしょうね。御髪《おぐし》も炭で黒々と。一目でアスマ様とわかりますでしょう?」

「ま……まあ、簡素な線でよく特徴を摑《つか》んでるって言うべきかな。あと、こっちのが治療を受けてる自分たち? ちょっと小さな人間が何人も描いてある。みんな、何か丸いものを手につけてるけど、これはいったい……」

「手につけているのではございません。持っているのでございます」

「何を?」

「手当てのときに、賢く我慢したご褒美《ほうび》を、です」

「ご褒美?」

目を丸くする遊馬に、女官は両手の指先を合わせて、小さな丸を作ってみせた。

「アスマ様は、あちらこちらへ手当てに飛び回っておられたので、ご覧になっておられなかったでしょうね。でも、子供たちは可哀想《かわいそう》でしたので、厨房から小さなお菓子を貰《もら》ってきて、一つずつあげていたのです」

「お菓子って……あ、もしかして」

遊馬は、ピンときて、疲労の滲《にじ》む顔を輝かせた。

「それって、黄色くて、丸い雫《しずく》みたいな形に丸めた、豆のお菓子？」

女官は笑顔で頷いた。

「はい。初めて見るお菓子でございましたが、子供たちは美味《おい》しい美味しいと大喜びで。怪我の痛みなど、忘れてしまったようでした。私も食べてみとうございましたが、あっと言う間になくなってしまったようで」

残念でございましたと笑う女官をよそに、遊馬はしみじみと喜びを噛みしめていた。

女官も子供たちも、その菓子は遊馬が発案したものだということなど知らずじまいだったろう。

むしろ、知らずに「美味しい」と子供たちが喜んでくれたことが、かえって遊馬には嬉しい。

「これ、僕が持っててもいいですか？」

「ええ、勿論《もちろん》。お渡しできたらとずっと思っておりましたので、私も嬉しゅうございます」

笑顔でそう言うと、女官は優雅に一礼して、仲間のところへ戻っていった。

「そっか……。美味しかったか、あのお菓子」

遊馬はもう一度、子供たちの描いた絵を眺め、それから布を丁寧《ていねい》に畳んでチュニックのポケットにしまい込んだ。

そして、ここに来たときよりずっと軽やかな足取りで、救護所を後にした。

＊　＊

それから数時間の後。

島内各所へ出した使者が、現地の被災状況を把握《はあく》し、次々と戻り始めていた。

彼らの報告を聞く役目は、議会の人々が担《にな》っている。日頃、領地の民からの陳情《ちんじょう》を聞き慣れている彼らなので、使者の報告を書類にまとめるのは得意な作業だ。

しかし、結局、最終的に報告書に目を通すのは、宰相《さいしょう》たるフランシス、そして国王たるロデリックの仕事となる。

二人は未だ休息のタイミングが摑めないまま、どんどん積み上げられていく書類との戦いを続けていた。

執務室に絶えず人が出入りするようになったので、さすがに兄上呼ばわりはできず、フランシスは書類に視線を走らせながら、ロデリックに声を掛けた。

「陛下。しばし、そちらの長椅子で休息なされますか」

ロデリックは、片手で頰杖《ほおづえ》をつき、気怠《けだる》げに書類をめくりながら、もごもごした口調で返事をした。

「先刻、今しばらく働けと言うたのはそなたであろうが」

「確かにさように申しましたが、その『今しばらく』がいつまで続くのか、わたしにも見当がつかぬようになって参りましたゆえ」

「そなたは休まずともよいのか」

「永遠に休まぬわけにはゆきますまいが、今しばらくは」

「また、『今しばらく』か」

「はい」

二人とも視線すら合わせず、会話を続ける。

「それにしても、陛下」

「何だ」

フランシスは、自分の執務机の上に散らばった書類を眺めながら、珍しく沈みきった声で言った。

「死者が少なかったことは不幸中の幸いとはいえ、城下のみにても、もはや数えるのも物《もの》憂《う》いほどの家々の屋根が飛び、汚水溝《おすいみぞ》が溢《あふ》れて家々の床が汚れ、家財が流され……皆、避難所から戻り、みずからの家の修繕《しゅうぜん》に取りかかっておるとはいえ、やはり木材や金など、援助してやらねばなりますまい」

「無論、そうであろうな」

ロデリックはさも当然と言うように頷《うなず》く。その返事を聞いて、フランシスはますます憂《ゆう》鬱《うつ》そうに話を続けた。

「島じゅうのあちこちで、似たような被害が出ておりましょう。そちらにもくまなく、等しく、援助の手を差し向けねば」

「当然であろうな」

「マーキス港でも、石造りの桟橋《さんばし》が二本、崩れ去ったと報告が来ております。そちらも、修繕を急がねば。繋留《けいりゅう》しておっても、沖へ流された船もあるようです。農地や家畜も重大な被害を受けておりましょう。必要とあらば、食料を他国より仕入れることも検討《けんとう》せねばなりますまいな」

ロデリックは、そこでようやく顔を上げた。

「財か」

短く言った兄の言葉を、弟もまた短く肯定する。

「はい」

ロデリックは、長い指で机の上をとんとんと叩いた。

「全島での被害の程度がすべて判明した暁《あかつき》には、速やかに、必要とされる財や金を正確に算定せねばなるまいな。……いや、算定する前より、相当な額になるであろうと容易に推測されるが」

フランシスは難しい顔で頷いた。

「はい。その財を、いずこから捻出《ねんしゅつ》するかが問題でござりますな」

普段は飄々《ひょうひょう》としているロデリックも、やや険しい顔で嘆息《たんそく》する。

「嵐を無事に乗り切ったと安心するは、民ばかりか。我等の困難は、これより先に待ち受けておるな」

「はい。我がマーキスは、財政的には困窮《こんきゅう》しておりませぬが、アングレやフランクのように、資源に恵まれてはおりませぬ。国土も狭うございます。大量の木材や石材を得るにも、食料を得るにも、新たに船を建造するにも、他国に頼るより他はなく、買い付けのためには金銭が必要となりまする。我が国で不自由せぬのは、魚くらいのもので」

「魚だけでもふんだんに手に入るだけで、よしとせねばならぬだろうよ。されど……ふむ、どうにかならぬのか？」

やや呑気《のんき》なロデリックの問いかけに、フランシスの眉間《みけん》の皺《しわ》がキリリと深くなる。彼は、腕組みして兄を軽く睨《にら》んだ。

「無論、ある程度の非常時に備え、予算を組んではございました。されど、かくも大規模な出費は想定しておらず……」

「どうにもならぬのか？」

「ならぬとは申しておりませぬ！」

「されば、どうにかなるのか？」

「わたしは宰相でありますゆえ、意地でもどうにか致しまする。されど……この先を案じねばならぬ程度には、国庫を開くこととなりまするな。再び同じような災害が、近いうちに訪れようものなら、次は賄《まかな》えぬやもしれませぬ」

「ふむ……。ない袖《そで》は振れぬというが、此度《こたび》のことで、我等は両袖を失うということか」

「それに近い状態になろうかと」

「む……」

さすがのロデリックも、金策に妙案はないらしく、弟と同じポーズで腕組みし、高い天井を仰《あお》ぐ。

どんよりした空気がガランとした室内を支配し始めたそのとき、執務室の扉の外から、

「申し上げます！　宰相殿下に、直接ご報告したいことがあると申す者が参っております。如何《いかが》致しましょうや？」と問う近衛兵《このえへい》の声が聞こえた。

「何者か？」

とフランシスは鋭い口調で誰何《すいか》する。扉の外からは、数秒おいて、「地下牢《ちかろう》を管理する者であるそうです」と返事があった。

「地下牢の管理者だと？」

フランシスは、顔をしかめる。

「通してみてはどうか。地下牢でも、何か被害が出たのやもしれぬ」

「畏《かしこ》まりました。……通せ！」

兄の意向に従い、フランシスは凜《りん》とした声を張り上げた。

扉が開き、まろぶように部屋に入ってきたのは、小太りの中年男だった。

「ご、ご、ご報告が、ありまして」

蚊の鳴くような声でそう言いながら、男は両手両膝を床につき、頭を下げた。

やんごとなき人々に拝謁《はいえつ》するときの礼儀作法《れいぎさほう》など知る由《よし》もなかったのだろう。ただひたすら、畏まっていることを示したくて、無闇に全身を低くしているようだ。

「その、お、王様か宰相様か、とにかく偉《えれ》ぇ人に急いで言わんといけねぇことが出来てしまって。地下牢で、そのぉ、起こっちまった、ような、どえらいことが」

男は這《は》いつくばったままで、震える声を絞《しぼ》り出した。緊張しているせいで、言葉の順番がいささか滅茶苦茶《めちゃくちゃ》で、話が理解しにくい。

それでも、どうやら地下牢で何か深刻なアクシデントが起きたらしいと悟ったフランシスは、わざと大きな咳払《せきばら》いをした。

それに驚いて、男は怖々《こわごわ》、顔を上げる。

男は白髪交じりの髪をごく短く刈り込んでいたのでわからなかったが、顔を上げてみると、その妙に色白な丸顔も、着込んでいる粗末な服も、ぐっしょり濡れていた。

さらに、全身から滴《したた》る水が、床にも大きな溜まりを作りつつある。

ロデリックは、椅子《いす》に掛けたまま、興味を惹《ひ》かれた様子で身を乗り出した。

「さように濡れそぼっておるということは、そなた、外におったのか？　地下牢におったのではないのか？」

人生で、国王に会うどころか、直接言葉をかけられるなど、想像もしなかったのだろう。男は飛び退り、再び頭を床に擦りつけて、震える声で答えた。

「ず、ず、ずっと地下牢におりました！　俺ぁ、真面目《まじめ》に仕事をしとりました。牢にぶちこんだ連中を、ちゃ、ちゃんと見張っておりましたところ……」

「ところ？　疾《と》く言わぬか。そなたに長々と時間を割くほど、我等は暇ではないぞ」

フランシスは、軽く苛《いら》ついて先を促す。

男は、緊張のあまり半泣きの声で叫ぶように応えた。

「も、申し訳ございません。そのう、壁が崩れまして」

「何だと!?　よもや、地下牢がすべて崩れてしもうたと申すか！」

「いえ！　崩れましたのは、その、地下牢の一カ所の壁だけでございまして。牢を破った奴はいねえです」

フランシスは、あからさまにホッとした様子を見せた。

「一カ所のみか。罪人は誰も逃げてはおらぬのだな？　城の土台を案じねばならぬ事態かと思うたが、そこまでのことではないのか？」

フランシスの声が和《やわ》らいだので、男はまたゆるゆると顔を上げる。

「さようで。急に壁が崩れて、水がどばあああっと」

安堵《あんど》したのも束《つか》の間《ま》、男が奇妙なことを言い出したので、フランシスは形のいい眉《まゆ》を軽くひそめる。

「水が？　ああ、地下を流れる水が、嵐で嵩《かさ》を増し、地下の石壁を崩してしもうたということか」

「そういうことで！」

「で？　牢に入っていた者どもが溺《おぼ》れでもしたか？」

「いや、それほどじゃねえです。皆、ずぶ濡れですが、まあ死ぬわけじゃなし。俺だってずぶ濡れですが、それもまあ、どうってこたぁねえです。それより、破れた壁の奥から、何だか変なもんがだーっと出てきて」

「変なもの？」

「何て言やぁいいか……。人間、なんですがね」

「人間？」

「死人でさぁ。と、とにかく、見ちゃもらえませんか。あれぁ、ワケアリだ。触ったら、きっと呪われる」

最後のひと言を、男は声をひそめ、早口に言った。

「死人……？」

フランシスは、ロデリックを見た。

その目つきで、フランシスが思うことは十分過ぎるほど伝わったのだろう。ロデリックは、ちょっと面白そうな、人の悪い目つきをして小さく頷《うなず》く。

フランシスは、澄ました顔でこう言った。

「相わかった。よう報せてくれた。すぐに、その『変なもの』とやらを見にいこうではないか」

「じゃ、じゃあ、ご案内を」

男はホッとした様子で床に起き直ったが、フランシスはこう言った。

「ただし、しばし待て。ひとり、呼ばねばならぬ男がおる」

「へっ？」

キョトンとする男に、フランシスは溜め息交じりにこう言った。

「そなたは知らぬだろうが、骸《むくろ》を扱うことにかけては、右に出る者がこの世におらぬ男がおってな。そ奴を呼ぶゆえ、しばし部屋の外で待っておれ」

そして、近衛兵を呼ぶべく、机の上の呼《よ》び鈴《りん》を勢いよく鳴らしたのだった……。

四章　隠されていたもの

「はあ……つらい。鷹匠《たかじょう》小屋って、こんなに遠かったっけ」

世話になった女官たちに別れを告げて救護所を出たときには、ひとまずの達成感で軽かった遊馬《あすま》の足取りも、鷹匠小屋への道を辿《たど》るうちどんどん重くなり、しまいには、途中で拾った木切れを杖《つえ》にして前のめりに歩く羽目になってしまっていた。

今の自分の姿を客観的に表現するならば、高校の理科室に貼られていたポスターでの「ラミダス猿人」のようだろう……などとくだらない記憶が甦《よみがえ》ってくる程度には脳も疲れ切っていて、茂みの向こうに小屋の屋根と煙突が見えてきたときには、思わず嬉し涙が滲《にじ》んだくらいだった。

それでも鷹匠の弟子《でし》の矜恃《きょうじ》を忘れず、遊馬はまず、ぼろきれのような身体《からだ》を引きずって鳥小屋を覗《のぞ》きに行った。

幸い、鷹たちはみな機嫌よく、嵐の前と少しも変わらず元気そうにしていたが、どうやら嵐で小屋の一部が壊れたらしい。屋根板が大きく剝《は》がれ、そこに適当な木切れを集めて打ち付けてあった。

板の大きさも方向も滅茶苦茶《めちゃくちゃ》だが、だからこそ、とにかく雨を鳥小屋に入れまい、鷹たちを濡らすまいという気迫を感じる。

クリストファーの父親が、嵐の最中に応急処置をしたものに違いない。

（落ちついたら、ちゃんと修繕《しゅうぜん》しなきゃな。僕、あんまり大工仕事は得意じゃないけど、屋根板くらいなら何とかなるかも）

ひとまずは鷹たちの無事に安心して、遊馬は鷹匠小屋へ向かった。

鷹匠小屋のほうは、ざっと外から見たところ、どこも壊れてはいないようだ。強い日光を浴びて、小屋の周囲に生えた青草が実に生き生きして見える。

小鳥のさえずりもあちこちから聞こえて、彼らもまた無事に嵐を乗り切ったのだと、遊馬は嬉しい気持ちで木々の梢《こずえ》を仰《あお》いだ。

その途端、たくさんの人に紛《まぎ》れ、城にこもって絶えず走り回って働く生活から解放されたのだと実感され、疲弊《ひへい》した身体がふっと軽くなった気がする。

思わず伸びをすると、気持ちのほうもいささか……若干《じゃっかん》、いつも以上に伸びやかになった。

「汚れたまま家に入るのは何だし……。それに、ここには身内以外は誰も来ないんだから、いいよね、このくらい」

周囲を見回して人気《ひとけ》がないことを確かめてから、遊馬は外で汚れきった服を思いきって脱ぎ捨てた。大事な眼鏡《めがね》も外し、麻の下履《したば》き一枚になる。

実は小学生の頃、人前で裸になるのが嫌で、プールの授業をずっとパスしていたほどシャイだった遊馬にとって、それは人生初の大胆《だいたん》な行為だった。本当は、すべて脱いでしまいたいところだが、そこはさすがに、未だに人並み以上の羞恥心《しゅうちしん》が許さない。

最大限に解放的な格好になったところで、彼は小屋の前の井戸で冷たくて綺麗《きれい》な水を汲《く》み、頭からざぶざぶと何度も被《かぶ》った。

現代日本なら当たり前のように浴びられたはずのシャワーの代わりだ。

熱い湯ではなく、身震いするほど冷たい水ではあるが、台風一過の雲一つない空から容赦《ようしゃ》なく照りつける太陽の下では、その冷たさこそが何よりのご馳走《ちそう》である。

蒸し暑い空気を振り払うように心ゆくまで水を浴び、バスタオル代わりに、比較的汚れていないシャツの身頃部分で身体をざっと拭いて、彼は三日ぶりの「我が家」に入った。家族に託してきた自宅が心配だったのだろう。クリストファーの父親は既に姿を消していたが、床の上には見慣れない大工道具の類《たぐい》が並べられており、室内には微《かす》かにミントに似た清涼感のある香りが漂っている。

見れば、もう火が消えた暖炉《だんろ》のマントルピースの上に、青草の束が載せてあった。香りはそこから来ているようだ。

（ああこれ、夏場によく、クリスさんが虫除《むしょ》けに摘《つ》んできてた奴だ）

下履き一枚で暖炉に歩み寄り、遊馬は懐かしそうに青草に鼻を寄せ、ふんふんと匂《にお》いを嗅《か》いだ。疲弊した気持ちが少しだけシャッキリする、いい匂いだ。

草の束は、軽く乾燥しかかっている。夜は肌寒いし、調理のためにも暖炉に火をいれるので、その熱で草が炙《あぶ》られ、防虫効果の高い香りがより強く放散するのだ。

それも、遊馬がここに来てからクリストファーに学んだことの一つだった。

（クリスさん、お父さんにこの草を虫除けに使うことを教わったんだな）

嵐のときに作った、自分にとってのレンズ豆の菓子もそうだが、こうやって親から子へ色々なことが伝えられていくのだと実感して、遊馬は胸が温かくなるのを感じた。

本当は何か口に入れたい空腹具合だったが、食べ物を調達するのももはや億劫《おっくう》すぎて、彼は下着を着替え、ズボッとした洗いざらしの寝間着《ねまき》に着替えると、そのまま倒れるようにベッドに潜り込んだ。

復旧作業が本格的に始まれば、また仕事は山のようにできるのだろうが、まずは身体と心を休めないことには話にならない。

そういえばクリストファーの姿は小屋の中にはなかった。しかし、きっとそのうち、残務を片付けて戻ってくるだろう。

お互い一寝入りしてから、今後のこと……特に、鷹たちの世話の分担について相談しなくてはなるまい。いつまでも、クリストファーの父親に頼るわけにはいかないだろうから。

そんなことを考え始めて一分と経たないうちに、遊馬は深い湖に沈み込むように熟睡していた。

ところが、である。

その安らかな眠りは、数時間と経たないうちに無残に破られた。

しかも、ただ起こされただけではない。突然小屋に踏み込んできた近衛兵《このえへい》たちにベッドから引きずり出され、何が何だかわからないうちに、ネットで見かけた「捕獲《ほかく》され、連行される宇宙人」のようなポーズで鷹匠小屋から連れ出されるという、ある意味、これ以上ないほどショッキングな展開である。

ただ、この世界に来てからあまりにも酷《ひど》い目に遭《あ》い続け、この手の非常事態にはいささか慣れ過ぎてしまいつつあった遊馬は、咄嗟《とっさ》に、枕元に置いてあった眼鏡を引っ摑《つか》むことだけには成功していた。

おかげで、「着の身着のまま、しかも眼鏡もなし」という最悪の事態だけは避けられたのだが、それとて、視界がよくなった以上の効果はない。

「ちょ……僕が何したっていうんですか！　いったいどこへ⁉」

ここがマーキス城の敷地内であり、三人いる男たちが皆、近衛兵の制服と金属製の胸当てをつけているのを見ると、彼らの直属の上司である宰相《さいしょう》、つまりフランシスの命《めい》で、遊馬をどこかへ連れていこうとしていると察しはつく。

だが、今朝会ったフランシスは、クリストファーと遊馬に休めと言ってくれたし、特に関係が悪化していることを感じさせる要素はどこにもなかった。

まさか、ロデリックの与《あずか》り知らないところで、フランシスが態度を豹変《ひょうへん》させたのでは……という疑惑が一瞬胸に芽生《めば》えかけたが、今となってはそれは考えにくいことだ。

（フランシスさんとは、確かに出会いは最悪だったけど、色々あって、お互いに信頼できる間柄になれたはずだ。少なくとも、僕はそう思ってる。今さら、僕をどうこうしようと思ったりはしないはずなんだけど）

だが今、自分のおかれた状況を冷静に見ると、どう考えても彼は「連行」、いや、もっと有り体《てい》に言えば「拉致《らち》」されている。

しかも、寝間着一枚で、いちばん大柄な兵士の肩に荷物のように担《かつ》がれた状態だ。うつ伏せ状態で、兵士の広い肩にちょうどウエスト部分が乗り、上半身が兵士の胸元、下半身が兵士の背中にダランと垂れ下がっている。

靴下《くつした》すら履かない裸足《はだし》なので、歩かずに済むのはありがたいが、この世界に来て以来、遊馬をこんな風に運んだのは、師匠《ししょう》のクリストファーただひとりである。

クリストファーは、遊馬がもう勘弁してくれと頼んだら笑いながら下ろしてくれたが、兵士は、太い腕でガッチリと遊馬の細いウエストをホールドしていて、その力は万力で締め上げられているように強い。

遊馬が手足をバタバタさせようと、言葉で「下ろしてくれ」と懇願《こんがん》しようと、兵士はまったく取り合わず、ただ大股《おおまた》で歩き続ける。

「ねえ、ホントにどこへ連れていかれるんです？　誰の命令で？　フラ……いや、宰相殿下なんですか？　それとも……」

遊馬は何度も同じ質問を繰り返すが、三人の兵士はまったく取り合わず、城が近くなり、他の人間に見られる可能性が高くなると、持参の麻袋を遊馬の頭にガバッと被せてきた。

しかも袋が落ちないように、首まわりにグルグルと荒縄まで巻き付けられる。

決して強く絞《し》められたわけではないが、喉元《のどもと》を刺激され、遊馬は激しく咳《せ》き込んだ。

「ゲホッ……！　何するんですか！」

人間、視界を遮断《しゃだん》されると、恐怖心が百倍増しになる。抗議の叫びを上げたつもりが、口から出た声は、自分でも驚くほど弱々しかった。

今は手足が動かせるものの、これ以上暴れたら、縛《しば》られる可能性も低くはない。

大声で叫べば誰か気付いてくれるかもしれないが、この辺りを通るとすれば、おそらく城で働く平民階級の人々だ。宰相直属の近衛兵を咎《とが》めることはできないだろう。

下手《へた》をすると、この拉致現場を目撃してしまったせいで、まったく無関係な誰かが巻き添えになり、物騒な目に遭うかもしれない。

ここは、体力を温存するためにも、大人しくしていたほうがよさそうだ。

まだ辺りは明るかったから、おそらく三、四時間しか眠れていないだろう。

今、身体《からだ》に力が漲《みなぎ》っている気がするのは、おそらく驚いてアドレナリンが体内を駆け巡っているせいに過ぎず、まだいくらも回復してはいないはずだ。

いざというときにせめて逃走できるよう、遊馬はひとまず全身から力を抜き、自分を抱え上げている男の腕に身を委《ゆだ》ねることにした。

兵士たちがどこへ向かっているのかさっぱりわからないが、運んでもらえるならせいぜい楽をしようという、開き直った心境にもなってくる。

（うう、こんな目に遭ってるの、僕だけかな。クリスさんは大丈夫かな。だったら、何とかして今の状態を知らせたい）

遊馬は、必死で思いを巡らせた。

拉致されたときの状況を考えると、クリストファーは小屋にいなかったのだろう。

遊馬より先に拉致された、あるいは襲撃されて死……などとは考えたくないので、最悪の展開として意識を失った可能性を想定するとしても、あのクリストファーが一声も上げず、物音も立てずにやられるとは思いにくい。

（いや、でも、僕があんまり爆睡してたから、声や物音に気付かなかった可能性もあるよ

な。実際、部屋に押し入ってくるまで気付かなかったわけだし）

動きを止めてじっとしていると、視覚が奪われて気が逸《そ》れにくい分、思考がクリアになってくる。

それにつれて、クリストファーがもはや無事ではないのではないかという恐ろしい可能性も浮かび上がってくる。拉致の衝撃で興奮していた心に、氷の杭《くい》を打ち込まれたような気がして、遊馬は身震いした。

頭が心臓より下になる体勢である上、自分を運んでいる兵士が歩くたび、身体が上下に揺さぶられるので、遊馬はだんだん頭がふわふわしてくるのを感じた。

軽い乗り物酔いのように、胸もむかつき始めている。

（はあ……もうどこでもいいから、とにかく早く目的地に到着して、下ろしてもらえますように。あとのことはそれから考えるよ）

やや投げやりな願いを胸に、遊馬はひたすら忍耐を続けていた。

二十分ほど経っただろうか。

兵士たちは、どこか建物の中に入ったようだった。

麻袋の織り地の隙間《すきま》から差し込む光が急に弱まり、空気が冷えたのを感じる。

(お城の中かな。でも、裏口じゃみんなの目につくから、違うかも。このヒンヤリ感、たぶん石造りの建物の中に入ったんだと思うんだけど)

無言、無抵抗のまま、遊馬はできるだけ多くの情報を得ようと、神経を研《と》ぎ澄ました。

兵士たちは相変わらず足早に歩き続けていたが、靴が立てる音が硬い。やはり、石床の上を歩いているようだ。

やがて、遊馬の身体に加わる振動が変わった。

(階段を降りてる……。涼しいっていうか寒いし、湿っぽい臭《にお》いがする)

この独特の、身体の芯に滲《にじ》み通るような寒さと、黴《かび》と埃《ほこり》と苔《こけ》の臭いが入り交じった、クシャミがとまらなくなりそうな空気には、覚えがある。

それこそ、この世界に召喚され、早速殺人事件に巻き込まれた挙げ句、地下牢《ちかろう》に放り込まれた、あのときの空気だ。

(ってことは、まさかここは……。僕、また地下牢にぶち込まれるのかな。しかも、信じたくないけど、フランシスさんの命令で……?)

急激に疑惑が膨《ふく》れ上がり、恐怖心が押し寄せてくる。

（あ、ヤバい。本当に吐きそう。こんな袋を被《かぶ》ったまま吐くのは嫌だなあ。だいたい、胃の中は空《から》っぽのはずだよ。何が出るってのさ）

切羽詰《せっぱつ》まっているのか呑気《のんき》なのかわからないことをグルグルと考えていると、ふと、遊馬を運んできた男の足が止まった。

他の男たちも立ち止まったようだ。うるさかった足音が消えると、何故か谷川のほとりに立っているような水音がどこかから聞こえてくる。

（川？　建物の中だと思ったのに、川の流れ？　何だよ、これ）

戸惑う遊馬をさらに困惑させる声が、前方から聞こえる。

「いったい、そなたらは何を運んできたのだ？」

驚きを含んだその声は、間違いなくフランシスのものだった。

（えっ？　僕を連れてきたのは、フランシスさんの命令じゃないの？　だけど、フランシスさんがいるってことは……ん？　どういうことだ？）

混乱する遊馬をよそに、男の声が間近で聞こえた。胸壁《きょうへき》の振動が伝わってくるので、遊馬を抱えている兵士が喋《しゃべ》っているようだ。

「ご命令に従い、秘密裡《り》に鷹匠《たかじょう》の弟子《でし》を連れて参りました！」

（やっぱり、僕を拉致したのは、フランシスさんの命令だったんだ……？　じゃあ今のビックリした声はいったい）

コツコツと足早に近づいてくる、兵士たちより遥《はる》かに軽やかな靴音が聞こえ、首に巻き付けられた荒縄が性急に解かれる。

いきなりガバッと麻袋を取りのけられ、その弾みに眼鏡《めがね》が顔から外れたのを感じた遊馬は、「わあっ」と悲鳴を上げた。

強度の近視である彼にとって、眼鏡はこの世界での命綱《いのちづな》だ。同じレベルの眼鏡を作る科学力と技術力はこの世界にはまだないので、レンズが割れたら、文字どおりの万事休《ばんじきゅう》すである。

遊馬は反射的に、ダラリと下げていた両腕で眼鏡を摑《つか》もうとした。だが、彼が動くより一瞬早く、何者かの手が、見事に眼鏡をキャッチしてくれる。

「た、助かった……。ありがとうございま……フランシスさん⁉」

思わず呑気に礼を言おうとした遊馬は、目の前に立っているのが、裸眼でも見間違いようのない人物であることを確かめ、童顔を強張《こわば》らせた。

フランシスがそこにいることは声からわかっていたが、やはり本人を目《ま》の当たりにすると、本当に彼の指図だったのかと、やるせない失望が押し寄せてくる。

眼鏡がないので恐ろしくおぼろげではあるが、みずから手にしている蠟燭《ろうそく》の光が照らすフランシスの顔は、酷《ひど》く疲れ、沈んでいた。普段は華やかな美貌《びぼう》を誇る彼だが、疲弊《ひへい》すると、妙に兄と顔つきが似てくるようだ。さすが兄弟というべきだろうか。

「そなたらは、何をしておるのだ」

フランシスは忌々《いまいま》しげに小さく舌打ちすると、手ずから遊馬の鼻に丁寧《ていねい》に眼鏡を載せ直してくれた。

「あ、あの、何なんです？」

自分をこんなに荒っぽく拉致させておきながら、この親切な対応はいったい何なのだろうと、遊馬はますます混乱を深める。

そんな彼を無視して、フランシスはきつい口調で兵士たちを叱責《しっせき》した。

「わたしは、誰の目にもつかぬよう、鷹匠小屋から鷹匠の弟子を連れてくるようにとそなたらに申しつけたはずだが」

一方、三人の兵士たちは顔を見合わせ、こちらもかなり困惑した様子で、怖々《こわごわ》フランシスに言葉を返す。

「ですから、殿下。わたしどもは、ご命令に忠実に従ったまででございます」

「馬鹿な……ああ、いや」

自分の命令を改めて脳内で反芻《はんすう》してみたのだろう、フランシスは白いこめかみに右手を当て、深く嘆息《たんそく》した。

「もうよい。下ろしてやれ」

「はっ」

ずっと遊馬を抱え込んでいた兵士は、すぐさま遊馬を床に立たせる。ずいぶん荒っぽい下ろし方ではあったが、落とさないだけ、彼としてはソフトに扱ったつもりなのだろう。

「冷たっ」

遊馬は思わず声を上げつつ、周囲を見回した。

間違いない。しばらくご無沙汰《ぶさた》だったとはえ、忘れようのない場所だ。

薄暗い、黴臭《かびくさ》い、寒い空間。迫り来る低い天井。ゴツゴツした岩肌そのものの壁面。そして、目の前に並ぶ、鉄格子《てつごうし》のはまった檻《おり》。以前、遊馬が入れられた牢とは違う場所のようだが、見える範囲の檻の中には誰も入っていないのが、余計に不気味な感じがする。

「ここは……地下牢、ですよね。どうしてこんなところに僕を？　まさか、また僕を投獄《とうごく》するつもりですか？　僕、何かやらかしました？」

　寒くて、両手で自分の腕をさすりながら立て続けに質問した遊馬に、フランシスはゲンナリした様子でこう応じた。

「許せ、アスマ」

「えっ？」

「わたしはただ、そなたを人目につかぬようここまで連れてこいと申しただけで、寝床から無理矢理攫《さら》ってこいと命じたわけではなかったのだ。そなたは何もしておらぬし、わたしにも、そなたを投獄する理由などない。ただ、そなたでなければならぬ極秘の用向きがあったゆえ、急ぎ、迎えをやったつもりであった」

「え、じゃあ、さっきまでの出来事は……」

「ただ、わたしもいささか疲労し、迂闊《うかつ》になっておった。命令に、『丁重に』と添えるのを失念してしもうたようだ」

「あー……なる、ほど」

「兵どもも、嵐のあいだ、少ない人数で城を守らねばならず、未だ気が立っておったのだろう。いつもならば、わたしの意図くらい、容易に察することができたであろうに」

近衛兵《このえへい》たちも、ようやく自分たちがとんでもない早とちりで遊馬を拉致《らち》してしまったことに気づいたらしく、一様に叱《しか》られ坊主《ぼうず》のような顔で立ち尽くしている。

そこでようやく事情をある程度理解して、遊馬はほっと胸を撫《な》で下ろした。

「よかった。僕、またフランシスさんに何かされるのかと思いましたよ」

思わず零《こぼ》れた実感のこもった言葉に、フランシスはやや迷惑そうに顔をしかめた。

「む……過去のわたしの行いを思えば、そなたの疑念はもっともやもしれぬが、いささか心外だな」

「いえ、疑ったのはちょっとだけなので！　僕が謝るのも変ですけど、一応ごめんなさい。それより、まさかクリスさんにも何かされたんじゃないかってことが心配なんですけど」

それを聞いたフランシスも、まなじりを決して兵士たちを詰問した。

「よもや、鷹匠に危害を加えてはおるまいな⁉」

兵士たちは、三人揃《そろ》ってぶんぶんと首を横に振る。

「小屋には、他に誰もおりませんでしたっ！」

台詞《せりふ》まで、見事に内容とタイミングが揃っていて、いささか気の毒でもあり、滑稽《こっけい》でもある。遊馬には、彼らを咎《とが》める気持ちは、もう少しもなかった。

「よかった……。あの、結果オーライってことで、あの人たちを叱らないでくださいね。一応、僕、無事に目的地に連れて来てもらえたわけですし」

遊馬は努めて笑顔を作ってそう言い、フランシスも「不幸中の幸いだな」と渋い顔で呟《つぶや》いて、兵士たちを叱責することなく、「下がってよし」と言った。

二人きりになってから、遊馬は不思議そうにフランシスの顔を見上げた。

「それにしても、こんなところでひとりぼっちで何をしてるんです？」

「奥に、この地下牢を管理する者がおる。わたしは、そなたがなかなか来ぬゆえ、一時、執務室へ戻ろうかと思うておったところだ」

フランシスはそう言うと、遊馬の全身を見て、苦笑いした。

「まことにすまぬな。よもや、寝間着《ねまき》一枚で拉致してくるとは夢にも思わなんだ」

「僕も、こんな目に遭《あ》うとは思いませんでしたよ」

「あとで、埋め合わせは考えようほどに。……今は、これで許せ」

そう言うと、フランシスは首元にゆったり巻いていた布を取ると、遊馬の肩にふわりと着せかけた。

春に咲く花のようないい匂《にお》いのする、柔らかくて薄手の布だ。おそらく、絹だろう。折り畳《たた》んでマフラー代わりに使っていたようだが、広げると遊馬の背中から胸までをすっぽり覆《おお》えるサイズになった。いわゆるストールという感じだろうか。

「靴《くつ》までは用意できぬが、しばし歩けるか？」

「滑りそうで怖いけど、何とか。どこへ行くんです？　っていうか、僕は何のために呼ばれたんですか？」

遊馬は足元を確かめながら、フランシスに問いかけた。足元の岩盤を削《けず》っただけの床は酷く冷たく、湿度が高いせいで苔《こけ》むして、むき出しの足の裏がぬるついて不快極まりない。

だが一方で、その苔のおかげで、足の裏を怪我《けが》せずに歩けそうだ。

とりあえず恐怖の原因が取り除かれ、クリストファーが近衛兵たちに危害を加えられていないと知ることができたので、遊馬はかなり落ち着きを取り戻していた。

フランシスも、遊馬の見かけによらないタフさはよく知っているので、それ以上気遣うことなく、「こちらだ」と歩き出した。

ただ、さっきのことはフランシスにとっても実はかなりショックだったらしい。狭い通路を先に立って歩きながら、フランシスは低い声でボソリと言った。

「先刻、そなたが頭に袋を被《かぶ》せられ、担《かつ》がれておるのを見て、少々肝《きも》が冷えたぞ」

「えっ？」

遊馬は、ちょっと驚いて訊き返す。

「我が直属の兵どもが、そなたに命に関わる危害を加えたのではないかと思うたのだ。もしさようなことがあらば、わたしは、兄上にもフォークナーにも……ヴィクトリアにも合わせる顔がない」

さっき、慌ただしく自ら荒縄を解き、麻袋を外してくれたフランシスの、一瞬、至近距離に見えた気がした必死の形相《ぎょうそう》は、決して自分の見間違いではなかったのだと、遊馬はずっと強張《こわば》っていた頬《ほお》が、緩《ゆる》むのを感じた。

部下の手前、どうにか威厳を保っていたものの、フランシスも内心、少々どころではなく動転していたらしい。

「ロデリックさんとクリスさんに合わせる顔がないだけですか？」

「……何が言いたい」

「僕自身についてはどうなんですかってことですよ」

こんな目に遭ったのだから、多少は調子に乗る権利があるだろうと、遊馬は前を行くフランシスのスッと伸びた背中に問いかけてみた。

しばらくの沈黙の後、フランシスは振り返らず、歩くスピードも緩めず、やけに平板な口調でこう言った。

「そなたが、我がマーキスにおるべき人間でないことは、承知しておる。そもそもはヴィクトリアがしでかしたこととはいえ、兄上とわたし……いや、わたしにも大いに責はある。ジャヴィードめの手を借りねばならぬのは業腹《ごうはら》だが、そなたを元の世に戻す好機とやらが訪れたならば、その折は、マーキス王家の威信をかけて、そなたを戻さねばならぬと、少なくともわたしは思うておる。兄上のお心の内を勝手に推測することは憚《はばか》られるが、おそらく同様にお考えであろう」

「……はあ」

ちょっとからかうつもりが、意外と大真面目《おおまじめ》かつ重い返事が来て、遊馬は戸惑いながらも相づちを打つ。

「されど、それが今でないことを念じてもおるのだ」

「えっ？」

「今、そなたがおらぬようになれば……」

そう言うと、フランシスはピタリと足を止めた。遊馬も、ずるっと滑って少し慌てつつ、立ち止まる。歩くのをやめると、急に岩肌の冷たさを足の裏じゅうで感じた。

フランシスは、身体《からだ》ごと振り返った。燭台《しょくだい》の光に、白い顔がぼうっと浮かび上がる。疲労でやつれてはいるが十分過ぎるほど美しい卵形の顔には、温かな笑みが浮かんでいた。

「我等兄弟は、いや、そなたにかかわるすべての者が、橋を失った島の如くになってしまうであろうから」

遊馬は、呆然《ぼうぜん》としてフランシスの青い瞳を凝視している。フランシスは、なおも静かに言葉を継いだ。

「冤罪《えんざい》を晴らして兄上の命を救い、もはや引き返せぬほど拗《こじ》れてしもうたと諦めておった兄上との間を取り持ってくれたのは、そなただ。兄上と心を通わせることが叶ったおかげで、兄上の懐刀《ふところがたな》であるフォークナーとも、互いに認め合えるようになった。……アスマ」

「はい」

「わたしはかつて、兄を覇気《はき》のない愚者《ぐしゃ》と思い込み、憎んでおったと同時に、フォークナーのことをも蔑《さげす》んでおったのだ。亡き父王が鷹《たか》を深く愛しておられたのをよいことに、鷹匠の子という立場を利用し、父王と兄上の懐に潜り込んだ卑《いや》しき心根の男と」

遊馬は慌ててクリストファーをフォローしようとした。

「クリスさんは、そんな人じゃないです！　勿論《もちろん》、僕は子供時代のクリスさんを知りませんけど、きっと今と同じだと思いますよ。真っ直ぐで、優しい子供だったと思います」

「わかっておる。であればこそ、難しき御方である兄上も胸襟《きょうきん》を開き、ああも強固な絆《きずな》を結ばれたのであろう。フォークナーの美点を知らしめてくれたのも、そなただ。そなたとフォークナーが共にあるようになってより、あれと話す機会も増えたゆえな」

「だったら、よかったです」

　遊馬は努めて軽く受け流そうとしたが、フランシスは真摯《しんし》な口調で、なおも遊馬には重すぎる告白をした。

「兄上がフォークナーに寄せる絶大なる信頼に、未だ悋気《りんき》を覚えることがある。わたしより長き年月を、本来なればわたしがおるはずであった場所……兄上の傍《かたわ》らで過ごしたあの者を、妬《ねた》ましく思うことすらあるのだ」

「フランシスさん、それは」

「案ずるな。あの者は……フォークナーは唯一無二の忠義の者だと心得ておるがゆえに、かようなことを口にできるようになったのだ。そなたとフォークナーが、ヴィクトリアに従ってポートギースに行き、我等は初めて兄と弟、ふたりだけの濃密な時間を持った。この機会に、フォークナーの場所を奪ってやろうと思う心持ちが、なくもなかったのだ」

さらに、普段の彼なら死んでも言わないような子供っぽい嫉妬《しっと》を素直に吐露して、フランシスはしんみり笑った。

「されど、それは愚かな考えであった。過ごした年月、重ねた記憶は消せぬ。長い時を費《つい》やして育《はぐく》まれ、醸《かも》された絆には、どうあっても勝てぬ」

「あの、フランシスさん、クリスさんは別にフランシスさんを軽んじてなんかいません。むしろ、お二人が力を合わせて国を守っておられることを、喜んで……」

どうにかクリストファーを庇《かば》おうとする遊馬を視線だけで黙らせ、フランシスはこう言った。

「よいのだ。今のわたしは心得ておる。フォークナーは、兄上の寵《ちょう》を受けておるのではない。あれは、もはや兄上の御身の一部なのだ。それが健《すこ》やか、かつ有能であることを言祝《ことほ》ぎこそすれ、悋気を覚える必要など何処《どこ》にもない」

「……ああ！」

遊馬は、頭がごろんと落ちそうなくらい、深く頷《うなず》き、同意を示した。

「これまで上手《うま》く表現できませんでしたけど、それです！　クリスさんはもう、ロデリックさんの身体と心の一部なんですよね。一心同体っていうか、そう、外付けハードディスクっていうのがピッタリ」

「……何と申した？」

うっかりフランシスには理解できない現代用語を口にしてしまって、遊馬は慌てて両手を振った。

「あっ、何でもないです。フランシスさんの表現が、凄《すご》くいいなって思いました」

「さようか」

フランシスはちょっと笑みを深くして、遊馬の眼鏡《めがね》の奥を覗《のぞ》き込むように、軽く顔を近づけてきた。

「ゆえに今のわたしは、フォークナーが再び兄上の傍らにあることを嬉しく思うておる。その上で兄上がなお、わたしを宰相《さいしょう》と……右腕と思うて、頼ってくださることをこの上なく幸いと思うておる。まあ、いささか頼りすぎではなかろうかと思うことも少なくないのだが。そなたもそう思うであろう？　あれはいくらなんでも、弟たるわたしに甘えすぎなのではないかと思うのだが」

あまりにも正直すぎる、しかしとても嬉しい、微笑《ほほえ》ましい言葉の数々に、遊馬は心からの笑顔で同意した。

「ホントにそうだと思います。でも、ロデリックさんも、嬉しいんじゃないですかね。長い間、一緒に過ごす機会がなかったフランシスさんと、ちゃんと兄弟の時間が持てるのが嬉しくて、甘えたりじゃれたりしてるんじゃないですか？　子供の頃にできなかった分を、今取り返してる感じで」

　それを聞いて、フランシスは嬉しさと困惑が入り交じった複雑な顔つきをした。

「それは……その、兄弟の時間と申すはよきことだと思うが、普通は逆ではないのか？」

「逆っていうと？」

「そなたの言葉を借りるなら、甘えたりじゃれたりするのは、弟たるわたしのほうではないのか？」

「……したいんですか？」

「いや……さようなことは、決して」

　でかでかと「ちょとやってみたい」と顔に書いてあるにもかかわらず強がるフランシスに、遊馬はクスクス笑いながらもこう言った。

「さっきの言葉、いつかクリスさんにも言ってあげてくださいよ。きっと、僕の千倍、いや一万倍くらい喜びますから。僕が伝えるんじゃ勿体《もったい》ないです」

だが、フランシスは即座にそれを却下《きゃっか》した。

「改まって、かようなことはとても言えぬわ。これは、疲労困憊《こんぱい》の上に、そなたの思いもよらぬ姿を目《ま》の当たりにして、心乱れて吐き出す言葉と心得よ。さよう、寝言か譫言《うわごと》の如きものだ。……されど、これは譫言ではない。そなたは橋だ」

フランシスは、真顔になって、噛《か》みしめるように繰り返した。

「アスマ、そなたは橋だ。異界から訪れ、皆を繋《つな》ぐ橋だ。そなたと二人で話す機会はあまりないゆえ、不本意な時と場所ではあるが、言うておきたかった」

フランシスの言葉は、驚くほどストレートで、素直だった。

いつも優雅で、言動にもそつがない皮肉屋のフランシスだが、秘めた心の内を語るときには、どうにも不器用で、ぎこちない男になってしまうらしい。

驚きながらも、遊馬は胸がじんわりと温かくなるのを感じた。

確かに、近衛兵《このえへい》たちの勘違いで恐ろしい目には遭《あ》ったが、こうしてフランシスの本心を聞くことができ、自分とクリストファーに寄せてくれる好意を知ったことは、遊馬にとっては大きな喜びだった。

「フランシスさん、僕……」

遊馬が感動してる様子を目の当たりにしたせいで、自分の発言を振り返り、猛烈に照れてきたらしい。フランシスは、蠟燭《ろうそく》の光でもわかるほど白い顔を耳まで赤らめ、ゴホンと大きく咳払《せきばら》いをして、急に厳めしい声を出した。

「とは申せ、今は、そなたの橋としての働きを期待しておるわけではない！　無駄話はこまでだ。今は、そなたのもうひとつの際立《きわだ》った才、骸《むくろ》を視《み》る力を借りたいのだ」

再び歩き始めたフランシスの物騒な言葉に、まだにこにこしていた遊馬は、キョトンとした。

「骸？　地下牢《ちかろう》に、死体が？」

「うむ。嵐のせいで、地中を流れる水の量が急激に増えたのであろう。地下牢の最奥の石壁の一部が崩れ、そこより地下水が噴出してきたのだ」

遊馬は、ポンと手を打った。

「もしかして、ずっと聞こえてる水音は……」

「さよう。未だ、地下水は流入し続けておる。嵐が去り、地下水の量も徐々に減ってもおるゆえ、様子を見るつもりだが」

「ってことは、僕に今から見せようとしてる死体って、もしかすると、その地下水で溺《おぼ》れ死んだ人ですか？　それか、崩れた壁の下敷きになったとか？」

「そうではない。人知れずそなたを呼べと兵どもに命じたのは、実に奇態な骸が……いや、わたしがくどくど語るより、その目で見たほうが早かろう。すぐそこだ」

フランシスは、軽く燭台《しょくだい》を掲げてみせた。

なるほど、長い通路の奥に、松明《たいまつ》の明かりが揺れているのが見える。炎が、小柄だがでっぷりした男のシルエットを浮かび上がらせていた。

「あれが、牢を管理する男だ。怯《おび》えて、居残りを嫌ったが、有無を言わさず見張りを申しつけてある」

「可哀想《かわいそう》に。っていうか、地下牢、こんなに広かったんですね。あと、この辺には、牢屋が凄く少ないのはどうしてです？　牢と牢の間隔《かんかく》が、凄く広い気がします」

遊馬の疑問に、「よいところに気がついた」と、フランシスは満足そうに説明した。

「この辺りには、かつて、特に重い罪を犯した者を入れるための独房が並んでおった。他の罪人と接触させぬよう、隔絶された牢に生涯《しょうがい》留めおかねばならぬような者だ。看守との会話も、当時は一切禁じておったと聞く」

「ああ、話が上手《うま》くて、他の人をすぐ味方に引き入れちゃうような人ですね。看守を丸め込んだり、他の罪人を焚《た》きつけて反乱を起こしたり。そういう映画を観ました。あ、いや、そういう物語を、読みました」

「うむ。あるいは……王家の一員や、貴族階級の者が反逆を試みた折も、かような隔絶した牢で、想像を絶する孤独のうちに生涯を送らせたと聞く。今は幸い、さような重罪人はおらぬ。ゆえに、無人の区画であったことが幸いした。ただ、崩れた壁の向こうに、隠し部屋が見つかったのだ」

「隠し部屋⁉」

　遊馬は、まるで本当の物語のような展開に心底驚いて、つい大きな声を出してしまった。狭い地下牢に、自分の声が幾重にも反響して気持ちが悪い。

　フランシスも顰めっ面でチラと後ろを振り返った。

「さよう。そこに、世にも恐ろしき骸があるのを、管理人が発見し、我等に直接、報告を寄せてきた。骸に何やら特別なものを感じたのであろう。さような意味では、あの管理人、なかなかに聡《さと》いところがある。そして、骸といえばそなただ。急ぎ見せねばと思うてな」

「死体と言えば僕って、あんまり喜べない評価ですけど、それにしても、恐ろしき骸ってのはいったい……」

遊馬は、思わずゴクリと生唾《なまつば》を飲んだ。

この世界の人々は、遊馬がいた世界よりずっと、死に近い人生を送っている。

統計があるわけではないが、平均寿命《じゅみょう》は現代日本よりずっと短そうだし、病気や怪我《けが》に対する優れた治療法もまだない。殺したり、殺されたりといったことがかなり日常茶飯事《さはんじ》で、皆、命のやり取りを遊馬ほどは重く考えていないと感じることがある。

そんな環境で生まれ育ったフランシスが「恐ろしき骸」と表現する死体とは、いったいどんなものなのか……。

(こういうときに、ワクワクしちゃう自分が嫌なんだけど……でもやっぱり、しちゃうんだよなあ)

遊馬は決して死体愛好者《ネクロフィリア》ではないし、人の死を軽んじたことも、楽しんだこともない。

それでもやはり、法医学者を志《こころざ》す医学生として、滅多《めった》に遭遇《そうぐう》できないような死体が視られるかもしれないと思うと、胸が躍ってしまうのだ。

それはおそらく、好奇心の発露というよりは、武者震いに近いものなのだろう。

まだ医師免許すら持たない身で、一国の宰相《さいしょう》に「死体といえばアスマ」と身に余る信頼を得ていることに対する緊張と高揚感《こうよう》も手伝っているのかもしれない。

とにもかくにも、浮き足立ちそうな気持ちをグッと引き締め、遊馬は徐々に近くなってくる松明を目印に、やや小走りになりかけながら歩き続けた……。


「宰相殿下、俺ぁもう嫌でございますよ、こんな気味の悪い死体の番なんて。後生《ごしょう》ですから、持ち場に戻らせて……ヒエエエエッ！」

肉付きのいい地下牢の管理人は、フランシスの姿を見るなり、まろぶように近づいてきた。しかし、背後からやってきた遊馬の姿を見て、けたたましい悲鳴を上げ、後ろにひっくり返る。

そのままどこまでも後転していきそうな勢いであったが、二回転半でどうにか停止した彼は、崩れた岩壁にひしっとしがみついた。

「ゆ、ゆゆゆ、幽霊が！　殿下の後ろにッ！」

どうやら、白っぽい寝間着《ねまき》姿の遊馬が、幽霊に見えたらしい。そのあたりの認識は、現代日本もこの世界のマーキスも変わらないのが少し可笑《おか》しい。

さっきは死体のエキスパート呼ばわりされ、今度は幽霊と見間違えられた遊馬は、いささか憮然《ぶぜん》としてぼやいた。

「酷《ひど》いなあ、もう。僕は幽霊じゃないです。ほら、足はちゃんとありますよ」

遊馬は寝間着の裾《すそ》を持ち上げ、両の脛《すね》を露わにしてみせたが、管理人はぶるぶるとかぶりを振った。

「幽霊にだって、足くらいありまさぁ」

「えっ、マーキスではそうなんですか？　ううむ、そのへんは違うんだなあ」

感心する遊馬をよそに、フランシスは渋い顔で管理人を叱《しか》りつけた。

「地下牢を管理する者が、さように怯懦《きょうだ》で如何《いかが》する。確《しか》とせよ。この者は、幽霊などではない。骸を読み解くことに恐ろしく長《た》けた男よ」

「さ、さようで。そりゃまた薄気味の悪いお方じゃねえですか」

管理人は、まだ尻餅《しりもち》をついたまま、ジリジリと脇に退く。

以前、投獄されたときに会ったことがあるのではないかと遊馬は少し期待していたのだが、人が替わったのか、見知らぬ男だった。

ひとまず管理人のことは無視するとして、遊馬は、無残に崩れた石壁を見た。彼の膝の高さくらいまでは壁が健在で、その向こうには、地下水がなみなみと溜まっている。壁を越えて溢《あふ》れ出した地下水が牢の通路の床を流れ、川のせせらぎのような、妙に快《こころよ》い音を立てていた。

「最初から裸足《はだし》だから、濡れることを嫌がらなくて済むのはいいな」

そう呟《つぶや》きながら、遊馬はまるで女の子のようだと思いつつ、寝間着の裾を持ち上げ、太《ふと》股《もも》で絡げてミニスカートのようにすると、じゃぶじゃぶと流れる地下水を渡って歩き、崩れた壁に近づいた。

驚いたことに、フランシスも片手で器用に長衣の裾を持ち上げてついてくる。

思えば、彼の脚を見るのは初めてだ……と、奇妙な感慨《かんがい》を抱きつつ、遊馬は石壁の向こうに視線を向けた。

「なるほど、ここが隠し部屋になっていたわけですね。こんな頑丈な壁で塞がれてちゃ、誰も気付かないのも当然だな」

「さほど用いる機会のない区画でもあったゆえな」

そう言いながら、フランシスは、水が流れる床に未だへたり込んでいる管理人に厳しく命じた。

「いつまでそうしておる。疾《と》く、松明に火を灯さぬか」

「は……？　お、俺がまたあの部屋の中に入るので？　あいつに近づくので？」

「近づいたところで、嚙《か》まれるわけではあるまい。疾くせよ」

フランシスは燭台を掲げて隠し部屋の入り口を照らし、管理人を急《せ》かす。

隠し部屋の壁際に、うっすらと、火が点いていない松明らしきものが見えた。台座は水に浸かってしまっても、松明自体は水の上に据えられているのだろう。

「は、は、はい、ただいま」

管理人はヨタヨタと立ち上がると、壁面の松明から細い木片を剝《は》ぎ、それに火を移した。よほど死体が恐ろしいのか、そんなささやかな動作の間じゅう、彼の肉厚の手はずっと震えどおしだった。

それでも、恐ろしい死体より、意外と短気な宰相の逆鱗《げきりん》に触れるほうが恐ろしかったのか、管理人はえっちらおっちら石壁を越え、ジャブジャブと賑《にぎ》やかな水音を立てながら、隠し部屋に入っていった。

やがて、部屋の向かって右手に、小さな火が点る。松明に着火したのだ。明らかに人為的に削《けず》られた岩肌が、ぼんやり照らし出される。未だ、鏨《たがね》の跡がクッキリ見えた。

しばらく待っていると、松明の火は十分に大きくなった。

オレンジ色の温かな光で照らされた隠し部屋は、遊馬が想像していたものとまったく違っていた。

「何だ、この豪華な部屋」

それが、部屋の印象を端的に表現する言葉だった。

隠し部屋などというので、てっきり秘密の物資を積み上げて隠してあったのではないかとか、それこそ呪われた罪人を封じ込めたのではないかとか、勝手な想像を巡らせてきたが、そこは、まるで高貴な人の居室のように整えられていた。

（ああ、これ、地下牢に入れられたときに、ロデリックさんが入ってた隣の牢屋にちょっと似てる）

遊馬はこみ上げる奇妙な懐かしさに困惑しつつ、室内を眺め回した。

六畳《じょう》ほどの小さな室内には、美しい細工の家具が置かれていた。

地下水が溢れ出したときに倒れたものもあるようだが、箪笥《たんす》、椅子《いす》、大きな壺《つぼ》や立派な寝台など、それも質の良い木材で作られた、細かい装飾の入ったものであるようだ。

「立派なお部屋ですね。入ってもいいですか？」

「無論だ」

フランシスが頷《うなず》いたので、遊馬は石壁を乗り越え、隠し部屋に入った。

一歩踏み込んだところで、遊馬はギャッと小さな悲鳴を上げた。足の裏に、さっきまでの岩とは異質な感触があったのだ。

やわらかく、ふにゃんとしていて、それでいて細い糸の集合体のような感覚がある。反射的に足を上げた遊馬は、下を見て、「ああ」と、今度は間の抜けた声を出した。

地下水を透かして、赤いシート状の物体が見える。おそらく、毛足の長い、上質の絨毯《じゅうたん》だろう。

「何だよ、もう。びっくりさせないでくれよ。……っていうか、絨毯まで敷かれてるんですか、この部屋。いったい、何のための……っていうか、誰のための……」

そこまで言って、遊馬はハッとした。

「あのう、お邪魔でしょうし、俺ぁちっとばかり離れたとこにいますね」

「好きにせよ。持ち場に戻ってよし」

管理人がこそこそと隠し部屋から逃げ出すのと入れ違いに、少し難儀《なんぎ》そうに石壁を跨《また》ぎ越えてきたフランシスは、相変わらずすらっとした白い脛を剝《む》き出《だ》しにして、遊馬の隣に立った。

「誰のため、か。おそらくは、『世にも恐ろしき骸《むくろ》』のための設《しつら》えではなかろうか」

遊馬は、不思議そうに室内を見回した。

「じゃあ、この部屋の『主人』は、いったいどこに？　その恐ろしき骸っていうのは、どこに安置されているんですか？」

「発見されたままに置いてある。安置など、しておらぬ。以前、そなたが言うておったであろう。現場の保存、とやらが重要だと」

よもや、刑事ドラマ鉄板の台詞《せりふ》をフランシスの口から聞けるとは思わず、遊馬は思わず噴き出しそうになるのを危ういところでこらえた。

「た、確かに。覚えていてくださってありがとうございます。で、ご遺体はどちらに？」

フランシスは、無言で、足元を指さした。その指先が、徐々に、部屋の中央に据えられた、ひときわ立派な、直立する背もたれが驚くほど高い椅子へと向けられる。

「ん？　あっちですか？」

流れる地下水に逆らって動くのは、たとえ水深が浅くても、なかなか骨が折れる。

なるほど、浅瀬でも人は溺《おぼ》れるはずだと妙に納得しつつ、椅子に近づいた遊馬は、驚きのあまり、さっきの管理人のアクションを笑えないほど見事に、その場に尻餅をついた。

せっかく濡れないようにしていた寝間着が、冷たい地下水をどんどん吸い上げていく。下履《したば》きも瞬時にびしょ濡れになり、まるで粗相《そそう》をしたようで気持ちが悪い。

だが、そんなことに気を取られる余裕は、遊馬にはなかった。

「こ……こ、これ」

水の中で尻餅をついた遊馬の目の前に、人体が横たわって、いや、転がっている。左側を下にした側臥位《そくがい》で、ちょっと胎児《たいじ》に似たポーズで膝を九十度に曲げており、全身が奇妙に灰色がかっている。

顔面の大半が水中にあるので、もはや死体であることは確かだ。

フランシスは、少し離れたところから遊馬に声を掛けた。

「どうだ、世にも恐ろしき骸であろうが」

遊馬は、その声に答えることすらできなかった。

むしろ、正直を言えば、逃げ出した管理人のことも、フランシスのことも、彼の意識の外にあった。

「これは……」

遊馬は濡れた手を持ち上げ、ゆっくりとずれた眼鏡《めがね》を掛け直した。それから、松明《たいまつ》の光に照らされた水中の死体をじっくりと観察した。

死体は一見、新鮮なものであるように見えた。

頭部は色の薄い金髪で覆《おお》われ、その髪は死体の頰《ほお》にかかり、首元まであった。

顔面も、よく保たれている。顎《あご》にたくわえた、美しく手入れされた短いヒゲまできちんと残っており、全体的に表情は硬いものの、微笑らしきものすら見てとれる。

絶世の美男子というわけではないようだが、どことなく高貴な雰囲気《ふんいき》のある容貌《ようぼう》だ。

「何だ、このご遺体。恐ろしいとは思わないけど、ちょっと不思議な感じがする」

遊馬は躊躇《ためら》いながらも、顔面にそっと触れてみた。そして、その意外な感触に驚いて、反射的に指を引っ込める。

（何だ、これ。人形？）

触れた感じが、妙に硬い。だが、指先が脂《あぶら》でぬらぬらと滑るような感じも、同時にある。

しかし、死後硬直の硬さとは根本的に違う感触だったし、一方で、腐敗によって表皮が融解《ゆうかい》したときのぬるつきとも違う。

（初めてだ、こんな感触。それに、こんな肌の色）

「アスマ？　如何《いかが》した？」

フランシスに気遣わしそうに問われ、遊馬はようやく彼の存在を思い出し、視線を上げた。フランシスは、いつの間にか遊馬のすぐ傍に立ち、彼のために燭台《しょくだい》を死体のほうへ向けてくれていた。

「すみません、フランシスさん。もう少しだけ、視《み》させてください」

「必要なだけ、時間を掛けるがよい。されど、見立ては逐一《ちくいち》、わたしに報せよ。かように突っ立っておっては、凍えるばかりゆえな」

そう言って、フランシスはいつもの皮肉っぽい笑みを浮かべた。

「僕もだいぶ寒いですけど……っていうか、今、浅いプールにつかったみたいになっちゃってますけど、すみません、せっかくお借りしたこれ、濡らしちゃいました」

遊馬もちょっと笑って、部分的に水に浸かってしまった布を指さした。

「構わぬ。手始めにその骸、いつからそこにあったと見立てるか?」

そう問われて、遊馬はうーんと唸《うな》って腕組みした。

「それがいちばんクリティカルな問題なので、もうちょっと外堀を埋めさせてください」

「よかろう」

フランシスは鷹揚《おうよう》に応じる。

遊馬は再び死体に視線を戻し、それからハッとした様子で隠し部屋の中を見回しながら、フランシスに問いかけた。

「もしかして、この隠し部屋、ずいぶん長いあいだ、地下水に浸っていたんでしょうか？　いや、もとから地下水に浸すつもりで、この部屋を作ったんでしょうか？」

遊馬は顔を見ていなかったが、フランシスの声だけでも、彼がその質問を意外に思っていることはわかった。

「何故さように思う？」

「家具が……」

「家具が如何した？　いずれもよき品であると思うたが」

「善し悪《あ》しはよくわかりません。よさそうですけど。それよりさっき、椅子を見たときにあれっと思ったんですが、地下水が石壁を破って溢《あふ》れ出したとき、かなりの勢いで水が流れたと思うのに、倒れてる家具が妙に少ないんですよね。部屋のレイアウトからして、ちょっとずれてるかな、くらいのものが多くて」

「ふむ」

「で、よく見てみたら、木製の椅子の脚四本ともに、物凄《ものすご》くがっつり、石の重石《おもし》がつけてあるんですよ。それで不思議に思って……」

遊馬は両手を絨毯《じゅうたん》についていったん立ち上がると、歩きにくそうにしながらも、箪笥《たんす》や箱を注意深く開けて回った。そのたび中に入っていた地下水が溢れ出したが、遊馬は気にも留めずにそうした収納家具の内側を次々とフランシスに指し示した。

「やっぱり、重石が入ってる。家具を浮かせない、動かさないっていう、強い意志を感じます。ほら、ベッドやテーブルの脚にも重石が。これ、半端な重さじゃないですよ。両手でも動かせませんもん。あと……」

「まだあるのか？」

「これです」

遊馬は、座る者のない椅子の手すりから、何かを持ち上げてフランシスに見せた。

それは、ちぎれたロープだった。さっき、遊馬の首に巻き付いていたものに比べればずっと細いが粗《あら》い手触りで、おそらくシュロ縄に似た材質のものだろう。

フランシスは、すっと目を細めた。

「それは？」

「この椅子の肘置きに絡まってました。残りは地下水と一緒に流れていったんだと思います。そして……このご遺体です」

　遊馬は、遺体の姿勢をフランシスに示した。

「最初、この姿勢、まるで赤ちゃんみたいだって思いました。ぱっと見、まだ新鮮で、死後硬直が起こってこの姿勢なのかと思ったんですけど、そうじゃない。この人、全身が固まってるんです。関節を動かすことができない。……つまり、この姿勢のまま、ずっといたんだと思います」

　フランシスは、ただ遊馬が肘や股関節《こかんせつ》が動かないことを示すのを、じっと見ていた。

「さようなことが起こりうるのか？　全身が固まるなどと」

「その話は、ちょっと後で。それより、この姿勢です。そして……これ、そうじゃないかな。ちょっと灯りをご遺体の胸元に近づけていただけますか？」

「こうか？」

　フランシスは、遊馬のために長身を屈める。謎の死体にいささか顔を近づけることになるが、好奇心が勝つのか、特に躊躇《ちゅうちょ》いはしなかった。

　遊馬は、何かを男がまとった豪奢《ごうしゃ》な上着の袖《そで》から引き抜いた。

「線維《せんい》が粗いから、服のあちこちに引っかかるんですね。ほら、これはたぶん、椅子に引っかかっていたロープの線維です。他にも同じように、あるんじゃないかな……ほら、膝にも。ズボン……いや、これ、タイツかな。タイツにも縄の線維が刺さってますね」

遊馬のために燭台を必要な場所へ動かしながら、フランシスは少し苛《いら》ついたように質問した。

「して、その縄が何だと申すのだ」

「たぶん、この人、浮かない椅子に縄であちこち縛《しば》って固定された状態で、ずっと地下水に浸ってたんだと思うんです。そして、年月が経つうちに、死体がこんな風に、硬くなった。硬くなった理由としては」

遊馬はそこで言葉を切り、フランシスの顔を見上げた。

「ここからは、大学で受けた講義の受け売りになるんですけど」

「構わぬ。言うてみよ」

遊馬は、大学で大好きだった法医学の講義を思い出しながら、口を開いた。

「死体は、たいてい最終的には腐敗して、骨になっていくものです。でも、中には特殊な条件下で、『永久死体』と呼ばれる状態になることがあります」

「永久死体とは、また、大きく出たものだな。それはつまり……」

「ミイラのようなものか？」

フランシスの背後から、地下牢《ちかろう》のただでさえ低い気温をさらに数度下げそうな、ひんやりした声がした。

フランシスは、すぐに振り返り、尖った声を上げる。

「兄上！　供の者も連れず、かようなところにお出ましになるとは、あまりに迂闊《うかつ》なのでは！　国王としての自覚をお持ちくださいと、日頃あれほど申し上げておりますのに」

小型の松明を手にした黒衣の王は、母親のようにガミガミ怒り出した弟に、平然と言い放った。

「途中までは伴《ともな》っておったのだ。されど、年若き者ゆえ、地下牢に恐れを成し、途中で動けぬようになったのでな。置いてきた」

「うわ、可哀想《かわいそう》に」

遊馬は思わず、見知らぬ従者に同情する。

ロデリックは、地味に見えるが最高級の布地が地下水に濡れることなど少しもいとわず、隠し部屋のほうへやってきた。むしろ、水遊びを楽しむ子供のような動きだ。

「アスマ、そなた、斬新《ざんしん》な出《い》で立《た》ちだな。まるで、処刑寸前の罪人のような薄着ではないか」

ロデリックは、遊馬の服装に気づき、不思議そうにそう言った。フランシスは、自分の失態を兄に知られたくないのか、わざとらしく明後日《あさって》の方向を見る。

(ひとつ、貸しですからね!)

心の中でフランシスにそう言い、遊馬は適当な言い訳をでっち上げた。

「地下水にまみれるって聞いたんで、濡れてもいい服装で着ました」

「なるほど。そなたはなかなかに賢いな。やや薄着が過ぎるとは思うが」

そんなロデリックの実に真っ当な反応を曖昧《あいまい》な笑顔で遊馬がやり過ごすと、フランシスが涼しい顔で会話に再び戻ってきた。

「戻り次第ご報告に上がりますゆえ、まずはゆるりとお休みくださいとあれほど申し上げましたのに」

そんなフランシスの苦言には、力はこもっていない。学者肌の兄を本当に制止できるとは、フランシス自身も思っていなかったのだろう。

「奇態な骸《むくろ》が出たというに、寝床におれと申すほうが苦行《くぎょう》というものであろう。心ゆくまで視察を行ったあかつきには、そなたの申すとおり、存分に休息しようではないか」

フランシスは大袈裟《おおげさ》に溜め息をつき、椅子《いす》の上に燭台をそっと置いた。そして、やってきた兄の手から松明を受け取り、遊馬と、水の中に横たわる死体をより明るく照らした。

これまでの遊馬の見立てをロデリックに掻《か》い摘《つ》まんで説明するフランシスの声を聞きながら、遊馬は両手で、遺体の近くの水中を探った。

さっきよりかなり明るくなったので、視覚と触覚の両方をフル活動して、目当てのものを探す。

やがて説明を終えたフランシスが、「何をしておるのだ?」と問いかけてくる頃、遊馬は何かを水中で摑《つか》んだまま、自分の前に立つ兄弟の顔を交互に見た。

「さっきの話の続きです。永久死体というのは、さっきロデリックさんが仰《おっしゃ》ったミイラが一つのタイプです。ミイラ化は、死体が極度に湿度の低い環境に置かれた結果、乾燥のスピードが腐敗のスピードを上回った場合に起こるんです」

ロデリックは知っていると言いたげに頷《うなず》いたが、フランシスは首を傾げる。

「回りくどい説明だな。簡潔に申せ」

遊馬は戸惑いつつも、あっさり言い直した。

「つまり、腐る暇もなく全身がカラカラに乾いて、干物《ひもの》みたいになっちゃうんです。干物も、腐らずに日持ちするでしょう？　あれをさらに徹底的に干した奴がミイラです」

「……む、なるほど。つまり、乾燥しきった皮と肉がいつまでも骨について残るゆえ、永久に消えぬ死体、と申すわけか」

「そういうことです。なので、砂漠なんかでは天然のミイラができることがありますし、そうじゃなくても、人工的な方法でミイラを作ることもできます。……マーキスにも、ミイラを作る文化はあるんですか？」

ロデリックは、面白そうに答える。

「いや。少なくとも今は、我が国にはさような習慣はない。されど、死体の内臓を死後すみやかに抜き、胴体が空虚になった人体を乾燥させ、死後も生前のような姿を保つミイラを作る国があるという話は、書物で読んだ」

「こっちの世界にも、エジプト的な国があるんですね。それはさておき、このご遺体は、ミイラの対極にあるものです。たぶん『死蠟《ろう》化』って呼ばれるもの……。僕も実際に見たことはないので、たぶん、としか言えないんですけど」

「しろうか？」

兄弟は、口々に耳慣れない言葉を口にした。遊馬は、こっくりと頷く。

「死体が蠟のようになる、という意味です」

ロデリックは興味を惹《ひ》かれた様子で、痩軀《そうく》を屈め、死体をしげしげと見る。

「骸が蠟のようになるとは……まことか？　いかなる環境下で、さような変化が起こるのだ？」

ロデリックも疲労しているはずなのに、その暗青色の目が、デスクワークしているときは決して見せない強い光を帯びている。知的好奇心が、今の彼の動力源なのだろう。

遊馬は、少し困り顔で説明を試みた。

「ミイラ化には、高度に乾燥した環境が必要でした。一方で、死蠟化に必要なのは、腐敗菌が繁殖《はんしょく》できない……つまり、人の身体《からだ》が極めて腐りにくい、比較的低温、そして高度に湿潤で、外気が遮断《しゃだん》されている環境です」

「比較的低温……高度に湿潤……外気が遮断……だと？」

フランシスが復唱する条件に、遊馬は具体例を挙げてみせる。

「つまり、泥炭地や湿地……高度に湿った土の中ですね。それから、水中。浅い水より、深い水底のほうが、温度が低いですし、空気の遮断率も高いですから、死蠟化しやすい環境です」

ロデリックは興味深そうに隠し部屋の中を見回した。

「そなたの推測では、この部屋ははなから地下水をたたえるように設《しつら》えられていたのではないかということであったな。で、あれば、その死蠟化の条件にかなうわけか？」

遊馬は慎重に肯定した。

「そうですね。地下水はとても冷たくて綺麗《きれい》ですし、地下の空間もただでさえ涼しい。腐敗を抑制する条件にはかなうと思います」

「その際、人体が蠟と化すのはいかなる機序によるものだ？」

「それ、どう説明したらいいんだろう。ガチ説明なら、死体中の中性脂肪《ちゅうせいしぼう》が、まずは脂肪酸とグリセリンに分解されるんです。その脂肪酸に、今度は体内にあるマグネシウムイオン、カルシウムイオンなんかが結合して……」

一生懸命話す遊馬を片手を軽く上げて制止し、ロデリックは済まなそうに口を挟んだ。

「すまぬが、そなたが何を言うておるのか、わたしには微塵《みじん》も理解できぬ」

フランシスも、兄を庇《かば》って声を上げる。

「わたしなど、兄上よりさらにわからなんだわ。アスマ、これは我等が愚鈍《ぐどん》なのではない。そなたの説明が至らぬせいだぞ」

「んー、まあそりゃそうですよね。すいません。うーん」

遊馬はしばらく考え込み、やがて開きなおった様子でこう搔い摘まんだ。

「つまり、人間の皮膚《ひふ》の下にある脂《あぶら》が色んな理由で変化して、蠟燭《ろうそく》とか石鹼《せっけん》とかみたいに、まずは柔らかい、少し黄色っぽい物質に変化するんだそうです。作りたての蠟燭や石鹼って、ちょっと滑らかで柔らかいですもんね」

ロデリックとフランシスは、ほぼ同時に死体を観察し、それから顔を見合わせ、見事に左右対称に首を動かして遊馬を見た。

口を開いたのは、フランシスのほうである。

「されど、ここに横たわる骸は、そなたの言う黄色みがかかり、滑らかで柔らかとは言い難い見てくれではないか？　まず、色は灰色だ。しかも、そなたは先刻より、この骸は硬いと申しておった」

遊馬はそれを肯定する。彼の顔も真剣そのもので、いつもの鷹匠《たかじょう》の弟子《でし》ではなく、医学生、いやこの世界においては、医者の顔になっている。

「そのとおりです。古い石鹼や蠟燭は、どんどん硬くなり、色が変わり、最終的にはとてももろく砕《くだ》けてきますよね。死蠟も同じなんです。このご遺体、地下水が溢《あふ》れたときに縄が切れて、長年、固定されていた椅子から外れたんだと思います。そして、溢れ出る地下水に流され、椅子の前へ倒れ込んだ。そのときに……」

遊馬はずっと水の中に入れていた手を差し上げた。その手には、死体の右の前腕から先が握られていた。

ちょうど肘の関節から、腕がもげてしまったらしい。

死体の右腕は、まるで遊馬の世界のマネキン人形のパーツを持ってきたように見えたが、完全に保存されているわけではなかった。

手首のあたりからボロボロとスコーンのように皮膚《ひふ》や肉がひび割れて崩れ、細長い骨や丸い骨が露出している。さらに、指はほとんど失われ、親指の付け根と中指の付け根だけが、かろうじて残っていた。

フランシスは、厭《いと》わしいものを見たと言わんばかりに、松明《たいまつ》を持っていないほうの手の袖《そで》で、顔の下半分を覆《おお》う。

遊馬は苦笑いで言った。

「大丈夫、今のところはほとんど臭《にお》いませんよ。こんな風に、時間が経過した死蠟は、細いところ、細かいところから、砕けていくんです。色も、黄色っぽかったものが、白とか灰色とかに近くなると、講義で教わりました。そのとおりだったみたいですね」

ロデリックは、遊馬の解説を嚙《か》み砕くようにしばし沈黙していたが、やがていくらか納得した様子で、死体の胴体部分を指さした。

「なるほど。時を経て、そなたの申す体内の脂が硬い蠟燭や石鹼のように変じたゆえ、椅子から落ちても、椅子に座った姿勢を崩しておらぬというわけだな」

「はい。姿勢は崩れてませんが、落下のショックであちこち割れたり砕けたりしてると思います。着衣を脱がしたら、もっとハッキリわかると思いますけど」

遊馬の指摘どおり、死体は、衣服を纏《まと》っていた。

残念ながら、布地の色はすっかり褪《あ》せ、黄ばんだ布と化していたが、それでも仕立ての良さは十分に窺《うかが》える。

シャツの首元には、短いが幾重にも重なったフリルが縫《ぬ》い付けられ、今、フランシスやロデリックが着ているような長衣ではなく、太股《ふともも》までの長さのチュニックを纏い、その下にはタイツのようなピッタリした衣服を身につけている。

チュニックはボロボロになりかけてはいたが、身頃に手の込んだ花模様の刺繡《ししゅう》があり、最初はとても豪華な衣装であったことが窺える。

おそらく、貴族階級、あるいは王家の誰かなのではないだろうか。

それから、遊馬が持っている死体の右腕、その中指の付け根には、指輪がはまっていた。

ロデリックは躊躇《ちゅうちょ》なく、指の根元に未だしっかり食い込んだ指輪を注意深く抜き取る。

金の台座に直径一センチほどの赤い石が嵌《は》め込まれたその指輪を松明に透かすようにして見た途端、ロデリックの口から、珍しいほど正直な驚きの声が出た。

「これは……何としたことだ」

「兄上、如何《いかが》なされました」

「これを見よ、フランシス」

兄から指輪を受け取り、子細に眺めたフランシスの口からも、鋭い声が上がる。

「これは、如何《いか》なることか」

遊馬は、キョトンとして二人の顔を見上げた。

「その指輪、どうかしたんですか？　持ち主の素性《すじょう》、わかりました？」

「わかるもわからぬもないわ。この石に緻密《ちみつ》に彫りこまれておるのは、マーキス王家の紋章だ。それも、かなり古い型のものだ。今の紋章は、多少簡略化されておるからな」

「えっ、王家の紋章ですか？」

驚く遊馬をよそに、フランシスは半ば呆然《ぼうぜん》として、独《ひと》り言《ごと》のように言った。

「この骸《むくろ》……。兄上、もしやこの御仁《ごじん》は、マーキス王家の」

だが、皆まで言わないうちに、ロデリックはフランシスの話を遮《さえぎ》り、遊馬にこう訊ねた。

「アスマ。この御仁の死因はわかるか？」

遊馬は、真剣ではあるが、どこか戸惑いの滲《にじ》む表情と声で答えた。

「うーん。死蠟化っていうのは、あくまでも死後の変化の話ですからね。死因じゃないんですよ。……あの、もしかしたら身体のどこかに手がかりがあるかもしれないので、着衣を脱がしてもいいですか？　何だか、服装とかを見ると身分の高い人っぽいので、僕が勝手にそういうことをするのは気が引けて」

するとロデリックは、即座に言った。

「構わぬ。国王であるわたしが、特に差し許す」

この国では最上級の許可を得て、「では」と遊馬はさっそく、上着から、遺体の着衣を脱がせ始めた。

身体にピッタリした服であり、しかも死蠟化によって体幹部が固まっているため、無理矢理に脱がせれば、たちまち死体がバラバラに砕けてしまう。

「せめて、鷹匠小屋を出るとき、僕の解剖《かいぼう》セットだけでも持ち出させてくれたら、こんな苦労はしなくて済んだし、服だってこんなに破かなくてよかったたんですよ」

暗にフランシスにブツクサ文句を言いつつ、遊馬は彼に借りた短刀で、申し訳なく思いながらも、死体の服を少しずつ裂き、取り去っていった。

「あー……やっぱり、腹部はどうしてもやられちゃうんだな」

チュニックの裁断に続き、襟《えり》と袖に美しいフリルのあるシャツの前身頃を結ぶリボンを解き、タイツのウエストを切り裂いたところで、遊馬は残念そうに嘆息《たんそく》した。

衣服に覆われていた体幹部の組織もかなり死蠟化し、全体的に灰色の硬い物質と化していたが、腹部だけは内臓がほぼ消失し、斜めに走る短い肋骨《ろっこつ》の先端やがらんどうになった腹腔《ふっこう》が現れる。

ロデリックは、怪訝《けげん》そうに遊馬を見た。

「腹は、その死蠟化とやらが起こりにくいのか？」

「自前の腸内細菌がありますからねえ……。あ、ごめんなさい。ええと、お腹の中には、肉を腐らせる細菌、いや生き物……っていうと寄生虫みたいで余計にややこしいのか、物質が、あるんです。生きてる間は、そいつらの働きは抑えられてるんですけど、死ぬと元気になっちゃうんですよね。だから、自分たちの住《す》み処《か》である腹部は、真っ先に腐ってしまう」

「……そなたの申すことは実に難しいが、なんとなくはもう、わかった気がする」

「なんとなくでいいと思います」

遊馬はそう言いながら、服を脱がせ始めた。

チュニックは結局、身頃を前後に、そして両袖も切って外し、どうにか取り去ることができた。

次に、シャツはどうにか脱がせられそうだと前合わせを広げたところ、遊馬はあることに気付いた。

大量のフリルに隠れて見えなかったが、この死体は、頸部《けいぶ》にぐるぐると布を巻き付けられているのだ。

「何だろう、この布」

黄ばんでいるが、薄くて粗《あら》い織りのその布は、幅といい長さといい、この世界で使われている包帯にそっくりだ。

遊馬は兄弟の視線を背中に感じつつ、正座して、注意深く横向きに寝そべったままの死体の胸から上を腿《もも》に載せた。

まるで死体を膝枕しているようでゾッとするが、死蠟化して長時間が経過した死体は恐ろしく脆《もろ》いので、その体勢がベストだと思ったのである。

包帯を少しずつ剝《は》がしていく遊馬に、ロデリックは問いかけた。

「この御仁の死より、いかほどの年月が経過しているのだ？」

遊馬は力なく首を振った。

「僕にわかるのは、これが死後、一年や二年じゃないってことだけです。すみません。教科書の知識じゃ、あまり詳細なことはわかりません。司法解剖で、経験できてればよかったんですけど」

悔《くや》しそうにそう言いながら、遊馬は包帯の最後の一巻きを死体のしっかりした頸部から外し……そして、「おわっ」と、驚きと、おそらくは確かな喜びの声を上げた。

その喜びは、決して個人的なものではなく、ロデリックに要求された、「死因究明」に役立ちそうな所見だったからである。

「そうか。死蠟は腐敗と違って組織の形状が保たれやすいから、外傷の所見が長い年月が経った後でも、読み取れることがあるって講義で教授が言ってた！」

「アスマ？　そなた、また我等にわからぬ話を……」

「いえ、これはわかる話です！　見てください」

遊馬は包帯を取り除いたおかげで姿を現した、死体の頸部左側にあるハッキリした刀傷を指し示した。

無論、通常の遺体と違って、首を曲げて見やすくしてやるわけにはいかないので、いきおい、兄弟のほうに近づいてもらうことになる。

鋭い刃物で頸部を切りつけたのだろう。ぱっくりと空いた傷口部分が見事に死蠟化し、ほぼ、死亡当時の形状を保っていると思われる。

「傷口を広げると崩れちゃうと思うので、このまま覗《のぞ》くしかないですけど、おそらく気管……この喉《のど》に通っている、空気を流す管を切断されていると思います。あと、その近くを走っている、頭に血液を送る太い血管も」

「つまり、首を掻《か》き切られて儚《はかな》くなられたと申すか？」

ロデリックは、死体に長い髪の先がつきそうになるのを気にも留めず、死蠟化した傷口を興味深そうに覗き込んでくる。

遊馬は、ハッキリと頷《うなず》いた。

「おそらく。失血していて、体内で腐りやすい血液が減っていたことも、死体が死蠟化しやすかった一因だと思います。身体《からだ》の他の部分……まあ、欠けちゃったところは別にして、体幹部に傷らしい傷はありませんから、やっぱり、この切創《せつそう》が致命傷だったと考えていいと思いますよ」

生まれて初めて死蠟化した人体を見たわりには、冷静に検案できたのではないかと考え、遊馬は満足げにそう言った。

ただ、死亡年月日の推測と、何故、この隠し部屋にこの死体がかくも丁重に収められたのか、そして、何故地下水が満たされたのかがわからず、かりそめの満足など、あっと言う間に消え去ってしまう。

「そうだ。わかんないことのほうが全然多いや……」

悔しそうに遊馬はひとりごちたが、ロデリックとフランシスは、何故か無言で顔を見合わせた。それから、遊馬の膝枕状態の死体の前に揃《そろ》って跪《ひざまず》くと、右手を心臓の上に置き、深く頭を下げた。

遊馬は、仰天《ぎょうてん》して口をパクパクさせる。

それは、普段はクリストファーや遊馬が王家の人々に対して行う、最上級の尊敬と忠誠を示す挨拶《あいさつ》の作法《さほう》である。

それを、一国の王と宰相《さいしょう》が、揃って遊馬が抱えた死体に対して行っているのだ。

「待ってください。このご遺体、いったいどこのどなたなんです？　っていうか、本当に、この人の正体に見当がついたんですか？」

すると、手を下ろしたものの、水に浸かって跪いたまま、ロデリックは死体の顔を覗き込んで口を開いた。

「指輪と、そなたの見立てで確信した。この御仁は、グウィン王子に相違ない。こちらにおわしたか。……いや、実在しておられたのか」

遊馬は、キョトンとしてロデリックの痩《や》せた顔を見た。

いつもは紙のように白い彼の顔が、今は、松明《たいまつ》の熱に煽《あお》られたわけではなく、おそらくは内心の興奮をそのまま反映して上気している。

フランシスも、信じられないといった様子で早口に言った。

「グウィン王子の善き行いは、我等、王家に生まれし者は皆、幼き折に聞かされる伝説の一つなのだ。よもや、実在なされていたとは……しかも、かような場所で、今もなお、生前のお姿を留めておられたとは。まさにネイディーンの恩寵《おんちょう》……」

遊馬は、軽く混乱して、兄弟二人共に問いかけた。

「待ってください。伝説の人って、しかも王子様って、いったい……」

ロデリックは、厳《おごそ》かにこう言った。

「百年ほど前のことだ。我がマーキスは、フランク王国の侵略を受けた。フランク王国は船団を組み、恐ろしいほどの数の兵士をそれぞれの船に乗せ、我が国を一気に攻め滅ぼそうとしたのだ。……当時は、ちょうど大きな船での貿易が始まった頃であった。穏やかな海に囲まれ、よき港を持つ我がマーキスを貿易の基地にせんと、周辺諸国が虎視眈々《こしたんたん》と狙っておったという……。物騒な時代よな」

遊馬は、黙って頷き、相づちに代える。続きは、フランシスが引き取った。

「我等は小国、対して、超大国であるフランク王国が本気で攻め込んでくれれば、我がマーキスはひとたまりもない。当時の国王グレンヴィル王は、民の血を流すことを嫌い、無条件降伏の道を選ぼうとしておられた。それを制止なされたのが、グウィン第二王子だと言われておる」

「その人が、この人なんですか？　つまり、お二人のご先祖？」

遊馬は、死体の顔面をつくづくと見た。

死蠟化により、年齢は今ひとつわかりにくくなっているのだが、言われてみれば、今のフランシスやロデリックにどこか顔立ちが似ているように感じられてくるので、人間の目というのはいい加減なものだ。

「マーキスがフランク王国に攻め滅ぼされてないってことは、この人が、マーキスを守ったんですか？　ひとりで？　いったいどうやって……？」

ロデリックは、薄い唇を引き結んで弟を見る。フランシスは、深い敬意を込めた眼差《まなざ》しを目の前の亡骸《なきがら》に注ぎつつ、話を続けた。

「グウィン王子は、父王に向かってこう仰《おお》せになったのだ。自分は第二王子であり、王のため、民のため、ひいては国のために身を投げ出すことが、この世に生を享《う》けた理由であると。そしてグウィン王子はネイディーン神殿に赴《おもむ》かれ、身を清めた後、女神ネイディーンに請願《せいがん》した。『マーキスの守護神よ、御身の家、御身の忠実な僕たる王、御身の民を守りたまえ。御身の海を蹂躙《じゅうりん》するものを、そのたおやかな御手もてほふり給え。我が血潮《ちしお》、我が命を、海を往《ゆ》かれる御身の糧《かて》に』……グウィン王子の請願は、我等が幼きときより暗《あん》誦《しょう》させられる、国に身を捧げる者の手本とされておる文句なのだ」

「血潮と命……って、まさか」

遊馬は、死体の頸部《けいぶ》の傷に視線を落とす。フランシスは、重々しく頷いた。

「伝説では、グウィン王子は、ネイディーン神殿のバルコニーにて、己が喉《のど》を切り裂き、噴き出す血を海に……女神ネイディーンに捧げ、落命されたと」

遊馬はゴクリと喉を慣らした。

「それで、フランク軍はどうなったんですか?」

ロデリックは、淡く微笑した。

「あくまで伝説ではあるが、此度《こたび》のような突然の嵐が、何の前触れもなくフランクの大船団を襲ったというのだ。しかも、血潮のように赤い大波が押し寄せ、頑丈な船がなすすべもなく転覆《てんぷく》し、深い海に引きずり込まれるように沈んでいったと。その被害があまりにも甚大《じんだい》であったため、フランク王国は侵略を諦め、他国も、侵略より条約を結ぶ道を選んだのだと……。この御仁《ごじん》は、躊躇《ためら》いなく身を擲《なげう》ち、マーキスをお救いになった方なのだ」

「でも、そんな凄《すご》い人のご遺体が、どうしてこんな場所に?」

遊馬の質問に、フランシスは率直《そっちょく》に「わからぬ」と言った。

「伝説では、グウィン王子は身を捧げたのみならず、死後もまた、マーキスの礎《いしずえ》として国と民を守らんと遺言《ゆいごん》を残された」

「マーキスの、礎として」

王家の人々が脈々と守り続けてきた信条が、ただの言葉ではなく命をかけた行動で表された証拠を目《ま》の当たりにして、遊馬は言葉を失う。

ロデリックは、静かに「これはわたしの推測だが」と語り始めた。

「本来ならば、女神への贄《にえ》は、海へ流される決まりだ。されど、マーキスの礎にと望まれたグウィン王子の遺志を尊《とうと》び、その亡骸を文字どおり城の礎……この地下部分に隠し部屋を作り、安置することにしたのだろう。柩《ひつぎ》に収めるのではなく、生前の姿のままで、永遠にこのマーキスを守護されんことをと、願いを込めて」

遊馬は、なおも首を捻《ひね》った。

「でも、どうして地下水を満たしたりしたんです？　たぶん、この隠し部屋を作って、壁をほとんど積み上げてから、敢《あ》えて室内に地下水を少しずつ引き入れて、壁を閉じたわけでしょう？　どうして、そんな手の込んだことを？」

ロデリックは、「もっともな疑問だ」と頷いてから、こう言った。

「グウィン王子の遺志を尊びつつ、ネイディーンの贄としての務めも全《まっと》うさせようとしたのではなかろうか」

「っていうと……地下水に沈めることが、女神様の贄になるって……あ、そうか」

遊馬はポンと手を打った。

「マーキスは島だから、地下水はいつか海へ流れ込む。地下水があるところは、海と繋《つな》がってる、つまり海に……ネイディーンに王子の身体を捧げたも同然、って解釈ですか？」

「おそらくは。わたしなら、王子の亡骸を城に留め置くため、さような詭弁《きべん》を弄《ろう》するであろうと考えた」

「確かにロデリックさんの祖先なら、同じことを考えるかもしれませんね。そして、みんなの気持ちに応えるように、グウィン王子は生きていたときと同じ姿で、ずっとこの椅子《いす》に座って、マーキスを守り続けてこられたんですね」

「さように、わたしは考える」

ロデリックは静かにそう言った。

遊馬は「お疲れ様でした」と小さく呟《つぶや》くと、衣服をおおかた脱がせてしまったグウィン王子の亡骸に、フランシスから借りていた布を広げ、そっと掛けてやった。

未だ、冷たい地下水に浸ったままだが、そのほうが、遺体の劣化を遅らせることができるだろうと遊馬は考えた。

ロデリックは、その身を百年にわたってマーキスに捧げ続けてきた祖先の亡骸を見つめ、再度、深く頭《こうべ》を垂れて言った。

「此度の嵐を無事にやり過ごしたその日に、この御仁が姿を現された。偶然とは思えぬ」

フランシスも、感慨《かんがい》深そうに同意する。

「グウィン王子は、嵐をやり過ごしたのみで安堵《あんど》するはまだ早い、困窮《こんきゅう》する民を救い、疾《と》く国を立て直せと、我等を叱責《しっせき》するべくお姿を現されたのやもしれませぬ」

「さようであるやもしれぬ。……我が祖先は、優しくも厳しき御方よ」

伏し目がちに微笑《ほほえ》み、ロデリックは硬く死蠟化したグウィン王子の額に触れ、閉じた瞼《まぶた》にもそっと触れてから、遊馬を見た。

「アスマ。グウィン王子の御身は……」

ロデリックの知りたいことをすぐに察し、遊馬は力なくかぶりを振った。

「このまま保存は、もう無理です。十分すぎるほど空気に触れてしまいましたから、ご遺体はこの後、速やかに腐敗してしまうと思います。だから……お墓に葬《ほうむ》るか、今度こそ……その腐る前に、ちゃんとしてあげないと」

遊馬は言葉を濁《にご》したが、ロデリックの腹は、もう決まっているようだった。

「墓に埋葬するのでは、王子の御心に添えぬ心地がする。長き年月、マーキスをお守りくだされた尊き御身を、女神ネイディーンの恵み深き懐《ふところ》にお預けすべきであろう」

そう言って、ロデリックはグウィン王子の亡骸《なきがら》に向かい、囁《ささや》き声で告げた。

「今日より、マーキスを守る務めは、我等二人が御身の分まで果たしましょう。どうぞ、御心安らかに」

「心して」

兄の傍《かたわ》らに跪《ひざまず》き、フランシスも短く、しかし万感の思いを込めて誓いを立てる。

いにしえの王子と、当代の国王と宰相《さいしょう》が魂を結ぶその瞬間を、遊馬は深い感動と共に見守り……しかしどうにも我慢出来ずに、最悪のタイミングで特大のクシャミをしてしまったのだった。

五章　大切な人

それから三日後の夕方近く。

未だ嵐の爪痕が生々しいマーキス島では、城下に暮らす人々が、破損した建物の修繕《しゅうぜん》や、浸水した家の片付けの手をいったん休め、マーキス城の前に三々五々集まっていた。

城門の前には、大きな籠《かご》を抱えた女官たちが出て、籠いっぱいに詰めた白い花を、一輪ずつ抜き取っては押しかける群衆に配っている。

中には、籠に菓子を詰めている女官も交じっていて、彼女たちの回りには、たくさんの子供が集まっていた。

城門前には楽隊も出ているが、彼らが奏でているのは、祭りのときの賑《にぎ》やかな音楽ではなく、王家の人々の葬儀の折に流される荘厳《そうごん》な曲である。

しかし、集《つど》った人々の顔には、葬儀にふさわしい悲しみではなく、むしろ期待と興奮、それに好奇心が満ちあふれていた……。

嵐が去った日の翌日、マーキス王家だけでなく、国民の皆にも「英雄物語」の主役として有名なグウィン王子が実在し、しかも嵐が去った直後、城の地下から「生前の姿のままで現れた」という衝撃的なニュースは、たちまち城下を駆け巡った。

情報を流すよう指示したのは、言うまでもなくロデリックである。

実は、グウィン王子の死蠟《しろう》化した遺体が発見された夜、その処遇を巡って、ロデリックとフランシスの意見は深刻に対立した。

有能でありながら、変なところで潔癖《けっぺき》、しかも純粋なところがあるフランシスは、グウィン王子の亡骸《なきがら》を、国王と宰相《さいしょう》、主だった議員たち、それにネイディーン神殿の高位神官たちの立ち合いのもと、厳《おごそ》かに、密やかに海へ送り出すべきだと提案したが、ロデリックはそのアイデアを即座に撥《は》ねつけた。

グウィン王子は、遊馬《あすま》の見立てによれば、地下水がもたらした偶然の結果とはいえ、百年もの長い年月その身を保ち、マーキスを守護し続けてくれた人物だ。

海に還《かえ》る最後の瞬間まで、マーキスのために心身を捧げ尽くしたいと願っているはずだと、ロデリックは理路整然と説《と》いた。

つまりそれを遊馬風にわかりやすく、身も蓋《ふた》もない表現で言い直すと、「せっかく珍しい死蠟化死体になったのだから、密やかに葬《ほうむ》るだなんて勿体《もったい》ない。最後まで役に立ってもらおう」ということになる。

ロデリックは、グウィン王子の葬儀そのものを、マーキス国民を鼓舞するためのイベントにしようと提案し、王子の亡骸を国民に見せたいとまで言い出した。

マーキスの偉大な救世主に対し、無礼にも程があると激怒するフランシスに、ロデリックはこう言い返した。

今回の嵐を最小限の被害で切り抜けることができたからといって、マーキスがこれで安泰というわけではない。

何しろ、今回の嵐はあくまでも季節外れに襲来したものであり、本来の嵐のシーズンがこの先に控えているのだ。新たな災害に見舞われる可能性は、決して低くはない。

だからこそ、民に復興を急がせるためのきっかけと意欲を、偉大なるグウィン王子に授けてもらう必要がある。

グウィン王子の葬儀を全国民に公開して執《と》り行い、百年経っても生前の姿を留める彼の亡骸を披露すれば、城下の民だけでなく、城壁の外の集落にも、縁者を介して、この不可思議な話は必ず伝わるだろう。

さらに居あわせた商人たち、船舶が破損して未だ逗留《とうりゅう》を余儀《よぎ》なくされている異国の船乗りたちにより、彼らの往《ゆ》く先々や、彼らの祖国にも広まっていくだろう。

最後にロデリックが言った、「グウィン王子の不思議な亡骸についての話が、広く伝えられていく」ことこそが、彼の究極の狙いだった。

民衆というのは、とにかくゴシップを好む。

特に、この手の王家にまつわるミステリアスな話は、たちまち尾ひれがついて、より厳かに、よりドラマチックに、よりおどろおどろしく伝わっていくものだ。

戦争において、目に見える存在が相手であれば、人は武器を取って戦える。

しかし、目に見えぬ超自然的な守護の力が相手では、どうにも立ち向かう術《すべ》がない。

それゆえに、マーキスには神秘的な守護の力があると、国の内外に極めて強烈に知らしめることができるこの機会を、決して逃してはならない。

財力はともかく、小国ゆえに軍備には限界のあるマーキスにとって、不可視の守護者はどんな強大な軍隊にも勝る。

グウィン王子には、是非《ぜひ》とも、そうした守護者のひとりになってもらいたい。それが、国の礎《いしずえ》になることを願った彼の心に、子孫であるロデリックやフランシスが報いる、最良の策なのではないだろうか。

兄弟二人では話がつかず、クリストファーと遊馬に意見を具申《ぐしん》させるべく呼びつけたときにも、ロデリックはそんな風にテーブルを叩きながら熱弁をふるった。

いつも冷静沈着を通り越して、傍目《はため》には無気力、陰鬱《いんうつ》に見えてしまう彼にしては、極めて珍しいことだ。強い意志のあらわれとも言えよう。

それでもフランシスは、「百年も国に尽くしてくれた人を、なお利用しようとはあまりにも酷《こく》だ。それに、グウィン王子の亡骸は既にネイディーンのものであり、それを自分たちが道具のように扱うことは許されないのではないか」と正論で対抗し、自分の意見を撤《てっ》回《かい》しようとはしなかった。

そして、二人の議論を聞いた生真面目《きまじめ》で人情に篤《あつ》いクリストファーは、意外にも、おそらくは生まれて初めて全面的にフランシスの肩を持った。

そして、「グウィン王子のことは、もう安らかに眠らせて差し上げるべきだ」と、主であるロデリックに堂々と反対意見を述べた。

場が二対一に割れ、いきおい、それまで聞き役に徹していた遊馬に三人の視線が集中したわけだが、正直なところ、遊馬の意見は、「どちらの言い分もわかる」であった。

グウィン王子がもし自分の身内であれば、「これまでありがとうございました。安らかにお眠りください」と言って、丁重に葬ってあげたいと思うだろう。誰だって、身内の死体を見世物《みせもの》になどしたくはないはずだ。

法医学者の卵としても、遺体に対しては最大限の敬意を持って接しようと心がけているので、「打算的な思惑をもって亡骸を利用する」行為には抵抗がある。

さらに、「グウィン王子の亡骸は、既にネイディーンのものである」というフランシスの宗教的な発言についても、遊馬は、一定の理解を示せるようになっていた。

実はこの世界に来て以来、遊馬には、信仰というものについて考える機会が増えた。

現代日本にいた頃は、日本人の父親もマーキス出身の母親も、宗教について特に言及することはなかった。

日本のごく一般的な家庭同様、遊馬の家族も、寺社仏閣《じしゃぶつかく》との付き合い方は、家族行事や旅行に出た際、観光がてらお参りする程度というスタンスで、自宅には神棚《かみだな》も仏壇《ぶつだん》もなかった。

父親などは、どこかで手に入れたらしきお守りを、「大事に持ち歩けというなら、これがいちばん確実だ」と嘯《うそぶ》き、本のしおり代わりに使ってさえいた。

そんな環境で育った遊馬も、特定の宗教を意識することなく育ち、強《し》いていえば祖父母が仏壇を拝んでいるので仏教徒なのだろう、というくらいの心持ちで生活していた。

困ったときについ口にする「神様、助けて」は、「何だかよくわからないけれど、素晴らしい、とてつもなく強い力を持つ存在がどこかにいるなら、何とかしてくれないかな」という実にふんわりした、叶えられることをさほど期待していない願いだし、その際にイメージする神様の姿は、大きな光球のような漠然《ばくぜん》としたものだ。

だが、このマーキスでは、人々は皆、海の女神ネイディーンを、深く信じ、崇《あが》め、厳しくも優しい母のように慕《した》っている。

城内にも、城下町にも、ネイディーンの像はたくさんあり、顔も年齢も身体《からだ》つきもそれぞれ違っているが、どの像の前にも、絶えることなく花や菓子や酒が供えられているので、すぐにそれとわかる。

代々の国王は、ネイディーン神殿の神官長に王冠を授けられるしきたりだし、現実主義者のロデリックでさえ、毎月、国王としてネイディーン神殿へ赴《おもむ》き、国の安寧《あんねい》と民の健康を願って祈りを捧げる務めを決して怠《おこた》らない。

ポートギースに嫁《とつ》いだヴィクトリアも、他のことはすべて嫁ぎ先に合わせようとしていたが、信仰だけは変えるつもりがないようだ。

かの国のヴィクトリアの居室には小さなネイディーンの彫像が飾られており、彼はそれに向かい、日夜祈りを捧げているのだと、侍女《じじょ》のマージョリーに聞いたことがあった。

王家の人々だけでなく、庶民《しょみん》のネイディーン信仰も驚くほど篤い。

皆、ことあるごとにネイディーンに祈り、願い事をする。

特に船乗りや漁師たちは、ネイディーンの怒りに触れることを何よりも恐れ、陸ではともかく、海では必ず、正しい行いをするよう心がけているようだ。

大人が子供を叱《しか》ったり脅《おど》したりする文句にも、ネイディーンにまつわることがらが多用されるし、一方で、ちょっとした嘘や悪いことは、ネイディーンに詫《わ》びれば帳消しにできるというずるい習慣もある。

酒場や食堂の名前にも、ネイディーンの名や、彼女にまつわる物品の名を冠したものが多いし、「ネイディーンの○○」という名前の植物や料理もよく見かける。

人々の生活に、女神への信仰が、ごく自然に、伸びやかに根付いていることを、遊馬はことあるごとに実感させられてきた。

そんな熱心なネイディーン信仰を遊馬が抵抗なく受け止められるのは、誰も、遊馬に同じように彼女を信仰しろと強制せずにいてくれるから、さらにこの国では、女神と人間が、とてもバランスのいいWin-Winの関係にあるからだ。

人々は女神を崇めて捧げ物をし、彼女の「家」のひとつであるネイディーン神殿にも寄進をする。

その見返りに、女神は民の祈りを受け止め、ネイディーン神殿の神官たちは、民のために日々祈り、現代日本でいう福祉《ふくし》の仕事を担《にな》っている。

神殿内には孤児院や施薬院《せやくいん》、それに年老いた人々を養うための「信仰の家」が設けられていて、非常時には、神官たちはネイディーンの代理人として、民のために尽力する。

今回は、神殿が海岸にあまりにも近いので、神殿で暮らす人々も城へ避難してきていたが、嵐が通り過ぎるとすぐに、彼らは神殿に戻り、奉仕活動を開始した。

城が避難所を閉鎖するのと入れ違いに、今度は神殿が、家の破損が激しい人々、あるいはひとりで家を修繕《しゅうぜん》する能力のない人々のために、敷地内に臨時の宿泊所を開き、毎日、炊《た》き出《だ》しを行っているそうだ。

マーキスの庶民《しょみん》たちは今、国王の守護とネイディーンの恩寵《おんちょう》、その両方を、等しく実感していることだろう。

そうしたことを思えばこそ、遊馬は、フランシスの考えを実に真っ当なものだと思う一方で、ロデリックの不敬《ふけい》な計画にも理解を示さざるを得ないのだ。

ロデリックはマーキスの国王として、人々のネイディーン信仰と王室への信頼を、今より強く、密接に結びつけたいと考えているのではなかろうか。

本人の口からそう聞いたわけではないが、遊馬はそんな風に推測している。

現在は、ネイディーン神殿とマーキス王家は、互いに協力しあって国を支え、守っている。

だがそれは、裏返せば、互いに牽制《けんせい》しあってデリケートなバランスを保っている、本当は危うい関係性であるともいえる。

たとえば今、マーキス王家がネイディーン信仰を捨て、神殿と対立する事態に陥《おちい》ったら、国民はどちらを支持するだろうか。

遊馬が時折、そんなことを危惧《きぐ》するようになったのは、マーキスで起こったある事件がきっかけだった。

一部の有力貴族たちが、自分たちを重用しないロデリックを排斥《はいせき》し、与《くみ》しやすそうなフランシスを担《かつ》ぎ上げて利用しようと、秘密裡《り》にクーデターを計画した。

そのとき貴族たちは、「王の治世が悪《あ》しきものとなり、女神の怒りに触れたとき、一匹の大きな狗《いぬ》が海から遣わされ、王と王の国を滅ぼすであろう」という古くからの言い伝えと、国民の信仰心を悪用しようとしたのだ。

彼らは、「マーキス国民が恐れている『女神の狗』の出現、そして狗による無残な殺人は、すべからくロデリック王の至らなさと悪行が原因である。このままでは、マーキスはネイディーンによって滅ぼされてしまう」という噂《うわさ》を城下に流し、民衆の猜疑心《さいぎしん》と恐怖心を煽《あお》って、ロデリックを退位に追い込もうとした。

当然ながら、「女神の狗」など実在するはずがない。

遊馬が法医学の知識と、門前の小僧として習得した警察の捜査手法を駆使して、「狗」が濃い霧を利用したトリックだと解き明かしたことで、クーデターは未然に防がれた。

そして、国家転覆《てんぷく》を狙う有力貴族たちはすべて捕縛《ほばく》され、ロデリックとフランシスの絆《きずな》の深さが国民に知らしめられるという、国にとっても兄弟にとっても、むしろ思いがけずよい結末を迎えたのである。

だが、もし自分がいなかったら……と、遊馬はほんの少し、自惚《うぬぼ》れてみることがあるのだ。

迷信が色濃く生きているこの世界で、もし、科学的手法をある程度使える自分の存在がなかったとしたら、はたして「女神の狗」は作り物だと判明しただろうか。

本来いるはずのない自分がいたからこそ、ロデリックはあの窮地《きゅうち》を脱し、国王の地位とみずからの命をキープできたのではないだろうか。

もし、遊馬がこの世界に来ていなければ、あるいは……。

賢明なロデリックが、こうした危険性を考えなかったはずはない。

これからも、民衆の信仰心を悪用し、ネイディーンの名を騙《かた》って国の政《まつりごと》を乱そうとする輩《やから》が現れる可能性は低くないし、下手《へた》をすると、神殿の中にも政権を奪取しようと企《たくら》む者が潜んでるかもしれない。

だとすれば、神殿との関係が極めて良好な今のうちに、神殿の神官たちの心証を悪くすることなく、王家とネイディーンの密接な繋《つな》がりを効果的に国民にアピールしたいと考えるのは道理だろう。

今回のグウィン王子の葬儀こそ、そうした目的を果たすための、格好のきっかけであるはずだ。

そうしたことをうんと考えて、遊馬は遠慮《えんりょ》がちにではあるが、ロデリックを支持する旨《むね》を、三人に伝えた。

そして、落胆《らくたん》と失望を隠さないフランシスとクリストファーに、彼らが納得できるような「ご葬儀プラン」を、一生懸命プレゼンし始めたのだった……。


ギギイッ……。

城門の巨大な柱が甲高《かんだか》く軋《きし》みながら開くと、城門前に集まった人々から一斉にどよめきが起こった。

楽隊は変わりなく音楽を演奏し続けているが、いつもよりボリュームが控えめなだけに、歓声にたちまち掻《か》き消され、ほとんど聞こえなくなる。

「葬儀だと申すに、あの騒ぎは何なのだ。まったく、嘆《なげ》かわしい」

いつもの色鮮やかな長衣ではなく、喪服《もふく》として用いられる灰色の長衣を纏《まと》ったフランシスは、いかにも忌々《いまいま》しげに口元を歪めた。

従者として後ろに控える遊馬は、慌ててフランシスを宥《なだ》めようとした。

「仕方がないですよ。昨日今日亡くなったっていうんなら、みんな悲しむでしょうけど、もう百年も経ってるんですから」

「とはいえ、第二王子の亡骸《なきがら》を、乱痴気騒《らんちき》ぎをもって迎えるとは」

「乱痴気騒ぎって、クラシックな言葉が生きてるなあ。でもほら、考えてもみてくださいよ。伝説の中の人が実在して、亡骸だけど目の前に現れるんですよ？」

「それが如何《どう》した」

「そんなの、興奮するなってほうが無理ですって。皆さん、それだけグウィン王子のことを敬愛しているんですよ。会えて嬉しい、そういう気持ち、わかるでしょう？」

一生懸命、民衆を庇《かば》う遊馬を、フランシスは皮肉っぽい目つきで睨《にら》んだ。

「そなたは、兄上に負けず劣らず屁理屈《へりくつ》が上手《うま》いな。共に過ごす時間が長くなり、兄上に感化されすぎたのではないか？」

「屁理屈じゃないです。もう、ロデリックさんに言い負かされた悔《くや》しさを、僕にぶつけないでくださいよ」

「兄上に言い負かされたわけではない。兄上とそなたが二人がかりであまりにも執拗《しつよう》に説《と》き伏せてくるゆえ、渋々受け入れただけだ。そもそも、そなたがわたしの側に立っておれば、かような茶番《ちゃばん》をせずとも済んだのだ」

「そんなこと言われたって。っていうか、茶番って言わないでくださいよ。僕、立派な、みんなが喜んでくれるようなイベントになるように、必死でアイデアを出しまくったんですから」

遊馬はフランシスの不機嫌に閉口して、唇を軽く尖らせた。彼もまた、城の仕立て屋に突貫《とっかん》作業で仕上げてもらった、真新しい灰色のチュニックを着込んでいる。

「茶番は茶番だ。いくら趣向《しゅこう》を凝《こ》らそうとも、尊《とうと》き王子の御身を、見世物《みせもの》にすることに変わりはあるまい」

「うう……」

「そもそも、兄上は目立つのがお嫌いだと思うておったが、実はお好きなのではないか？　わたしには、いずれなのか判断がつかぬようになった」

「ちょ、声が大きいですって。聞こえちゃいますよ、ロデリ……陛下に」

遊馬はフランシスの袖《そで》を控えめに引いて窘《たしな》めたが、フランシスは小馬鹿にしたように鼻を鳴らした。

「聞こえたところで、わたしにやましいところは一つもない。死者を冒瀆《ぼうとく》する姑息《こそく》さなど、わたしは持ちあわせぬからな」

「あああ、もう。滅茶苦茶《めちゃくちゃ》根に持つタイプだなあ」

遊馬は心の中で頭を抱えた。

二人の目の前には、葬儀用の、やはり灰色の地味な衣装を纏った近衛兵《このえへい》に守られたロデリックが立っている。そのすぐ後ろには、王を守るため、長剣を帯びたクリストファーが静かに控えている。

城門が完全に開け放たれると、ロデリックはチラとも後ろを振り返ることなく静かに歩き出した。

今回のグウィン王子の葬列は、城を出て、海辺のネイディーン神殿まで、城下のメインストリートを行進する。

有《あ》り体《てい》に言えば、グウィン王子を収めた柩《ひつぎ》が、百年間詰めていた職場から、終《つい》の棲家《すみか》となる母なる女神の海へとパレードをするという趣《おもむき》だ。

列の先頭に立つのは、ロデリックである。

長きにわたって、死してもなお祖国を守り続けた英雄、しかも王家の祖先の露払いを務めるとなると、国王以外にふさわしい人物はいない。

灰色の葬列の中、ただひとり、いつもの黒衣を脱ぎ捨て、純白の長衣に純白のマントを身につけたロデリックは、まるで彼自身が女神の使いのように神々《こうごう》しく見えた。

白い衣装に、長い漆黒《しっこく》の髪が見事に映えている。暗いブルーの瞳は、雪原に存在する、凍《い》てついた湖のようだ。

片手に王の錫杖《しゃくじょう》を持った国王の姿に、人々のどよめきは歓声に変わった。

相変わらずロデリックは陰鬱《いんうつ》な顔つきでニコリともしないが、今日は、その顰《しか》めっ面《つら》が、服装との相乗効果で、侵しがたい気品を彼に与えているようだ。

ロデリックの後ろからは、馬車が続く。

芦毛《あしげ》の馬が一頭で引くのは、馬車といっても、シンプルな台車のようなものだ。

さっき民衆に配られたのと同じ、白い可憐《かれん》な花で飾り立てられた台車の上には、グウィン王子の亡骸を収めた白木の柩が安置されている。

柩に付き従うのは、王に次ぐ地位の宰相《さいしょう》、しかも王弟であるフランシスである。

あれが名高きグウィン王子の柩か、あの中に、生前と変わらぬ姿の王子が横たわっているのかと、民衆たちは皆、大いに興奮し、柩をひと目見ようと背伸びをしたり、押し合いへし合いしたりしている。

フランシスの繰《く》り言《ごと》を聞き咎《とが》め、クリストファーはチラと振り返ったが、彼のふて腐れた顔と、遊馬の困り顔を見ると、太い眉根《まゆね》を僅《わず》かに下げ、主のほうに向き直った。

ロデリックが決めたことなので、クリストファーも話し合い以降は一言の不平も言わず、ただ黙々と葬儀の準備に励《はげ》んできた。しかし、やはり今に至るまで、心の底では納得していないことが窺《うかが》える表情だ。

(何だか、針の筵《むしろ》だよなあ。それにこの服、着心地が悪いな。たった一日ちょっとで何十人分もの衣装を仕上げなきゃいけなかったんだろうから、仕方ないけど)

肩のあたりが明らかにオーバーサイズなチュニックに難儀《なんぎ》して、遊馬は馬車の横をフランシスについていてしずしずと歩きながら、さりげなく服のあちこちを引っ張ってみた。

そんな彼の手の甲に、すうっと冷たい空気がよぎる。

遊馬はハッとして、隣にある柩を見た。

凸凹《でこぼこ》した石畳《いしだたみ》の道を馬車が行くので、きっちり閉めてあるはずの柩の蓋《ふた》が、時々わずかに浮き上がるのだろう。その際に、柩の中の冷気が漏《も》れ出してくるのだ。

(ちゃんと冷えてるな。でも、できるだけ早く葬儀を終えて貰《もら》わないと、まずいかも)

遊馬は心配そうに、柩を見……いや、柩の中に横たわるグウィン王子の亡骸を透かすような目つきをした。

大学で受けた法医学の講義では、発見時、どんなに美しかった死蠟《しろう》化死体でも、ひとたび外気に晒《さら》すと、あっという間に細菌が感染し、増殖《ぞうしょく》して、急速に腐敗してしまうと習った。

ゆえに、この葬儀までの間、王子の亡骸の腐敗を全力で食い止めることが、遊馬に課せられた最重要ミッションだった。

そのためには何をしても構わないとロデリックに許可を受けていたので、遊馬は、この世界においては究極の贅沢《ぜいたく》の一つである「氷」を山のように要求した。

山腹の氷室《ひむろ》より、王家の人々の夏の楽しみのために保存されている氷の塊《かたまり》をじゃんじゃん地下牢《ちかろう》に運ばせ、最大限に冷やした氷水の中で、王子の亡骸を保存することにしたのである。

室温の低さでは氷室が地下牢を上回るのだが、何しろ年を経てすっかりもろくなった亡骸だ。山まで移動させるうちに、おそらくバラバラになってしまうだろう。

柩に収めるまでは、亡骸を極力動かさないほうがいい。そう考えて、遊馬は地下牢で亡骸を管理することにした。

どのみち柩に収めやすいよう、曲がっている腰から下は、ある程度崩して寝姿を整え直す必要がある。遊馬はとにかく、人々に見せることになる、グウィン王子の顔面を美しく保つことに全力を挙げた。

そして、貴重な氷を湯水のように消費した甲斐《かい》があって、先刻、納棺したときには、グウィン王子の顔面は、発見時とほぼ変わりない状態に保たれていた。あれなら、「生前の姿」と表現しても誇張だとは思われないだろう。

しかし、比較的陽射しが弱くなり、気温が下がる時間帯を指定したとはいえ、ここで油断すると、ネイディーン神殿までのパレードの間に、亡骸が劣化してしまう。

最後の贅沢と言わんばかりに、遊馬はまず、深めに仕立ててもらった柩の底に、氷をびっしりと敷き詰めた。そして、その上に薄い布を一枚敷き、亡骸を収めることにした。

納棺時、姿勢を整えるために、控えめに言って「いささか可哀想《かわいそう》なことに」なってしまった胸から下は、豪奢《ごうしゃ》なオレンジ色の絹布でピッタリとつま先まで覆《おお》った。どのみち、そこは誰にも見せない部分だ。

大きな傷口のある首元から顔まわりにかけては、灰色になってしまった肌が少しでも綺《き》麗《れい》に見えるよう、髪を軽く整え、純白の布で包んである。

その上で、隙間《すきま》という隙間にも、亡骸があまり濡れないよう、布で包んだ氷をぎゅうぎゅうに詰め込んだ。

イメージとしては、通販で魚介類を購入したときの梱包法《こんぽう》である。

（何とか、これで神殿までの道行き、持ちこたえてくれればいいんだけど）

遊馬にとっても初めて遭遇《そうぐう》した死蠟化死体なので、保存方法の何もかもが初チャレンジにもかかわらず、決して失敗は許されないという厳しい状況だ。

（まあ、こっちに来てから、だいたいのことがそんな風だから、もうすっかり慣れちゃったよね）

小さな失敗が、すぐ自分や他人の死に直結するハードモードの生活が、こんなにつらくて、難しくて、同時にどうしようもなく胸躍るものだとは思わなかった。

こちらの世界に来てから、かつては「似ても似つかない」と思っていた豪胆《ごうたん》な父親の遺伝子の存在を、遊馬はしばしば感じることがある。

新興国や紛争地帯を飛び回り、常に命を危機に晒しながら、彼を必要とする人々のために、医師として尽力し続けてきた父親も、今の遊馬と同じ気持ちでいたのだろうか。

（危ない橋を渡りたい親子なのかな、僕たち。僕がお父さんを苦手に思っていたのは、本当は同族嫌悪だったのかもな）

今の自分を見たら、父は、嬉しそうににかっと笑って、あの大きな手で頭をワシャワシャ撫《な》でてくれるかもしれない。

「たった一度の人生だ。人の目なんざ気にするな。やりたいように、遊べ、働け」

それが、酒を飲んだときの、遊馬の父の口癖《くちぐせ》だった。

そういうとき、父親は決まって、「お前の名前はなあ、外国で、野生の馬たちが草原でじゃれ合うのを見て、感動してつけたんだぞ」と言っていた。

そんなことはどうでもいいとずっと思ってきたが、今の自分が、まさに「野に遊ぶ馬」のようなものかもしれないと、遊馬は思った。

思えば、現代日本の、クリーンではあるがどこか息苦しい空気に慣れきって、ほどよき大きさの枠《わく》にみずからを嵌《は》め、ひたすら無難に平穏に生きようとしていた自分は、厩舎《きゅうしゃ》に飼われる従順な馬のようだった。

それが突然、このマーキスという野に放たれ、最初は怯《おび》えながら、徐々に自分の足で立ち、自分の頭で考えて動くことに目覚めた。

そして今は、自分の未熟さは百も承知で、それでも己を信じて、大胆《だいたん》にチャレンジすることができるようになってきた。

(僕はやっと、本当の意味で「遊馬」になれたのかもしれないな)

歓声と共に「グウィン王子、マーキスの救世主! ロデリック陛下、マーキスの守護者!」というかけ声が、メインストリートに詰めかけた民衆の間から、自然と沸き上がり、徐々に前後へと広がっていく。

その波のような、歌のようなかけ声に心地よく身を委《ゆだ》ねながら、遊馬はピンと伸びたフランシスの背中と、グウィン王子が横たわる柩を交互に見ながら、海へと続くなだらかな下り坂をゆっくり歩いていった。

灰色の葬列は、小一時間かけて、海辺のネイディーン神殿にたどり着いた。

太陽は徐々に傾き、西日が葬列を照らし始めている。

神殿の入り口では、こちらも純白のもっとも格の高い衣装を纏《まと》った神官長と幹部神官たちが、恭《うやうや》しくロデリックたちを出迎えた。

人々が見守る中、年老いた神官長は、介添《かいぞ》えに支えられながら跪《ひざまず》き、ロデリックの指先に軽く口づける。

ロデリックもまた長身の瘦軀《そうく》を屈め、神官長の手の甲に、自らの額を押し当てた。

互いに最上級の敬意を交わし合う儀式に、それまでずっと大騒ぎだった民衆も、しんと静まり返る。

そのまま葬列は、最終目的地である広大なネイディーン神殿へと入っていった。

石造りの大きな神殿には、晴れた日の多いマーキスらしく、敢《あ》えて一部、屋根を設けていない。

白い大理石で造られた神殿内部に西日が差すと、壁も、床も、祭壇《さいだん》も、そしてロデリックと神官長の純白の衣装までもが鮮やかなオレンジ色に染まり、夢のように美しい。

ガランとした大空間である神殿の中央には、普段は存在するはずのない舞台が据えられていた。

船である。

船といっても、マーキスではポピュラーな漁船などではなく、簡素なボートだ。オールもマストも、舵《かじ》すらもない。

それは、グウィン王子のために神殿が用意した、ネイディーンの元へ旅をするための小船であった。

グウィン王子を収めた柩は、神殿の入り口で馬車から降ろされ、ここまで近衛兵《このえへい》たちの肩に担《かつ》いでこられた。そして今、船の中にそっと下ろされる。

遊馬は、柩の中の氷がすべて解けて、水がじゃんじゃん漏《も》れ出したらどうしようかと気が気ではなかったのだが、少し離れたところで見守る民衆に見えてしまうほどではなかったようだ。

しかし、柩を置いて退いた近衛兵たちの肩は一様に濡れていたので、中の氷は、ある程度、溶けてしまったのだろう。

（……うう、ご遺体、無事だといいんだけど。どうだろうな）

フランシスの斜め後ろで畏《かしこ》まりつつ、遊馬は内心ドキドキしていた。

これから、グウィン王子の亡骸《なきがら》を女神ネイディーンのもとへ旅立たせる、つまり船に乗せて海に流す儀式に移るわけだが、その前に、神官長が弔《とむら》いの祈りを捧げる。

その間、民衆たちは自由に神殿内に入り、グウィン王子のために祈り、彼の顔を見て、配られた花を王子に捧げることが許されるのだ。

万が一、グウィン王子の亡骸の顔面が「生前の姿を留めて」いなかった場合……つまり、腐敗が進んでしまっていた場合、民衆はさぞガッカリすることだろう。

ロデリック王の面目は丸潰れだし、グウィン王子の美しい伝説にも傷を付けてしまうことになる。

その責任の重さがどっと迫ってきて、遊馬は背筋に嫌な汗が流れるのを感じた。

（ロデリックさんもフランシスさんも、もし僕がしくじったときにどうするかなんてことは言わなかったけど、これ、江戸時代だったら、確実に切腹案件だよね）

マーキスに「腹を切る」という概念《がいねん》はなさそうだが、少なくとも死刑制度は存在している。しかも、斬首《ざんしゅ》で行うと聞いたことがある。

（もし、柩の蓋《ふた》を開けたとき、王子の顔が腐り始めていたら……）

遊馬の右手は、無意識のうちに自分の首筋に触れていた。

ロデリックやフランシスが、自分に対してそんな野蛮《やばん》な刑罰を科すわけがないという気持ちはあるが、その反面、公人の立場に立ったときの彼らが、極めて冷酷《れいこく》になれることも、遊馬は知っている。

遊馬の行為が国益を損《そこ》なったと判断すれば、あの兄弟は、少しも迷わず遊馬の首を刎《は》ねるだろう。

（それがこの世界のありようだってことは重々承知だけど、だからって納得できるわけじゃないからな。万が一、そういうことになったら……逃げるしかないか）

遊馬は、視線を落ちつきなく彷徨《さまよ》わせた。

神官長はじめ、たくさんの神官たちが、女神ネイディーンの巨大な石像の前に整列した。

いよいよ、弔いの祈りが始まるのだ。

神殿への入場を待ちわびる民衆が、列を作ってこちらをしきりに覗《のぞ》き込んでいるのも、視界に入ってくる。

（神殿に入ってくる人たちに紛《まぎ》れて、ここから逃げ出して……どこへ行こう。鷹匠《たかじょう》小屋じゃ、クリスさんを僕とロデリックさんたちとの板挟みにさせて苦しめちゃうからダメだ。まずは……そう、魔術師ジャヴィードの庵《いおり》しかないよね。でも、あの人、僕を長く置いてくれそうにないから……そうだな。何とかしてポートギースへ逃げる……？）

万が一のことが起こった場合、遊馬が生存できそうなルートはそれ一択だ。ジョアン王とヴィクトリア、それにキャスリーン王女に三人がかりでとりなしてもらえば、あるいは首の皮一枚繋《つな》がるかもしれない。

（それだって、ギリだよな。ジョアン王は、ロデリックさんに経済的に援助してもらって、

頭が上がらないんだから)

いつの間にか真剣に脱出経路を検討《けんとう》し始めていた遊馬は、突然、二の腕を小突かれ、息がかかるほど傍にクリストファーが来ているのに気付いて、危うく悲鳴を上げそうになった。

「うぁ……むぐっ」

両手を口に当ててどうにかこらえた遊馬を、クリストファーは怪訝《けげん》そうに見た。

「どうした?」

「あっ、いえ。ちょっと考え事をしちゃってて。何ですか?」

するとクリストファーは、まだ訝《いぶか》しげにしつつも、こう言った。

「柩《ひつぎ》を開けるぞ。お前、最初に氷を足すと言っていなかったか?」

「あっ、そうでした」

遊馬はハッと我に返った。

つい、失敗したときのことを想定してしまっていたが、いくら何でも気が早かった。

まずは、民衆を招き入れる前に、亡骸の状態をチェックさせてくれと頼んでいたのを思い出し、遊馬は柩の枕元に立つロデリックとフランシスの傍へ行った。

浅い船の中に安置された柩の蓋を、近衛兵たちがゆっくりと持ち上げる。

「あ、蓋は全部外さないでください。少し、下にずらす感じで」

遊馬はボートに近づき、小声で近衛兵たちに指示を出した。見れば、先日、遊馬を鷹匠小屋から「拉致《らち》」した三人だ。

ギョッとした顔で、それでも言われたとおりにしてくれた近衛兵たちに、遊馬は「ありがとうございます」と小声で礼を言った。

先日の失態で、フランシスにあの後も厳しく叱責《しっせき》されたのだろう。三人は、必要以上の素早さで後ずさる。遊馬は、柩にそっと近づいた。

（どうだろ……）

遊馬は怖々《こわごわ》、グウィン王子の亡骸を覗き込む。

柩の中には、地下牢《ちかろう》よりも冷えた冷気が充満していて、亡骸の顔面は、まだ灰色がかった色彩のままだった。腐敗ガスの発生も認められず、ちゃんと発見時の容貌《ようぼう》を保っている。

「よかったあ」

遊馬の口から、思わず安堵《あんど》の声が漏れた。

それは完全に計算外の出来事だったが、赤い西日のせいで、亡骸の顔色も、実際よりずいぶんよく見える。

ボートの縁から少し距離を置いて見れば、本当に眠っているように感じられそうだ。

遊馬は、持参した革袋から、白い布に包んだ氷塊《ひょうかい》を取り出し、亡骸の顔面周囲の氷が溶けてしまった部分に足しながら、フランシスに思わず全力の笑顔を向けてしまった。

（大丈夫です！）

フランシスも、隣に立ったロデリックも、亡骸の顔を見て、安堵したのだろう。淡く微笑《ほほえ》んで、遊馬の笑顔に応じる。

フランシスが軽く手を上げて合図すると、神殿の入り口で留め置かれていた民衆が入場を許され、柩が収められた船に向かって一斉に駆け寄ってきた。

普段なら、神聖なネイディーンの神殿内で走るなど、言語道断《ごんごどうだん》の暴挙である。しかし、皆、伝説の王子の「生きているような亡骸」を見たくてたまらなかったのだ。

叫び声をあげる者はさすがになかったが、どやどやという足音に驚き、神官たちは……いつもなら何があっても集中を切らさないはずの神官長までが、呆気《あっけ》にとられた様子で祈りを中断し、振り返る。

人々は、船縁《ふなべり》に手を掛け、柩の中を覗き込むと、一様に息を呑《の》んだり、驚きの声を上げたりした。中には、衝撃のあまり、気絶した老人までいる。

百年前にマーキスのために命を捧げたグウィン王子が、長き年月を経て、まさに生きていたときのままの姿で横たわっている。……実は、完璧《かんぺき》に近い状態で保存されているのは頭部顔面だけといってもいいくらいなのだが、民衆には、そんなことを知る由《よし》はない。

彼らは、王子の亡骸の全身が、完璧な状態でそこにあると信じ切っているのだ。

皆、驚きが少し治まると、口々に祈りを捧げ、柩の中に白い花を投げ入れて、次の人に場所を譲《ゆず》っていく。

「グウィン王子様は、何とご立派なお方か。マーキスを守ろうって思いが、亡骸になっても生きているときの姿を保たせたんだねえ」

「ネイディーンに選ばれたお人なんだよ。これからも、ネイディーンの御許で、きっとマーキスをお守りくださるさ」

「今の陛下だって、あのグウィン王子の子孫なんだろ？　この前の嵐のときに、あたしたちを迎え入れ、守ってくださったのは、グウィン王子譲りのお優しい気持ちからなんだね」

「ロデリック陛下が国王になられたから、グウィン王子も安心して、ネイディーンの御許へ旅立つことになさったたんだろう」

「ありがたいねえ。あたしたちは、王様にもネイディーンにも守っていただいているんだねえ」

そんな民衆の声が、柩の前で頭《こうべ》を垂れるロデリック、フランシス、遊馬、そしてクリストファーの耳に届く。

ロデリックにとっては期待どおりそして予想どおりの反応なのだろうが、「民に亡骸《なきがら》を晒《さら》すなど、故人を冒瀆《ぼうとく》する行為だ」と憤《いきどお》っていたフランシスとクリストファーにとっては、そんな民の声は、意外だったようだ。

正直なところ、実際に亡骸を見るまでは、物見遊山《ものみゆさん》気分だった者も多いだろう。

だが、実際に亡骸の顔を見て、百年前にマーキスのためにみずから命を絶ったはずの王子が、穏やかな顔で眠るように横たわっているのを見て、胸を打たれない者はいない。

皆、ネイディーンへの信仰が生み出す奇跡、そして民の幸せを願い続ける王家の人々の魂に触れ、一様に感動と感謝の眼差《まなざ》しを、ロデリック、そしてネイディーンの石像へと向けて、祈りの文句を呟《つぶや》きながら下がっていく。

亡骸は見世物《みせもの》などではなく、確かに皆の畏敬《いけい》の対象として、厳《おごそ》かに目の前に横たわっているのだ。

（よかった。フランシスさんとクリストファーさんも、納得してくれたみたいだ。グウィン王子も、これで安らかに海へ旅立っていけるよね）

遊馬は、大仕事をやり遂《と》げた安堵でその場に座り込んでしまいそうになりながら、必死で全身に力を入れて、立ち続けていた。

やがて、柩の中に収まりきらず、船の中全体が白い花に埋め尽くされた頃、神官たちの長い祈りも終わった。

グウィン王子への「拝謁《はいえつ》」を終えた民衆たちは、皆、遠巻きに最後の瞬間を見守る。

「アスマ」

クリストファーに促され、遊馬は彼と共に、船の最後尾に立った。

船の前には、ロデリックとフランシス、それに神官長が並ぶ。

三人に先導され、近衛兵《このえへい》たちに慎重に持ち上げられた船は、神官たちの美しいハーモニーの詠唱《えいしょう》に送られ、海岸へと運ばれていく。民衆も、ぞろぞろとあとからついてきた。

ついにグウィン王子は、海へ……ネイディーンのもとへと旅立っていくのだ。

船に先駆け、波打ち際から数歩進み、海へ入ったのは、ロデリックだった。

夕日を浴びて、純白の長衣がまるで鮮血を浴びたように赤く染まって見える。

黒髪を夕風にたなびかせ、ロデリックは朗々と送別の文句を唱えた。

「我等が母たる、偉大なる女神ネイディーンよ。長く留め置きし御身の忠実な僕《しもべ》を、今こそ御許へお送り申し上げる。どうか、グウィン王子を御胸にお迎えくださりますように。これより先も末永く、王子と共に、我等がマーキスをお守りくださりますよう」

普段はボソボソと喋《しゃべ》る彼だが、その気になれば、驚くほどよく響く豊かな声を出す。波音にも消されぬその祈りは、離れた場所にいる民衆にも届いたらしい。

皆、ネイディーンの印を切り、国王と祈りの心を共にした。

やがて船は、近衛兵たちの手で海に浮かべられた。それをできるだけ遠くまで押していくのは、クリストファーと遊馬の務めである。

何故、近衛兵でなく、彼らがそれをやらなくてはならないかといえば、最後の最後に、こっそりやるべき仕事があるからだ。

実は、船を沖へと送り出すとき、船底の小さな穴を塞《ふさ》いでいる栓《せん》をそっと抜くことが、クリストファーと遊馬に課せられた最後の作業だ。

民衆は皆、王子の亡骸を乗せた船は、帆《ほ》や舵《かじ》がなくても、女神ネイディーンの招きにより、彼女の御許まで必ずたどり着くと無邪気に信じている。

だが、そんなことはあり得ない。

せちがらい話ではあるが、船底に小さな穴を開けておき、沖へ流れていくうちに船が徐々に浸水し、いずれ亡骸もろとも海の底に沈むように仕向けるというのが、海葬の手はずなのである。

クリストファーと遊馬は、靴《くつ》を脱ぎ捨て、裸足《はだし》になった。クリストファーは、大切な長剣を浜に残し、船と共に海に入った。

「冷たッ」

遊馬は思わず小さな声を上げる。

日中は暖かくて、海水浴を楽しめそうな雰囲気《ふんいき》だったが、やはり夕方ともなると、気温も下がり、海の水も冷たく感じられる。

しかも、遠目には砂浜だと思われていた神殿前の浜は、いわゆる小石の海岸だった。波に洗われて角が取れているので、足を傷つける尖った石はないようだが、それでも足の裏がゴリゴリと刺激され、結構な痛みを感じる。

「アスマ、足を滑らせるなよ。こういうときに転ぶのは、とても不吉なことだからな」

クリストファーは、船縁をしっかり摑《つか》み、沖へ向かって押しやりながら遊馬に注意した。

遊馬も、反対側の船縁を摑み、それで身体《からだ》を支えて慎重に歩き始める。最初は恐ろしく冷たいと思った海水も、慣れればそこまでではない。どうにか凍えずに、船を送り出すまで耐えられそうだ。

「何だか、足の裏が刺激されて、無駄に健康になりそうです」

「健康に？　何故だ？」

不思議そうなクリストファーに、遊馬はクスッと笑った。

「僕が元いた世界に、足つぼ健康法っていうのがあるんですよ」

「あしつぼけんこうほう？　健康になる方法か。どんなものなのだ、それは」

「たぶん、中国の考え方なのかな。足の裏に、全身の色んな部位の健康状態をそれぞれ反映するツボっていう、まあ点みたいなものがあって、そこを刺激すると、具合が悪いところのツボは凄《すご》く痛く感じるって聞いたことがあります」

「……よくわからんが、足の裏を刺激されると健康になるのか？」

「痛いところをゴリゴリ揉《も》みほぐすと、具合の悪いところの血の巡りがよくなって、健康になる……とかそういう理屈じゃなかったかな。僕は西洋医学しか習ってないんで、よくわかんないですけど。僕の父親が、ボコボコした突起のついた板を買ってきて、それを踏んでは『きく〜〜〜』って喜んでましたよ。僕は子供だったせいか、踏んでみても痛いばっかりでした。あれ、ちょっとくらいはホントに健康になってたのかなあ」

遊馬が思い出話を語ると、クリストファーはニッと笑った。

「お前の父上がそうなされていたのなら、きっと効き目があったのだろう。ならばこれは、グウィン王子の最後の温情だな。船を送り出す我等を、健《すこ》やかにしてくだされているに違いない」

「そうかも」

クリストファーの発想は、いつもポジティブだ。遊馬も笑顔で同意して、意外と遠浅の浜を、穏やかな波に逆らい、船を押してゆっくりと歩いていった。

膝までの高さだった海水が、徐々に深くなっていく。

遊馬が胸まで浸かったところで、クリストファーはようやく足を止めた。

「このあたりでいいだろう」

「そう言ってもらえてよかったです。クリスさんは背が高いからいいけど、僕、そろそろ本気でヤバいんで」

遊馬は、ちょっと強張《こわば》った真顔でそう言った。

沖へ近づくにつれ、波が大きく、潮の流れが強くなってくる。小柄な遊馬には、しっかり立っているのがそろそろ難しくなっていたのだ。

波に煽《あお》られ、身体が勝手にゆらゆらしてしまう。まるで、昆布にでもなったような心境である。

「では、抜くぞ」

クリストファーは、船底に長い腕を伸ばすと、手探りで小さな木製の栓を引き抜いた。花に埋もれているのでわからないが、船の中には少しずつ水が入ってくるはずだ。

「よし。……グウィン王子、どうか安らかに。これからもマーキスを……ロデリック様を、末永くお守りください」

船を沖のほうへ大きく押しやり、クリストファーは海の中で頭《こうべ》を垂れて、去りゆく王子のために祈りを捧げた。

「安らかにお眠りください。……あと、今まで腐らずにいてくださって、ありがとうございました！　僕、首を刎《は》ねられずに済みました」

遊馬もそう言って、首だけでお辞儀《じぎ》をした。頭を深く下げると、海に突っ込んでしまうからだ。

潮の流れに上手《うま》く乗ったのか、船は波にゆらゆら揺れながら、沖のほうへゆっくりと流されていく。

夜のうちに、船は沈み、王子の亡骸は海の底で安らかな永遠の眠りにつけることだろう。

「やり遂げましたね」

遊馬はそう言って、クリストファーのほうへ身体を向けた。海の水の冷たさがジワジワと身体に染《し》みていたが、心は爽快《そうかい》だった。

「おう。やったな。……いや、まだやることは山のようにある。ひとまず王子の弔《とむら》いをやり遂げた。それだけのことだ」

ストイックな発言をして、それでもクリストファーも少し安心した様子で、精悍《せいかん》な頰《ほお》を緩めた。

夕日はいよいよ、海の向こうへ沈もうとしている。空は高いほうから灰色がかった群青《ぐんじょう》色になり、水平線近くの眩《まばゆ》い緋色《ひいろ》へと、美しいグラデーションを生み出している。

驚くほど大きくて赤い夕日だ。

「ああ。卵黄《らんおう》の味噌漬け色だ」

思わず懐かしい味覚を口にした遊馬は、波に足を取られて、うわっと悲鳴を上げた。海に半ば浸かって出た二の腕を、クリストファーがガッチリと摑んでくれる。

「ふう、ビックリした。ありがとうございます」

「お前まで沖に流されては、たまったもんじゃない。さあ、辺りが暗くなる前に、海から上がるぞ。さもなくば……」

「さもなくば？」

「知らんのか？　『海の手』が連れに来る」

クリストファーが突然口にした「海の手」という言葉に、遊馬はキョトンとした。

「何ですか、それ」

するとクリストファーは、怖い顔をして、厳《おごそ》かな口調で言った。

「夜になると、深い海の底から、化け物が獲物を探して長い長い手を伸ばし始める。それが、『海の手』だ。摑まれたが最後、海の底に引きずり込まれ、化け物に食われる」

他愛《たわい》ない怪談である。

おそらく、暗くなってから海で遊ばないように、子供たちを怖がらせようと親たちが作り出した架空の生き物、いや化け物に違いない。

そう思いつつも、遊馬はゾッと身を震わせた。足の動きも、自然と速くなる。

「クリスさんは、摑まれたことがあるんですか？」

「ある。まだガキの頃、魚を獲《と》って夕飯の足しにしようとして、遅くまで頑張り過ぎたんだ。で、『海の手』に足首を摑まれた」

「嘘っ⁉」

「本当だ。必死で振り解いて、大泣きしながら家に帰った。……見れば、足首には『海の手』の痕が……」

「マジですか……」

顔を引きつらせた遊馬をチラと見て、クリストファーは決まり悪そうに肩を竦《すく》めてこう言った。

「まあ、吸盤の痕だったんだがな」

「えっ。ってことは」

「タコの脚に巻き付かれたらしい。流木か何かだと勘違いしたんだろうな、タコの奴も」

「なあんだ。もう、真剣にビビって損しましたよ！」

遊馬は憤慨《ふんがい》して、クリストファーに海水をすくって掛けた。クリストファーは、笑いながら片手で自分の顔を庇《かば》う。

「お前、死体は怖くないくせに、化け物は怖いのか」

「当たり前でしょ！　死体は悪いことはしませんけど、化け物は……ほら、襲うとか喰うとか、物騒なことすぐ言うから」

「ほう」

クリストファーはなおも可笑《おか》しそうに笑いながら、遊馬の腕を掴んだまま、浅瀬へと誘ってくれる。

今度は波に背中を押されながら、二人は浜のほうを眺めた。

王子を見送り、民衆の姿は、既に浜から消えていた。皆、三々五々、自分たちの家へと戻っていったのだろう。

神官たちも引き上げたらしく、波打ち際には、ロデリックとフランシスの姿だけが見えた。近衛兵《このえへい》たちも、神殿で待てと命じられたのか、姿が見当たらない。

兄弟ふたりきりで、クリストファーと遊馬を迎えてやろうという彼らの温かな気持ちに、遊馬は胸がいっぱいになった。

だがクリストファーのほうは、何故か渋い顔をしている。

「どうしたんです？」

遊馬が問うと、彼は大きな口をへの字に曲げ、こう言った。

「もはや暗くなろうとしているのに、お傍近くに護衛を置かぬとは。まったく、ロデリック様は、いつになっても国王のお立場をわきまえてくださらない」

堅苦しい怒り方をするクリストファーを、今度は遊馬が笑う番だ。

「たまにはいいじゃないですか。それに、フランシスさんって、あれで滅法《めっぽう》剣の腕が立つらしいですよ。本人が言うことだから、もしかしたら盛ってるかもしれませんけど。それでも、ロデリックさんひとりくらいは、守れるんじゃないですか？」

クリストファーは、ムスッとして言い返す。

「馬鹿なことを言うな。ロデリック様こそ、本当は剣の名手なんだぞ。守るとすれば、ロデリック様のほうだ。きっと、フランシス様を雄々《おお》しくお守りになるだろうよ」

「えっ？　ロデリックさんが、剣の名手？　マジですか？　雄々しくって言葉、ロデリックさんにはいちばん使えない形容詞だと思うんですけど」

驚く遊馬に、クリストファーは誇らしげに胸を張って見せた。波を蹴《け》る脚にも、俄然《がぜん》力がこもる。

「先刻の力強いお声を、お前も聞いたろう。ロデリック様は、その気になれば、何でもお出来になるのだ。本当はな」

「ああ、なるほど。じゃあ、ばっさばっさ敵を斬《き》って捨てるなんてことも、本当は出来ちゃうんですね」

遊馬は感心した様子でそう言ったが、クリストファーは、ふっと眉《まゆ》を曇らせる。

「いや、それはちょっと」

「え？　だって、剣の腕、凄《すご》く立つんでしょう？」

訝《いぶか》る遊馬に、クリストファーはモゴモゴと答えた。

「腕はいいのだ。腕は」

「はい？」

「ただ……すぐに疲れてしまわれる。ばっさばっさは、いささか厳しいだろうな」

「ああ、持久力に難あり」

「そういうことだ」

クリストファーは、情けない顔つきで頷《うなず》く。

遊馬は、こみ上げる笑いを噛《か》み殺しつつ、浜で待っていてくれるロデリックとフランシスを見た。

なるほど、フランシスは相変わらず背筋を伸ばして立っているが、ロデリックのほうは、言うなれば「喪主《もしゅ》」の大任を果たし、いつの間にか浜に座り込んでしまっている。

「なるほど、ホントに持久力に難ありだ。ロデリックさんが風邪《かぜ》を引いたりしないうちに、早く戻りましょうか」

「うむ」

頷くなり、クリストファーはいつものように、遊馬をヒョイと肩に担《かつ》ぎ上げる。

「久々に、やっぱり最後はこうなるんだ……⁉」

手足をばたつかせながらも、遊馬の顔には、嬉しそうな笑みが浮かんでしまっている。

海水をボタボタ落としながら、遊馬はクリストファーの肩の上から、徐々にハッキリ見えてきた兄と弟に、大きく手を振った……。

鷹《たか》匠《じょう》小屋のバスタイム

鷹匠小屋のバスタイム

暖炉《だんろ》にかけた大きな鉄鍋《てつなべ》の中で、ぐらぐらと湯が沸き立つ。

分厚い手袋を嵌《は》めた手で鍋の持ち手を掴《つか》むと、クリストファーは暖炉の前に据えた大きな木桶《きおけ》に熱湯を注いだ。

木桶にはあらかじめ五分の一ほどの高さまで水を張ってあり、クリストファーは熱湯と水をよく掻《か》き混ぜ、温度を確かめてから、火の側で待っていた遊馬《あすま》に声をかけた。

「よし、いい具合だ。入れ」

「はいっ」

既に衣服を脱ぎ捨て、腰に布を巻き付けただけの状態でスタンバイしていた遊馬は、そろそろと木桶に入った。

最初こそチリッと熱く感じられるが、すぐに馴染《なじ》んで快適な温度になる。

「……ふー」

桶の中で膝をかかえて座り、手ですくった湯をバシャリと顔にかけて、遊馬は思わず息を漏《も》らした。

この世界に来てからもうすぐ一ヶ月になる。遊馬が一つだけ恋しく思うものが、風呂だった。

当たり前のように毎晩入浴していた日々が、いかに恵まれたものであったか、今ならよくわかる。

ここは、蛇口《じゃぐち》を捻《ひね》れば熱い湯が出るような世界ではないし、いわゆる浴室さえ、よほどの上流階級の邸宅でない限り存在しない。

入浴は週に一日、こうして暖炉の前に大きな木桶を持ち出し、外の井戸から汲《く》んできた水と鍋で沸かした湯を溜めて入るのだが、とにかく準備に時間がかかる上、使える湯の量も少ない。

かろうじて腹まで湯に浸かり、手早く頭や身体《からだ》を洗うだけで精いっぱいで、とてもくつろぐ余裕などない。

しかも、一週間分の汚れを落とすので、湯を使い回すことはとても不可能で、クリストファーとかわりばんこ、しかもその都度《つど》湯を交換しなくてはならない。

この世界では、入浴は気合いが必要な大仕事なのである。

たっぷりの熱い湯に浸かり、手足を伸ばしてくつろぎたいと心の底から思いつつ、遊馬は腰に巻いていた布を解き、それで身体を擦り始めた。

湯の中には干したカモミールの花がいくつか、それに青々したローズマリーの枝が数本入っていて、湯気はとてもいい匂《にお》いがする。風呂を使い終わった後もしばらく、身体にハーブの匂いがついていて、それはなかなかに心地がよい。

再び鉄鍋に水を張り、今度はほどよく温めたところで、クリストファーは鍋を火から下ろして桶の横に持って来た。

「下を向け」

短く命じてシャツの袖《そで》を肘までまくり上げ、手桶で湯を掬《すく》うと、俯《うつむ》いた遊馬の頭にざばりと掛ける。

「う……ありがとうございます」

手櫛《てぐし》で髪を梳《す》いて綺麗《きれい》にしながら、遊馬は礼を言った。

バシャリ、バシャリと遊馬の頭に何度か湯を掛け、先に風呂を使ってさっぱりした顔のクリストファーは言った。

「すみずみまで綺麗にしろ。今夜の晩餐会《ばんさんかい》に、小汚い顔で参じるわけにはいかんからな」

「うう……晩餐会」

顔にかかった湯を払いがてら髪を後ろに撫《な》でつけ、遊馬は目を細めてクリストファーを見た。眼鏡《めがね》を外しているので、そうしないと相手の顔がよく見えないのだ。

「憂鬱《ゆううつ》だなあ、晩餐会なんて。ホントに、僕も行かなきゃいけないんですか?」

「馬鹿者、ヴィクトリア様が、即位式を前にして、俺とお前を労《ねぎら》ってやろうと催《もよお》してくださる会だぞ。そんな言いぐさがあるか」

クリストファーに叱《しか》られ、遊馬は木桶の中であぐらをかき、膨《ふく》れっ面《つら》になる。

「堅苦しすぎて、労ってもらってる感じがしないですよ。内輪の食事会だっていっても、ロデリックさんとフランシスさんがいるわけでしょう? もうすぐ国王陛下と宰相《さいしょう》になる人たちと一緒に食事なんて」

「そう構えることはない。本式の晩餐会ではなく、ただの内輪の食事会だと思えばいい」

「内輪っていってもなあ……」

「お前の、その無礼極まりない呼び方を、お三方とも異世界人なればやむなしと許してくださっているんだ。それで十分過ぎるだろうが」

「それはそうなんですけど。あの、先に聞いておきたいんですけど、晩餐会ってどんなメニューが出るんです？　あと、テーブルマナーとか、特に気をつけておかなきゃいけないこととか」

ゴソゴソと身体の向きを変えながら、遊馬は訊ねた。湯から出ている上半身を温める手立ては、暖炉の火しかない。背中と腹を交互に火のほうに向けるより他がないのだ。

クリストファーは、再び鉄鍋を火にかけ、足し湯用に残った湯を熱くしながら無造作《むぞうさ》に答えた。

「マナー？　特にないな。大皿が回ってくるから、そこから料理を自分の皿に取って食うだけだ。あとは、乾杯のときには起立するくらいだろう。食い切れないほどたくさん料理を取るのは下品とされているが、お前に限ってそれはあるまい。鷹《たか》の雛《ひな》より食が細いからな」

小食をからかわれ、遊馬は顔をうっすら赤らめて言い返した。

「この時代の皆さんが、むしろ大食いなんですよ！　回ってくる料理って、やっぱり肉とかですか？」

「まあ、おおむね肉だな。だが、今夜の食事会は人数も少ないし、おそらく普通の肉の塊《かたまり》をローストしただけだろう。鶏《にわとり》か、鵞鳥《がちょう》か、あるいは豚かもしれん。ほしいだけ切ればいいだけで、特に技術は要らん」

たちまち熱くなった湯を手桶に汲むと、クリストファーは木桶に足してくれる。少し増えた湯を手でゆっくり掻き混ぜながら、遊馬は首を傾《かし》げた。

「普通の肉の塊？　逆に、取り分けるのに技術のいるローストって、何なんです？」

「招待客の多い、あらたまった晩餐会では、凝《こ》ったローストが出る。あれは厄介《やっかい》だ」

「凝ったロースト？」

「鳥を、鳥の中に詰めて焼く……」

もう一杯、手桶に熱い湯を汲んで戻ってきたクリストファーは、顰《しか》めっ面《つら》で頷《うなず》く。

「鳥を鳥の中に？　えっ？」

「大きな鵞鳥の骨を抜き、そこに鶏、鴨《かも》、ウズラ、山鴫《やましぎ》、鳩、雲雀《ひばり》なんかを順番に詰め込んでいくんだ。隙間《すきま》には、りんごとセージ、あるいはベリーのスタッフィングを詰め込んで形を整える。すべての鳥を皿に取るのが面倒だな」

「うわあ……す、すっごいですね、それ。どんな味なんです？　つか、鳥の種類によって、味の違いがわかりますか？」

「まあ、味云々《うんぬん》より、客人のためにそれだけ手間暇かけて食材を揃《そろ》えたという、もてなし自慢だな。味は……まあ、違いはわかるが、総じて鳥の味だ」

「大雑把《おおざっぱ》だなあ」

実にざっくりしたクリストファーの説明に、遊馬はクスクス笑う。クリストファーは、渋い顔で遊馬の濡れた頭を小突いた。

「笑うな。とにかく、何を出されても、多少口に合わなくても、ひととおり料理を褒《ほ》めろよ。それが何よりのマナーだし、実際、俺の飯よりは遥《はる》かに旨《うま》いはずだ」

「それはわかってます。だけど僕、クリスさんが作ってくれるご飯、好きですよ？　茹《ゆ》でただけの芋《いも》とか、焼いただけの肉とか」

「どう考えても貶《けな》されている気しかせんが」

「いえ、ホントに。僕がいた世界の料理って、もっと調味料を使いまくるので、素材の味を嚙《か》みしめる機会ってあんまりなかったんです。だから、こっちに来てから味覚が鋭くなった気がします」

「……まあ、気に入っているならいい。そろそろ上がれ。遅参《ちさん》するわけにはいかんからな」

　照れ隠しにムスッとした顔をして立ち上がったクリストファーは、暖炉《だんろ》の前に掛けてあったタオル代わりの大きな布を、遊馬の頭からバサリと引っかける。

「晩餐会で、クリスさんのご飯のほうが美味しいって言うのはアリですか？」

「なしだ、阿呆《あほう》め。お前がそんなことを言おうものなら、次はご兄弟揃って、ここに俺の飯を食いにいらっしゃるぞ。そういうときだけ、意見が一致するんだ、あのご兄弟は。それこそ大惨事《だいさんじ》だろうが」

「あははは、間違いなくそうなりますね」

「笑い事じゃない」

　クリストファーの心底嫌そうな顔を見上げ、その光景を想像して笑い出してしまいながら、遊馬は濡れた頭を暖まった布でバサバサと拭いたのだった……。

〈初出〉

「鷹匠《たかじょう》小屋のバスタイム」

『時をかける眼鏡　医学生と、王の死の謎』（2015年1月刊）刊行記念ペーパー集英社オレンジ文庫をお買い上げいただき、ありがとうございます。
ご意見・ご感想をお待ちしております。

● あて先
〒101-8050 東京都千代田区一ツ橋2-5-10
集英社オレンジ文庫編集部 気付
椹野道流先生

時をかける眼鏡

兄弟と運命の杯

集英社
オレンジ文庫

2018年7月25日 第1刷発行

著 者 椹野道流
発行者 北畠輝幸
発行所 株式会社集英社
〒101-8050東京都千代田区一ツ橋2-5-10
電話【編集部】03-3230-6352
【読者係】03-3230-6080
【販売部】03-3230-6393（書店専用）
印刷所 大日本印刷株式会社

※定価はカバーに表示してあります

ISBN 978-4-08-680201-7 C0193

集英社オレンジ文庫

永瀬さらさ

法律は嘘とお金の味方です。

京都御所南、吾妻法律事務所の法廷日誌

人の嘘を見抜く能力を持つつぐみは、
敏腕だが金に汚い弁護士の祖父と一緒に
暮らしている。祖父は高額な着手金で
受けた厄介な依頼を、つぐみの
幼なじみで検事の草司に押し付けて…!?

青木祐子

これは経費で落ちません!

~経理部の森若さん~

(シリーズ)

これは経費で落ちません! 1

入社以来、経理一筋の沙名子のもとには社内から
様々な領収書が舞い込んでくる。営業部の山田太陽が
持ち込んだ「たこ焼き代4800円」の真相やいかに!?

これは経費で落ちません! 2

他人の面倒事には関わらないはずの沙名子が、
女性社員の揉め事に巻き込まれる!?　ブランド服、
コーヒーメーカー、長期出張など、疑惑多数!

これは経費で落ちません! 3

広報課の女性契約社員から相談を持ち掛けられた沙名子。
仕事ができて好感が持てる彼女が、社内では浮いて
一部では嫌われてさえいるというその実情とは…?

これは経費で落ちません! 4

外資系企業出身の新入社員が経理部に配属となり、
率直な発言と攻撃的な性格で沙名子の気苦労は絶えない。
さらに、よく知る社員同士の不倫現場を目撃して…?

好評発売中

【電子書籍版も配信中　詳しくはこちら→http://ebooks.shueisha.co.jp/orange/】

集英社オレンジ文庫

愁堂れな

キャスター探偵
金曜23時20分の男

ニュース番組のキャスターながら、自ら取材に出向いて報道する愛優一郎に同級生で助手の竹之内は振り回されて!?

キャスター探偵 愛優一郎の友情

ベストセラー女性作家の熱烈な要望でインタビューすることになった愛。5年ぶりの新作に隠された謎とは一体…。

キャスター探偵 愛優一郎の宿敵

駆け出しの小説家で助手の竹之内が何者かに襲われた。事件当時の状況から愛と間違えられた可能性があって…？

好評発売中

【電子書籍版も配信中　詳しくはこちら→http://ebooks.shueisha.co.jp/orange/】

ザ・藤川家族カ inal

嵐、の

響野

集英社

目次

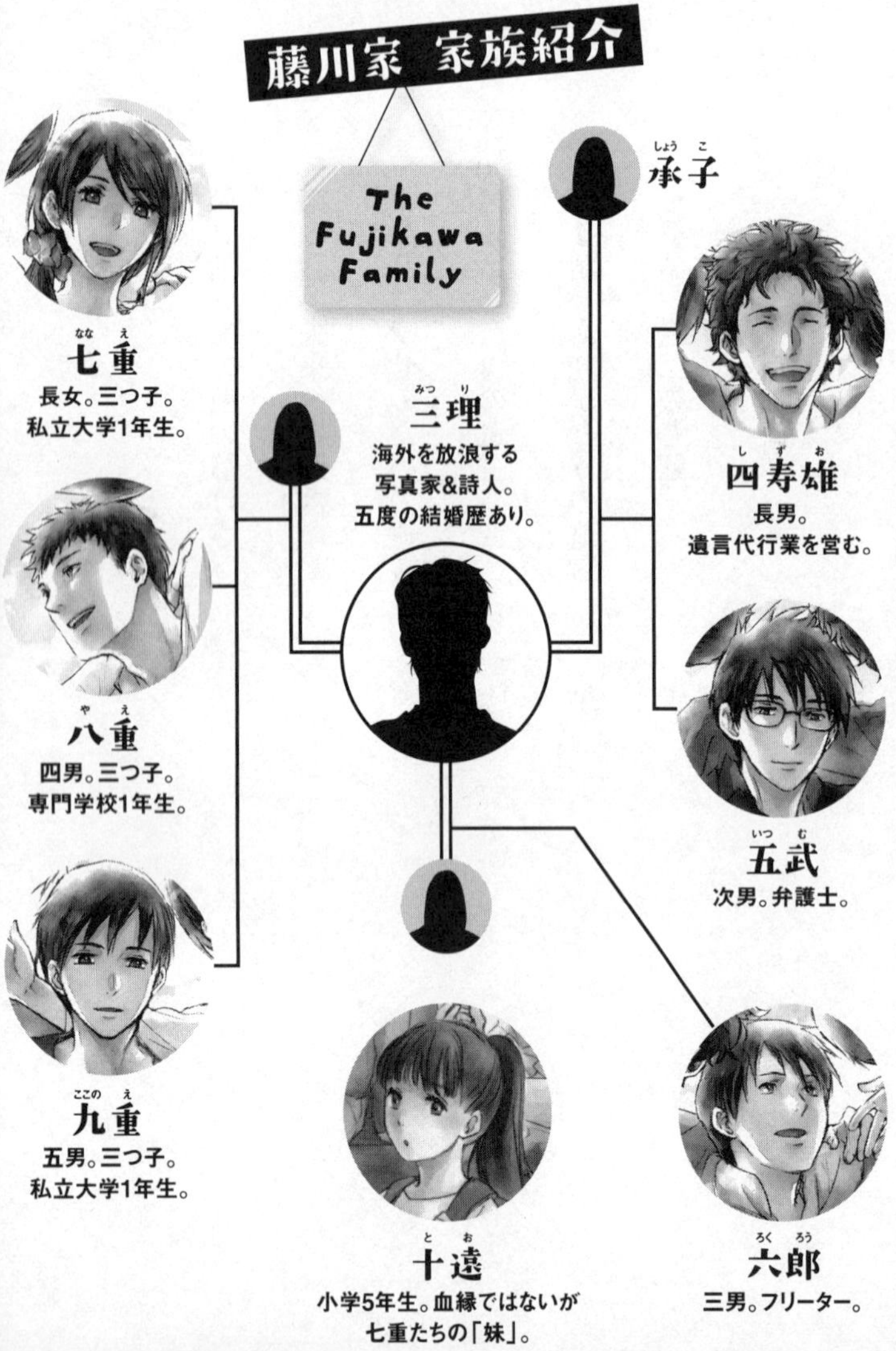

藤川家　家族紹介
The Fujikawa Family
承《しょう》子《こ》
七《なな》重《え》
長女。三つ子。
私立大学1年生。
三《みつ》理《り》
海外を放浪する
写真家&詩人。
五度の結婚歴あり。
四《し》寿《ず》雄《お》
長男。
遺言代行業を営む。
八《や》重《え》
四男。三つ子。
専門学校1年生。
五《いつ》武《む》
次男。弁護士。
九《ここの》重《え》
五男。三つ子。
私立大学1年生。
十《と》遠《お》
小学5年生。血縁ではないが
七重たちの「妹」。
六《ろく》郎《ろう》
三男。フリーター。

ザ・藤川家族カンパニー Final

嵐、のち虹

第0話　嵐の前の静けさ

藤川《ふじかわ》家は、築五十数年のモルタル造り二階建てである。

界隈《かいわい》が華やかだった時代には診療所だった建物で、玄関はガラスの引違戸《ひきちがいど》。

かつて診療所名がペイントされていた箇所には、アルファベットを手貼りした表札がかかっている。


「まったくもう」

上《あ》がり框《がまち》で、十九歳の七重《ななえ》は腰に手をあてた。

広めの三和土《たたき》が、きょうだいの脱ぎ散らかした靴でいっぱいになっている。

またか、と靴を片付けていると、七重のサンダルを飛び石がわりに、ラベンダー色のスニーカーに着地した者がいた。

「妹」の十遠《とお》だ。

「テンちゃん！」

あやうく手を踏まれるところだった七重が非難がましい声を上げると、テンちゃんこと十遠は、スニーカーに踵《かかと》を押し込みながら弁解した。

「ごめん！　約束に遅れそうなの！」

肩に掛けたビニール製のバッグが七重の目に留まる。

「プール？　誰と？」

「ひまりんと、ゆんちゃん」

どちらも、十遠のクラスメイトだ。

十遠は建てつけの悪い戸を勢いよく開けて表に飛び出した。サンダルをつっかけた七重は、慌てて後を追う。

「門限、六時だからね。夏休みが始まったからって、例外はないからね！」

「わかってるー」と返事が風に乗って流れてきた。と、十遠が走りながら振り向く。

「あ！　お姉ちゃん、アイス切れてたから買っといて！」

「テンちゃん、前！」

口元に手を当てて怒鳴ると、はっとした十遠がきわどいところで通行人を避けた。ポロシャツの中年男性に小さく頭を下げ、ポニーテールをはずませて舗道を駆けて行く。

ショートパンツからすらりと伸びた足が眩《まぶ》しかった。ぶつかられかけた男性にとってもそうだったのか、どこか感心したように振り返って眺めている。

「もう小学五年生だもんなぁ」と七重はつぶやいた。

十遠がこの家に来たのは四年前、小学一年生の時だ。シングルマザーだった母を亡くし、実の祖父母に引き取りを拒否されて、行きがかり上、藤川家で暮らすことになったのである。

この四年間で、十遠はびっくりするほど変わった。笑顔が増えた。

七重お姉さん、と他人行儀な呼び方だったのが「お姉ちゃん」に変わったのは、いつだったろうか。

遠ざかる後ろ姿を感慨深く見守っていると、十遠にぶつかられかけた男性が七重に歩み寄り、前置きもなしに訊《き》いた。

「いまの子って、福田《ふくだ》十遠？」

驚いて答えられない七重の顔を、男性は覗《のぞ》きこむ。

七重は目を逸《そ》らした。どこか面白がるような目つきと口調が不快だったのだ。

どこかから飛んできたアブラゼミが、藤川家のモルタルの壁に止まった。

男性が再び口を開いたタイミングで、腹を震わせて鳴き始める。

「俺、――の――ヤなんだけどさ」

男性の言葉を聞き取れなかった七重は、セミから離れつつ訊《たず》ね返した。

「すみません、もう一度お願いします」

「だから、十遠の父親だって！」

ヂヂッ

怒鳴り声に驚いたアブラゼミが、水滴を飛ばして飛び去った。

水滴は舗道に黒いしみをつけ、すぐに乾いて消える。

七重もセミに劣らず驚いていた。頭の中が真っ白だ。

「テンちゃんの」

父親――。

引違戸にかけられた手作りの表札が、ふいにカタンと音を立てた。

第1話　未来への遺言

1

「シズオちゃん！　シズオちゃん！」

家の中に駆け戻った七重は、三和土から長兄を呼んだ。

「ふぉーい」

すぐ目の前の自室兼事務所のドアを開けた四寿雄《しずお》が、伸びきったTシャツに皺《しわ》だらけの短パンというだらしない恰好《かっこう》で出てきた。

三十四歳の四寿雄は無精髭《ぶしょうひげ》を撫《な》でながら、眠たげな目を七重の背後の人物に向ける。

途端、顔つきが険しくなった。

「──緑川《みどりかわ》さん」

強《こわ》ばった口調に、会ったことがあるのだと七重は確信した。

時期はおそらく四年前だ。十遠と同居するにあたり親族を調べる必要があり、その関係で連絡したものと思われる。

「そうそう。緑川勇次《ゆうじ》。さっきそこで十遠と会ったんだけど、あいつ意外に背ぇ高いな」

驚いたよ、と勇次の親しげな口調に、七重は反発を覚えた。

この四年間、一度だって十遠を気遣うそぶりもなかったくせに。

もっとも、連絡を取りたくても取れなかったのかもしれない。十遠は婚外子で、勇次にしてみれば公にしたくない存在だったのだから。

「てゆうかさ。客が来たのに、この家はあげてもくれないわけだ？」

「どうぞ、そちらに」

四寿雄は、脚に錆《さび》の浮き始めた古い合皮のソファを示した。靴を脱ぎ、七重が揃《そろ》えたビニール製のスリッパを履いた勇次は、ソファにどっかりと腰を下ろす。

「この家って、なに？　昔は病院とか？」

勇次は室内を物珍しそうに眺め、かすれて読めないスリッパの文字に目を凝らした。

「診療所でした」と七重が答える。

「ナナ、コーヒーを淹《い》れてきてもらってもいいか？」

四寿雄に頼まれ、うなずいてその場を離れた七重の背に、勇次の声がかかった。

「あ、おねぇちゃん、アイスコーヒーでね。ガム入りミルクなしで」

ウェイトレスじゃないんだけど！

横柄な物言いにむかっ腹を立てながら、七重は冷蔵庫を開け、ペットボトルのアイスコーヒーをグラスに注いだ。ガムシロップとストローを添えて勇次に出す。

「あ、どうもね」

礼を言う時、勇次は斜めからすくいあげるように七重を見た。

かすかな笑顔は、自分の容姿に自信があるからこそだ。

キモ。顔にこそ出さなかったが、七重は腹の中で毒づいた。五十代とおぼしき男性、しかも「妹」の父親に色目を使うような真似《まね》などされたくない。

「おねぇちゃん、学生さん？」

それがあなたになんの関係が？　と思いながら、七重は答えた。

「大学一年です」

「ってことは、十八か十九？　いいねぇ、ジョシダイセー」

からかうような抑揚に、七重は顔をしかめそうになる。

ふいに、二階からかわいらしいはしゃぎ声が降ってきた。覚束《おぼつか》ない足取りで廊下を歩く音に続いて、のんびりした声が聞こえてくる。

「うーちゃん、階段は危ないからだっこだよー」

幼児の転落防止ゲートを開閉する音がして、娘を抱いた美晴《みはる》が降りてきた。

美晴は再来月、十九歳になる。第一子の麗《うらら》は一歳三ヶ月で、お喋《しゃべ》りらしきものも始まってかわいい盛りだ。

美晴は、ソファでアイスコーヒーを飲んでいる勇次に会釈し、七重に言った。

「ちょっと公園に行ってくるね。暑いから、すぐ帰ってくると思うけど」

「わかった。行ってらっしゃい」

「いまの子、あれっておねぇちゃんの友だちのシンママでしょ？」

美晴が麗をベビーカーに乗せて出かけてしまうと、意味ありげな眼差《まなざ》しで見送った勇次が、シングルマザーを蔑称的に「シンママ」と表した。

癪《しゃく》に障った七重は、弟の嫁だとは教えずにおく。

勇次はとくに答えを求めてはいなかったようで、のんびりと口火を切った。

「いまさらだけど、四年前は失礼したね。おたくから美月《みつき》が死んだって連絡をもらった時、正直、振り込め詐欺的な、金を毟《むし》るための芝居だろうって警戒心が働いてさぁ」

「当時、やり取りには弁護士が同席したはずですが」

勇次のはす向かいのソファに腰を下ろした四寿雄が強ばった声で言うと、勇次は打ち消しのしぐさをする。

「それも紛らわしかったんだよね。だってあの弁ちゃん、おたくの身内でしょ？」

四寿雄の二つ下の次兄、五武《いつむ》のことだ。疑いが先行していた勇次には、家族ぐるみで騙《だま》そうとしているように感じられたのだろう。

「それにあの時は、隠し子がいるってバレるわけにもいかなくてさ。美月も、認知だけしてくれれば絶対に迷惑かけないって言って産んだわけだし」

認知って、と七重は思わず顔をあげた。

「ああ、最近の若い子は、そういうことをちゃんと知ってるんだ」

勇次が言い、笑い話のように続ける。

「認知ってさ、俺の名前が子どもの戸籍の父親の欄に書かれるだけかと思ってオーケーしたんだけどさぁ。あれ、こっちの戸籍にも載っちゃうのね。愛人の住所も名前も生年月日も全部」

「ご自分の戸籍を取り寄せて、気づいたんですか」と四寿雄。

「取り寄せたのは、嫁だけどね。おっと、元嫁か」

「離婚されたんですね」

「そ。去年、大バレして。子どもは俺と絶縁するって」

あとで聞いた話だが、勇次と元妻との間には、すでに成人した子どもがいるそうだ。

「元嫁のやつ、話を派手にばらまきやがってさぁ。近所には白い目で見られるわ、会社じゃ居場所がなくなるわ。参っちゃったよ」

「それで、今日はどのような件でいらしたんですか？」

「だからそれを、いま話してるんじゃない。人の話は、最後まで聞きなさいって」

うるさそうにした勇次が唇を湿し、思い出すような眼差しになる。

「去年はほんと、つらかったなぁ。家族を失《な》くして、家も追いだされて独りきり。コンビニ飯ばっかで、眠れなくて、酒の量だけが増えてさぁ」

　自業自得の文字が、七重の脳裏で点滅した。家族をないがしろにしたら、家族からも愛想を尽かされるに決まっている。

「元嫁に何度土下座しても、復縁要請は却下。そのうち、ストーカーで警察呼ぶとまで言われてさ。正直、俺の人生詰んだと思ったよ。このまんまずっと、家庭のあったかいぬくもりとは無縁にいくしかないんだ、って」

「まさか、それで十遠を思い出したとでも言うんですか」と四寿雄が乾いた声で訊いた。

「だってこれまで、親の都合でずっと不憫《ふびん》な思いをさせてきたわけじゃない？　悪い父親だったことを謝りたいのよ」

「それで、あわよくば一緒に暮らそうとでも言うんですか？」

　語気を荒くした七重に、勇次がこともなげにうなずく。

「そりゃ、実の父娘《おやこ》なんだし」

「帰ってください」

　七重は立ち上がった。動こうとしない勇次の腕を掴《つか》んで追い出そうとする。

「帰ってください！　そんな勝手な理由で、テンちゃんの前に現れないで！」

「おいおい、おねぇちゃん――」

「この四年間、テンちゃんはうちで、あたしたちの妹としてやって来たんです。ようやく落ち着いたんです。地域にもなじんで、クラスに友だちも出来て」

藤川家に来た時、十遠は心を見せない子どもだった。誰も信用しておらず、亡母との思い出の詰まったミニバッグを、文字どおり肌身離さず身につけていた。

「テンちゃんは周りの大人に凄《すご》く気を遣う子で、でもそれがストレスになって、クラスでは威張ってる子でした。だから孤立しかけて、でも救ってくれた子がいて、いまいちばんの仲良したちは、謝罪を受け入れてくれた子たちなんです！」

必死になってまくしたてた七重に、勇次が口元をうっすら笑ませて訊いた。

「十遠のそういう努力も苦労も知らないくせに、ってこと？」

「そうです！」

「つまりきみは、これまでの不実を理由に、父から娘への謝罪の機会を取り上げるってわけなのね？」

罪悪感が生じ、七重はぐっと口をつぐんだ。

「緑川さん」と四寿雄が七重を庇《かば》うように口を挟んだ。「ご用件はわかりました。ですが、あんまり唐突な申し出で、わたしどもも驚いているんです」

「だから、これまで連絡を取れなかったのはさぁ」

「事情は承知してます。でもそのくらい、デリケートな問題でもあるわけですから。だいたい、これまで交流をはたせなかった父娘が、会ったその日に同居というわけにもいいかないでしょう？」

「ああ、まあ——それはね」

「十遠は小学五年生です。そろそろ思春期で、難しくなってきてます。いきなり現れて意見を押しつけたら、まず反射で拒絶しますよ。このくらいの歳《とし》の子って、みんなそうだと思うんですが」

勇次には心当たりがあったようで、沈黙ののち、訊ねた。

「つまり、今日のところは帰れってことでオーケー？」

「十遠には、お父さんが来たと必ず伝えます。そちらの希望も」

「じゃあ、スマホ出して。連絡先ってＬＩＮＥでいいよね？」

勇次はスマホを取り出して振った。いまだに携帯電話を使っている四寿雄が尻込みしたので、七重が代役でＩＤを交換する。

「それじゃ」

靴を履いた勇次は、挨拶代わりに片手を上げて表通りに出て行った。

「シズオちゃん」

七重は勇次の姿が見えなくなるのを待って、兄を呼んだ。

「テンちゃん、あの人に取られちゃうの？　実父だからって、そりゃ、あの人が一番、権利はあるのかもしれないけど」

「大丈夫だから、ナナ」

「大丈夫じゃない！　ここまで来るのにだって、四年かかったんだよ？」

あの日、十遠は三理《みつり》の隠し子という触れこみでこの家にやって来た。

七重たちの父親・三理は、これまでに五度結婚している。だから異母きょうだいの存在には納得出来ても、十遠の生年月日が七重たち三つ子の母との婚姻期間中である事実は看過できなかった。

やがて十遠には実父がおり、三理の不倫の子どもではないと判明したが、それでも関係は長くぎくしゃくした。

お互い素直になれずに皮肉を言い合い、距離を探りながらやって来た。

その結果得たのが、「お姉ちゃん」というあの呼び方なのだ。

「しかも、あんなヤツが父親とかな」

二階から声が降ってきて、見上げると、階段の手すり越しに六郎《ろくろう》が覗いていた。

六郎は二十三歳で、七重のすぐ上の異母兄だ。大学受験に失敗して以来、長らく引きこもり生活を続けていたが、いまは「気分転換」と称して、短期アルバイトをする程度には社会生活に復帰しつつある。

「あのオッサンって、五十過ぎてるよな？　いろいろ常識なくてびっくりしたわ」

六郎が階段を降りてきた。穿《は》き古した、ゴムの伸びたスウェットパンツのウエスト部分を、ずり落ちないように片手で押さえている。

「曲がりなりにも実の娘が四年間世話になってた家じゃん。まず『ありがとう』だろうよ。それが、礼もなしにいきなりタメ口な上に、連絡はＬＩＮＥでとか。さすがにこういう時は、電話番号を渡すもんなんじゃゃね？」

「まあ、過去に調べてるから、勤め先もわかってるけどなぁ」

「その会社、まさか馘《くび》になってたりしないよね？」と七重は訊いた。

ネットでは、不倫がばれて退職したやら左遷されたやらという話をよく見る。芸能人も活動は自粛になるし、ＣＭは軒並み降板になったりするではないか。

「どうだろうなぁ」と四寿雄はモジャモジャのくせ毛を掻《か》いた。「とりあえず、連絡がつかなくなることはないんじゃないか？」

「それでどうするの、シズオちゃん。テンちゃんに言うの？」

七重は訊いた。

実父が訪ねてきたこと。

同居を希望していること。

四寿雄は答える代わりに、さらに髪を掻きむしった。口をへの字に曲げているのに、「黙っておこう」とは言わない長兄がもどかしい。

十遠の最たる理解者であり、一番仲の良い六郎も無言だった。普段ならば、十遠にふさわしくない人物が訪ねてきたなら、即座にブロックしそうなものなのに。

「やっぱり、言わなくちゃ駄目ってこと？」

泣きたい気持ちで、七重は長兄を見つめた。

「ことがことだからなぁ」

「血のつながりって、そんなに大事？　っていうより、テンちゃんは自分のことをどこまで知ってるの？」

「うーん。トオとは、そういう話になったためしがないんだよ」

じゃあどう伝えるのかと七重が訊こうとした矢先、引違戸がレールに挟まった小石を軋《きし》ませながら開いた。

日傘を差したまま、ベビーカーを三和土に乗り入れたのは美晴だ。

「お帰り。うーちゃん、暑くなっちゃった？」

麗がぐずったので早々に戻ってきたのだろうかと七重は思った。だが、美晴の様子が変だ。質問に応えるでもなく、顔を強ばらせたまま曖昧にかぶりを振る。

「何かあったの？」

変質者でもいたのだろうかと眉をひそめると、美晴はベビーカーから麗を抱きあげてから言った。

「ちょっと、公園に変な子がいて」

「変な子って、うわそれサベツっスか？」

わざとらしくつぶやいた六郎を、美晴がにらんだ。

「そういうのじゃないから」

六郎と美晴は仲が悪かった。というよりも、六郎が一方的に突っかかっている。美晴をカッカさせることに成功した六郎は、悠々と退散した。やり場のない怒りを必死で飲みこんでいる美晴に、七重はなだめるように声をかける。

「今日は違う公園に行ったの？」

「ううん。いつもの神社のところ。うーちゃんとジャングルジムの周りを追いかけっこしてたら、小学生かなって子が来て、一緒に遊んでいいですかって訊くの」

「男の子？」

「女の子。たぶん、小学校低学年だと思う。いままで一度も見たことない子だったし、一緒に遊べるような年齢でもないから、ごめんね、って断ったんだけど、大丈夫ですっって押し切られて」

そうまでして遊びたい理由を、七重は考えてみた。

「赤ちゃんをかわいがりたい年頃なのかなぁ」

「ってわたしも思ったのね。偶然、名前も同じウララちゃんだって言うし、礼儀正しくて身なりも普通だから、まあいいかなぁって思って遊ばせたんだけど」

「意地悪されたの？」

「違うの。優しかったの、もの凄く」

まるでそれが罪であるかのような口ぶりに、七重は慎重になった。

「ええと。あたし鈍くてごめんね。優しかったのって、そんなにマズいこと？」

美晴は出産以来ピリピリしがちで、時に攻撃的だ。

あんのじょう、美晴は苛立《いらだ》ちを隠しもせずに話し始めた。

「今日、暑かったでしょ？　その子ね、首にひんやりするやつ巻いていたの」

「濡《ぬ》らして使う、タオルみたいなヤツ？」

数年前から流行《はや》りだした、冷却グッズのうちの一つだ。

「それ。それを、うーちゃんの首に巻いて『涼しいねー』って、頭を撫でたりするの。

自分のハンカチを取り出して、うーちゃんの汗を拭いたり。汗、かいてなかったのに」

強いて言えばやり過ぎ、かな？

気持ちに寄り添う努力はしてみたが、そこまで嫌悪することだろうか。

ふと、四寿雄が表通りを見遣《みや》った。

なんだろう、と倣った七重はぎょっとする。

引違戸の向こうに、小学校低学年といった背格好の女の子が立っていた。

帯状の磨《す》りガラスが邪魔をしているため、背伸びをして覗こうとしている。

悲鳴を殺した美晴が、麗を抱えて奥に逃げこんだ。ほぼ同時に、その女の子が身体《からだ》をひねって頭を下げた。

長い髪がばさりと垂れ、磨りガラス部分の下に大きな目がぎょろりと現れる。

女の子は誰かを探すように室内に視線を走らせ、自分を見ている四寿雄と七重に気付くと、驚いたような表情を残して消えた。

舗道を走り去ったようだ。

「あの子、行った？」

うなずくと、美晴が戻ってきた。麗は眠くなってきたようだった。自分の親指を吸いながら、うつらうつらし始めている。

「公園にいたのって、いまの子？」と七重が確かめると、肯定した美晴は身震いした。

「尾《つ》けてきたんだ」

「子どものやることだからおもしろ半分かもしれないけど」

「美晴ちゃん。気にしすぎない方がいいよ」

七重たちの言葉を批判と受け取ったのか、美晴がきゅっと口を結ぶ。

「今日、九重《クー》は？」

美晴の気を逸らそうと、七重は末弟の名を出した。

九重《ここのえ》は美晴を妊娠させた当時通っていた私大附属高校の、大学部一年生だ。一度は高卒で就職する話も出たのだが、将来の選択肢を増やすためにと進学を決めたのである。

「授業の後はバイトじゃない？」

美晴の口調は投げやりだった。帰りの遅い夫に対する苛立ちがにじみ出ている。

しかし、九重が働くのは妻子のためである。夫であり父親であるなら、たとえ少額でも自分で稼ぎたいという気持ちの表れだった。

「そう言えば」と美晴がさらに話題を変えた。「さっき、わたしたちが出かける時に見えていた方って、お仕事のご依頼ですか？」

美晴が訊いたのは、この家には四寿雄の客が訪れるからだった。

遺言代行。それが四寿雄の仕事だ。なんらかの理由により、生前は口にすることの出来なかった〈想《おも》い〉を、依頼者の死後に代行しているのである。

「あの人は、客じゃないんだよ。トオの父親なんだ」

「十遠ちゃんのお父さんって――いまごろですか？」

「ご家庭の事情が変わって、引き取りの申し出にいらしたんだよ。急な話だったから、とりあえず今日は帰ってもらったんだけれどね」

「どう思う、美晴ちゃん」と七重は質問をぶつけてから、漠然としすぎていると気付いて言い直した。「この話、テンちゃんにするべきだと思う？」

「だって、実のお父さんなんでしょ？」

迷うふうではあったが、美晴はそう言った。七重は口をつぐむ。せめて美晴一人くらい、気持ちに寄り添って欲しかった。

「うーちゃん、眠っちゃったね。布団に寝かせてくる？」

話を切り上げるために、七重は訊いた。そうするね、と美晴は麗を連れて自室に上がってゆく。

2

藤川家は現在、総勢九名である。四寿雄、五武、六郎、七重、八重《やえ》、九重、十遠のきょうだいと、九重の妻の美晴、二人の娘の麗。

十遠だけ血のつながりはないが、ほかは父を同じくするきょうだいで、四寿雄と五武が藤川三理の初妻の子ども、六郎が後々妻の子ども、七重たち三つ子が後々々妻の子どもだ。

きょうだいは、ある時期まではそれぞれの実母と暮らしていたが、それぞれの理由からここで暮らすようになった。

四寿雄と五武は、母親の承子《しょうこ》さんが「子育て終了宣言」をしたため、独立して。

六郎は、母親の再婚相手となじめずに家を飛び出して。

七重たち三つ子は、母とお腹《なか》の中にいた弟を事故で亡くして。

そして十遠は、シングルマザーだった母親と死別して。

三理は存命であるが、多忙であり、自然写真家という職業柄、ほぼ不在だ。

この「藤川家」は四寿雄が中心となって作り上げた、子どもたちだけの家なのである。


その日は、夕食の席に全員が揃った。

みなが成長した現在、全員でテーブルを囲む日は数えるほどになっている。

プールに行った十遠は、日焼けして帰って来た。友人と一つの浮き輪を使って遊んだそうだ。その様子を楽しそうに喋る声を聞きながら、七重はいつかこの椅子は空席になってしまうのだろうか、とばかり考えていた。

「お姉ちゃん、大丈夫？」

顔を覗きこんだ十遠に腕を揺さぶられ、七重は我に返った。

兄弟も注目しているあたり、再三呼ばれていたらしい。

「おまえ、日焼けに効く化粧水みたいなのって、持ってないか？　十遠が、肩がひりひりして痛いんだそうだ」

五武の言葉を受けて、十遠がフリルのついたタンクトップから覗く肩先を七重に向けた。一応、友人に日焼け止めを借りたそうだが、膚《はだ》がかなり赤みを帯びている。

「それだと、あたしの化粧水よりもシズオちゃんの使ってるのがいいかも。ほら、よくお風呂上がりに塗ってる、ひんやりするジェル」

六郎が席を立ち、洗面所の棚をかき回して四寿雄のジェルを持ってきた。

「にぃに、ありがとう」

ジェルを受け取った十遠の笑顔に、六郎はぎこちない表情になって目を逸らした。

「どうしたの、みんな」

ジェルのボトルを手にしたまま、十遠が不安そうに眉根を寄せた。

「うん」と四寿雄が口を開いた。「ジェル塗ってからでいいよ。大事な話があるんだ」

「わたし？」

目を瞠《みは》った十遠は、焦った様子で自分の行いを振り返ったようだ。しかし、この家に来た当時ならともかく、昨今の十遠は問題児ではない。

「大丈夫、苦情じゃないから。そうじゃなくて、昼間、お父さんが訪ねてきたんだ」

「三理お父さん？」

きょとんとした十遠は、すぐに違うと気付いたらしい。

藤川家では、三理は「ダダ」の愛称で呼ばれている。三理のことであれば、四寿雄は「ダダが来た」と言っただろう。

「お父さんって、――わたしの？」

　おそるおそる訊ねた十遠は、四寿雄がうなずくのを受けて七重を振り向いた。

「もしかして、出かける時にわたしがぶつかりそうになったおじさん？」

「どうしてわかるの？」

　七重は動揺した。

　血がつながっているから？　一度も会ったことがないはずなのに。

「トオのお父さん、緑川勇次さんは独り暮らしをされている。出来れば、これからはトオと一緒に暮らしたいそうだ」

　四寿雄がそう続けると、十遠は冷静に訊ねた。

「お父さん、離婚したんですか？」

　知ってたのか、と七重は目を瞠った。

「おまえにそれ教えたのって、おまえのカーチャン？」

　怒りをみせた六郎に、十遠は首を振った。

「ママじゃなくて、ママが死んでからここに来るまでお世話になってたおうちの人」

「っておまえ、そん時、小一だったろ？」

「でもママは生前、そのひとにいっぱい迷惑かけてたから仕方ないよ」と十遠は知人を庇ってみせた。「それに当時は、不倫の意味を知らなかったし。勝ち誇ったように、傷つけっていう顔で言うから、よくないことなんだとはわかったけど」

麗の口に離乳食を運びながら、美晴が同情の顔になる。

「小さかったのに、ひどい思いしたのね」

「ううん。そのひとの方が、ひどい目に遭ってたんです。たんなる知人にしょっちゅう託児されて、愚痴聞かされて。それなのに、ずいぶん優しくしてもらいました」

邪慳《じゃけん》に扱われたことだってたくさんあるだろうにと、七重は胸が痛くなる。

「お父さんが離婚したの、わたしが原因ですよね」

「そうじゃないよ」と四寿雄が応じたが、その一端であると十遠は感じたようだ。

「向こうのおうちに子どもがいたら、すっごくショックだろうって思うと、つらい」

目を伏せた十遠に、五武が言った。

「緑川さんの娘さんは成人している。二十代半ばのはずだ」

「そんなに大きいの？」と九重。「父親の緑川さんって、いくつ？」

「ダダより少し下だったはずだぞぅ」

三理は五十七歳なので、勇次は五十代半ばあたりだろうか。

「五十すぎて、あれってさ」

侮蔑を滲《にじ》ませた六郎が、十遠の実父だと思い出したのか口をつぐむ。

「それで、テンちゃんはどうしたい？」

七重は急《せ》いた調子で訊いた。

「一緒に暮らすって言ったって、今朝まで見ず知らずだった人だよね？　いきなりそんなの困るよね？」

「困るのは、おまえのその質問のほうだって。答えを強制してるじゃん」

七重のすぐ下の弟の八重がたしなめる。

「だけど、真面目に急展開だね」

率直な感想を口にした九重に同意しつつ、五武が言った。

「ぶっちゃけ、なにをいまさらという気分だ」

「お父さん、もう帰ったんですよね？」

四寿雄に訊ねた十遠は、勇次を探すように周囲に目を配った。

「うん、とりあえず今日のところはね。まず、トオの気持ちを聞いてからがいいかなと思ったんだ」

「わたしが、お父さんと会いたいかってことですよね――」

十遠はしばし、心に耳を澄ますような調子で首を傾《かし》げてから「はい」と答えた。

「本当なのテンちゃん？」と七重は詰め寄る口調になった。「だって、いままでずっとずっとずっと、テンちゃんのことを気にかけてくれなかった人なんだよ？」

「でもそれは、理由があってのことだし。会いたいか会いたくないかって訊かれたら、やっぱり会ってみたいから」

「テンちゃん！」

「お姉ちゃん、聞いて。わたしのお父さん、嫌な人かもしれないし、ダメな人なのかもしれない。でもそれはちゃんと顔を合わせた上で、自分で判断したいの」

「傷つくかもしれなくても？」

「傷つくかどうかは、会ってみなければわからないよ」

十遠の口調は穏やかだ。表情も淡々としていて、それが余計に七重の気に障る。

「テンちゃんは、お父さんのこと、恨んでたり憎んでたりしないの？」

美晴が訊いた。満腹になった娘を夫に渡し、これから自分の食事にかかる。

「もう、そういう時期じゃないです」と応えた十遠は、少し間を空けてから理由を添えた。「たぶん、わたしはいま幸せだから」

「会っちゃったら、その幸せが崩れちゃうかもしれなくてもいいんだ？」

脅しの言葉を紡いだ七重を、十遠が見つめた。

「崩れないよ。わたし、そういう選択はしない」

「俺は反対」と九重が言った。「クズのにおいしかしないヤツと関わって、テンが幸せになれるとは思えない」

「反対にもう一票」と六郎が手を挙げる。

「俺は、テンが決めたならそれでいいと思う。べつに、間違ったこと言ってないし」

十遠の肩を持ったのは八重だ。美晴が、同意のしぐさをした。

妻の意見に九重がかすかに目を瞠る。七重は、味方を頼みたくて五武を見た。

「会うのは短時間、家族の立ち会いの下でならな」

「なにをいまさら、って言ってたのに？」と当ての外れた七重は次兄を詰《なじ》った。

「それは俺の感想で、十遠のじゃないだろう。八重の言うように、十遠がきちんと考えて意見を出したからには、この件で優先されるのは十遠の気持ちだ」

「実の親子だから？」と突っかかった七重に、「当事者だからだ」と五武が応じる。

「イツの出した条件でも、かまわないか？」

四寿雄が十遠に訊いた。

「はい」と言った十遠が、反対意見を出した三人に頭を下げる。

「一回だけでいいから、見守ってください。失望も覚悟です。どんな人がわたしのお父さんなのかを、自分の目で見て知りたいの。お願いします」

「会う時、シズオだけじゃなく、俺も立ち会うけどいい？」

申し出た九重に、十遠はうなずく。

「チチオヤに会うのは外じゃないからな。絶対、この家ン中だからな」

六郎が念を押したのは、盗聴器を使うつもりだからだろう。

渋々ながらとはいえ、反対派の二名が譲歩した。残るは七重だけとなり、全員の視線が一身にそそがれる。

「勝手にすれば」

頬を紅潮させた七重は、スマートフォンを取り出して勇次の連絡先を九重に転送した。

そのまま椅子を引いて、ダイニングルームを出てゆく。

べつに、間違ったこと言ってないし。

八重の言葉が、耳の奥で何度もこだました。

じゃあ、あたしは?

失望覚悟で見極めたいという十遠を、止めたいと思うのは間違っているのか――。

3

数日後の、火曜日の夕方。

七重は徒歩十五分の場所にある承子さんのマンションを訪問していた。

窓から一望できる横浜港は、うだるような暑さの中、凪《な》いでいる。

承子さんは、四寿雄と五武の実母である。息子たちが異母きょうだいを集めて暮らし始めるとそれを黙認し、やがて自分を「ママハハ」と称して関わるようになった。

奇特な人だと思うが、なにかと力になってくれる、頼りになる存在だ。

そして七重にとっては、駆け込み寺でもあった。友人に話せない「家族の問題」は、すべて承子さんに打ち明けている。

今日訪れたのはもちろん、十遠の件だ。

「じゃあ、テンちゃんは近々、実父と会うってこと？」

一部始終を話したあとで承子さんに訊ねられ、七重は不承不承うなずいた。

「来週の水曜日の午後四時にね」

「なぁに、その中途半端な時間」

平日の夕方。小学生の十遠は夏休みだが、普通の会社員はまだ働いている時刻だ。

かくいう承子さんがいま現在、同様の時刻にくつろいでいるのは、今日が経営している店の定休日だからである。

「わかんないけど、向こうが指定してきたの」

「そのひと、職種は？」

「聞いてない。少なくとも、四年前にどこに勤めていたのかは、シズオちゃんやイツ兄は知ってるらしいけど」

「不倫バレして、辞めたかもしれないのね？」

「そこは憶測なんだけど、離婚理由を奥さんにばらまかれて、肩身が狭くなったって言ってたから。タレントや議員さんなんかだと、すぐに謹慎や辞職でしょ？」

「まあ、公人やイメージに左右される職種の人はねぇ」

実際はケースバイケースなのよ、と承子さんは言う。

「それにしても、話で聞く限りクズのにおいしかしないわね、その父親」

「うん。初対面の印象も、思いっきり」

七重はここぞとばかりに、承子さんに同意した。

「話し方も態度もちゃらちゃらしてたし。それに、自意識過剰って言われるかもしれないけど、色目使うみたいな感じで――」

「モテ人生を歩んできたんじゃない？　ナナちゃんをどうこうって言うんじゃなく、所作としてしみついている誰かさんみたいな人もいるから」

承子さんがあてこするような言い方をする時、指しているのは三理だ。

「ダダって、そうなの？」

娘の目からだとピンと来ないが、元妻の立場からでは大いに目に余ったようだ。

「もうホント、勘違いされるからよせって、何度ケンカになったことか。まぁね、ヤツはね、人気商売だから。誤解も営業の内って言われれば、それまでですけど」

三理のファンには、「作品ではなく本人が好き」と言い切る女性が一定数存在する。

「テンちゃんの母親、美月さんもダダの見た目に吸い寄せられたタイプよ」

「そうじゃなければ、娘に『十遠』なんて付けないよね」

「十遠」はもともと、三理と幼い日の七重たちとで考えた名前だった。自分たちにきょうだいが出来るなら、七、八、九の次だから「十」を使って「十遠」にしよう、と。

その話を三理が酒席の雑談かなにかで披露し、ある時期、三理の取り巻きだった美月が心に留めたのだ。そして、勇次との間に設けた子に命名したのである。

おそらくは、三理への慕情ゆえに。

「美月さんの話はおいておいて」と承子さんが話を戻した。「お兄ちゃんたちも、どうしてテンちゃんの言い分を呑んじゃうかなぁ」

「承子さんは反対なの？」

思いがけない場所で、強力な味方を得たように七重は感じた。

「だってあの子、どんなに大人びていたって、まだ小学生よ？　十歳でしょ？」

「来月で十一歳になるけれど」

「十でも十一でも、一緒よ。子どもってこと。そりゃ、意思を尊重するのは悪くないわ。だからといって、害にしかならなそうな実父と会わせるのは時期尚早よ」

「会いに来たこと自体を、握りつぶすべきだったと思う？」

「少なくとも、しばらくのうちはね。その間に、きちんと大人が調べるべきだったわ」

「血がつながっていても？」

「血がつながっているからこそ、よ。一番厄介で、一番、目が曇るものだと思うから」

「あたし、独りだけでももっと反対すればよかったのかな」

七対一になり、話し合いを放棄するように席を立ったことを七重は後悔した。

「ナナちゃんだけじゃ、変わらなかったんじゃないかしら。それにこういうことは、ちゃんとした大人が判断すべきだもの」

つまり、三十代である承子さんの二人の息子が、と言いたいらしい。

「シズオちゃんは会わせたくないみたいだった。でも、ことがことだから隠しておけないって言って。イッ兄は緑川さんをこきおろしたけど、それは自分の評価だから、テンちゃんが考えて出した結果が間違ってない以上、止められないって」

「あの子たちらしいわね」

承子さんの浮かべた笑みに、苦いものが混じっているのに七重は気づいた。

怪訝《けげん》そうな七重の視線に、承子さんはなんでもないと言うように表情を取り繕う。

「のど渇いちゃった。飲み物持ってくるけど、なにがいい?」

さっと立ち上がって、キッチンに行く。

「コーラ」と七重は惰性で答えた。この家に遊びに来た時、冷たい飲み物はたいがいコーラを選んでいる。

承子さんは缶コーラを二つ持って戻ってきた。一つを七重に渡してくれる。

「美晴ちゃん母娘《おやこ》はどう?」

昨年から、承子さんが気にかける人物が二人増えた。美晴と麗である。

「うん。育児、頑張ってるよ。うーちゃんが歩くようになったから、いつも追いかけて回ってる」

「麗ちゃんの手が届くところに、飲みこみそうなものや壊されたくないものを置いちゃダメよ」

「もう美晴ちゃんに通達されてる。しまい忘れた八重が、スマホを叩《たた》きつけられたよ」

「自分の旦那なら、だから言ったでしょって怒鳴りつける案件ね」

「まさにそんな顔してたよ、美晴ちゃん。さすがに義兄相手だから、黙ってたけど」

「煮詰まってそうね」

「うーん、なのかなぁ」

「旦那である九重くんは、どうしてるの？」

「バイト頑張ってる。少しでも、うちにお金を入れたいみたいで」

承子さんが両眉を上げた。

「なにか気になる？」

「立派な心がけだけど、妻の希望は別なんじゃないかと思って」

七重がきょとんとすると、承子さんは言葉を足した。

「子育てって、二十四時間年中無休みたいなものだから。講義が終わったら飛んで帰ってきて、育児の交代をしてくれる方がありがたいかも」

「交代なら、あたしとかシズオちゃんがしてるけど――」

「その感謝は、九重くんには向かわないわよ」と承子さんが苦笑した。「むしろ、虫の居所が悪い時にはイライラのもとになるかも。おまえおとうさんだろ、って」

そういうものなのか。

誰が協力したかが重要であるなら、美晴が九重に見せる苛立ちに合点がいく。

「一度、クーとそれとなく話してみる」と七重は言った。

問題は、早期解決が望ましい。


夕飯の支度があるため、七重は午後五時過ぎに帰宅した。

「ただいま」

三和土に踏み込んで、目を丸くした。いたるところにおもちゃが散乱している。

引違戸の開く音を聞きつけ、麗が小走りに現れた。布製の積み木を手に、ご満悦だ。

「うわー、散らかしたね、うーちゃん」

靴を脱ぎながら麗に話しかけると、だしぬけにソファの間で女の子が立ち上がった。

「こんなに散らかす子は悪い子よ。ほら、早く片付けなさい」

腰に手を当ててみせるその子を一目見た七重は、あっと思った。この間の子だ。

柱の陰にいた美晴が抑えた声で言った。

「だからね、ウララちゃん。うーちゃんはまだ小さいから、そういうおままごとは、まだわからないの」

そう言えば、名前が一緒なんだっけ。

ウララちゃんは美晴の言葉を無視し、七重に積み木を差し出している麗に命じた。

「うらら。早く片付けないと、お母さん怒りますよ」

「怒んないし」と美晴が低く毒づいた。子どものおままごとの台詞《せりふ》だ、と聞き流せないところまで来ているらしい。

「よかったねぇ、うーちゃん。遊んでもらってたんだ」

この場をどう納めればいいものかと思いながら、七重は麗を抱えあげた。すかさず寄ってきた美晴が麗を抱き取り、奥の住居スペースとをつなぐ廊下に入って仕切り戸を閉めた。

つまり、七重がウララちゃんを追い返せ、ということだ。

察するに、ウララちゃんは招かれた客ではないらしい。

っていうか、シズオちゃんはどこ？

旧受付ブースである四寿雄の部屋を窺《うかが》うと、あいにくと電話中だった。子機を片手に、頭を掻きながら室内をうろついている。

「ねえ、なんで向こうに行っちゃうの？」

　ウララちゃんが、美晴たちの消えた仕切り戸を気にした。追って奥へ入りそうな気配に、七重はでたらめを言って注意を惹《ひ》いた。

「うーちゃん、お腹すいちゃったんじゃないかな」

「わたしもお腹すいた。ジュースも飲みたい」

　あっけらかんとリクエストされ、唖然《あぜん》とした。こういう時、どう対処するんだっけと、七重は古い記憶をたぐり寄せる。

「ええと、うちはおうちの人とお話ししたことのない子に、お菓子やジュースは出さない決まりにしてるの」

　十遠が小学校低学年の頃、周囲のママさんに教えてもらった「トラブルを未然に防ぐ断り文句」だ。なかには家庭の方針に反して嘘《うそ》をついて菓子をせしめたり、禁止されている食品を食べたいために、アレルギーを隠したりする子もいるからである。

「そんなの大丈夫。わたし、オレンジジュースがいいな」

「のど渇いたなら、おうちに帰って飲んでね」

　いささか冷たいようだが、食い下がる子にはこのくらい言わねば効果がない。

「うちにオレンジジュース、ないもん」

「じゃあ、おうちの人に買ってもらってね」

七重が重ねて言うと、ウララちゃんは両目に涙を浮かべてうなだれた。

その頬を、大粒の涙が滑り落ちる。

えっ、こんなので泣く？

七重はぎょっとした。もしや、いまの台詞の中に、ウララちゃんの心の琴線に触れる言葉が含まれていたとか――？

ウララちゃんは嗚咽《おえつ》し始めた。

「――なのに。うち、――なのに」

「あの。ごめん、ごめんね」

これは七重を慌てさせるには充分だった。

「麦茶でもいいなら、持ってこようか？」

「麦茶、嫌い」

オレンジジュースのアレルギーって、あったっけか。七重は記憶を至急さらった。

たぶんない。しかし、ここでジュースを与えると、のちのトラブルになりかねない。

「ごめんね、ジュースは出せないんだ」

七重がそう繰り返すと、泣き声がぴたりと止まった。

諦めてくれたのか、とほっとした瞬間、ウララちゃんが顔をそむけた。

唇が動く。ばーか。

口の動きはそう読めた。悪態を吐《つ》かれた七重は呆然《ぼうぜん》とする。

どう扱えばいいんだろう、この子。

ふてくされたウララちゃんを持てあました七重は、助けを求めて辺りを見回す。

「ねえ、今日はうーちゃんと遊んでくれてありがとう。でもそろそろ、五時半だから」

帰宅を促したが、ウララちゃんは聞こえないフリで遊び始めた。

「ウララちゃん、うち、ご飯の支度する時間なんだ」

ウララちゃんは反応しない。散らかったおもちゃを手当たり次第に触っている。

「ただいまー」

帰宅した十遠の声に、七重は心から安堵《あんど》した。

息を弾ませて入ってきた十遠が、旧待合室の惨状に目を瞠る。

「どうしたの、これ」と訊ねた十遠に、七重はすがるような眼差しを向けた。

十遠は、七重の表情を読んでウララちゃんの姿を捉えた。

「だれ？」という問いに、七重は首を振ることで応じた。それだけで、事情を話していなかったにも拘《かかわ》らず、十遠にはなにか感じるものがあったらしい。

甲にデイジーの飾りのついたビーチサンダルを脱ぎ捨てると、ウララちゃんの正面に回りこんで目の高さを合わせた。

「はい、おしまい。もう帰って」

するると、ウララちゃんが動いた。

いとまの挨拶もせず、そそくさと埃《ほこり》っぽいスニーカーを突っかけて出て行く。

その変わり身の早さに、七重はついていけずにつぶやいた。

「テンちゃんが帰ってくるまで、居座る気まんまんだったのに――」

「まさかと思うけど、あの子餌付けしてないよね？」

餌付け。すごい言葉を選ぶなと思いつつ、七重はうなずいた。

「お菓子も飲み物も出してない。たぶん美晴ちゃんも」

「じゃあ、初めに相手をしてたのは、美晴お姉さんなの？」

「だと思う」

七重が知り合ったいきさつを話して聞かせているところに、麗を抱いた美晴が戻ってきた。物陰で様子を窺っていたのだろう。ほっとした表情で十遠に言う。

「ありがとう十遠ちゃん。本当に本当に、どうしようかと思った」

胸をなで下ろし、ながながとため息をつく。

「うーちゃんとおもちゃ広げてたら、呼んでもないのに上がり込んで遊び始めて。なに言っても聞かないし、もう何度、爆発しそうになったか」

「ああいう子って、トラブルしか生まないから、次からはきっぱり追いだした方がいいですよ。聞こえないフリしてても、泣き真似されても、絶対に」

「腕を摑んででも、連れ出せってこと？」

「それをやると、怪我《けが》をさせられたって騒ぐタイプもいるから、スマホを持って警察に電話するよ、とか。とにかく、冷たく突っぱねてください」

「わかった。今日ので懲りたわ。だけど、慣れてるのね十遠ちゃん」

美晴が感心したように言うと、十遠は目を伏せて告白した。

「わたしは、――迷惑をかけた側だったの」

七重は驚いた。そんな苦情を受けたことはない。

「まだママが生きていた頃の話。わたし、よその子の優しいお母さんが羨ましくて、褒めてもらいたくって、ママじゃなく、よその子のお母さんにつきまとってたの」

十遠が自分の母親にアピールしなかった理由は明白だ。

美月は決して、望む言葉を与えてはくれない。

「よそのお母さんたち、初めは応えてくれたけど、そのうち聞こえないフリをするようになった。もちろん周りの子にも嫌がられて、相手にされなくなって」

「それで、どうしたの？」

「逃げられるたびに、ターゲットを変えたの。だんだん、同じ年の子のお母さんから、もっと小さい子のお母さんに」

もっと小さい子。ウララちゃんの行動と重なる。

肯定した十遠が、軽く顎を引きながら続けた。

「赤ちゃんと遊んであげるの。そうすると、赤ちゃんのお母さんはたいてい優しくしてくれるから。かわいがってくれるなら、ちょっと鬱陶しいけれどまあいいかって思ってるのって、伝わってくるしね」

まるで、そこにつけ込むのだと言わんばかりの言葉が、七重には衝撃的だった。

わずか五、六歳の子どもが、相手の気持ちをそこまで読むなんて。

「それだけ、必死なんだよお姉ちゃん」と十遠が言った。「だって、お母さんの笑顔とか一緒に遊んでもらう楽しさとか、待っていたら絶対に手に入らないから」

一般的にそれは、子どもが親からごく当たり前に与えられるものだ。

胸が切なさに締めつけられた途端、十遠の厳しい声が飛んだ。

「同情しないで。手を差し伸べるなら、ちゃんと一緒に地獄に落ちて」

飢えている本気の子どもを救うなら、本気の覚悟がいる。

「十遠ちゃん、さっき、次は冷たく突き放してって言ったでしょう？　それは、自分がされて嫌だったことだからなの？」

訊ねた美晴に、十遠は記憶が蘇《よみがえ》ったように唇を噛《か》みしめた。

「いつも、ナイフで刺されたみたいに感じてました。そのお母さんたち、大嫌いだって思いました。ちょっとくらいいいじゃない、ケチ、って」

「優しくしてくれたって、減るもんじゃないでしょって意味？　だけどそれは——」

言いかけた美晴を遮って、十遠が言葉を継ぐ。

「外に求めるのは間違ってるってこと、当事者のうちは、たぶんわからないです。わたしがそんなふうに思えるようになったのは、この家に来て、家族や友だちが出来たから。寂しいって思わなくなって、よそのお母さんを羨ましく思わなくなって、それでやっと、自分がなにをしてきたかに気づいたんです」

「そうだったんだ。そんなつらいことを話してくれて、ありがとう」

美晴に気遣われ、十遠は小さく笑みを浮かべた。

「もう乗り越えました」

「それならよかった。とにかく、あの子にこれ以上つきまとわれるのは困るから、アドバイスの通りにしてみるね。悪いけど七重ちゃん、お義兄《にい》さんたちにも徹底するよう言ってもらえないかな？」

美晴は、いまだ電話中の四寿雄にちらりと視線を向けた。

四寿雄はお人好《ひとよ》しである。かといって美晴の立場からは強く主張しにくいだろう、と七重は了承した。

「ねえ、美晴お姉さん。さっきからうーちゃんがにんまりしてるんだけど」

十遠の指摘に麗を見ると、してやったりという笑顔である。

七重たちはかすかなにおいを嗅ぎ取って顔を見合わせた。美晴が自室へ急ぐ。階段を上がる美晴の足音を聞きながら、十遠がひそかなため息をついた。見つめている七重の視線に気づくと、「なんでもない」と追及を避けた。

「あの子、違う形で寂しさを埋められればいいのにね」

七重は言った。

「無理だよ」と十遠が苦笑した。「家族のせいで生まれた寂しさは、家族以外では埋められないから」

テンちゃんは、埋められたんだよね、と七重は確かめたかった。

突然現れた実父だとかいうおじさんじゃなく、自分たちこそが家族なのだと。

4

約束の、水曜日になった。

七重は当日を、最悪の気分で迎えた。前の晩、あまりにもイライラして寝付けなかったせいで、頭痛のきざしもある。

そして、十遠もせいいっぱい平静を装いながらも落ち着かなかった。

いつもよりも丁寧に整えたポニーテール。普段着だが、ネイビーを基調とした年上ふうのコーディネイト。

おしゃれが「初めて会う父親のため」と思うと、七重は心穏やかではいられない。

「さーて、ダメ出しダメ出しっと」

茶化すように言うのは六郎だ。気が変わってじきじきに品定めをするつもりになったらしく、待合室と二階をつなぐ階段にどっかと腰を下ろしている。

待合室にはほかに、四寿雄、五武、九重がいた。

美晴と麗は、小さな子どもがいない方が落ち着くだろうということで外出している。美晴は夫の同行を望んだが九重は譲らず、夫婦間で諍《いさか》いがあったようだ。

結局、妥協案という形で八重が母娘に付き添った。近場にある子ども向けのキャラクターミュージアムで、麗を遊ばせてくるそうだ。

午後四時。

ほぼきっかりに、引違戸の向こうに人影が映った。

勇次のようである。

脚を投げ出してソファに座っていた十遠が、斜めがけしていたミニバッグの肩紐《かたひも》をぎゅっと握る。

ほぼ同時に勇次が背伸びをして、引違戸の磨りガラス加工されていない上部からこちらを覗いた。

頬を強ばらせた十遠を見つけ、目尻に皺を刻んで手を振ってみせる。

それから、引違戸が軋みながら開く。現れた勇次の装いに、七重は目を丸くした。

座っているだけで汗が噴きだすような暑さだというのに、生成りの麻のスーツだ。

そのくせネクタイはなし。ワイシャツの胸元も開きすぎている。

七重は正直、やりすぎだと思った。率直に言って「キザ」だ。

勇次は周囲に愛想を振りまくと、三和土で靴を脱ぎ、まっすぐ十遠に歩み寄る。

少し離れた場所にいた七重は、身じろぎした十遠を守ろうと小走りになりかけたところを、九重に押さえられた。

十遠がおずおずと立ち上がった。はりつめた表情だ。

なんて言う気?

敵意剝《む》きだしで、七重は勇次の言葉を待った。

もし、第一声が酷《ひど》いものだったら、ただではおかない。

「こんにちは」

ぎこちない笑みを作った十遠のあいさつに、勇次はすまなそうに応じた。

「ごめんな。――歯並び、遺伝だ」

ぽかんとした十遠に、勇次はにっと笑ってみせた。大きく尖《とが》った八重歯が、十遠にそっくりだ。

思わぬ共通点に、七重は鈍い衝撃を覚えた。この二人は、まぎれもなく親子なのだ。

「ここんところ、磨きにくいだろう？」

勇次が自分の八重歯のきわを指す。磨き残しが出来ると、つねづね十遠がぼやいている部分である。

「すっごく磨きにくい」

十遠が甘えたふうに答えると、勇次が「最悪なトコが似ちゃったな」と頭を撫でた。

親戚のおじさんが、血縁の子どもに見せる類いの親しさだ。

十遠が頬を上気させた。七重が、初めて見る表情だった。

「緑川さん、どうぞ奥へ」

四寿雄が促した。さすがに今回は客人として、応接間に通すのである。

四寿雄が先頭に立ち、十遠、勇次の順で続いた。応接間のドアが閉まるのを待って、五武がつぶやく。

「やられたな」

「つかみはオッケー」と六郎。

七重は、勇次を評価するような兄たちの言葉に反発した。

「これまでのことに対して、謝罪もなにもなしで、いきなり仲良しごっこだなんてバカにしてるじゃない」

「たしかにそうだが、今回はこれで正解だろう。嫌いな相手の謝罪は、心に届かない」

「それ、自分に有利にことが運ぶように、あの人がコントロールしたっていう意味？イッ兄は、それをずるいとか卑怯《ひきょう》とかって思わないの？」

七重は五武をにらんだ。

「不正を働いたわけじゃない。相手と打ち解けるための、テクニックの一つだからな」

「テクニックって、テンちゃんは小学生なんだよ？」

憤った七重に、五武は冷静に返した。

「その通り。彼がどんな手を使ってても好かれたい小学生だ」

「っていうか、号泣アンド土下座じゃなかっただけで、かなり評価高いよ」

九重までが言った。やはり、第一印象は悪くなかったらしい。

また、自分だけ。

同調を得られなかったと感じた瞬間、七重の中で燻《くすぶ》っていた怒りに火がついた。

「じゃあ勝手に評価してれば？」

「ナナ」「七重」と声をかけてきた兄たちに、七重は背を向ける。

「どうせあたしは、ひねくれた見方しか出来ませんから」

感情のままに吐き捨て、衝《つ》き動かされるようにスニーカーを突っかけた。

引違戸を力任せに開けて表へ出て、ガラス戸がレールから外れそうになるのもかまわず、叩きつけるように閉める。

☆

七重は、ショッピングモールの通路に設けられたベンチに座っていた。のどが渇いていたが、財布を置いてきてしまったため、ジュースも買えない。はじめ、七重は承子さんの住むマンションに駆けこむつもりだった。だが、エントランスでインターフォンを鳴らそうとして気づいたのだ。深夜営業の店を経営している承子さんは、そろそろ支度を始める時間だ。それで仕方なく、さらに十分ほど歩いてショッピングモールに入ったのだった。少なくとも、店内は涼しい。ついでに怒りも冷えるといいのだが。

やっちゃった

手持ち無沙汰の七重は、スマホでメッセージを打った。相手はハツカレ。つまり、大学生になって「初めて出来た彼氏」だ。
文字の後に泣いている猫のスタンプをつけると、すぐに返信があった。

どうした?

兄弟とケンカ

財布持たずに飛び出して、ショッピングモールにいるのにジュースも買えないの

メッセージを返すと、クマが「ちょっとだけですよ?」と首から下げたがま口を差し出しているスタンプが送信されてきた。

とぼけたイラストに、七重は噴きだす。

会いたいな

恋しい気持ちがこみあげ、少しだけ緊張しながら、メッセージを入れてみた。つきあい始めて日が浅く、まだ、互いの距離感も手探りなのだ。

七時までバイトだけど、そのあとでもよければ、夕飯いかない?

行く！　と七重は力んで喜びのスタンプを送った。待ち合わせ時間と場所が決まると、にわかに気分が高揚してくる。

あと少ししたら家に帰って、シャワー浴びて着替えなくっちゃ。

なにを着ていこうか。舞い上がった気分で、ディスプレイのコーディネートを参考にしようとショッピングモールを回った。

手持ちの服でも応用のききそうなコーディネートを頭に叩きこんだ七重は、子ども用品売り場にも足を向けた。

姪《めい》が出来て以来、おもちゃや子ども服を見て回るのが習慣になっている。

プラスチックの飾りがついたヘアゴムを品定めしていると、ふと、子どもの声が耳に飛び込んできた。

「うわぁ、かわいい」

なんだか芝居がかった喜びかただな、とその時は思った。引っかかりを覚えたのは、続くやりとりが聞こえてきたからだ。

「いっしょに遊びましょ。お子さんのお名前はなんですか？」

「ルイって言うのよ」

「わあっ、わたしとおんなじね！」

やりとりの既視感に、七重は声の主を探した。

店内の一角にキッズスペースがあり、そこに二歳前後の男の子と、その母親とおぼしき若い女性。そして、小学校低学年の背格好の女の子がいる。

ウララちゃん。

横顔に見覚えがあった。けれどいま、名前は男の子と同じ「ルイ」だと名乗っていなかったか。

気になった七重は、陳列棚の陰から様子を窺った。

「さぁて、なにして遊ぼうかなぁ」

ウララちゃんはキッズスペースのおもちゃ箱をにぎやかにひっくり返した。ミニカーを選び出して得意げに走らせ始める。

その表情も、相手を置き去りにした遊び方も、ウララちゃんそのものだ。

ルイくんがミニカーに飛びつくと、ウララちゃんは無言で押しのけた。そのくせ「すごいでしょう?」と、見せびらかすようにミニカーを動かす。

「ルイくん、そのおもちゃ、いま、お姉ちゃんが使ってるんだって。こっちで遊ぼう」

母親が音の出る絵本で息子を誘ったが、ルイくんはミニカーを貸して欲しいらしく、両手を突き出して足を踏みならす。

「それ、ルーくんの！」

「ほら、ここは高速道路。ビュウウーン！」

「かーしーて！」

「ルイくん、順番だよ。順番」

訴えを無視するウララちゃんに、母親が苛立たしげながらも息子を諭す。

「いや！　かーしーて！かーしーて！」

七重はキッズスペースに近づいた。騒ぎが気になったフリをしてひょいと覗き込み、わざと声をかけた。

「あれ、ウララちゃん？ウララちゃんだよね？」

一体誰を呼んでいるつもりなんだ、という表情でウララちゃんが見上げた。

「あ、やっぱりウララちゃんだ。覚えてないかなぁ、この間、うちの麗と遊んでくれたでしょう？」

七重の言葉に、母親が反応した。

「え？　名前、ルイって言うんでしょ？」

そのとたん、ウララちゃんが逃げた。脱ぎ散らかしてあったスニーカーを履いて、脇目も振らず駆け去る。

「いまの子って、お知り合いですか？」

眉をひそめた母親に訊かれ、七重は知り合いではないが、家に押しかけられたことがあるのだと説明した。

「うち、一歳三ヶ月の姪がいて、あの子、姪と同じ名前だって言ってたんですよね。でも、たまたまいまのやり取りが聞こえたら、お子さんの名前と一緒でルイだっていうから、おかしいなと思って声をかけてみたんですけど——」

「やだ。なにそれ。なんか怖い」

身震いした母親が自分の肩を抱いた。

ルイくんは、放り出されたミニカーを嬉《うれ》しそうに使い始めている。息子のそんな様子を眺めながら、母親が吐き捨てた。

「気持ち悪い」


午後五時半過ぎに七重が帰宅すると、勇次はすでに暇《いとま》を告げていた。

四寿雄たちの立ち会いの下、談笑して、一時間足らずで切り上げたらしい。

点数稼ぎ、と忌々しく感じたが、その言葉は飲みこんだ。兄たちだけでなく、十遠も気を遣っているのが感じられる。

七重を迎えに待合室まで出てきた十遠は、どんな顔合わせだったのかを報告したそうだった。聞きたくない、と反射的に思った七重は話題を逸らす。

「さっき、ショッピングモールにウララちゃんがいたよ」

十遠の表情から、輝きがしぼむように消えた。良心が疼《うず》いたが、七重は気づかぬフリで先を続ける。

「今度は、ルイって名乗ってた。ルイくんって、二歳くらいの子と遊んでて」

「――本当の名前は、エガミ・ミキだよ」

十遠がため息を押し殺して応じた。

「隣の小学校の二年生で、人のうちに上がり込んだり、勝手なことして怒られると嘘泣きしたりするから、むこうじゃ嫌われてて有名なんだって」

クラスメイトに話したところ、特徴からあっさり判明したそうだ。

「もうね、むこうじゃ誰も相手にしなくて、だからこっちまで遠征してるんだって。小さい子に名前を訊いて名前が一緒って喜ぶのも、いつもの手みたい」

ソファに腰を下ろして聞いていた四寿雄が、やるせなさそうに口を挟んだ。

「同名だと親近感を持ってもらえると、どこかの時点で学習したんだろうなぁ。誰かが、いまからでもそうじゃないんだって教えてやれればいいんだけれど」

「そんなの聞かないよお兄ちゃん。だって、自分を変えるのって本当に大変だから。自分が嫌われ者ってことをつきつけられるより、嫌われてるのなんか気のせい、って耳を塞いでおくほうがずっと楽だもん」

「うーん」

「それに、居場所が欲しいのはいますぐなの。明日なんてどうでもいい。将来なんて、どうでもいいの。どうせ、とっくに嫌われてるし、どこに行っても邪魔にされるし、自分が変われば違う世界があるんだよって教えられても、たぶん信じない」

十遠の言葉は、経験に裏打ちされたものだけに、重かった。

口をつぐんだ十遠は、けれど、ふと閃《ひらめ》いたように目を上げた。

「テンちゃん？」

宙を見つめたままの十遠に七重が声をかけると、十遠は我に返って首を振った。

「ううん、なんでもない」

5

七重は結局、父娘の初顔合わせがどんなふうだったかを聞かずにすませた。

話したそうなそぶりに徹底して気づかぬフリをすると、察しのいい十遠はすぐにその話を持ちださなくなった。

数日後、美容院に行きたいという美晴に頼まれ、七重は麗のお守りをしていた。

麗が外に行きたいとせがむので、十遠と一緒に公園に連れ出し、「おかーさん、きれいになって帰ってくるよー」などと話しかけながら、膝にのせてブランコを漕《こ》ぐ。

「あっついねー。テンちゃん、早く戻ってくるといいねぇ」

十遠は、麗の飲み物を忘れたことに気づいて取りに帰ったところである。ついでに、冷凍庫からアイスを二本抜いてくるそうだ。

「こんにちは」

ふいに聞こえたはきはきとした挨拶に、振り向いた七重は目を剝いた。

ウララちゃん！

洗いざらした黒いTシャツにデニムのスカートを合わせたウララちゃんが、ブランコの脇に立っていた。

いつ現れたのだろうとぎょっとし、同時に焦りを覚えた。ショッピングモールで会ったのは、ほんの数日前である。ほかの子の名を騙《かた》るところに出くわした七重に、平然と声をかけてくるなんて。

「一緒に遊びましょう。お名前は？」

麗に向かって訊ねたので、ああ、七重の顔を忘れたのかと思った。

「あなた、エガミ・ミキちゃんでしょ？　この子は麗っていうんだよ」

いたずら心が働いてそう応じると、ミキ――ウララちゃんはびくりとした。けれど次の瞬間、七重の言葉など聞こえなかったかのようにはしゃいだ。

「そうなんだ。わたしもウララっていうのよ。一緒ね」

強引に話を進めたウララちゃんに、七重は絶句した。

だいたい、ショッピングモールでは嘘を暴かれた途端に逃げ出したではないか。なのに今日は、本名を口にされてもびくともしない。

その、反応の差はなんだろう。周囲の目のあるなし？

「今度は、わたしがブランコにのせてあげるね」

ウララちゃんがブランコの鎖をつかまえた。大したスピードは出ていなかったが、片手で麗を支えながらバランスを取っていた七重は、転げ落ちそうになる。

「ちょっと！　小さい子が乗ってるんだけど！」

あやうく姪を怪我させられそうになり、七重は声を荒らげた。悪びれもせず肩をすくめたウララちゃんは、しきりに麗に触れようとする。

「それとも、あっちで滑り台しようか」

「やめて」

きつく制したが、ウララちゃんは怯《ひる》みもしない。

話の通じなさに、七重はだんだん怖くなってきた。なぜ引き下がらないんだろう。危害を加えられる前に、麗を抱いて逃げた方がいいのか。そんな思いを見透かしたかのように、ウララちゃんが麗に笑いかけた。

「やっぱり、暑いからおうちで遊ぼうか？」

ついてくるつもり？

七重はぞっとした。どうすればいいのだろう。ウララちゃんをまいたところで、家は知られている。

「あのね。あなたと遊ぶつもりはないの。泣いても、なにしても無理だから」

意を決した七重は、冷たく突っぱねろという十遠のアドバイスに従った。

「悪いけど、ほかをあたって」

「ねえ。一緒に、おままごとしない？」

ウララちゃんは、麗に首を傾げてみせた。

「都合の悪い言葉は聞こえないの？」

「わたし、おかあさんやるわね。あなたは、赤ちゃん」

まったく取り合わないウララちゃんが、得体の知れないものに見えてくる。

「ミキちゃん、きちんと話を聞いて！」

「なにやってんの、お姉ちゃん」

アイスとランチトートを手に戻ってきた十遠の、呆《あき》れたような声がした。

ウララちゃんが逃げ出してくれることを、七重は期待した。前回はそうだったからだ。

ところが、今日のウララちゃんは十遠の登場によって躍起になった。七重から、麗を奪い取らんばかりになる。

「さあ、赤ちゃん。もうねんねの時間ですよ」

七重は身をかわしたが一瞬遅く、麗の足首を摑まれた。強引に振りほどこうとして、逆上されたらどうしよう。脱臼させられたら、と動けなくなる。

「うーちゃんを離して、ウララちゃん」

落ち着いた声を心がけたが、語尾が震えた。

「ほら、赤ちゃんはママのところにいらっしゃい」

ウララちゃんが、麗の足を引く。姪の身体に負担をかけまいと、七重は中腰になった。はからずも麗を引き寄せることに成功したウララちゃんが、いっそう、麗の足を摑む手に力を籠める。

そんなウララちゃんの鼻先に、いきなり十遠がアイスを突き出した。

「ねえ、これ食べない？　チョコとバニラ、好きな方をあげるけど」

個別包装のフィルムがパリパリ音を立てると、ウララちゃんの目の色が変わった。

「両方ほしい」

「それは図々《ずうずう》しすぎ。じゃ、バニラ」

十遠が有無を言わさずバニラアイスを押しつけると、受け取ったウララちゃんは急いで包装を破った。

もの凄い勢いで食べ始める。

すかさず距離を取った七重は、ブランコの柵に寄りかかった十遠をハラハラしながら見守った。以前、餌付けするなと言ったのは十遠だ。助け舟をだすためだったにしろ、こんなことをして大丈夫なのだろうか。

瞬く間にアイスを食べ終わったウララちゃんが、物欲しげに十遠を窺う。しらんふりでアイスをなめていた十遠は、ふいにウララちゃんの目を見て訊いた。

「今日、何時まで家に帰れないの？」

肩をこわばらせたウララちゃんは、やがて観念したように目を逸らして口をひらいた。

「――よるのじゅうにじ」

「それ、おうちの人に、真夜中まで帰ってくるなって言われたってこと？」

七重の詰問調に、ウララちゃんはぷいと顔を背けた。代わって十遠が訊く。

「こんな暑いところにいるより、スーパーとかに行ったほうが涼しくない？」

「だって。もう来ないでって言われてるし」

「どうせ走り回ったり、試食を全部食べたりしたんでしょ？」

指摘した十遠が、図星を指されてむくれたウララちゃんを諭す。

「なんで、隅っこで目立たないようにしていられないの？　あなた、もう二年生だよね。嫌がられてもつきまとったり、お店で勝手に遊んだりすると、こういう日に困るんだって覚えようよ」

こういう日。夜中まで家に帰れない日――。

「みんなとちゃんと仲良くすれば、夕方までは逃げられたりしないで遊べるのに。家には呼んでもらえなくても、独りよりは暇潰せて楽しいのに」

「楽しくない」

ウララちゃんの即答に、十遠が容赦なくたたみかけた。

「強がるなら、本当に独りでも大丈夫なように強くなりなよ」

きつい言葉を向けられたウララちゃんが、十遠をにらむ。

「おうちで、かまってもらえないんでしょ？　普段だって、夕飯まで帰ってくるなってお母さんに言われてるからうろついてるんでしょ？」

「言うのは、おじさん。ママの弟」

「叔父さんと一緒に暮らしてるの？」と七重が確かめると、補足があった。

「あと、おばあちゃん——」

「お父さんとお母さんは？」

十遠の踏み込んだ質問に、ウララちゃんは傷ついた表情を見せてからうなだれる。

「お父さんはいない。お母さんは、——あたしが小さい頃に出ていっちゃったの」

「苦労したんだね」といたわりをみせた十遠が、ウララちゃんのかすかな表情の変化を捉えて言葉を継いだ。「だからって、周りに迷惑をかける権利なんてないよ」

「なんで！」

ウララちゃんの声に、強い反発がこもった。理不尽だという思いがあるのだ。

「あなたやわたしが家族に恵まれなかったのは、よその人には関係のないことだから」

「──みんなばっかり、お母さんに優しくしてもらえてずるい」

「うん。でも人生は、不公平だから。平等だったら嬉しいけれど、絶対、平等じゃない」

小五の十遠が、そんなことを言う。

十遠は腰をかがめて、ウララちゃんと目の高さを合わせた。

「あのね。残念だけど、あなたもわたしもかわいそうな子に生まれちゃったの。かわいそうな子は、普通の子が当たり前にもらえるものがもらえないの。愛情とか、躾《しつけ》とか。それなのに、つらいことや悲しいことは普通の子よりもたくさんあるの」

「ないよ」と間髪入れずにウララちゃんが言う。地団駄を踏んで繰り返す。「ない！」

「わたしは、ずっと悲しくて悔しかったよ。みんなみんな、大っ嫌いだった」

「あたし、べつに誰のことも嫌いじゃないから」

捨て台詞のように言って、駆け出そうとしたウララちゃんを十遠が阻んだ。

「話はまだだよ。ちゃんと、一つずつ覚えていこう。だれも教えてくれなかったこと。おうちの人が、教えてくれなかったこと！」

十遠がウララちゃんの手首を摑む。

「このままじゃ、あなたはもっと悲しくて、もっとつらいことばかりになるよ！」

「なってもいい！」

「なっちゃダメ！」

怒鳴ったウララちゃんに、叫び返した十遠が真摯《しんし》に言葉を重ねる。

「かわいそうな子に生まれたからって、悲しい子にならないで。みんなと、仲良く出来るようにしようよ。きっと幸せになるって、自分と約束しよう？　うちのお兄ちゃん、そういう仕事をしているの。ノートに約束を書いたら、預かってくれるから。わたしも書いたんだよ。みんなに嫌われていたくなかったから」

「あたし、嫌われてない！」

腹の底から声を絞りだしたウララちゃんは、十遠の手を振り払った。

「今日だってこれから、遊ぶ約束してるの！　パーティに招待されてるんだから！　プレゼント交換して、ケーキを食べて、ゲームして遊ぶの！」

七重は胸がふさがる思いだった。

並べたのは、真夜中まで居場所のないウララちゃんの願望だ。

「自分と約束するつもりになったら、うちに来てね。お兄ちゃんに、ノートを出してもらうから」

「そんな約束なんかするか、バーカ！」

ウララちゃんは十遠を突き飛ばして駆け出した。よろけた十遠が尻餅をつく。

「テンちゃん！」

顔をしかめた十遠は、立ち上がって無理に笑った。

「大丈夫。——帰ろっか」


「突き放せって言ってたのに、意外」

並んで歩きながら、七重は言った。さっきの十遠の言葉は、手を差し伸べるものだ。

「本当の本音はね、あの子が出来るだけひどいことを言われないといいなぁ、って思ってたの」

「うん」

「シズ兄が、誰かが教えてやれれば、って言ったでしょう？　それで、もしかしたらわたしの言葉なら聞いてくれるかもしれないって考えたんだ」

「あの子の気持ちがわかるから？」

「でも、見せつけただけだったのかなって反省してる。だって、わたしはもう、ほしいものを手に入れてるから」

家族を。

だったら、その家族から離れたりはしないよね？

そう訊いてしまいそうになり、七重は話題を変える。

「テンちゃん、ほんとにノート書いたの？」

「ううん。頑張ろうって気持ちになって欲しくて、いきおいで言っただけ。失敗しちゃったみたいだけど」

「そんなことないよ。テンちゃんの言葉、あの子にきっと届いてる」

「——といいなっていう願望だよね？」

八つも下の十遠の冷静さに七重は降参した。

「まあ、うん。ぶっちゃけると、そう」


帰宅後、七重は十遠とウララちゃんのやり取りを、四寿雄に話した。

希望的観測ではあるが、ウララちゃんがノートを書きにくるかもしれないからだ。

「未来との約束かぁ。そういうのも、悪くないかもしれないなぁ」

自室で、吸い始めたばかりの煙草《タバコ》を消して、四寿雄は言った。

七重が抱いた麗は、ジャングルのような四寿雄の部屋に興味津々である。

「悪くないって、シズオちゃん。それ、商売としてってこと？」

七重はテーブルの上に積まれた、なだれ落ちてきそうな雑誌を片手で積み直す。

遺言代行を請け負うような兄だ。どこで商売の「芽」を見つけるかわからない。

「自分自身と約束することで生きる希望を見出《みいだ》そうとする子から、お金は取れないよ。

そうじゃなく、だれかが未来を『預かってくれている』って思えば頑張れるなら、兄ちゃんがその役目をするのも悪くないかなぁ、ってことさ」

「ボランティアで？」

「そうだなぁ。頑張れたよって報告に来たあかつきには、おめでとうのプレゼントでも渡すようにしようか」

「アイデアは否定しないよ、うん」

だけど、そんなヒマがあるならもう少し稼いだ方が——という言葉を七重は飲みこむ。

四寿雄が、批判を察して苦笑した。

「子どもは助けるべきだよ」

目を丸くした七重に、四寿雄は続ける。

「本当は家族が、が理想的だけれど。それに代わるだれかでも、いるのといないのとでは大違いだから」

「まるで、経験者みたいな言い方だねシズオちゃん」

「兄ちゃんはほんっとうに、周囲に迷惑ばっかりかけて大きくなった自覚があるぞぅ」

「そこ、威張るとこ？」

七重が呆れるのとほぼ同時に、固定電話が鳴り始めた。表示された番号に、四寿雄が渋い顔をする。

この電話にかけてくる相手は、ほぼ仕事関係である。それを踏まえ、引き受けたくない仕事なのだろうかと考えながら、七重は部屋を出た。

そこへちょうど、笑顔の美晴が帰宅した。肩の上で、カールした髪が揺れる。

「ただいま！　パーマかけてきちゃった」

☆

ウララちゃんが藤川家を訪れたのは、それから数日後のことだった。

各部屋に畳んだ洗濯物を配り終えた七重と十遠は、空の籠をかかえて階段を降りているところだった。引違戸に映った人影に、はっと足を止める。

「――こんにちは」

そっと戸を開けて入ってきたウララちゃんは、か細い声で挨拶した。

いつもと違い、どこか元気がない。

ウララちゃんに続いて、小柄なおばあさんが現れた。歳は七十代だろうか。丸顔で、ウララちゃんと面差しが似ている。

「どうも。孫がお世話になってすいませんねぇ」

おばあさんのおもねるような粘ついた声に、七重は嫌悪感を覚える。

「本当にいつも、ご迷惑をおかけして。まあでも、これで最後ですんで」

「どういうことですか」

十遠が階段を駆けおりた。

「この子は施設に入るんですよ。あたしもずいぶん頑張ったんですけれどねぇ、なにせもう苦情がすごくて」

「ウラ――ミキちゃんへの苦情ですか？」

十遠の隣に立った七重が問うと、おばあさんが大げさな手ぶりで応じた。

「まったく、なんべん言っても聞きゃあしなくて。ひとさまを強請《ゆす》ったり集《たか》ったり。母親に似て、しょうもない子なんですよ。親子二代に渡って情けないったら」

おばあさんの聞こえよがしな大声に、ウララちゃんが表情を昏《くら》くする。

「お孫さんなんですよね？」

あんまりな言い様に、七重は批判めいて訊いたが通じなかったようだ。

「実の娘が置いていったんでもなけりゃ、こんな子の面倒なんか見ませんよ。この子が来てからというもの、一日だって気が休まりゃしなくて」

ウララちゃんが唇の内側を噛んだ。ひたすら、感情を表すまいとしている。

「お別れに来てくれたんだよね。ありがとう」

ウララちゃんの手を取った十遠が家に上げた。おばあさんには会釈する。

「ちょっとだけ、お時間くださいい」

「しっかりしたいいお嬢さん」とおばあさんは、ウララちゃんを奥へ連れていく十遠を見送った。「ケーコもどうせ置いていくなら、ああいう子を置いてけばいいのに」

うらやましげな口ぶりに、七重の身体の芯がかっと熱くなる。

靴を脱いで待合室に上がったおばあさんは、ソファに腰を下ろして煙草を取り出す。

「灰皿、ありませんかねぇ」

「ナナ」

部屋から出てきた四寿雄が、七重に灰皿を渡した。おばあさんに目礼して、自分はリビングの方へ歩き去る。

小脇にノートを抱えていた。

入れ違いに、麗を抱いた美晴が奥から飛び出してきた。

「ナナちゃん！　なんであの子入れたの？」

憤慨した口調に、おばあさんは無反応だった。自分に矛先が向かない限り、知らんぷりを決めこむつもりなのだ。

「美晴ちゃん、その話はあとで」

ささやいたが、美晴は無言で二階へ上がっていった。足音が荒い。

「やれやれ。これでやっと静かな日々が戻ってきますよ。ノブくんも、ゲームを邪魔されることがなくなるし」

ひとりごとめいてつぶやいたおばあさんは、紫煙を横に吐き出した。

七重は、なにも言えなかった。どんな言葉も、この人には伝わらない気がした。

十遠とウララちゃんは、五分ほどで戻ってきた。口を引き結んだウララちゃんは、頬を紅潮させている。

それを見たおばあさんは、さっと視線を十遠に移した。泣き出しそうな顔の十遠を見るや舌打ちせんばかりの表情になり、ウララちゃんの腕を摑んで乱暴に引き寄せた。

ウララちゃんの首が、がくんと揺れる。

「バカな孫がすみません。あんたもこれでもう、気が済んだだろう？　お暇するよ」

急き立てて靴を履かせると、おばあさんはむりやり、ウララちゃんの頭を下げさせた。

「それじゃあ。どうも、ご迷惑をおかけしました」

「ミキちゃん、元気でね！」

十遠が声をかけた。振り返ろうとしたウララちゃんを、おばあさんが引きずるように連れていく。

「お姉ちゃん――」

見送った十遠が、七重にしがみついた。泣くのをこらえるように肩が震える。

廊下が軋み、ノートを抱えた四寿雄が現れた。

「あの子、ノートになんて書いたの？」

七重の問いに、四寿雄が真っ二つに裂かれたノートを見せた。

「いろいろ、思いがこみあげたみたいなんだ。たぶん、約束したい気持ちと、それに反する現実とかがさ」

悔しさでいっぱいになり、ノートを引き裂いたウララちゃん。

十遠には、その気持ちがわかりすぎるほどわかったに違いなかった。

「あの子が迷惑なのはたしかだけど、そういうふうにしかなれなかったんだよね」

やりきれない思いで七重は言った。

「ゲームニートに向ける半分でも、気持ちをメスチビに向けてやれっての」

階段の中程に、六郎がいた。どうやら、やり取りははじめから聞いていたようだ。

「ウララちゃんの叔父さんがニートかどうかは」

一応は言ったものの、七重もそんな気がしていた。少なくとも、ゲームの邪魔になるからと小学生の姪を夜中まで追いだすなんて、まともな大人ではない。

「んー？」と四寿雄が声を出した。ウララちゃんの破いたノートをめくっている。

「どうしたの、シズオちゃん」

「いやぁ。ページが一枚足らないんだ。ほらここ」

四寿雄はノートの一ページ目を示した。

事務所オリジナルのそのノートは、はじめに個人情報と希望する依頼内容を書くようになっている。

十遠が顔を上げてつぶやいた。

「持って行ったんだ。ミキちゃん、未来と約束するページを」

「トオならそのページ、どういう理由で持ってく？」

四寿雄が訊いた。

「信じるために」と十遠が即答した。「自分にもちゃんと、幸せな未来が来るって思いたいから。いつかこのページを埋めることができたら、それが叶《かな》うかもしれないから」

「あの子も、きっと同じ気持ちだと兄ちゃんは思うぞぅ」

四寿雄の言葉に、目に涙を溜《た》めた十遠がうなずいた。

「祈ってる」

七重は、ウララちゃんの帰っていった表通りに目をやった。ぎらつく夕陽に照らされながら、バスやトラック、タクシーがひっきりなしに通り過ぎている。

第2話　幸せのための遺言

1

スーパーで買い物をしながら、七重は何度目になるかわからないため息をついた。

さきほど、出がけに言われた言葉が、頭の中で回っている。

『近いうちに、この家を出て行くことになると思うから』

特売で山積みになっているタマネギを手にしては戻し、また別のものを取っては肩を落とした。あまりにも繰り返すせいで、スーパーの店員が不審そうに近づいてくる。

「お客さま、なにかお気にかかることでも？」

近づいてきた店員に訊かれ、七重はやっと、自分の行動がどう見えるかに気づいた。

「す、すみません。問題はタマネギじゃなくてプライベートのほうで」

あたふたといくつかのタマネギをカートに入れ、頭を下げて売り場を離れた。少し先の魚売り場にいた十遠が振り返る。

「美晴お姉さんのこと？」

「――うん」

言い当てられ、七重は認めるしかなかった。

「あれって、やっぱりこの前のことを怒っているからだよね」

「そうだと思う」

先日、藤川家は一人の少女――通称「ウララちゃん」の訪問を受けた。

ウララちゃんを決して家に上がらせない。事前にそう取り決めたにも拘らず、招き入れたのが許せなかったのだろう。

あれ以降、美晴の七重たちに対する態度が露骨に素っ気なくなった。

それでいて家事などの分担を必要以上にきっちりとこなすのは、腹に据えかねているというアピールである。

「わたしのせいなのかな」

十遠は罪悪感を覚えているようだった。有効な撃退法を家族に伝授する一方で、最後にウララちゃんに手を差し伸べたのも十遠なのだ。

七重は、鮭《さけ》の切り身が四枚入ったパックを二つ、カートに放りこんだ。

「ううん、美晴ちゃんがより怒っているとしたら、あたしの方にだと思う」

「お姉ちゃんには、わたしを止める義務があったってこと？」

「美晴ちゃん的にはね」

七重に対して一番よそよそしいのは、そういう意味のはずだ。

「べつに、美晴お姉さんへの嫌がらせじゃなかったんだけどな」と十遠がつぶやいた。

あの時ウララちゃんを招き入れたのは、家族に顧みられなかったウララちゃんが、未来に希望をつなぐために、十遠を頼ってきたからだ。

「テンちゃんは間違ってないよ」

「わたしも、間違ったことをしたとは思ってないんだ。だけど、わたしがもっとうまくやれば、美晴お姉さんはないがしろにされたって感じずに済んだのかなあって」

出て行くと宣言した、美晴の目は真っ赤だった。

「テンちゃんが、そこまで責任を負う必要はないよ」

「かもしれないけど。わたし、美晴お姉さんの立場もわかるから」

まったく血のつながりのない大家族の中で、ある日突然生活することになった。

そういう気苦労は、十遠も知っている。

「だけど、ここだけの話、美晴お姉さんたち、行く当てとかお金とかってあるの？」

十遠が現実的な心配をした。

「わかんない」と七重は首を振った。「九重《クー》はお年玉プラスアルファくらいの貯金しかないはずだし、美晴ちゃんも実家にいた頃はバイト禁止だったたっていうから」

二人合わせても、手持ちのお金は五十万円にも達しないだろう。

界隈の家賃相場は、ワンルームでも六万円前後だ。大学に行きながらアルバイトをしている九重の賃金では、生活費まではまかなえない。

「美晴お姉さん、働くのかな」

「まさか」と七重は反射的に否定したが、よく考えれば可能性はゼロではない。

というよりも、別居が本気であれば働かざるを得ないだろう。

「ただいきおいで言っちゃっただけ、だといいんだけど」

七重たちへの不満があああいう言葉となって出てしまったのなら、それはかまわない。

同意した十遠は、けれど十遠らしく不安を煽《あお》った。

「いきおいで言ったら引っ込みがつかなくなった、ってならないといいんだけど」


食材の入ったエコバッグをいくつも抱えて帰宅すると、待合室のソファで四寿雄が難しい顔をしていた。

傍らには、固定電話の子機が放り出してある。

「シズオちゃん、仕事？」

「そうなんだけどさぁ」

四寿雄は歯切れが悪かった。遺言代行は意気揚々と始めるものではないにしろ、やる気を微塵《みじん》も感じないのも珍しい。

「やりたくない仕事なの？」

「そうじゃなくてさ、断った仕事なんだ。こないだからさ、しょっちゅう電話がかかってきてたんだけど」

「もしかして、ウララちゃんがうちに上がり込んで来てた頃？」

心当たりを訊いてみると、四寿雄が肯定した。

「とにかく、一方的なんだよ。うちのシステムの説明も聞かずに、いいからやってください、頼みましたからね、ばっかりで」

遺言代行業者、ザ・フジカワ・ファミリー・カンパニーのシステムは特徴的だ。

料金は前払い制。これは、依頼者の死後に仕事を開始するところから当然である。

金額は、依頼者がその遺言を代行してもらうに当たってふさわしいと思うだけの金額。

依頼内容は事前に詳しく話さずともよく、スタッフへの指示書となる「遺言ノート」に嘘を書いてもかまわない。

ビジネスだろ、もう少しなんとかしろ、と代行のたびに振り回されるきょうだいは口を揃えて言うが、「夢を買うのと同じだからさ」と四寿雄は笑う。

死亡連絡を受けてから開始するという性質上、依頼者は結果を見届けることが出来ないのだ。諸事情により条件が満たせず、代行を果たせないこともある。

それらを理解してもらった上での、契約である。

逆に言えば、そこを承知してもらえない限り、請け負えない。

「そんなんだったら、とにかくお断りします、の一点張りしかなくない？」

これほど四寿雄が嫌がるのも珍しい、と思いながら七重は提案した。

「それが出来てれば、兄ちゃんだってこんな顔しないって」

「断れないしがらみのある相手なの？」

「しがらみはないけれど、亡くなったんだよ」

「え？」

「いま、娘さんから連絡があったんだ。今朝、母が息を引き取りました、って」

☆

谷崎ちさ子さんは四十九歳。

娘の流美《るびぃ》さんが二歳の時にご主人と死別して以来、女手一つで流美さんを育ててきた。

自分がどんな思いをしようと、娘にだけは苦労をさせまいと努力してきたという。

その甲斐《かい》あって、流美さんは何不自由なく成長した。中学からは私立に通わせ、友人にも恵まれ、成績も上位だ。

ちさ子さんの楽しみは、たまの休日、流美さんと出かけることだった。ショッピングをし、カフェに寄り、映画を観《み》る。

ささやかに幸せな暮らしがこのまま続くよう願っていたちさ子さんは、ある日、身体の不調に気づいた。

否、それまでにも違和感はあったのだ。けれど日々忙しく、そのうちにと受診を先延ばしにしているうちに職場で倒れたちさ子さんは、初期の膵臓癌《すいぞうがん》と診断された。

手術を受けて一度は回復したものの、一年後の検診で転移が見つかり、治療を続けていたが甲斐なく死亡した。

遺《のこ》された一人娘の流美さんは、まだ高校三年生である。

☆

「っていうか、おまえがなんで悩んでんの？　意味わかんね」

夕食のテーブルで、あらましを聞いた六郎が呆れた声を上げた。

「そうだよ、断ったんだろシズオ。相手が納得しないうちに亡くなったとしても、知りませんやりませんでよくないか？」

言い添えた九重が、途中で「あ」という顔になって確認する。

「もしかして、お金、受け取っちゃってる？」

きょうだいの視線を一身に集めた四寿雄が、決まり悪そうに認めた。

「郵送だったんだよ」

「郵送ったって、現金書留なら受け取り拒否れる——っていうか普通郵便？」

むっつりと四寿雄が顎を引く。

「強引。受け取り拒否、させない気まんまんじゃん」

八重は感心するような口調で言うと、大鉢に盛りつけた八宝菜をご飯にかけて頰ばった。

今日のメニューは八宝菜と茄子《なす》の揚げ浸しに、トマトサラダだ。

本来は夏野菜のカレーを作るつもりだったのだが、メニューを訊ねてきた美晴に嫌な顔をされたため、急遽《きゆうきよ》変更したのである。

うーちゃんってもう、卒乳したはずなんだけどなぁ。

母親が食べたものの成分が、母乳から出るという知識は七重にもある。授乳期に刺激物を嫌うのはわかるが、麗は一歳四ヶ月。すでに離乳食も完了している。

「うーちゃんは、今夜は夜泣きしないで寝てくれるかなー？」

麗に食事をさせていた美晴が、唐突に言った。みなが怪訝な顔をするなか、七重だけが当てこすられたのを感じる。

夜泣きしたら添え乳、おっぱいをあげながら寝かしつけているというわけだ。

そういう時期に、カレー味は論外ですかそうですか。

言い返しこそしなかったものの、正直、むっとした。こちらは最大限の気配りをしているつもりなのだ。

そもそも、妊娠出産の経験のない七重にそこまで察しろというのが無理である。

「現金と一緒に手紙が入ってて、それが遺言だってさ」

「そんなに愚痴るなら、突っ返しちゃえば？」

九重の提案に、四寿雄が眉間の皺を深くする。

「返そうにも、住所がわからない」

代金を送ってきた封筒には、差出人名しかなかった。

「もらっとけって。そのオバハンには、未来永劫《えいごう》バレねぇんだし」

「バレるかバレないかじゃなくて、誠意の問題だよ、にぃに」

十遠に釘《くぎ》を刺されて、六郎は肩をすくめる。

「ちなみに、遺言って、代行したくないような内容？」

興味をそそられた八重が訊ねると、四寿雄が席を立った。

事務所から現物――くだんの手紙を持って戻ってくる。

「いとしいルビーへ

あなたを遺して逝くことが、心残りでなりません
これまでのように、毎日を誠実に丁寧に歩んで、幸せになってください
お母さんは、いつでもあなたを見守っています」

四寿雄が広げてみせた手紙を、たまたま一番近い位置にいた十遠が読み上げた。

なんということもない、ごく普通の手紙だ。

強いて言うなら、母から娘への遺言としては素っ気ないだろうか。

「これ、ちさ子さんから流美さんへのメッセージだよね。これを、死後に伝えて欲しいってことなの？」

七重の問いに、「だろうと思うよ」と四寿雄が応じた。

「いくらでの依頼だ？」

五武の問いに、四寿雄が指を一本立てる。

「十万？——ひゃくまんえん？」

金額に、誰もが冗談だろうという声を上げた。

「とくに不仲でもない娘に、いつも見守っているって伝えさせるだけで、百万？」

頭おかしいんじゃないの？　としか思えない。

「つかこれ、地雷決定じゃん」

六郎の言葉に、きょうだいはうなずかざるを得なかった。経験上、業者を挟む必要などなさそうな依頼は、要注意なのだ。

「まーた、隠された意味があるとかさぁ」

これまでにも、さまざまな〈想い〉からあえて言葉をぼかしたり、二重の意味を持たせた遺言を扱ったことがある。

七重たちは、手紙を穴の開くほど見つめた。

「ぱっと思いつくところだと、見守っているっていう部分が暗喩《あんゆ》とか」

九重の言葉に、六郎がふざけた調子で思いつきを付け加えた。

「脅しとか」

「誠実に丁寧に人生を歩めっていうのが脅しなの？　それが脅しになるのって、道を外れそうな人だけなんじゃない？」

七重は反論して、四寿雄に訊ねた。

「娘さんの流美さんって、そういうタイプなの？」

「会ったことはないんだ」と四寿雄。「ただ、電話のやり取りだけで判断するなら、ごく普通のお嬢さんだったよ」

「男関係じゃね？　底辺とデキ婚しそうとか」

六郎の当てこすりに、美晴が血相を変える。

「母親のほうは？　子どもを理不尽に縛りつけそうな人？」

十遠が訊くと、四寿雄は眉尻を下げた。

「それを見極めるためにも会いたかったんだよなぁ」

四寿雄が有しているちさ子さんの情報は、死別によるシングルマザーであること、高校生の一人娘がいること、本人が死期を悟っていたことくらいだという。

「だからなぜ、内容の是非じゃなく契約の効無効で判断しない？」

五武は焦れるが、ビジネスに徹《じ》せないのが四寿雄である。

「流美さんと会ってみて、決めるしかないかなぁ」

宙をにらんだ四寿雄に、八重が反論した。

「相手や内容で遺言を伝えたり伝えなかったりって、それ変じゃね？　遺言代行屋なら、引き受けたら伝えるのが筋だろ」

「毒親の言葉に、子どもが一生縛られるようになってもか？」

九重が口を挟む。

「メッセンジャーが相手の心配してたら、務まんないじゃん」

「それはそうだけど、俺は自分が地獄の使者になるのは嫌だよ。もし、流美さんが苦しむ結果になったら、一生後悔する」

「へええ。もう毒親決定なんだ」

汚いものでも吐き捨てるような、冷ややかな声がした。

美晴だった。

みなの注目を浴びても、知らぬフリで麗の世話を焼いている。

「美晴《ミー》は、どういう内容でも伝えた方がいいって思う？」

九重が訊ねると、美晴はこれ見よがしに微笑《ほほえ》んで麗の髪を梳《す》いた。

「知らないけど。クーくんは都合が悪ければ、わたしが麗に遺した言葉も握りつぶすのかなぁって」

九重も、七重たちも目をしばたたいた。いきなりどうしたのだ。

「ミー、論点ずれてるよ。いま、俺たちのことは関係ないじゃん」

「ふうん、そう思うんだ？」

顎を上げた美晴の挑発を、九重はかわした。

「ミーはさ、本当にしたい話がある時、そうやって違うところから始めるよね」

「ごちそうさまでした」

高らかに箸を置くと、美晴は麗を連れてダイニングルームを出てゆく。麗の茶碗《ちゃわん》はほぼ空だが、美晴の分には手もつけていない。

「おい、ミー！　ちょっと待って！」

詫《わ》びるような視線をきょうだいに向けた九重が、後を追った。廊下の奥、ちょうど旧待合室のあたりで激しい口論が起こる。

両親の剣幕に驚いたのか、麗が泣き出した。美晴が階段を駆け上がったらしい音がし、渾身《こんしん》の力でドアを閉めたような音が続く。

「なんかあったの?」

八重に訊かれ、七重は「たぶんだけど」と前置きをして別居宣言の件を話した。

「あの放置ガキが立ち寄ったくらいで、あそこまでヒスるって、さすがま――」

六郎は女性蔑視のネットスラングを、自主規制で飲みこんだようである。

「やっぱり、こんな大所帯と同居って無理があるよな」

理解を示した八重に同意する形で、五武が七重に訊ねる。

「彼女には、同じ立場で愚痴を言い合えるような相手はいないのか?」

「ママ友って意味? 支援センターかなにかで知り合って、仲良くしてた人はいたみたいだけど、その人、四月からお勤めに復帰しちゃったんだって」

つまんない愚痴聞かせるの悪くてLINE入れにくくなっちゃった、と美晴が苦笑していたのは、五月頃だっただろうか。

「連絡を取っているのは、その一人だけなのか?」

「たぶん」と応じた七重は、迷ったが言葉を継いだ。「やっぱり、若すぎるせいで遠巻きにされちゃうらしくて」

公園や支援センターで知り合う母親は、土地柄か、二十代半ばから三十代はじめが多いらしい。

「んー？　若いママなら、何人かいるじゃないか。ほら、金髪の」

四寿雄の言葉で、七重は飾り立てたベビーカーを押す、ショートパンツにピンヒールの女性を思い浮かべた。近所に住んでいるらしく、時々、仲間と連れ立ってコンビニにいるのを見かける。

「ああいう若いママたちは、元から友人みたいよ。ずっとつるんでて、グループみんなが十代で出産したりするから、友だち作るのに苦労しないんだって」

彼女たちと美晴は異質である。十代という共通項だけで、その輪に入って行くのは不可能に近い。

「ああまでピリピリしているのは、不安だからなのか」

五武の言葉に七重はうなずいた。

「そうみたい。自分が敬遠されることで、うーちゃんに友だちが出来ないんじゃないかとか、気になりだすと止まらないんだって」

「いやなら、十代でデキ婚するなっつぅ話だよなぁ」

六郎がニヤニヤと周囲に同意を求めたが、七重たちは黙殺した。

「美晴ちゃんのケア、かーちゃんに頼んでみるかなぁ」

「無理だろ」

思案顔の四寿雄に、そう言ったのは五武だった。

兄たちの間に、微妙な空気が流れる。

四寿雄はすっと視線をそらし、八宝菜のイカを嬉しそうにつまみ上げた。

「お、イカの耳、兄ちゃんもーらい」

五武も、兄に倣ったように食事に戻った。

兄たちの取り繕い方に、七重は違和感を覚えた。

承子さんは美晴にとって「姑《しゅうとめ》ポジション」の人だ。周囲では唯一の、頼れそうな子持ち女性でもある。

四寿雄と五武の二人を育て上げ、かつ、なさぬ仲の七重たちまでを気にかけてくれる承子さんは適任だと思うのだが――。

「結局、依頼のほうはどうするんだよ？」

場の空気を変える意味もあってか、八重が話を戻した。

「そうだな。――やっぱり受けるよ」

「予想はしてたけど、マジで？」

「マジで」と四寿雄。「依頼料は手元に来てる。娘さんにわけを言わずに返すのも、このままガメちゃうのも兄ちゃんの流儀じゃないなと思ったんだ」

「地雷覚悟で？」

「うん。ただし兄ちゃんはスペシャルな遺言代行屋だからさ」と言って息を継いだ四寿雄はにやりとした。「伝えたかった想いと受け取る人の想いにズレがあった場合は、調整もするのさぁ」

「それでいつも通り、俺たちはこき使われるんですかそうですか」

「いやいや。流美さんに、都合のいいときに来てもらうだけだから」

「その後、問題が発生したらこき使うんですよねそうですよね」

棒読みの八重にたたみかけられ、四寿雄がむうっと頰を膨らませた。

「大丈夫だよ、シズ兄」

「そうそう、みんなちゃんと覚悟してるから」

十遠と七重で追い打ちをかけ、そこへさらに五武と六郎が乗っかった。

「俺たちに迷惑をかけてこその四寿雄だ」

「うは。サイテーな存在価値。草生える」

「おまえら、本当は兄ちゃんのことが嫌いなんだろう」

しょぼくれた四寿雄に、七重たちは満面の笑みで応じた。

「まさか！　好き好きシズオちゃん」

「だーい好き」

しばしきょうだいを疑わしげに見つめていた四寿雄は、気持ちを切り替えることにしたらしい。

「みんなを信じる。それがきょうだい愛だ！」

そうつぶやいた後で、ちさ子さんの手紙に手を合わせた。

「谷崎ちさ子さん。あなたのご遺言、承ります」

2

谷崎流美さんが藤川家を訪れたのは、ちさ子さんの訃報から四日目のことだった。

「先日、母のことで電話をした谷崎です」

予告なしに現れた流美さんは、玄関先でそう言った。背負ったリュックの肩紐を、不安そうに握りしめている。

「その節は、ご連絡ありがとうございました。このたびはご愁傷様でした」

四寿雄の挨拶に、流美さんは深々とおじぎをした。

背中を半ば覆う長さの髪が、横顔を覆う。

「昨日が母の告別式でした。それで、終わったらすぐにこちらへ伺おうと思って」

息せき切ったように言った流美さんは、そこではたと気づいた。

「あ、アポなし！　すみません」

「いえ、大丈夫ですよ。じつは、こちらからも幾度か連絡を差しあげていたのですが、携帯電話の電源が入ってなかったようでしたので」

「スマホの電源は、ずっと切ってあったんです。病院から危篤の連絡が入ったのもスマホで、なんか、スマホが悪い報《しら》せを連れて来るみたいで」

「お察しします。どうぞ、お上がりください」

四寿雄は流美さんを事務室に案内した。かろうじて空けたスペースに、流美さんが落ち着かなげに腰を下ろす。

内線を受けた七重は、グラスにアイスティーを注いで持って行った。

「どうぞ」とテーブルにグラスを置くと流美さんが会釈した。

「ありがとうございます」

きれいな子だな、と七重は思った。顔立ちも整っているが、なにより垢抜《あかぬ》けている。流美さんは、黒いワンピースに黒いハイソックスを合わせていた。ゴスロリ風というのだろうか、リボンやフリルを多用したクラシカルなデザインの服である。

メイドの髪飾りを模した、黒いレースのカチュームが艶《あで》やかな髪に映えている。

ファッションは個性的だが、道を踏み外しそうな少女には見えなかった。所作も受け答えも、至って真面目だ。

「あの。こちらって、遺言を代行する会社なんですよね？」

意を決した様子で、流美さんが七重に訊いた。

起き抜けにしか見えないむさ苦しいオッサンよりも、年の近い七重の方が話しかけ易《やす》かったのだろう。

「はい」と応じた七重は、行きがかり上、そこに残った。

「ホームページと動画サイトの宣伝、見ました。秘密の遺言を扱っているんですよね？」

「そうですね。お客さまのさまざまなご事情に合わせたご遺言を承ってます」

「母がこちらに連絡するようにってメモを残したのは、つまり、遺言を預けたからなんですよね？」

「はい、承っております」

「その遺言って、誰宛てですか？　今日伺ったのは、それを教えてもらいたいからなんですけれど、教えてもらうことって、出来ますか？」

「出来ますよ」

四寿雄がキャビネットを開いて、ちさ子さんの手紙を収めた封筒を出した。

「こちらが、お母さまのちさ子さんからお預かりした、あなた宛てのご遺言です」

「わたし宛て？」と流美さんはぽかんとした。「本当に？　ほかの誰かじゃなくて？」

「ええ」

受け取るよう四寿雄に促されると、流美さんは怯《おび》えたような表情になった。ためらいをのぞかせた後、指先を震わせて便せんを開く。

紙面に目を走らせると、そのまま動きを止めた。

なまじ容姿が整っているだけに、まるで人形のようだ。

「大丈夫ですか？」

七重が声をかけたが答えない。

これは、と四寿雄と視線を交わし合った。地獄の使者になってしまったパターンか。

「あのう。そのご遺言、あたしたちも拝読させてもらいました。もしかして、なにかの比喩なんですか？」

「違います」

小声で流美さんが応じた。

「母が常々、わたしに教えてくれていたことです。母が、実践していたことです」

毎日を、誠実に丁寧に歩む。

「妙なことをお訊ねしますが、お母さまが依頼された理由に心当たりはありますか？　ぶっちゃけて申し上げると、あなたに直接遺されても差し支えない内容ですよね」

四寿雄の問いに、流美さんは泣き笑いの顔で答えた。

「ケンカしてたんです、わたしと母。病室に洗濯物とかを届けても、もうずっと、二月くらい会話がなくって。だから、人に頼んだんだと思います。絶対確実に、わたしに遺言が届くように」

「手紙を、遺品に忍ばせておくのじゃなく？」

「それだと、取り紛れてしまうかもしれない。それにわたしは意地っ張りだから、何年も読まずにおくかもしれないと母は思ったんです、きっと」

「お母さまは、あなたが道を踏み外しかけていると思った？」

流美さんは自嘲気味に、自身のファッションを示してみせた。

それから髪に手をやると、頭を振ってレースのカチュームを抜き取る。

「だから、もうやめます」

さばさばとした表情に、七重の方が慌てた。

「でも、似合ってるのに」

「似合っていたとしても、これが母の遺言ですから。母がわたしに、どうしても・いま・絶対に伝えたいと思ったことなんです」

言い切った流美さんは、腹の底から絞りだすような長い息をついた。

次いで立ち上がると、深々と礼をして暇を告げる。

「母がお世話になりました。どうもありがとうございました」

「いえ。とんでもない」

「どうぞ、お力を落とさないでください」

四寿雄の言葉に、一瞬絶句したかのように見えた流美さんは微笑みを浮かべた。

「はい。これからも毎日を誠実に丁寧に、歩んでいきたいと思います」


「やっちゃった感、ハンパないよね――？」

流美さんを見送った後、七重は言った。

上手《うま》く言い表せないが、ちさ子さんの遺言が流美さんの中のなにかを決定的に変えてしまった気がする。

難しい顔をした四寿雄は、後悔にか、モジャモジャ頭を激しく掻く。

ふと引違戸が軋んで開き、二人はそちらに目をやった。

真っ黒に日焼けした男子小学生が、遠慮がちに入ってくる。

「晴臣《はるおみ》くん」

七重は目を丸くした。

細見《ほそみ》晴臣くんは十遠の同級生だ。転入当時、クラスで問題を起こしていた十遠を真っ先に受け入れてくれた恩人でもある。

「久しぶりだね。テンちゃん、出かけてていないけれど、上がって待ってる？」

笑顔で訊ねると、晴臣くんは首を振った。

照れたような怒ったような表情は、大人に向かいつつある少年のそれだ。十遠と「カップル」だった頃のあどけなさは消えている。

そういえば、今春、クラスが別れた頃から晴臣くんの訪問は激減した。十遠が口にする名前も、ひまりん、ゆんちゃんと女子ばかりになったように思う。

「暑かったでしょ？　麦茶でも飲む？」

「いい。それよりナナちゃん、福田が最近、おじさんと会ってるのって知ってる？」

辺りを窺った晴臣くんは、一息にそう言った。福田、とことさら他人ぶって呼ぶのが、まだぎこちない。

「五十歳くらいの人。あの人って、ナナちゃんのお父さんだったりする？」

「その人はトオのお父さんだよ」と四寿雄が応じた。「先日、会いにいらしたんだ」

「先日って、こないだの日曜？」

「ううん、もっと前の水曜だけど――」

答えた七重ははっと口をつぐんだ。

あの日、勇次は藤川家にやって来て、十遠と対面した。

そして藤川家内で別れたはずだ。

「ナナちゃん、これ」

顔をこわばらせた七重に、晴臣くんが携帯ゲーム機を差し出した。それにはカメラ機能がついており、写真を撮ることが出来る。

画面には、見覚えのあるフードコートが映し出されていた。

白い丸テーブルを挟んで向かい合い、ケーキを食べているのは十遠と勇次だ。

遠目の画像なのに、はしゃいだ笑顔がはっきりとわかる。

二重の意味で、心臓がばくばくした。ひとつは、十遠の笑顔に。

もう一つは、誰の付き添いもなしで勇次と会っていることに。

「ここ、あそこのショッピングモールだよね？」

七重は、自宅からバスで十分ほどの距離にあるショッピングモールの名前を口にした。

晴臣くんがうなずく。

「こないだの日曜、お母さんが間島愛海《まじまあみ》のお母さんと出かけたんだけど、財布を忘れたから届けて欲しいって言われて、俺、行ったんだ」

七重は間島愛海ちゃんの母親の里沙《りさ》さんを思い浮かべた。数年前、ご主人の貴幸《たかゆき》さんの依頼を受けた際に、顔を合わせている。

里沙さんと晴臣くんの母親のはるかさんとは短大の同級生で、いまも友人だ。

「で、俺、お母さんに財布届けたお駄賃もらったから、アイスでも食おうかなってフードコートに行って」

「テンちゃんを見つけたんだね」

そして、ただならぬ親密さに不審感を抱いて証拠写真を撮ったのだろう。

「福田のお父さんって、福田とずっと会ってなかったんでしょ？」

眉根を寄せた晴臣くんが訊いた。

「そうだよ。でも事情が変わったんだ。いまはお試し期間で、時々ああして会っているんだよ。だから、変な関係じゃないから大丈夫」

四寿雄が答えると、晴臣くんはほっとした様子を見せた。

「俺、もしかして福田、なんか変なことに巻きこまれたのかって思って」

「晴臣くん、テンちゃんを心配してくれてありがとう」

「うん。でも――」

晴臣くんは言葉を濁し、もどかしそうに横を向いた。

おそらく、馴《な》れ馴れしい勇次を快く思っていないのだろう。けれど悪く言わないのは、晴臣くんの性格のよさゆえだ。

暇を告げた晴臣くんが引違戸を閉めきらないうちに、七重は四寿雄を責めた。

「シズオちゃん、テンちゃんに、一人で父親に会っていいって言ったの？」

「いいや」と四寿雄は顔をしかめた。「そんな取り決めにはなってない」

「いま、あの人との連絡役になってるの誰？」

はじめの窓口だった七重のところには、連絡は入っていない。

「クーがＬＩＮＥのＩＤ交換して、トオを入れてグループを作るって言ってたと思うぞ」

グループ。そんなの知らない。

ショックを受けたが、当然だった。七重は、勇次の話題を避けてきたのだ。

「そうだ！　六郎くん！」

七重は階段の下に立ち、大声で呼んだ。初めは無視を決めこまれたが、しつこく続けていると六郎が現れる。

寝癖で頭がボサボサだ。

「っだよ。人が寝てるのに」

「昼間からぐうたらしてるのなんか知らないよ。それより、クーがあの人と作ったグループって六郎くんも入ってる？」

「そりゃな」

「あの人から、なんか連絡来てる？」

「ああ、こないだはどーも、みたいな？」

「テンちゃん、日曜日にあの人と会ってたみたいなんだけど」

「は？」

顔色を変えた六郎が、階段を転がるように降りてきた。

「どういうことだよ！」

「いま、晴臣くんが来て教えてくれたの。ショッピングモールで見かけたんだって」

「マジかよ、クソ！　そんな話出てねぇぞ。出たって潰すし！」

「だから隠したんじゃないのか？」と四寿雄。

「あのなあシズオ、グループLINEってのは、メンバー全員が会話を見れるの！」

だから隠しようがない、と説明しかけた六郎が気づく。

そう。互いの連絡先を手に入れた二人が、個別でやり取りしたのだ。

七重たちは顔を見合わせた。迂闊《うかつ》と言えば迂闊すぎた。

「こりゃあ」と四寿雄がくせ毛のモジャモジャ頭を掻いた。「トオに確かめてみなくちゃだろうなぁ」

☆

「ごめんなさい」

夕食の席で十遠が頭を下げた。

今夜のメニューは、豚肉を市販のたれで味付けした生姜焼《しょうがや》きだ。手抜き、がっかり、ときょうだいには不評だったが、手の込んだ料理を作れるだけの気力なんてなかった。

「お父さんがどんな人か、早く知りたくて」と夕飯に箸もつけずに十遠は言う。「みんなで会ってると、時間がかかるでしょ？　だからそれが待てなかったの」

「それが約束違反になるのはわかってたんだろう？」

四寿雄の問いかけを、十遠は肯定した。

「はい」

「見つかれば叱られたり、そもそもの取り決めが中止になる可能性も？」

はっと十遠の顔色が変わった。そこまで考えていなかったか、それほど真剣に受け止めていなかったかだ。

十遠はうつむいて、食卓の下で両拳《りょうこぶし》を握りあわせた。

「お父さん、気まぐれにわたしのことを思いだしたんだと思うの」

たしかに、もし婚姻が続いていたら、勇次は訪ねては来なかっただろう。

「だから、急ぎたかったの。お父さんがまたすぐ、わたしから興味を失くしそうで怖かったから」

「だったら、そう言って相談すべきだったでしょ」

七重の口から、詰る言葉が飛び出した。

「こそこそしておいて、理由後出しとか。それって、信用してないってことだよね？」

「そうじゃないよ、お姉ちゃん」

「だったらどうして、段階を踏まなかったの？　結果が出れば、経緯はどうでもオーケー？　家族の気持ちはどうでもオーケー？」

「ナナ」

強くなる語調に四寿雄がたしなめた。夕食の席に着いたほかのメンバー、六郎、九重、美晴は成り行きを見守っている。

「緑川さんと、何回くらい二人だけで会ったんだい？」

四寿雄が訊ねると、十遠が小声で応じた。

「──三回」

「お父さん、どうだった？」

訊ねたのは美晴だ。夕方入浴をすませた麗はそのまま寝入ってしまい、いまは自室にいる。

「優しかったです。明るいし、面白いし」

「これからも、仲良くやって行けそう？」

「だといいな。って思ってます」

はにかんだ十遠に、美晴が笑顔を向けた。それがひどく七重の癇《かん》に障る。

七重はきつく言った。

「当分、あの人に会っちゃ駄目だからね」

「おいおい。おまえ、テンの話聞いてたか？」と六郎。

「だから？　理由があれば、勝手なことしていいってわけじゃないでしょ？」

「そんなふうに熱くなるから、十遠ちゃん、相談もできなかったんじゃない？」

美晴が七重を見た。

「もっとたくさん会いたい、急ぎたい。そう言ったら、七重ちゃんが絶対反対するよね？　十遠ちゃんのお父さんをこき下ろすのが、目に浮かぶ」

「美晴ちゃんは黙ってて！」

怒鳴った七重は、しまったと口をつぐんだ。

しかし、美晴の表情は見る間に凍りつく。すうっと感情を退《ひ》かせて、頭を下げた。

「すみません。家族でもないのに出過ぎました」

「そんなこと言ってない。でも、このことは美晴ちゃんには直接関係ないから――」

「わかります」と美晴が微笑んだ。「わたしは、血のつながりのない他人ですから」

痛烈な皮肉だと七重は感じた。なぜなら、血縁は七重と十遠にもない。

「ミー。そこまで言わなくてもさ」

九重が間に入ろうとしたが、逆効果で美晴の爆発を呼んだ。

「もう、うんっざり！」

鬼のような形相で九重を怒鳴りつけ、両手でテーブルの縁を摑んで叫んだ。

「もう嫌、もう嫌、もう嫌！」

そのまま席を立ち、廊下へと抜けていく。

あまりのことに、みな、呆然とした。一人頬を紅潮させた九重が激しく毒づく。

「なんなんだよ？　あいつ何様？」

「つうかさ。おまえの嫁、もう相当ヤバいんじゃねぇの？」

頬杖《ほおづえ》をついた六郎が、生姜焼きを箸で刺した。

「なにがだよ？」

「なにがって、おかしいだろ。いまの会話の流れで、あそこまでヒスるか？」

「――それは。あいつも慣れない子育てで疲れてるから」

「わかってるなら、嫁をリフレッシュさせとけよ。暴言逆ギレ迷惑ですから」

「でも六郎くん、いまのはあたしに配慮がなかったから」

「他人黙ってろは正論っしょ？　九重サンちは別世帯」

言いたい放題の六郎に、九重が弁解した。

「俺だって、楽してるわけじゃないよ。講義受けて、バイトして、早上がりの日と土日は麗の世話して風呂入れて」

「そんなの、トーゼンじゃね？　チチオヤだろ？」

「ロク」

四寿雄が制止の声を出したが、六郎は気持ちよさそうに続けた。

「十代出来婚なんて、苦労するに決まってんじゃん。嫁は世間知らずの高校中退、旦那は自活出来ない大学生」

「クズニート」

容赦ない言葉で九重が応戦した。六郎の頬に朱が走る。

「なんだと！　ヤんのかよ！」

「やめてよ二人とも！」

七重は割って入った。だれもかれもが、イライラしすぎだ。

ふと、十遠が耳を澄ませた。廊下へなにかを確かめに行く。

「クー兄。美晴お姉さんがいないみたい」

数分後、戻って来た十遠は青ざめていた。

「玄関で物音がしたような気がしたから、見に行ったの。玄関にベビーカーはあったけど、なんとなく変だったからクー兄の部屋に声をかけたけど、返事がなくて、悪いなと思ったけどドアを開けたらお姉さんもうーちゃんもいなくて——」

「！」

九重が自室に走った。七重たちも、その後を追う。

九重と美晴の部屋を覗いて絶句した。プラスチックの衣装ケースの抽斗《ひきだし》が片端からぶちまけられ、しまわれていたはずの衣類がごっそりなくなっている。

「マジかよ！　こんな時間に一歳児連れだすとか、あいつ正気か？」

絶叫した九重が、美晴の荷物をあさった。

ビッグサイズのトートバッグのほか、母子手帳、麗のお気に入りの本やおもちゃも消えている。

九重はその場で美晴のスマホに電話をかけた。数度繰り返して、空の抽斗を蹴る。

「着拒とかふざけんなよ！」

「きっとまだ、そんなに遠くには行ってないよ」

なだめた七重に九重がわめいた。

「うちから駅は徒歩五分だろ！」

しかし美晴は幼児連れで、大荷物を抱えている。

「追いつけるかも。わたし、駅見てくる！」

十遠が階段を駆け下りた。スニーカーを突っかけて、表通りへ飛び出す。

「シズオちゃん、あたし、テンちゃんとは違う方向を探してみる」

徒歩圏内に三路線の鉄道と二系統のバスがある。追っ手を欺くなら、あえて最寄り駅を避ける可能性も考えられなくはない。

「シズオちゃん、ＪＲを任せていい？　あたし、市営地下鉄に行くから」

近い方を譲った。万年ぐうたらしている兄への、せめてもの思いやりだ。

七重は生ぬるい夜の道を急いだ。美晴と麗を探しながら、無謀なのではという思いがかすめる。最寄り駅までのルートは一つきりだが、市営地下鉄とJRへのルートは無数だ。

それ以前に、家を出たところでタクシーに乗り込まれていたらアウトだ。

七重は汗だくで市営地下鉄の改札に辿《たど》り着いた。スマホで時刻を確認する。午後八時五分。家を出てから七分だ。

通常、ここまでは徒歩十五分ほどかかるところを、半分の時間で来た。もし美晴が市営地下鉄を利用するつもりなら、ここで捕まえられるかもしれない。

念のため、それらしき人物が通らなかったかを確認しようと窓口に歩きかけた時、スマホにLINEのメッセージが入った。

発信者は六郎で、きょうだいで作ったグループ宛てだ。

母子はヤエが確保

あの場にいなかった弟の名が出て混乱する。六郎を問いただして苛立つよりは、と七重は十遠に電話をかけた。

「あ、テンちゃん？　ヤエが美晴ちゃんたちを確保したってどういうこと？」

『わたしもよくわかってないんだけど、ヤエ兄が偶然、改札で鉢合わせしたみたい』

「駅ってどこの？」

『最寄りの。わたしが見に行くよりも前。あとであらためて連絡くるみたいだから、とりあえず戻っておいでってシズ兄が』

「わかった」

気が抜けたのと疲れとで、帰りは足が重たかった。玄関の引違戸を開けると、待合室のソファに、十遠と六郎が座っていた。

「シズオちゃんは？」

「煙草吸ってから戻ってくるって」

七重はスニーカーを踵で踏み脱いで、空いているソファに倒れ伏した。

「疲れた～」

「さっき、クー兄が出て行ったよ。ヤエ兄たちと落ち合うみたい」

「大ゲンカにならないといいけど――」

七重の希望を「無理じゃね？」と六郎が打ち砕く。

「そうかもしれないけど、大事《おおごと》になってほしくないかなって」

離婚の二文字は飲みこんだ。口にして、現実になったら嫌だ。

「そうだ、一人だけ楽したんだから、飲みものくらい持ってきてよ六郎くん」

意趣返しも兼ねて異母兄を使う。六郎は文句を言ったが、七重の疲れた様子にか、ぶらぶらとキッチンに歩いて行った。

七重と十遠、ふたりがその場に残る。

そういえば揉《も》めていたんだ、と七重は気まずくなった。さっきの話を蒸し返すのもどうかと思うが、正直、言いたいことはそれしかない。

「駄目だからね」

主語もなにも省いたが、十遠には伝わった。

十遠は切なそうな顔をした後、一転、表情を変える。

「反対するんじゃなくて、ついてきて応援して」

まだ食い下がられて、七重は唖然《あぜん》とした。そこまで執着するのか。

これまで一度だって興味を持ってくれなかった父親なのに？　だからこそ？

「わたし、お父さんと遊園地に行きたいの。お姉ちゃんが一緒だと嬉しいな」

「――――」

七重は即答出来なかった。突っぱねたい気持ちはあるが、鬼になりきれない。

「考えとく」

そう言って、会話を打ち切った。「考えておく」は婉曲的《えんきょくてき》な断りの言葉だと、十遠に気づいて欲しかった。

八重は、それから二時間ほどのちに帰宅した。

七重の顔を見るなり、両手を合わせる。

「ごめん、先に飯くれない？　俺、昼からなんも食べてなくてさ」

「わかった。ヤエの分、ちゃんと残してあるから温めるね」

七重はラップしておいた皿を、電子レンジにかけた。ダイニングルームの隅に鞄《かばん》を放り投げた八重は、テーブルで遅い夕食を摂《と》っていた五武に声をかける。

「イツ兄も、いま飯？」

「俺も外で食べ損ねたんだ」

帰りがけにテイクアウトした、デパ地下のローストビーフ丼である。

椅子を引いて座った八重は、運ばれてきた自分の皿と牛丼を見比べて提案した。

「イツ兄、半分こしない？」

手抜きで悪うございました、と七重は下唇を突き出す。

「つうかさ、まず俺、イツ兄に謝んないと」

きょうだいが集まった席で、そう切り出した八重が五武に頭を下げた。

「承子さん、巻きこんじゃった。イツ兄が嫌がってたから、悩んだんだけど」

「巻きこんだって、承子さん、この時間お店でしょ？」

まさか早退してもらったのかと、七重は目を瞠る。

「うん。だから連絡だけして、部屋借りた」

承子さんのマンションは電子ロックと鍵を併用するタイプだが、承子さんは普段、電子ロックだけを使用している。

なので暗証番号を教えてもらって中に入ったのだ。

「美晴ちゃん、すげぇ昂奮《こうふん》してさ。あそこで逃したら、本気で姿くらましそうだったから。とにかくタクシーに押し込んでさ、どこか落ち着かせられそうな所って思ったら、承子さんのマンションしか思いつかなくて」

「世の中には、ホテルっつう便利なモンがありますが？」と六郎が小馬鹿にする。

「あの状態の美晴ちゃんじゃ、俺、フロントの人に疑われて揉めるかもって思ったんだよ。その隙に逃げられたら意味ないだろ。それくらい考えろよアホ」

「クーは、美晴ちゃんと一緒なんだろ？」と四寿雄。

「うん。で、承子さんちで大げんかが始まっちまったんで、落ち着くまで帰れなくてさ」

「いまは、もう平気なのか？」と五武。

「たぶん。美晴ちゃん、怒鳴りモードからメソメソモードに移ったし。クーが慰めに回ったから、話し合いとかしてるんじゃん？」

「お疲れ様」

労《いたわ》った五武に、八重が重ねて詫びた。

「うんでも、マジごめん」

「承子さんのことなら、気にしなくていい。先日のあれは、巻きこむのを嫌ったんじゃなくて、彼女にケアとは笑わせる、と思ったから止めただけだ」

「イツ」

四寿雄の声が警告の色を帯びた。

「俺は、嘘は言ってない」

「イツ！」

けれど五武は、兄を無視して続けた。

「俺は、彼女を評価出来ない」

3

九重たち三人はそのまま、承子さんのマンションに滞在することになった。

期限は二週間。それくらいあれば、美晴もリフレッシュ出来るだろうという判断だ。

予期せぬ妊娠、元家族からの拒絶。初めての出産と育児に夫のきょうだいとの同居。覚悟はしていてもそれ以上に困難で、美晴は限界までストレスを溜めていたらしい。

「少しでも親子水入らずで暮らしたら、何か変わるかもしれないし、変わらないかもしれないけどね」

承子さんはそんなことを言って、あっさり自宅を明け渡した。代わりに藤川家に滞在するのではなく、ホテルを取るという。

「うちに来てくれていいのに」と七重は誘ったが、承子さんはきかなかった。「生活時間が違いすぎて、お互いにしんどいわよ。それに、若い頃、憧れていたのよね、ホテル暮らし」

地方から上京して来た当時の夢を叶えるため、老舗ホテルの本館で過ごすそうだ。

そして、一方の七重たちもほっと一息ついていた。

無意識だったが、幼児中心の生活は負担であったようだ。

お互い、あり方を考えなければいけないのかもしれない。七重は漠然とそう思った。

☆

白玉が食べたい。

日曜の昼下がりに、そんな言葉が浮かんだ途端、七重の脳裏から離れなくなった。

白玉粉をこねて茹《ゆ》でて氷水に取る。暑いから、きなこではなく冷やした蜜をかけよう。

段取りを考えながら床下収納を探していると、十遠がキッチンにやって来た。

「お姉ちゃん。いまいい？　今度の金曜日って暇？」

嫌な予感に、自然と白玉粉を探す手が止まった。どう答えれば、予測している事態を回避できるだろう。

ここはひとつ慎重にと言葉を探していると、十遠が続けた。

「この間言ってた遊園地、お父さんと行ってもいい？　金曜がダメなら、大丈夫な日を教えて欲しいんだけど」

「ずっと都合が悪いって言ったら？」と答えたらどうなるだろう。

そう考えていると、十遠に先手を打たれる。

「もし、ずっと都合がつかないようなら、他の人にお願いするね」

「行けるよ」

反射的に応じてしまい、ほぞを噛んだ。どこが「ここはひとつ慎重に」だ。

「あ――でも、ちょっと待って。一緒に行ってもらいたい人の予定を確認してから」

「カレシでしょ？」

七重はふんっ、と変な鼻息を吐いてしまった。

「ど、どうして知ってるの？」

交際相手がいることを、これまで七重は内緒にしてきた。からかわれるのが嫌だったし、どれだけ続くかも不安だったからである。

「だって。お姉ちゃんの雰囲気が乙女になったから」

十一歳のコドモに言われると、恥ずかしくて顔が真っ赤になった。

「どんな人？　何歳？　どこで知り合ったの？」

七重の前にしゃがみ込んだ十遠が、矢継ぎ早に訊いて来る。

「そんなことは、今度会えばわかるから。あった！　白玉粉！」

絶妙のタイミングで探し当てた袋を持って、作業台へと逃げた。

「テンちゃんも食べる？　白玉、みんなも食べるかなぁ」

ボウルにせかせかと粉をあけていると、現れた六郎が大げさなため息をついてみせた。

「あー。ルーミー引退しちゃうかもなぁ」

ルーミーって誰よと思ったが、口には出さなかった。名前から察するに、アイドルグループのメンバーか、声優さんの愛称だろう。

「せっかくオーディションへのエントリー決まってたのに、辞退してんの。ショーック」

聞こえよがしに言って、七重たちの反応を窺う。

「にぃにの推しメンって、そんな名前の人だったっけ？」

七重が取り合わないので、代わりに十遠が訊ねた。その言葉を待っていた六郎が、ニヤニヤする。

「推しメンじゃなくてさ。『いけねこスタ』の話」

さらにわからない略語が飛びだし、七重は辟易《へきえき》した。

「つうか、おまえさ。これだけ言ってもわかんねぇの？」

「ごめん。六郎くんみたいに博識じゃなくて」

焦れた六郎にそう答えたのは厭味《いやみ》のつもりだったが、六郎は気をよくしたようだ。鼻息を荒くして、持参のタブレットの画面を見せてくる。

誰かのブログのようだ。ヘッダーの首を傾げたかわいらしい少女の写真に、七重はあっと声を上げた。

「流美さん？　でも、るみじゃなくて、名前の読み方は『るびぃ』だよ？」

「いいんだよルーミーで」

六郎がブログのタイトルを指し示す。

『ルーミーのルームにぃ！』

「どういうこと？　でもこれ、流美さんだよね？」

六郎は答えず、タブレットを操作した。

会員制動画サイトの投稿作品が再生される。

『こんにちは。ルーミーのルームにぃ！　のルーミーです。本名はるびぃ』

おどけてポーズを決める特徴的なファッションの少女は、間違いなく流美さんだ。

動画の流美さんはカメラ慣れしていた。始めたばかりの素人ではなさそうである。

「るびぃって名前聞いた時、なんか引っかかってさ」と六郎が得意げに語りはじめた。

「で、本名はるびぃって言ってる動画、見たことあるなって思って探したらこれよ」

「タレントさんなの？」

「じゃなくて、動画サイトの有名人。いちおうシロート」

「ついでに訊くけど、さっきのオーディションとか、なんとかスタっていうのは？」

「この動画サイトの提供元がさ、今度ネットラジオで新番組を起《た》ちあげんのよ。その番組名が『いけいけ！　ねこスタジオ』」

略して「いけねこスタ」なわけだ。

「で、その『いけねこスタ』のパーソナリティを募集してて、ルーミーは最終候補に選ばれてたわけ」

六郎がふたたび画面を操作し、今度は新番組の宣伝ページを出した。

番組の概要や予選の選考結果が報告され、本選考に挑む五人の女性が写真と簡単なプロフィールつきで紹介されている。

流美さんの笑顔もあった。が、名前の下に灰色の文字で「選考を辞退しました」と但し書きがつけられている。

にやにやしながら六郎が言った。

「なんか俺、見つけた気がするんですけど。ルーミーのハハオヤの癇に障ったのって、これじゃね？」

オーディションへの応募。

そうかもしれない。

芸能界が派手でうわついているというのは、普遍的なイメージの一つだ。動画サイトが芸能界に含まれるのかどうかを七重は知らないけれど、ちさ子さんが同義と捉えても不思議はない。

だとすれば、自身の掲げた「毎日を誠実に丁寧に歩むこと」とは相容《あいい》れないと感じた可能性はある。

十遠が七重にささやいた。

「辻褄《つじつま》、あうよね」

「うん。流美さんが言ってた、ちさ子さんが『わたしに、どうしても・いま・絶対に伝えたいと思ったこと』だから諦めるっていうのは、ファッションじゃなくてオーディションだったんだ」

タブレットの画面では「オーディションまであと十日！」という文字が点滅していた。

七重たちは、在宅していた四寿雄と五武を呼んだ。

白玉を振る舞われつつ話を聞いた四寿雄も、七重たちの推測を肯定する。

「流美ちゃんが初め、遺言を他の人宛てだと思ってたのも、だからだったのかもしれないなぁ。ちさ子さんが主催者に手紙を書いて、オーディションを辞退させるつもりなんだ、って考えていたなら、あの勢いもわかるよ」

「ちさ子さんも、手段なんて選んでいられなかったのかもしれない。保護者もいない状態になるのに、未成年の娘の背中を、芸能界に向けて押せる親なんていないよね」

「ある意味、もっとうさん臭いかもののネット系だし？」

混ぜっ返すようなことを言うのは六郎だ。

四寿雄がどこか遠い眼差しになった。

「この歳になって思うけどさ。親は自分の子どもには幸せになってほしいからさ。危ない橋なんて渡ってほしくない。平凡で、そこそこ満たされた生活を送らせたいんだよ」

「自分が安心したいから？」

十遠の醒《さ》めた表情に、四寿雄は困ったように微笑んだ。

「半分はそうなんだろうけど。自分の子がつらい思いしたり泣いたりせずにすむなら、親はいくらでもうるさく言うしレールを敷くんだろうなぁってさ。それってきっと、そんなに悪いことじゃないんだ」

「ああいう育ち方をしたおまえがよく言う」

五武が呆れたように眉を上げた。

「おまえの母親は、おまえを応援してきたじゃないか。腹違いの兄弟を引き取ると言った時も、この馬鹿な商売を始めた時も台詞はこうだ。面白いじゃないの、やってみなさいよ」

「あれを言える親は、おそらくほんの一握りだよ。前途ある、ほかの生き方も出来るだろう流美ちゃんの親御さんじゃ無理だよ」

四寿雄は、昔を思いだすような表情になって続けた。

「それにかーちゃんだって、初めから手放しで許してくれたわけじゃない。兄ちゃんが社会不適合者だから諦めたか、開き直ったんだ。それに応援してくれてても、心の奥底じゃまっとうな、躓《つまず》かずにすみそうな道に行ってくれるおまえみたいな子だったらって思ったはずだし、いまもどこかで思ってるよ」

「ならば、俺みたいな子の気持ちはどうなる?」

五武みたいな子、と七重は考えた。問題も起こさず、神童と呼ばれ、難関中から難関大にやすやすと進学し、どんな資格試験もあっさりとクリアする。

五武は、四寿雄を詰った。

「おまえ、死者との間を取り持つようなことを言ってたくせに、あの子になにも言ってやらなかったのか？　親が命と引き替えに置いていった言葉だと思えば、折れて諦める子どももいるとどうしてわからない？」

ああ、と七重は腑《ふ》に落ちた。カチュームを外した流美さんは、そんなふうにも見えた。

「彼女が来た時に、その場にいてやればよかったよ。毎日を誠実に丁寧に歩きながらだって夢を叶えられる、って言ってやれたのに」

そう言い捨てると、五武はばつの悪い顔をした四寿雄を残して立ち去った。

「なぁ。イツ兄って、承子さんに言われてなんか諦めてんの？」

ずけずけと訊いた六郎が、勝手に答えを出す。

「てか、ないよな？　だってあの人、エリート官僚コース確定だったのに、それ蹴って、就職、あんなしょぼい事務所にしたじゃん」

「見守ったからだよ」と四寿雄が応じた。「イツの決断を尊重したんだ」

それにしては、五武はずいぶん感情的だったように思う。

「流美さんのことに話を戻すけど、これでいいの？　このまま、なにも言わなくて」

七重はそう訊いた。オーディションまであと十日ある。流美さんが芸能界を目指していたのならば、今回のオーディションはその足がかりだったはずだ。

夢まで後一歩のところまで来ていて、けれど母親の遺言で諦めたのだとしたら流美さんは幸せなのだろうか。
しかしその反面、ちさ子さんが必死で托《たく》した「想い」もある。
毎日を誠実に丁寧に歩んで、幸せになってほしい――。
四寿雄は苦渋の表情を見せたが、携帯電話を手にした。
流美さんの番号に発信し、首を振る。
「電源が切られてる」
数度、かけ直してみたが変わらなかった。
流美さんとカンパニーをつなぐのは、電話番号だけである。
重苦しい雰囲気が、七重たちを覆った。

4

それから十日後、新番組「いけねこスタ」のパーソナリティが決定した。
ユーザーの投票で選ばれたのは、北陸のご当地アイドルだった。六郎の分析では、最近、テレビに出演したことが追い風になったということである。

流美さんの名前は、最終候補者に戻らずじまいで終わった。もっとも、オーディションは子どもの遊びではない。気が変わったからと、復活できるものでもないだろうが。

その流美さんの意志がはっきりと伝わったのは、オーディションの翌日だった。

次の投稿をもって、動画サイトからの卒業を発表したのである。

本気で辞めるつもりなのだ。諦めるのだ。そう知ると、やはり自分たちが進路を変えてしまったようで気が咎《とが》めた。


「まじで、まーじーで、ショーック」

歌うように節をつけて繰り返しているのは六郎だ。

七重たちは聞こえないフリをしつつ、流美さんの最終動画が始まるのを待った。流美さんの決定をせめて見届けようという気持ちからだった。

七重は仕組みに疎いのだが、この動画投稿は「生放送」として楽しめるのだという。まるでテレビの放送のようだが、違うのは、視聴者の感想もリアルタイムで画面に流れる点だろう。

動画も感想も視聴者同士で共有できる。怖くも面白くもある――と七重は思う。

予定時刻になり、流美さんの「卒業動画」がスタートした。

残業の五武は間に合わなかったが、それでも六郎の部屋は、きょうだいでぎゅう詰めである。

『こんばんは。ルーミーのルームにぃ！　のルーミーです。本名はるびぃ』

お決まりのおどけたポーズを挟んで、流美さんが話し始めた。

『突然なのですが、わたくしルーミーは、この動画をもってサイトを卒業することを決めました。これまで応援してくださったみなさん、本当にありがとうございました』

流美さんが深々と頭を下げると、トレードマークのロングヘアが揺れる。

同時に画面には、読み切れないほどのコメントが流れた。ほとんどが終了を惜しむ声だが、中にはオーディション辞退に対する罵倒や、ひどい中傷もあった。

「メンタル強くないと、これはやれないなぁ」

四寿雄が半ば感心した声を上げた。

「っていうか、いまどき人目に触れる職業は全部そうでしょ？　みんな気軽に叩くし、失言した日には大炎上」

かつて屈辱を味わった経験を持つ九重が言う。

今夜は九重だけが藤川家に戻ってきていた。美晴がいないのはまだヘソを曲げているからではなく、動画の開始時間が遅かったためである。

流美さんの動画はテンポ良く進んでいた。言葉選びも表情の作り方、見せ方もうまい。

「プロになれそうなのになぁ」

四寿雄は惜しむが、卒業は流美さんが決めたのだ。

「ん？」

そのコメントに気づいたのは九重だった。経験ゆえなのか、九重はむしろ視聴者の反応に興味があったようだ。


毎日を誠実に丁寧に歩きながら、夢を叶えればいいじゃないか

「なんだこれ？　かなり場違いなんだけど」

ほかのコメントは、感想を思いついた瞬間を切り取ったような言葉ばかりだ。

一度気になると、そのコメントは頻繁に目についた。つまり、同じコメントを繰り返し書き込んでいる者がいるわけだ。

「ちさ子さんの遺言と似てるなぁ」

四寿雄がつぶやいた。

というより、その文言を用いたアレンジバージョンだ。

「まさか、イツ兄？」

というか、先日の五武の言葉そのままだ。

「兄ちゃんのせいなんだ。出来の悪い兄でかーちゃん手一杯だったからさ、イツはいい子でいるしかなかったんだよ。イッの時間を取り戻してやれれば、どんなにいいか」

画面を見据えて苦い声を絞りだした四寿雄に、八重が言った。

「必要なくね？　イッ兄、シズオと距離取らないじゃん。むしろダメ兄のために近場で就職したんだから、とっくに気持ちの整理ついてんじゃね？」

目を瞠った四寿雄が振り向いた。

「俺もそう思う」と九重。「恨みに思ってるならさ、成人して真っ先に離れるっしょ。俺ならそうする」

そう言いながら、八重をちらりと見る。

幼い頃、三つ子のなかで一番手がかかったのは八重だ。九重はなにかと我慢させられる立場で、よく不満を漏らしていた。

六郎が、四寿雄の背を叩いた。

「気にすんなってシズオ。イッ兄、おまえのこと無条件リスペクトじゃん」

「「そこ、理解できないよね」」

声を揃えるきょうだいにむっとした四寿雄が、ふと目を逸らして言った。

「ありがとう」

流美さんの最終動画は終了した。コメントには最後まで、感謝と応援、罵声と奇声が入り乱れていた。

「あのコメントってどうなるの？」

十遠がＰＣを消した六郎に訊いたが、六郎には意味がわからないようだった。

「どうって、なに？」

「だから、ずっと残ってるのかなとか」

「ああ、そういう意味で。上書きされてくけど」

今後、流美さんの動画はほかの動画のように、会員が繰り返し再生できるものになるという。そして、視聴しただれかが書き込んだ分だけ、コメントは変化するのだ。

「ふうん、変わってくのか」

十遠は、初回の視聴者のコメントがずっと残るのだと思っていたらしい。

「変化って怖いけど、無変化も怖いよね」

十遠の感想は、やはり大人びている。


五武は、午前零時を回る頃に帰って来た。

コンビニ弁当をぶら下げているのは、夕食を摂る暇もなかったということだ。

「なんだ。起きてたのか」

待合室のソファで、彼氏とＬＩＮＥのやり取りをしていた七重は起きあがった。

移動しようと思いつつダラダラしていたため、Tシャツがすっかり汗だくだ。

「こんなところにずっといたら、熱中症で倒れるぞ」

閉めきった待合室は蒸し暑い。簡易壁で仕切られただけの四寿雄の部屋ではエアコンがうなっているが、待合室全体を冷やすほどのパワーはない。

「ちょっと夢中になっちゃって」

「彼氏か」

あっさり言われて、七重はソファから滑り落ちそうになった。

十遠だけでなく五武まで、なぜ知っているのだ。

「ご飯食べるの？　だったら、冷たいお茶でも入れようか？」

「そうだな。手間じゃなかったら頼む」

七重は五武が手を洗っている間に、ダイニングルームのエアコンをつけた。年代もののエアコンが、ゆっくりと眠りから覚める。

冷たいウーロン茶をグラスに注ぎ、コンビニの袋から弁当を出したところに五武が戻ってきた。五武は、家では割り箸を使わない。なので、キッチンから持って来た塗り箸を渡す。

「今日、残業中に流美さんの動画にコメント入れた？」

食べ始めたところで訊くと、五武はこともなげに「入れたよ」と応じた。

まあ、そうだ。七重たちが観ているると知っててやったのだから、慌てないか。つけ加えると、五武の職場のボスは三理の知人で色々と融通をきかせてくれる人なので、その辺の問題はクリアしている。

七重は五武の正面の椅子を引いた。

「どうしてあんなことしたのか、って訊いていい？」

「彼女がこのまま、親の言葉に縛られていいのか疑問だったからだ」

「だめなの？」

「わからん。でも俺は、同じような時に背中を押してほしかった」

踏み込みすぎかと危ぶみながら、七重は言葉を継いだ。

「イツ兄が背中を押してもらいたかったのって、いつごろ？」

「小六。中受の時だ」

中学受験。

「俺が本当に行きたかったのは、野球の強い学校だったんだ。部活で野球をやって、出来れば、高校で甲子園を目指したかった」

「言えなかったの？」

「最難関校の合格判定で太鼓判を押されていたのにか？」

五武の出身校ではほぼ全員が大学に進学し、半数以上が赤門で有名な国立大の学生になる。かたや野球の強豪校は、そこまでの学力ではない。

「べつに俺は、少年野球をやっていたわけじゃないしな。中学の部活から始めて、強豪校でレギュラーに入れるほどの運動神経も持ってない。ただの夢で、叶わないだろうとわかってた。それでも、いまでも時々考えるんだ」

「もし、その学校で野球部に入れていたら――って？」

肯定した五武が、苦笑した。

「たちの悪いことに、想像上の俺は甲子園で活躍するんだよ」

その告白に、七重は切なくなった。

「じゃあ、流美さんの立場はわかりすぎるほどわかるんだね」

「ああ。しかも、俺が自分の気持ちを飲みこんだのも親の期待があったからだ。『あなたのことは安心してられるから』。あれほど、きつい言葉もないよ」

「承子さんはべつに、縛る気持ちじゃなかったんじゃ――」

「それでも、あの言葉が俺の進路を決めたんだ」

ちさ子さんの言葉が、流美さんの道標となったように。

「イッ兄。承子さんを恨んでる？」

訊ねると、やや間をおいて五武が応えた。

「いや」

「でも、――普段も承子さんを避けてるよね？」

二人の間には溝がある。ずっと感じていたことを口にした。

「いくつになっても、彼女が気にかけるのは四寿雄ばかりだからな」

「それはたぶん、シズオちゃんがいまでもダメダメ人間だからだと思う」

「たしかにな」と五武はかすかに笑ってから厳しく続けた。「それでも母親なら、気づいてケアすべきだった。なんの問題も起こさない、手のかからない次男の気持ちも」

「だからイツ兄は、承子さんに美晴ちゃんのケアは無理だって意見なんだね」

うなずいた五武は、静かに言葉を継いだ。

「俺は、四寿雄がいてくれて、あいつが兄貴でよかったと思ってる」

「イツ兄の寂しさを埋めてくれたのは、シズオちゃんなんだね」

「ああ。俺はいまでも、四寿雄に感謝してるよ」

「じゃあ、シズオちゃんのことは憎まなかったの？」

「むしろ羨ましかったよ。ああなれれば、毎日楽しいだろうな、と」

四寿雄はお調子者で、クラスの人気者だった。けれど内面では生きにくさを感じ、長く苦しんで来たのである。

むろん、五武も承知のはずだ。側《そば》で兄を見続けてきたのだから。

「七重も、弟たちに嫉妬したことないだろう」

見透かされたのが新鮮だった。

「よくわかったね。お母さんの愛情争いは、主に八重と九重だったよ」

七重はそんな二人を引き離したりなだめたりする役で、それに満足していた。

五武が七重をもの言いたげに見つめた。

ウーロン茶を飲み干して弁当の空き容器をまとめた五武に、七重はもう一つだけ訊いてみた。

「イツ兄は、いまからでも承子さんに気持ちをぶつけようとは思わないの？」

「もうそういう歳じゃない。なにもかもママが悪いんだ！ってやっていいのは、せいぜいが十代までだろう」

「たしかに」

「まあ、うちには二十三にもなってまだごねてるヤツもいるが」

噂《うわさ》された六郎は、いまごろ盛大なくしゃみをしているに違いない。

「少なくとも、俺は自分の選んだ道を後悔していない」

「ほんとうはキャリアになりたかったんじゃなくて？」

「官僚になる気は初めからなかったよ。転勤の連続は嫌なんだ」

「そうなの？　そういう理由なんだ」

「とにかく食いっぱぐれない資格だけは取ろうと考えていて、それが取れた時点でもういい、と思ったんだ」

「だれかのために生きることを？」

「そこまで大げさじゃないが」

「承子さん、就職になにも言わなかったのは見守ったからなんだって」

五武が愕然《がくぜん》とし、それから横を向いて苦く笑った。

やられた。そういうようでもあり、遅すぎるというようでもあった。

「流美さん、どうするのかな」と七重は訊いた。「背中を押されたと思ったら、なにか変わるかな」

「それは本人次第だ。背中を押されても踏み出せない者もいるし、間違った方向に飛び出す者もいる。ずっと回り道をして、長くかかって辿り着く者も」

「いつか振り返った時に、後悔のない道へ進めてればいいのかな？」

七重の言葉に、五武がうなずいた。

「ああ。そう思うよ」

☆

「お姉ちゃん、早く早く！」

玄関でスニーカーを履いた十遠が足踏みしている。

「待ってよ、まだネックレスつけてない」

「そんなの！　バスの中でつけてよ遅れちゃうよ！」

「もう！」

急かされた七重は、アクセサリーをバッグに放りこんで玄関に走った。

サイドに編み込みを施した凝ったポニーテールの十遠が、七重を手招く。

「急いで、お姉ちゃん。あと五分でバスが来ちゃうよ」

「五分あれば充分でしょ。バス停、うちから見えるんだから」

「なに言ってんの？　バス停、道の反対側だよ。信号変わるの待ってるうちに五分経《た》っちゃったら――」

「はいはい、わかりました。靴を履きます」

引違戸をガラリと開けると、熱風が襲った。今日も暑くなりそうだ。

「うわー、日に焼けるだろうな。昼過ぎからゲリラ豪雨とかないかな」

空を見上げてぼやくと、十遠ににらまれた。

本日は約束の金曜日だ。

行き先は遊園地。不本意なダブルデートである。

第3話　空白の遺言

1

真っ白いお皿から立ちのぼるふんわりと甘い香りに、七重は思わず顔をほころばせた。

優しいお日様色のパンケーキの上に、生クリームが小山のようにそびえている。

「うわぁ、すっごく美味《おい》しそう。カロリーを考えると震えるけど」

パンケーキ五枚の上に、山盛りの生クリームと苺《いちご》やナッツのトッピング。はたしてどのくらいのエネルギー量なのだろう。

「こういう日は、カロリーのことなんか気にしないの」と美晴がフォークを手にした。

「せっかく食べに来たんだから、ダイエットは明日に回して楽しまなくちゃ」

「そうだよね」

肚《はら》を決めた七重もナイフを握った。まずは端を少し切り分けて、そこに生クリームをたっぷりのせて――。

「ん――！」

七重の笑顔を見ながら、美晴もフォークを口に運ぶ。

「嬉しい～。ずっと食べに来たかったんだ」

山下町にある有名なパンケーキ店で、客はみな幸せそうな顔をしていた。オープン当初から熱望していた美晴も、例外ではない。

承子さんのマンションでの『リフレッシュ休暇』を終えた美晴は、憑《つ》き物《もの》が落ちたようなすっきりした顔つきで戻ってきた。最近の八つ当たりじみた態度についても、きちんと謝ってくれた。

わだかまりは消え、目下、関係を修復しているところだ。麗を預けて二人きりでやって来たのにも、そういう意味がある。

「相談してもいいかな、七重ちゃん」

パンケーキと苺を頬ばりながら美晴が言った。目を丸くした七重がうなずくのを待って、続ける。

「クーのこと。最近急に、やっぱり大学を辞めて働こうかなって言い出したの。どうすれば止《や》めさせられると思う？」

いきなりすごい相談来た、と思った。そんなこと、夫婦で話し合ってほしい。

「最近急にって、なんか心境の変化があったってこと？　だって、クーは将来を見据えるってことで大学に進んだわけじゃない」

昨年、高校三年生のうちに、その件には決着がついていたはずだ。

「この間、承子さんのところにしばらくいさせてもらったでしょう？　その時に、クーって初めてうーちゃんの世話を朝から晩まで手伝ったのね」

「うん」

当然、これまでは七重や十遠が担っていたものを九重が負ったわけである。

「そうしたら子どもの世話がどんなに大変かわかってくれたみたいで、それはよかったんだけど、今度は俺ばっかり講義やバイトで家にいないのは申し訳ないから、やっぱり就職しようかって」

我が弟ながら呆れかえって、七重は「はあ？」と声を大きくした。

「なんでいきなり就職なの？　手伝えなくて悪いなと思うなら、アルバイト辞めればいいのに」

「わたしもそう思って言ったんだけど、父親なのに一銭の稼ぎもないのはプライドが許さないみたいで。だけど、頑張る方向が違うでしょ？　こんなご時世に大学中退とか、寝言だとしか思えない」

手厳しいがごもっともだ。

「もっとちゃんと、父親の自覚持ってくれないかな」と美晴がぼやいた。「目先のかっこよさで、子どもが育てられるわけないのに」

「それ、クーに言ってみればいいのに。家族を思ってくれる気持ちは嬉しいけど、先を考えていまは学業を優先してほしいな、みたいな感じで」

「七重ちゃん、わたし、言えずに愚痴ってるんじゃないんだよ」

美晴は不満そうに口を尖らせた。

「言ったけど、ちゃんと聞いてもらえなくてケンカになっちゃうから相談してるの」

さいですか、と応えたら、関係がふたたびこじれそうである。

「じゃあ、あたしから少し言ってみる。で、駄目そうならイツ兄にでも根回しするね」

美晴が望んでいるであろう回答を示した七重は、窓の外に目を向ける。

山下公園前の通りを、車がひっきりなしに走ってゆく。

美晴は変わった。守るものが出来たからこそだろうが、自分の希望が優先されて当然、という態度が時折見られて鼻につくのだ。

「七重ちゃんは、彼氏とどう？」

急に話を振られて、七重は赤面した。美晴が察する。

「あ、ごめんね。触れないほうがよかったかな？」

「ううん。いいんだけど、ここのとこ上手くいってないから」

「ケンカ？」

「なのかな」と七重はあやふやに笑った。「なんかあたしが、一方的に避けられてる感じなんだけど」

「心当たりってある？」

気遣わしげに顔を覗きこまれ、七重はまたもや曖昧な表情を見せた。

「たぶん、遊園地で失敗しちゃったんだと思う。向こうが素っ気なくなったの、その後からだから」

「遊園地って、十遠ちゃんとそのお父さんとで行った？　二週間くらい前だっけ？」

「そう、それ」

応じながら、七重は彼氏の別れ際の言葉を思いだしていた。

『おかしいなぁ。俺、彼女と遊園地来たんだと思ってたんだけど』

冗談交じりのその台詞に、七重は「え」と顔を上げてしまった。

なぜ遊園地に一緒に行ってほしいか、事情は洗いざらい説明してあった。

だから、発言に本気で驚いたのである。

ところが本気でびっくりした七重を見て、彼氏の表情も変わった。こわばって、傷ついたような目をして、黙り込んだまま別れることになった。

で、それきりだ。初めは遅れがちながら返信のあったＬＩＮＥのメッセージも、いまは既読マークすらつかない。

「あたし、保護者役で行くことは説明してたしオーケーもらってたから、了解してくれてると思っていたんだよね」

「ぜんぜん、これっぽっちもデートを楽しむつもりはなかったってこと？」

不思議そうに美晴に訊かれ、七重は弁解しなければならない気持ちに駆られた。

「だって、楽しむために行ったわけじゃないから」

「それはちょっと、彼がかわいそうかな」

「説明してあっても？　妹に貼りついて回るって宣言してても？」

七重は食い下がった。気が進まなければ断ってもいいと言ったし、費用の全額負担も申し出た。それらを断って、行くと言ったのは向こうだったのだけれど。

「つきあってるなら、そういう建前のデートなんだなって思うじゃない？　たとえお目付役がメインでも、ちょっとくらいは楽しめるかな、とも」

美晴に指摘され、今さらながらに齟齬《そご》があったのだと思い知らされる。

「そうなんだ。じゃあ、逆に彼は誘わないほうがよかったんだ」

四寿雄でも六郎でも、家で暇を持てあましている者はいたのだから。

「もう、彼の中では『気遣いゼロの馬鹿女』認定だよね」

「どうかな。謝ってみたら？」

提案されたが、気が重い。さらに冷たい態度を取られたらと思うと、身が竦《すく》む。

「わたしさ、前から疑問だったんだよね」と美晴が言った。「七重ちゃんはどうして、十遠ちゃんをお父さんに会わせまいと躍起になるのかなぁ、って」

「どうしてって。美晴ちゃんだって、あの人の態度を聞いてるでしょ？」

「うん。平日に平気で会いに来たりして、仕事とか大丈夫？　ってイメージ」

「実際もいい加減っていうか、調子が良すぎる人だったよ。この間の遊園地の時も、あたしや彼の分まで強引にチケ代奢《おご》ってきて、昼食代も持つって言い張って。そのくせいざ帰ろうってなったら、電車賃足りないかもとか言い出すの」

大人なら、きちんとペース配分して使うべきだろう。

「アトラクションなんかもね、まず娘がなにに乗りたいかよりも自分が優先で。テンちゃんが合わせてくカンジだったし」

「お金のほうは、結局、どうしたの？」

「テンちゃんが自分のお小遣い出そうとしたから、うちの家計費から貸した。っていうか、あげた」

あの五千円で勇次が追い払えるなら、どんなにいいかと思う。

「なんかもう、構図が見えてるんだよね。あの人が調子こく。テンちゃんが尻ぬぐいする。そのループで、テンちゃんが幸せになれるとは思えない」

「それはわかるけど」

けど。けどってなんだ、と七重は口を結んだ。美晴は自分のペースでパンケーキを咀《そ》嚼《しゃく》すると、紅茶で口直しをしてから言った。

「それでも実父じゃない？　それに十遠ちゃんのお父さんは、十遠ちゃんを必要としてる」

わたしの父とは違って――と聞こえた気がした。

高校を中退して麗を産んだ美晴は、両親に絶縁されている。あたかも美晴など存在していなかったかのような、完全な絶縁だ。

「美晴ちゃん。美晴ちゃんはたとえばクーがクズ化して離婚したとしても、うーちゃんが望んだら会わせてあげられるの？」

自分の境遇とかさねるのはいいが、美晴が言ってるのは、つまりそういうことだ。

「――会わせるよ」

目を怒らせて応じた美晴は、それきり黙り込んでパンケーキを口に運ぶ。

七重は別の話題を探したが、見つからずに諦めた。

「いらっしゃいませ、何名様ですか～？」

スタッフのよく通る声に、七重たちはなんとなく顔を上げた。

入り口には、ベビーカーを押したママたちが到着したところだった。にぎやかにお喋りしながら、銘々、子どもをベビーカーから降ろしている。

食い入るように見ていた美晴が顔を背けた。表情に、いたたまれないものを見つけて、七重は空になったパンケーキのプレートを示す。

「もう行こうか」

小さくうなずいた美晴が、カップの底に残る紅茶を飲み干して立ち上がった。

☆

千葉美福《ちばみふく》さんの訃報がもたらされたのは、その翌日のことである。

千葉美福さんは六十一歳。

都内在住で、同じ年の旦那さんと二十一歳の娘さんがいる。

植物が好きな美福さんは、自然公園や園芸店巡りが趣味だった。

その日も美福さんは散策のために遠出をした。数日前から体調不良を感じていたのだが、植物園のヤマユリの開花情報にいてもたってもいられなくなったのだ。

蒸し暑い日でハイキングには適さなかったが、せっかく来たのだからと、美福さんは植物園から自然公園をはしごした。

スマホのカメラで、気持ちの向くままに写真を撮る。

異変が起きたのは夕方、自宅の最寄り駅でのことだった。改札を出たところで美福さんは倒れ、救急車で運ばれたが帰らぬ人となった。

死因は熱中症。気温、体型、体調などが作用した結果、起こった事故だった。

☆

「遺言を伝えたい相手は同居のご主人――と」

遺言ノートのページを四寿雄が読み上げる。

代行の依頼を受けたカンパニーは、旧待合室を使用して打ち合わせ中だった。各自、思い思いの場所に座っている。

「うわ、またそれ」

九重が顔をしかめた。

言わずもがな、ちさ子さんの件との類似性を指している。

「そういや、あの子はあれきりか？」

五武に流美さんのことを訊かれ、四寿雄がうなずいた。

「特別、アクションはないよ」

「ブログは閉鎖、動画は削除。『ルーミー』のツイアカも消去ずみ」

六郎の補足に、四寿雄が「ツイアカって？」と眉根を寄せる。

「ようは、ＳＮＳのＩＤ」と教えた十遠が話を戻した。「とりあえず、遺言の内容は？」

「ええとなぁ」

ノートに目を走らせた四寿雄が無言になる。

逆に、きょうだいは騒然とした。

「なに？　まさかまた無理難題系？」と八重。

「じゃなけりゃ、暗号系？」と九重。

「どっちかというと、クーが近いよ」

四寿雄がきょうだいに広げたノートを向けた。覗きこんだ七重たちは声に出して読み、目を丸くする。

「『腕時計は　？』」

きょうだいは顔を見合わせた。

「なんだそりゃ」

「これ、空白？　それとも偶然？」

七重は手書きの「腕時計は」と「？」の間を指した。

不自然と言えば不自然なスペースがある。一マス強、といったところだろうか。

「質問の遺言って斬新だよなぁ」

感心したようにつぶやく四寿雄に、七重は肘鉄を入れたくなった。

「斬新だよな、じゃないでしょシズオちゃん。また変な代行頼まれて」

「どんな感じの人？」と十遠が訊いた。

「うーんと、小柄で丸顔のふくよかな人だったよ。明るい感じの」

「娘さんがまだ二十一歳ってことは、遅い出産だったのね」

美晴が母娘の年齢差に気づく。

「ご主人とは再婚なんだそうだよ。前の旦那さんとの間には、子どもが出来なかったとかで」

「それが離婚理由ってこと？」

七重が訊くと、四寿雄は曖昧なしぐさで否定する。

「そこまでは言ってなかったけど」

「つか、ババアってよく喋るよな。フツー、初対面の男にそこまで言わなくね？」

六郎は露骨なうんざり顔だ。

「兄ちゃんは秘密の遺言代行屋だからなぁ。打ち明け話もしやすいんじゃないのか」

「だけど、秘密の遺言って実際は少ないよね」

七重の覚えている限り、カンパニーの謳《うた》う「ひそやかな代行」に合致する依頼はほんの数件だ。

「死んでも悔いが残るほどの『想い』っていうのは、そうはないからだと思うよ」

意外なことに、そう言ったのは四寿雄だった。

「たぶん世の中の大多数の人は、そこそこに幸せでそこそこに不幸せだからさ。飲みこんだまま消化できない塊を抱えているのは、ごく一握りなんだろう」

悪いことじゃないさ、と四寿雄は笑って立ち上がる。

「とにかく、美福さんのご主人に連絡を取ってみるよ」

親子電話の子機を持って来た四寿雄に五武がふと訊いた。

「ちなみに、うちに連絡してきたのは誰だったたんだ？」

「葬儀会社のスタッフさん」

七重は絶句した。遺言より、こちらのほうがよほど斬新だろう。

「美福さんのお葬式を取り仕切った会社の？」

「スタッフに知人がいて、その縁で葬儀もそこに頼む約束だったらしいんだ。で、もしもの時の連絡役も頼まれたそうだ。四十九日が済んだら、うちに電話してくれ、って」

「びっくりするけど、ある意味、身内よりも取り紛れたりしなくて確実かも」

十遠の意見も一理ある。

「まあ、とにかく始めようか」

話をまとめた四寿雄が、遺言ノートに向かって手を合わせた。

「千葉美福さん。あなたのご遺言、承ります」

遺言ノートに記された連絡先に、四寿雄が電話をかけた。

十一桁の番号は、ご主人の携帯電話のものだろう。

「夜分に、突然すみません。わたくし、フジカワ・ファミリー・カンパニーの藤川四寿雄と申しますが――」

四寿雄が声を潜めて喋り始めるのを、七重たちは聞くともなしに聞いた。

やりとりから、ご主人の戸惑いが伝わってくる。

四寿雄は相手に、自分が遺言代行業者であること、亡くなった美福さんのメッセージを預かっていることを理解させた。

遺言という言葉を避けたのは、相続がらみと誤解されるのを防ぐためだ。

「それで、ご主人様にメッセージをお伝えしたいのですが、ご都合のよい日はありますでしょうか。はい？　いまこの電話で、このままですか？　それはかまいませんが」

あらためて日を設けるのではなく、いま伝えろと言われたようだ。四寿雄はノートを目の高さに掲げた。

「読み上げます。承ったメッセージは『腕時計は　？』です」

その言葉が終わるか終わらないかのタイミングで、四寿雄が顔をしかめて子機を耳から遠ざける。

「電話切られた？」

七重が問うと、四寿雄は片目を瞑《つむ》ったままうなずいて、子機にあてていた左耳をさすった。

「切ったって言うか、壊したんじゃないかなぁ。あの音は、スマホを投げたんだと思うから」

七重たちは思わず顔を見合わせ、確信した。

「地雷か」

激高を誘うほど破壊力のあるメッセージだったのだ。

「同居の家族に、わざわざお金払って無難なメッセージ残すなんて無意味だもんね」

承知はしていても、後味の悪さからため息まじりになってしまう。

「昔、なんかあったんだろうね、腕時計がらみで」

九重の言葉に、みながうなずく。状況からして、ほかには考えられない。

2

七重が彼氏に宛てたメッセージに、「既読」の文字がつかなくなって十日が過ぎた。

最近、七重はスマホを弄ぶのが癖になっていた。日に幾度でも、アプリを開いて確認する。変わらない画面に落胆する。

美晴のアドバイスを受け入れ、謝りたいとメッセージを入れた。けれど、それすら既読にならない。

もっと悪いことに、彼が主催した飲み会に誘われなかったことを、共通の友人から聞かされた。彼氏が七重を「体調不良で欠席」ということにして集まりから外したため、心配した友人が連絡をくれて発覚したのである。

「これはもう、無理かな」

最寄り駅で電車を降りた七重は、ホームでつぶやく。

気分転換に買い物に出たはずが、ちっとも楽しめずに手ぶらだった。夕日に照らされ動き出す電車に、汗ばんだ髪があおられる。

「藤川さん？」

ホームから歩き出せずにいるところに、七重は声をかけられた。

栗色《くりいろ》の髪をボブカットにした、同じ年頃の女性である。垢抜けていて、大きな黒縁の眼鏡がアイドルの変装みたいだ、と連想して気づいた。

「ルーミーさん」

うっかり芸名の方を口にすると、流美さんはおどけてキメのポーズをしてくれた。

「よかった。いっぺんしかお会いしていないし、ずいぶん見た目が変わったから不審者扱いされるの覚悟してたんです」

「ほんと、すっごい変わりましたよね」

ロングの黒髪にゴスロリ風のワンピースだった流美さんと、明るく染めたショートへアに、Ｔシャツとショートパンツの流美さんは別人のようだ。

「髪の色は、来週学校が始まるまでに戻しちゃうんですけどね」

流美さんは自分の髪を指さしてみせる。

「それで今日は、もしかしてうちになにか？」

ちさ子さんの件でクレームだろうかと、七重はおそるおそる訊ねた。

「はい。お礼を言いに行った帰りなんです」

「お礼ですか？」

きょとんとしてしまった。

「わたしの、っていうかルーミーの最後の動画に、コメントくださったでしょう？

『毎日を誠実に丁寧に歩きながら、夢を叶えればいいじゃないか』って」

「それ、うちの二番目の兄です」

七重が応じると、流美さんは笑顔でうなずいた。

「そのお礼です。あの言葉がすっごく心にしみて、考え直してみようと思えたから」

「アイドル活動、続けるんですか？」

「続けるっていうか、初めからやり直すって感じかな」と言った流美さんは、七重をベンチに誘った。

並んで腰を下ろし、続きを話し始める。

「わたし、もともと動画の投稿は息苦しさから始めたんです。母はとても素晴らしいし尊敬出来るけれど、安定とか人並みとかそういうことばかりにこだわる人で。そのほうが生きやすいし、子どもに苦労させたい親なんていないのもわかります。だから反発できなくて、でもはけ口が欲しくてなにかやってみたくて」

こつこつと洋服を集め、メイクを研究した流美さんは『ルーミー』になった。

「はじめは反響なんてほとんどなかったんですけれど、だんだんコメントがもらえるようになって、面白いって言ってくれる人が増えて本当に嬉しかった。母にばれたのはその頃で、わたし、初めて母とケンカしました」

「それまで、ケンカしたことなかったんですか？」

「全然。母が大変なのはわたしを育てるためだと思うと、わがままなんて言えないでしょう？　だけど、動画のことだけは譲りたくなかった。オーディションに受かって、絶対パーソナリティになってやるって啖呵《たんか》を切った直後に、母が亡くなって——」

そこで言葉を切った流美さんは、ちょっと苦笑した。

「で、遺言代行の会社に残されたメッセージがあれでしょう？」

毎日を誠実に丁寧に歩んで、幸せになってください。

「なんか、性格見透かされてるな、って。わたしがどういう子で、どう訴えれば諦めるか知っていて、あのタイミングであのメッセージ。ああ本気なんだ、母は本気でわたしを潰す気なんだって思ったら、魂が抜けたみたいになっちゃって」

「それで、あの時黙り込んだんですか」

「半分はそう。あと半分は、あの遺言で、母の渾身の妨害を強行突破するほど、自分が本気じゃないことに気づいてしまったから」

「ルーミーさんでいるのを辞めたのは、だからですか？」

うなずいた流美さんは、まっすぐに七重を見つめた。

「だって、本気じゃない人がなにかを目指すのって、とても失礼なことだと思うから」

「でも、また始めるんですよね？」

「五武さんのメッセージで霧が晴れたっていうか――、そっか、両立って考えは思い浮かばなかったなって思って。だったら今度は、ルーミーじゃなく、谷崎流美として始めてみよう、って。毎日を誠実に、丁寧に」

これまでの名声に頼らずにやりたいという、流美さんの希望を受け入れてくれる芸能事務所があるそうだ。すでにそちらに籍を置き、高校卒業と同時に、本格的に活動を始めるのだという。

下り電車がプラットホームに入ってきたのを機に、流美さんは立ち上がった。つられて立ち上がった七重に手を振って、乗車口に近づく。

「あの、頑張ってください。応援してます」

月並みな言葉しか出なかったが、せいいっぱいの気持ちをこめた。

「ありがとう。見ててください」

笑顔は力強いものだった。動き出す電車の車内で、流美さんが親指を立てる。

七重の胸の奥が熱くなった。勇気をもらった気がした。

頑張ろう、あたしも。

そう思って、スマホをぎゅっと握りしめると駅の改札へと階段を降りた。

☆

「先日は失礼しました」

狭くて汚い四寿雄の事務所で、千葉洋司《ひろし》さんが頭を下げた。

洋司さんは、カンパニーに遺言代行を依頼した美福さんの夫である。

事情を説明したい、とあらかじめ連絡をもらっていたが、来訪に七重たちは困惑していた。

遺言を伝えた時点で、こちらの仕事は完了しているのだ。いまさら電話を叩き切った理由を話してもらっても――というのが本音である。

「わざわざお気遣いいただかずとも――」

四寿雄が言いかけるのを、洋司さんは仕草で制止した。

「いや、あれは大人げなかった。過ぎたことを蒸し返されたような気がして、ついカッとなってしまったんです」

ああ、やっぱり。お茶出し係の七重はそう思ったが、四寿雄はおくびにも出さずに訊ね返した。

「とおっしゃられますと？」

「腕時計のことで、家内と揉めたんですよ。もう、二十年以上前になりますが」

「そうでしたか」

相槌《あいづち》を打った四寿雄に、洋司さんは肩すかしを喰《く》らったような表情になった。理由を訊いてほしそうだ。

なかなか四寿雄が切り出さないため、洋司さんは仕方なさそうに話し始めた。

「――家内が、腕時計を失くしたんですよ。それを認めようとせず、母が盗《と》ったなどと言いがかりをつけるものですから、騒動になりまして」

「お母さま、と仰《おつしや》られると美福さんの――？」

「わたしの母です」と洋司さんが訂正した。「当時、同居しておりまして」

「つまり、美福さんからするとお姑さんが、美福さんの腕時計を盗んだ、と？」

「家族になかなか打ち解けられずに、僻《ひが》んでたんですよ」

「お母さまがですか？」

「まさか、家内のほうがですよ。あいつは本当に神経質で、母の言葉を何でもかんでも悪い方に解釈して」

洋司さんが当時を思いだしたかのように顔をしかめる。

「母はずいぶん家内に寄り添おうとしてくれたんですがね、家内のほうは腕時計を返せの一点張りで。結局、母の家のローンを払いつづけながらの別居になりました」

両眉を上げた四寿雄に、洋司さんは続けた。

「言ったんですよ、わたしは。時計ならまた買ってやるって。わたしのプレゼントだったんですが、外国製のしがない安物でしたし」

値段ではないのじゃないかと七重は思った。夫のプレゼントだから、大切なのだ。

「それでも、結局は要望を聞いて距離を置いてやったんですから水に流せばいいものを、あいつは夫婦の間でことあるごとに、『腕時計は？』『腕時計は？』と」

「そういうご事情でしたか。それは、ご気分を害されたのもわかります」

四寿雄の同意を得て、洋司さんの口はなめらかになった。

「感謝のないやつだったんですよ。親と別居してやった。娘が生まれても疎遠を通した。あいつの望みは叶えてきたわけですよ。それを、遺言でまで振りかざすなんて」

四寿雄が少し考えるような間を空けた後で訊ねた。

「結局、腕時計は出てこなかったんですか」

「家内が不注意で失くしたものが、出てくるわけがありませんよ」

うんざりしたような口調で言った洋司さんは、ふと、口ごもってから続けた。

「これまでの二十数年、そう思っていたんですがね」

「そうではなかった可能性が出てきましたか？」

「いや、まさか。ただ、娘が言うんですよ。家内がここまで腕時計に執着する理由を考えてみろ、と」

どんな理由だろう、と七重は自分なりに想像を巡らせる。

「家内は、疑っているんだと思うんですよ。死んでなお」

困ったやつだと言いたげに、洋司さんは眉根を寄せた。

「お母さまは、なんと？」

「馬鹿馬鹿しくて、こんな話できやしませんよ。もっとも、母も十年ほど前に亡くなりましたが」

「そうでしたか。ご愁傷様です」

頭を下げた四寿雄に応じて、洋司さんが会釈する。

「さすがにもう、気持ちは癒えました。ですがまあ、母が亡くなっているからこそ、こんなことをお願いに来られたわけなんですよ」

「お願い、ですか？」

怪訝そうに訊ねた四寿雄の横で、要注意ワードだぞと七重は身構えた。

「ホームページを見ましたけれど、こちらは遺言代行のほかにも遺品整理なども手がけられているんですよね？」

「ええ、はい」

それはおもに、四寿雄の便利屋業としてだが。

「だったら、母の遺品を整理していただけませんかね。わたしにはつらすぎて、ずっとそのままにしておいたのですが」

「もしかしたら腕時計が出てくるかも――と思ってらっしゃいますか」

「出ないと思いますよ」と洋司さんは即答した。「ただ、確かめてみないことには、家内の気も、娘の気も済まんのでしょうから」

「こちらとしては問題ありませんが、遺品整理は別料金がかかってしまいますが」

「もちろん、かまいません」

四寿雄が洋司さんに希望日時などを訊き始めたので、七重は事務所を出た。

二十数年前に紛失した腕時計探し。なんだか妙なことになってきた。

「んで、バアさんの遺品から腕時計が出てきたら、あのジジイ、どのツラ下げんだ？」

降ってきた声に顔を上げると、階段の途中から六郎がニヤニヤ見下ろしていた。

「六郎くん。また盗聴？」

七重は非難した。六郎は自室にいても用が足りるよう、事務所や応接間に盗聴器を仕掛けているのである。

「つか、ばっちり出てくるんじゃね？　あの話しっぷりだと、ジジイは奥さんの話、ろくに聞いちゃないだろ？」

「うん、まあ、そんな印象だったけど」

夫の態度は虚《むな》しかったろうな、と七重は美福さんに同情を覚える。

「つーことで俺、シズオの手伝いバイト、しーよう」

六郎が歌うように宣言した。洋司さんの反応を見たいからだろう。

「悪趣味だなぁ」

批判はしたものの、七重もそのつもりになっていた。ただし動機は、気分転換である。

その七重の思考を、六郎が嗅ぎつけた。

「おまえさ、その『自分だけはイイコです』みたいな表情《かお》、なに？」

「だって、イイコだもん」

七重は澄ましてそう返す。もちろん、自覚も大ありだ。

☆

翌週。九月になってすぐに、七重たちは千葉洋司さんの実家を訪れた。

洋司さんの亡母、メイさんの遺品から腕時計を探すためである。

千葉家は築四十年の一戸建てだった。当時の新興住宅地の一画にあり、同じような外見の住宅が並んでいる。

千葉家にスタッフとして赴いたのは四寿雄、六郎、七重の三人だ。七重は講師の都合で翌週からの講義だが、八重、九重、十遠の授業は始まっている。

千葉家で七重たちを待っていたのは、洋司さんとその弟嫁の里美《さとみ》さんだった。里美さんは五十代半ばとおぼしき、目も口もすっと細い、和風の顔立ちの人だ。

「今日の——立ち会いです」

洋司さんが、言葉を濁しつつ里美さんを紹介する。会釈をした里美さんの洋司さんに対する態度は、初見でもわかる冷ややかさだ。

「義母《はは》の寝室は二階の奥です。こまごまとしたものは、そこにあるはずですから」

「ご案内します」

里美さんが、七重たちを連れて階段を上る。

「洋司さんは、いらっしゃらないんですか？」

七重はリビングを振り返った。洋司さんはソファに腰を下ろしたが、落ち着かなげだ。

フッと里美さんが笑った。鼻を鳴らしたというほうが近いだろうか。

「よそさまの前でメソメソするのは、さすがに恥ずかしいんじゃないの？」

「大変なお母さま思いだったんでしょうね」

四寿雄の言葉に、里美さんは大げさな調子で答える。

「えーえ、そりゃあもう」

メイさんの寝室は、南側にある八畳の洋室だった。

里美さんは、ローチェストの上に置いてあったリモコンを手にした。

小さな電子音がして、エアコンが動き始める。

「ずっと空き家だったのに、電気、来てるんだ」

「ええ。電気もガスも水道もね。そのまんま」

七重のひとりごとに答えた里美さんが、誰にともなく言う。

「義兄《にい》さんたちが出て行ってから、お義母《かあ》さん、この部屋に移ったんですよ」

「それまではどこに？」と七重が興味本位で訊くと、里美さんは黙って下を指さした。

玄関は一つ、水回りは共用。真下に義母の居室。

美福さんはさぞかし落ち着かなかっただろう。

メイさんの寝室には、昔ながらの座卓と鏡台が置かれていた。寝具は、起居しやすいようにベッドだ。

生前そのままに、掛け布団とそば殻の枕が残されている。

「貴重品はこちらです」

里美さんは部屋の奥の引き戸を開けた。

二畳ほどのウォークインクローゼットだ。ローチェストと桐箪笥《きりだんす》が収まっている。

里美さんは桐箪笥を開くと、中からごっそり着物を取り出してベッドの上に置いた。

小物をしまう抽斗は外して、そのまま持ってくる。

「記録係、お願いしていいかしら」

七重は、里美さんが持参したノートとペンを押しつけられた。まごついていると、指輪ケースを開けた里美さんの声が飛んでくる。

「オパールの指輪、サイズ十一号、プラチナ。エメラルドの指輪、サイズ十一号、プラチナ」

慌てて書き留める七重をよそに、四寿雄が訊いた。

「目録ですか」

「このチャンスに何があるのかを、きちんと知っておかないと」

里美さんはネックレスケースを開きながら言葉を継いだ。

「ずるいんですよ、義兄さんて人は。お義母さんが亡くなった時、すべてを金銭に換えて平等に分けようという主人の意見を退けて、無理矢理この家を残したんですから」

「ご主人は、ご実家を売るおつもりだったんですか？」

「お義母さんの遺産は、この家と土地、わずかな預金だけでしたからね。平等にするには、それが一番後腐れないでしょう？　どうせ、誰も住まない家でしたし」

洋司さんも弟も、それぞれ別の場所に居を構えている。

「うちは遠方ですし、義兄さんのとこは義姉《ねえ》さんが実家に引っ越すなら離婚、と息まいてましたからね。税金だけかかる空き家なんてさっさと処分すればいいものを、義兄さんは思い出がとかなんとか主人に泣き落としをかけて、自分が責任持って残すから、と結局まんまと手に入れたんですよ」

「ですが、相続が済んでいるのなら、――ご主人は納得されたんですよね？」

四寿雄が問うと、里美さんはじろりとにらんで鼻を鳴らした。

情にほだされて引き下がった夫に、里美さんが納得していないのだ。

「差額を、あっちに払ってもらえばよかったんじゃやね？」

六郎が言った。不動産や絵画など分割しにくい遺産は、誰か一人が相続し、ほかの相続人には相応分の金銭を支払うことで折り合いをつけたりする。

里美さんは、ふたたび鼻を鳴らした。そういう措置がなかったからこその不満だろう。

「つまり、オバサンが今回立ち会った理由は、目録を作るため?」

あけすけな六郎に、里美さんは意外にも笑って肯定した。

「義兄さんが相続したのは、土地と建物だけですから」

後日、千葉家の親族は揉めそうである。

「それで――、問題の腕時計はありそうですか?」

しばらく目録作りを見守っていた四寿雄が訊いた。里美さんがかき回している抽斗には、それらしきものはない。

「いくら探したところで、出てきやしませんよ」

「マジで? 俺、ババアの遺品から腕時計登場でジイさん絶叫、を期待してたんだけど」

悔しがる六郎を、里美さんは面白がった。

「あら残念」

「もしかして、なにか事情をご存じですか?」

七重が訊ねると、里美さんは肩をすくめる。

「ただそう思っただけ。だって、わたしならとっくに処分してるもの」

「どういうことでしょうか」と四寿雄。

「お義母さんは義姉さんを心底嫌いだったのよ。実際、お義母さんが腕時計を盗んだかどうかはわからないけれどね。もしそうだとしても、何十年も持っていたりしないでしよう？」

「証拠湮滅《いんめつ》のために、ですか？」

「それもあるけれど、死ぬほど嫌っていた嫁の持ち物など、身近に置いておきたくないですよ、わたしならね」

「人によるんじゃね？　バアさんは、戦利品と嫁の泣きべそを交互に眺めてニヤニヤするタイプとか」

六郎の言葉を、里美さんは一理あると思ったようだ。

「ああ、そうねぇ。でも、『腕時計は？』『腕時計は？』って目を据わらせた義姉さんにあそこまで詰め寄られたら、さすがに我が身がかわいいでしょう？」

「ぶっちゃけ、オバサンはどうだったと思う？」

「腕時計はともかく、お義母さんは義姉さんのものを間違って捨てたり、うっかり壊したりする人だったわね」

口ぶりからすると、メイさんの行動は「間違って」でも「うっかり」でもなかったようである。

「義姉さんも、立ち回りが下手な人だったから」

里美さんはたとう紙を開き、中の着物をひっくり返す。友禅の訪問着、大島紬《おおしまつむぎ》。どれも、メイさんが若い頃に誂《あつら》えたもののようだ。

「お義母さんなんて、顔を合わせた時だけハイハイ言うことを聞いていればご機嫌なんですよ」

そうは言うが、同居では限界があるのではないだろうか。

「あのう、ほかの部屋を見てきてもいいでしょうか」

七重は訊いた。里美さんの関心は貴重品にあるが、七重たちは違うのだ。

「もし、なにかあったら見せに来ますから——」

頼みこむと、里美さんが許可をくれる。

千葉家の二階には、八畳の洋室のほかにもう一部屋あった。六畳の洋室。捨て忘れた通販雑誌の間に、高校の教科書が紛れている。

裏を返してみると「千葉健司《けんじ》」とあった。

「こっちは、弟さんの部屋だったみたいだね」

七重が部屋のあちこちをあらためながら言うと、四寿雄が複雑な顔をしていた。

「どうしたの、シズオちゃん」

「いやぁ。結婚して家を出た人のわりに、私物がずいぶん残ってるなぁって」

そう言われれば、壁のポスターも女性アイドルのものだし、棚の上には戦車のプラモデルが飾られたままだ。

「洋司さんの結婚当時は、もしかしたら弟さんは学生で同居していたのかも」

「主人がここを出たのは、社会人になって三年目ですよ」

だしぬけに里美さんの声がした。こちらの様子を窺いに来ていたらしい。

「義兄さんたちの結婚は、その十年後。だけどお義母さんが、ここは健司が帰ってきた時に必要だからって絶対使わせなくて」

「同居の兄が所帯を持ってもですか？」

七重の驚きに、里美さんはことさら平然と答えた。

「むしろ、だからこそよ。いやがらせですもの」

「ふうむ」と四寿雄が腕組みした。「兄ちゃんの勘だと、こういうところにものは隠されている！」

「いや、おまえの勘なんて空き缶より利用価値ないから。俺、この部屋から腕時計は出ないに百円～」

賭ける、と言いたいらしい。

むっとした四寿雄は六郎と視線を切り結んだ後、七重を振り向いた。

「ナナは、もちろん兄ちゃんを信じるだろう？」

「ええっと」と七重は言葉を選んだ後、一歩横に動いて六郎の隣に立った。

経験上、四寿雄の勘などこれっぽっちもあてにならない。

はたして、腕時計は出てこなかった。健司さんの部屋だった六畳からも、それ以外の部屋からもである。

念のため、メイさんの寝室は天井裏も確かめた。懐中電灯で視認できる範囲には、蛇のようにのたくる埃《ほこり》しかなかった。

七重たちがそう報告している最中、がちゃりと玄関のドアが開いた。入ってきたのは若い女性だ。

目元が美福さんに、口元が洋司さんに似ている。

「娘の青花《せいか》です」と洋司さんが紹介する。

七重たちに会釈した青花さんに、洋司さんが口元をほころばせて言った。

「腕時計、やっぱり出なかったよ」

聞き咎めるような表情を見せた青花さんは、父親にそっけなく応じた。

「そう」

「これでわかったろう？　おばあちゃんは、お母さんのものを隠すような陰湿なことはしないんだ。結局、あれはお母さんの独り相撲だったんだよ」

上機嫌の父親から、青花さんはすっと顔を背ける。

洋司さんはそれが気に入らなかったらしく、たちまち声を荒くした。

「なにがそんなに不満なんだ。お父さんは、ちゃんと業者さんに入ってもらって、おばあちゃんの家を調べたじゃないか」

「お父さんは、おばあちゃんの潔白を証明するために調べてもらったんでしょ」

「もちろんだ」

「わたし、お母さんがこんな遺言を残した意味を考えて欲しいって言ったんだけど」

「だから――」

「お母さん、おばあちゃんの遺品をあされっていう意味で、ああ遺《のこ》したわけじゃないと思うんだけど」

　青花さんが語気を強めた。声にも表情にも、苛立ちが滲《にじ》んでいる。

「青花ちゃん。なにか知ってるなら、お父さんに言ってしまったら？」

　作成したばかりの目録を検分していた里美さんが、やんわり口添えをした。

　耳のほうはしっかり、やり取りを聞いていたらしい。

「青花、知っていることがあるなら言いなさい」

「――」

「青花」

「おばあちゃん、陰湿だったよ」

　娘がぽつりともらしたひとことに、洋司さんは目をむいた。

「法事とかの、お父さんが席を外した時にお母さんに厭味言ったり。うっかりのふりをして、お母さんの分のお膳にバケツの水をこぼしたり」

「な——」

「わたしのことも、貶《けな》してた。女の孫なんているだけ無駄、育てるだけ無駄って」

「違うんだよ青花。それは、おばあちゃんは昔の人ってだけで、悪気なんてないんだ」

なだめようとする父親を、青花さんがまっすぐに見つめた。

「お父さん、それ、本気で言ってる？」

「それじゃあ、なにか？　おまえは、おばあちゃんは陰湿だから、お母さんに濡《ぬ》れ衣《ぎぬ》を着せられて当然だって言うのか？」

「そうじゃないよ、お父さん」

「どこが『そうじゃない』んだ？　おまえは、おばあちゃんの遺品からあの腕時計が出てこなかったのが不満なんだろう？　腕時計が出てきたら『ほらやっぱり』って、言うつもりだったんじゃないのか？」

父親にたたみかけられた青花さんが、たまりかねたように声を大きくする。

「それはお父さんのほうでしょ。初めから、おばあちゃんは悪くない、お母さんの被害妄想って思ってたから『やっぱり出なかった』って言い方するんじゃん！」

「もしかして、青花。本当は、お母さんが持ってたのか」

にらみ合いの末に問われた青花さんが、はっと息を呑んだ。

「やっぱりか」と洋司さんがため息をつく。

「違うの、違う」

「違わない。変にそわそわして、おばあちゃんを悪者にしようとしたのは、お母さんのしたことを隠すためなんだ」

「だから、違うったら！」

「じゃあ、お母さんの遺品も調べよう。違うというのなら、調べたって大丈夫だろう？」

「お父さん！」

洋司さんは娘に取り合わず、四寿雄に持ちかけた。

「家内の遺品の整理も、お願いできますか」

「いやぁ」と四寿雄はモジャモジャ頭を掻いた。

こんなあてつけじみた依頼なんて、受けないでよシズオちゃん。

七重は長兄に念力を送った。当の四寿雄は頭から湯気を立てている洋司さんと、泣きそうな顔をした青花さんを見比べ、それからちょいと頭を下げた。

「それじゃあ、まあ、明日でしたら」

3

夕食の席で顚末《てんまつ》を話すと、案の定、きょうだいは目を瞠った。

「マジで？」と八重が言い、九重と美晴も似たような反応を示す。

今夜のメニューは煮豚と素麺《そうめん》、冷やしトマトが山盛りだ。暑かったのと時間が足りなかったのとで手抜きにした分、量だけは用意してある。

「ここまできたら家庭内の問題だろう。なぜ引き受けた」

五武に咎められた四寿雄は、素麺を口いっぱいに頰ばったままで答えた。

「はっへ、はほほへひーひゃんひゃほほはっはは」

「『だって、あそこで兄ちゃんが断ったら』？」

聞き取った五武に嬉しそうにうなずいて、素麺を飲みこんだ四寿雄が続ける。

「親子間に溝が出来そうだったからだよ」

「溝なんてとっくに出来てるだろ」と六郎。

「だとしても、美福さんの遺言が正しく伝われば変わるんじゃないかって、兄ちゃんは思うんだ」

「でも、『腕時計は？』って言葉は、夫婦ゲンカの切り札だったんでしょ？」

七重は言った。だからこそ、洋司さんは電話を叩き切ったわけだ。

「やっぱり、あの空白に意味があったってこと？」

訊ねた十遠に、四寿雄はうなずいた。

「おそらく青花さんには、真の意味がわかっているよ。そして、美福さんも洋司さんに伝わるのを望んでいると思うんだよ。だって、伝えたいのに書けなかった、空白にするしかなかった『想い』があったんだからさ」

「つかさ。どっちみち、明日、俺、無理だから」

挙手の代わりに振った六郎の箸先から、素麺のつゆが飛んだ。

六郎が気まぐれなのは承知しているので、誰も理由を訊ねない。

「あたしは明日も大丈夫だけど、二人でも足りるよね？」

七重に次いで、十遠が確認した。

「そうしたら、シズ兄とお姉ちゃんは遅くなるってことだよね？」

「それほど遅くはならないにしろ、まあ、夕方にはなるだろうなぁ」

「じゃあ、明日はわたしが夕食を作っておくよ」

「ごめんね、テンちゃん。この間、あたしと美晴ちゃんが出かけた日も全部やってもらったのに」

パンケーキを食べに行った日だ。あの後、気晴らしを兼ねてモールでショッピングをすることになり、急遽、十遠に連絡して任せたのである。

「ううん。時たまなら大丈夫」

なに作ろうかなぁ、と十遠が楽しそうに考え始めたので、七重の気持ちはいくぶん軽くなった。

「四寿雄。あんまり深入りするな」

釘を刺した五武に、四寿雄は笑顔で親指を立ててみせた。

☆

千葉洋司さんの自宅は、実家から一時間ほどの場所にあった。

大型の、棟がいくつも立ち並んだマンションである。

建てられたのは、おそらく昭和の後半だろう。歴史を感じさせる外観だ。

敷地に入ってすぐのところにある管理棟の前で、青花さんが待っていた。四寿雄と七重を認めると、こわばった表情のまま一礼する。

「今日はありがとうございます。うち、こっちです」

青花さんが北側の一棟に七重たちを案内した。奇数階にしか停《と》まらないというエレベーターの三階で降り、階段で四階に上がる。

「父は五階まで行って、階段で降りてくるんですけど、わたしは行き過ぎて戻るのが好きになれなくて」

「あ、あたしもそうかも」

七重はシミュレーションしてみて、言った。降りてくる方が楽なのはわかっているが、目的の階を通り過ぎるのが落ち着かないのだ。

青花さんは、自宅の重いスチール製のドアを開けた。

「狭くて汚いところですみません」

出迎えた洋司さんの、開口一番の台詞がそれだった。

暮らせる実家があるのに、居を別に構えざるを得なかった悔しさの滲む言葉だ。２ＬＤＫのマンションは、洋司さんにとっての終《つい》の棲家《すみか》ではないのだろう。

「朝顔がきれい」

リビングに入ってまず目についたのは、グリーンカーテン仕立ての朝顔だった。もう陽《ひ》は高いのに、鮮やかな空色の花が開いている。

「母が好きで、毎年育ててたんです。今年の花は、見れませんでしたけれど」

美福さんが亡くなったのは七月上旬。朝顔の開花は、八月下旬からである。

「朝顔って、こんな時間でも咲いてるのかぁ。兄ちゃんは小学生の時、朝顔観察の宿題で、早くしないとしぼむって叩き起こされたもんだけどなぁ」

ベランダを眺めやって言った四寿雄に、青花さんが教えた。

「それ、日本朝顔ですよきっと。こっちは西洋朝顔で、西洋朝顔はお昼過ぎまで咲くんです」

「む。日本朝顔の種まきをさせたのは、学校の陰謀だなきっと」

大げさなアクションに、青花さんが笑う。

「藤川さん。家内の寝室はこちらです」

洋司さんが部屋の一つを示した。そこは夫婦の寝室ではなく、青花さんと共用の部屋である。

フローリングカーペットを敷いた和室。置かれたものは少ないが、夜、布団を並べたらいっぱいだろう。

そんな思いが七重の顔に出ていたのか、青花さんが言った。

「仲が悪くて別室だったわけじゃないんです。わたし、高校の時にいじめにあって、一人じゃ眠れなくなったのに母がつきあってくれた時から、なんとなくそのままに」

「優しいお母さんだったんですね」

四寿雄の言葉に、青花さんは涙を浮かべた。

「ヤマユリ観に行って死ぬなんて、呆れるくらい馬鹿みたいな人ですけど」

もしあの日が蒸し暑くなかったら。もしあの日、美福さんが体調不良でなければ。

そんな青花さんの思いが伝わり、七重はいたたまれなくなる。

青花さんは押し入れを開けた。上半分はハンガーラックを入れて洋服かけに、下半分は収納ケースでチェストとして使われている。

「母の服は、上三分の一と下半分です。この辺が衣類、この二つが本やバッグ。通帳や貴金属は父の部屋のほうの押し入れです」

「バッグの入ってる抽斗、開けていいですか？」

許可を得たので、四寿雄が収納ケースの最下段をあける。

美福さんが愛用していたと思われる、アウトドア向きのリュックやバッグが出てきた。本は園芸事典や薔薇《ばら》の図鑑が数冊。そして自然系の写真集が一冊。

表紙の燃え立つような火炎樹に、見覚えがあった。意図的に作者名を載せていない作りのため、七重はこっそり奥付を確認する。

やっぱり。藤川三理だ。

こんなふうに父の作品に巡り合うと、へんてこな気分になる。父の作ったものを購入してくれる人がいるという事実や、カメラのモニターでじかに見せてもらった写真が商品になっていることに、いつになっても実感が湧かないのだ。

「その本、今年の春に母が横浜に行った帰りに買ってきたんです。横浜なんてなにしに行ったんだろうと思ってましたけど、遺言を書きに行ったんですよね」

時期としては合うのだろう、四寿雄がうなずいた。

「そうかもしれません」

名前つながりかな、と七重は思った。ザ・フジカワ・ファミリー・カンパニーに依頼しにいった帰りに、書店で藤川三理の写真集に目を留める。

一仕事終えた記念として、買ったのだろうか。

「その頃、ご両親の間でなにかありましたか？」

収納ケースの前で正座した青花さんは、記憶をたぐった。

「特には。ケンカという意味じゃなければ、当日は結婚記念日でしたけど」

「結婚記念日」

「はい。銀婚式でした」

二十五年。区切りにふさわしいと言えるだろう。

「もしかするとお母さんは、夫婦間のわだかまりを解消したかったのかもしれないですね」

「違うと思います。——たぶん」

青花さんが膝に目を落とし、ためらってから続けた。

「たぶん、懺悔《ざんげ》です」

意外な言葉に七重は目を瞠った。

「あなたは、腕時計がどうなったかご存じなんですね」

四寿雄に問われ、青花さんは激しくまばたきしてから認めた。

「母が教えてくれましたから」

「そのことを、お父さんに話さないのはなぜ？」

「父に、考えてもらいたかったからです。自分で」

「じゃあ、いま考えてもらうのはどうですか？」

「父にですか？　逆ギレして、母の荷物まで調べろって言う人にですか？」

「お父さんには、考えるための情報がないんです」

四寿雄の言葉に、青花さんが目を瞠る。

「だからお母さんのメッセージ、正しく伝えてあげてください。お父さんの中では、『腕時計は　？』は夫婦ゲンカの切り札でしかないんです。ご遺言の空白に隠された意味に気づいていません」

「あなたには、それがわかったのにですか」

「ぼくは、秘めた想いを扱うのが仕事です。そして、他人だから」

四寿雄はふいに身を乗り出し、青花さんの顔に、触れる寸前まで頬を寄せた。

「いま、ぼくがどんな顔をしてるかわかりますか？」

「いいえ」

身を固くした青花さんが応じると、四寿雄は身を離して詫び、にっこりした。

「ぼくはこれが、家族の距離だと思うんです」

近いからこそ、見えなくなるものもある。

下唇を噛んだ青花さんが、リビングとの仕切りの襖《ふすま》を開けた。

洋司さんはベランダで花がら摘みをしていた。プラスチックの容器を片手に、朝顔を検分している。

「『腕時計は捨てました』」

父親に近づいた青花さんは、なんの前置きもなく言った。

ぽかんとした父親に、青花さんが繰り返す。

「腕時計は、わたしが捨てました」

「おまえ、腕時計を捨てたってどういうことだ?」

「ちがうの、お母さんが捨てたの。そう言ったの」

洋司さんが血相を変えた。花入れを放り出して戻ってくる。

「美福が? いつ?」

「わたしが生まれる前。おばあちゃんに子どもも産めない中古品、って罵られてた頃」

「な――! じゃあお母さんは、おばあちゃんに濡れ衣を着せていたのか!」

摑みかからんばかりになる父親を振り払った青花さんが、たまらず叫んだ。

「まだわかんないの？　ものや料理を壊されたり捨てられたりしてるのに、いつも気のせいって流されて。誰も味方になってくれなくて、誰も庇《かば》ってくれなくて！」

「だからそれは、おばあちゃんには悪気がなくて」

「悪気がなければ、なにしてもなに言っても許されるの？　わたしをいじめた子も、同じ言い訳したよ。その子も、お父さんの中ではオーケーなの？」

「そんなことは言ってないだろう！」

「じゃあ、おばあちゃんとその子の違い教えて？　家族だから？　でも家族じゃないから。お嫁に来た人を『よそ者』って言えちゃう人は、家族じゃないから！」

「青花――」

洋司さんは七重たちを窺った。なんとか娘を鎮めようとする。

「お母さん、死のうと思ってたって言ってた。でもそれくらいなら、最後に一度仕返しして、騒ぎ立ててからにしようって決めて腕時計を捨てたんだよ。すっごく大切にしてたから捨てたんだよ。そのくらいしないと、お父さんもおばあちゃんも無視するからだよ？　その気持ち、わかる？　どんだけ追い詰められてたんだよ！」

叫んだ青花さんが拳で涙を拭った。

四寿雄が、持参のリュックから遺言ノートを出した。

「千葉さん。これが実際のメッセージです」

腕時計は　？

怪訝そうな表情を崩さない父親を見て、青花さんが泣き出す。

「どうしてわかんないの？　字がおかしいじゃん！」

「おかしいって――、どこも間違ってないぞ？」

「ちがう、そうじゃない。はてなだけ殴り書きでしょ！　見てよ！」

青花さんがノートを叩いた。たしかに、字の勢いがまったく別物だ。

「青花さん。お母さんは『腕時計はわたしが捨てました』と書けずに、？のマークをつけてしまったんだね？」

四寿雄にうなずいた青花さんが、父親をにらんだ。

「なんでだかわかるお父さん？　もう二十五年も前のことなのに、感情が押し寄せて書けなかったんだよ。悔しくて、悲しくて、寂しかったから書けなかったんだよ！」

「そうやっておまえはお母さんがお母さんがって言うが、じゃあ、お父さんのなにがわかるんだ？　お父さんだって、いやな思いはした。歳を取ったおばあちゃんに独り暮らしをさせて、自分で建てた家にだって十年ちょっとしか住めなかったんだ！」

「そんなの、おばあちゃんと自分が悪いんでしょ。嫁いびりしないで仲良く暮らせば、いまだってあの家にいられたんじゃない」

「仲良くして欲しかったさ。でも、出来なかったんだ」

「お母さんのせいだって言うの？　だったら、いまから実家に帰ればいいじゃない。もうお母さん、いないんだから。べつにわたしも止めないから！」

「ああ、そうする。お父さんはもう帰ってこないから、おまえは勝手にしなさい」

洋司さんは捨て台詞を吐くと、テレビ台の隅に置いてあった財布を摑んで出て行った。

玄関が、鈍い音を立てて閉まる。

「二度と帰ってくるな！」

玄関に向かって怒鳴った青花さんが、履いていたスリッパを投げつけて号泣した。

七重が背をさすっているうちに、青花さんは落ち着きを取り戻した。

「すみません。――今日はありがとうございました」

「とんでもない」

四寿雄は青花さんの部屋へ行き、美福さんの遺品をしまい直して暇を告げた。

「ご依頼の件は、これですべて終了です」

「あの、今日の分の代金は」

「本日分は、お母さんからいただいてます」

遺言代行は先払いである。

「お父さん、追いかけなくても大丈夫ですか？」

七重の問いかけに、青花さんは途方に暮れたような顔で玄関を見つめた。

「どうかな。いまは、父もわたしも頭に血がのぼってるから」

あやふやに言って、次の言葉を探すようにグリーンカーテンを見遣《みや》る。

「ヘブンリーブルー。もしかして、あなたの名前の由来ですか？」

視線を辿った四寿雄が訊いた。

「そうです。天国の青。父の一番好きな花なので、そこからつけたって聞きました」

「じゃあ、家族にとって特別な花だ」

四寿雄の言葉に、青花さんが反発した。

「わたしと母にはそうでも、父はどうだか。だって父は、いつも朝顔に見向きもしなくて。母が話題を振っても、生返事ばかりだったんです。そのくせ、お母さんが死んだら、急に色々勉強なんかしちゃって。馬鹿みたい」

リビングのテーブルには、初心者向きの園芸雑誌が置かれていた。付箋代わりに挟み込まれたメモ用紙には、びっしりと書き込みがされている。

「どうせなら、お母さんが生きてるうちに興味を持てばよかったのに。朝顔が咲いたよって言われたら、そうだねって答えてあげればよかったのに」

青花さんは、膝の上で揃えた拳を握った。

「お母さんもお母さんだよ。いつまでも腕時計のこと切り札にして。そんなだから、お父さんと最後までギクシャクしちゃうんだよ――」

両目に盛り上がった涙を、青花さんは目をしばたたいて散らした。

「藤川さん。腕時計のこと、わたしがもっと早くに言えば、両親の関係は違っていたと思いますか？」

「はい。おそらく、とても悪いほうに」

洋司さんは腕時計の紛失を理由に、気持ちに折り合いをつけてきた。しかし、それが狂言だったとなれば、押さえつけてきた感情は美福さんへの怒りに変わっただろう。

「じゃあ、母が想いをどうしても伝えたかったら、このタイミングしかなかったってことなんですか？　自分がいなくなるタイミングでしか？」

「そう思います」

「どうしてだろう。どうして、こんなふうにこじれちゃったんだろう」

青花さんのつぶやきに、四寿雄は答えなかった。答えられる種類のものでもない。

ふいに青花さんが四寿雄に訊ねた。

「藤川さん。うちの朝顔、きれいだと思いますか？」

「はい、とても」

「そうしたら、わたしの悔しい気持ちわかりますか？」

「わかります」

四寿雄のうなずきに、青花さんが両手で顔を覆った。

「仲直りアイテムは生きてるうちに活用してよ――」

「美福さん、幸せだったのかなぁ」

千葉さん宅からの帰り道で七重は言った。

遺言代行は無事果たせたとはいえ、切なさが残る。

「もちろん」

兄ののんびりとした言葉が意外すぎて、七重は目を丸くする。

「本当にそう思うの？　シズオちゃん」

「思うよ」

答えた四寿雄は、指でカメラのフレームのような四角形を作った。

「兄ちゃんたちが見たのは、美福さんの人生のこのくらいだろう？　たったそれっぽっちで判断するなんて失礼だよ」

「そっか。そうだよね」

七重は、後にしたばかりのマンションを振り仰ぐ。千葉さん宅のグリーンカーテンは、ここからでも鮮やかだ。

「ねえ、シズオちゃん。あの朝顔は洋司さんの答えなのかな。美福さんと生前はぎくしゃくしたけど、それでもあのヘブンリーブルーを大切に育ててたのは、洋司さんの美福さんへの気持ちだよね？」

七重には答えず、四寿雄は夏の終わりの空に笑いかけた。

「美福さん、あなたはどう思いますか？」

ふと、四寿雄の尻ポケットで携帯電話が鳴り始めた。七重に詫びる仕草をして、電話に出る。

「もしもし。おう、どしたの島ぶん」

相手は四寿雄の同級生、島崎文吾《しまざきぶんご》さんのようだ。七重も面識があり、カンパニーとしても幾度か仕事を請け負っている。

「いや。違うけど。ああ、うん――」

受け答えする四寿雄の顔が曇った。聞かれたくない話のようで、七重を気にしながら背を向ける。

「シズオちゃん。改札で待ってるね」

七重は兄に手を振って歩き出す。

数分で、四寿雄が追いついてきた。悪い悪い、といつもののんきな口調である。

「腹減ったなぁ。駅前で少し食ってかないか」

「いいけど、大丈夫だったの？　電話」

嘘のつけない四寿雄は、困った顔でモジャモジャ頭を掻いた。

「いやぁ。たぶん、大丈夫じゃなくなる」

結局、四寿雄が詳細に触れないまま自宅に帰り着いた。

午後一時すぎ。予想よりだいぶ早い帰宅である。

珍しく、藤川家は無人だった。ほぼ在宅している六郎と美晴が、それぞれの用事で外出しているからである。

「うーちゃんの予防接種、十二時からだったよね」

七重は言った。麗のかかりつけの小児科は、診察時間の合間の時間帯に予防接種の予約を受けつけるシステムである。

「ナナ、悪いけどコーヒー淹《い》れてくれるか？」

「悪いと思うなら自分でやってよ」と憎まれ口を叩きながら、七重はキッチンに入った。

冷蔵庫を開けると、特大サイズのタッパーが鎮座していた。十遠が調理したとおぼしきミートローフが透けて見えるが、一部が切り取られている。

味見という量ではないので、誰かが夕食の作り置きを一足先に失敬したのだろう。

「もう、六郎くん」

前科のある異母兄を犯人と決めつけ、ため息をつく。

そして七重は気づかなかった。この時間に夕食が用意されていることの矛盾に。

☆

「でね、青花さんも今年中に、お父さんの実家に移るんだって」

七重は承子さんにそう話した。

美福さんの遺言代行を終えて、十日ほど経っている。

承子さんのマンションを訪れたのは、彼氏と気まずくなって以来初だった。

悩みを見透かされるのが怖かったのだ。なぐさめられるのも、そんなことぐらいと笑い飛ばされるのも耐えがたい。

それでなんとなく遊びに行かない期間が延びると、承子さんのほうから誘ってきた。

途端に七重の心はぐらついて、今日、ふらふら寄せてもらったのだ。

出迎えた承子さんには、七重を一目見るなりわかってしまったようだ。目元にかすかな苦笑をのぞかせると、当たり障りない会話を振ってくれた。

訊かないでくれるのはありがたい。七重は、その流れに乗った。問われるままに九重夫婦の様子を話し、さらに、最近の遺言代行の顚末を提供する。

青花さんの引っ越しは、ついさっき入った情報だ。ちょうど七重の出がけに、カンパニー宛てに青花さんからお礼を兼ねたその後の報告が来たのである。

「ご実家に移るって、その子にとっては、あんまりいい印象のない場所でしょうに」

「お父さんにマンションに戻るつもりがないから、仕方ないよ。お父さん、家事の出来ない人らしいんだよね」

「あらまあ」

「お父さんのほうは、青花さんが望むならこのまま別居でもって言ってたみたいだけど。お金もかかるし、二軒分の家事をするのも限界だからって」

「そう」

「おかしいのはね、青花さんが実家に家事をしに通って、お父さんのほうは朝顔の世話をしにマンションに通ってるの」

洋司さんは朝早くにやってきてマンションに滞在し、夕食後に帰るそうだ。大学生の青花さんは自分の予定の合間を縫って、祖母宅の世話をしている。

「ご飯が出来るまで、テーブルの前で座ってるだけのお父さんは放っておけないって。呆れるし、自立してって思うけど」

「それでもやっぱり父だから？」

承子さんが、七重の台詞の先を読んだ。

「うん。それで、青花さんとお父さん、ヘブンリーブルーの種が出来るのを待って、それを持って一緒に住み始めるんだって」

そして来春は二人で、あちらの庭に種を蒔《ま》くのだ。

「青花さん、朝顔、今度は一緒に育ててみるって」

「お父さんと？」

「それと、お母さんと」

「馬鹿ねぇ」

承子さんの苦笑に七重は驚いた。「え」と声を上げると、承子さんがハッとする。

「違うの。その子じゃなく、母親のほう」

「美福さん？」

「だって、自分がやり過ぎたせいで、ほしかったものを死んでから手にするんだもの」

「家族の団欒《だんらん》とか、そういう意味？　シズオちゃんは、美福さんも幸せだったはずっていうんだけど」

「そりゃあ、それなりに幸せだったと思うわ。でもあの遺言は、それ以上に悔しかったから書いたのよ」

「どうしてそう思うの？」

目を瞠る七重に、承子さんが言った。

「遺言状の空白。娘さんはあれを、いままでに受けた仕打ちを思い出してのことだって理解してたみたいだけど、それだけじゃないわ。腕時計の件は、美福さんを苦境から救ってくれた。だけどその後繰り返し使ったせいで、夫婦の溝も広げてしまったでしょう？」

お姑さんが腕時計を盗んだ。そう騒いだところ、それまで妻の意見に聞く耳を持たなかった夫が別居を決めてくれた。夫の心理にどう作用した結果なのかはともかく、妻側からすれば快挙だ。

「ずっと我慢し続けて、初めて意見が通ったんだもの。快感だったと思うの。でも、伝家の宝刀を何度も抜いたら、今度は相手にひたすら我慢を強いることになるでしょ。そして、そういう事実に気づくのは、手の施しようがなくなってからなのよね」

いつしか洋司さんは、妻に素っ気ない態度を取るようになっていた。

「もしわたしが美福さんなら、ある日愕然とするわ。イビリババアと疎遠になって手に入れたかった家族って、こういう家族だったかしらって」

「もちろん、違うよね」

「もちろんね。自分の振る舞いの結果を突きつけられるのって、つらいわよ。いまさら取り戻せるものでもないし、それならせめて懺悔だけでもと遺言を書きに来ても、いざノートを目の前にしたら、カッとして、頭が真っ白になって、つい、いつもと同じ言葉を書いても不思議じゃない」

「なんか、見てきたみたいだね」

光景がまざまざと浮かび、七重は感心したのだが、承子さんはたじろいだ。

へんなの、と思いながら、七重は千葉さん宅で見つけたものの話をする。

「そういえばね、美福さんの遺品にダダの本があって焦っちゃった」

「昔の作品？」

承子さんが明らかにぎょっとした。

「ううん、ベトナムの火炎樹のやつだから去年出たやつかなぁ。――昔の本だと、なんかマズいの？」

「マズくはないけれど」

言いよどんだ承子さんは、ややしてから白状した。

「美福さんは、ダダと関係のあった人よ。三番目の奥さん」

「うそ」と迸《ほとばし》るように声が出た。「三番目って、初婚が承子さんで再婚も承子さんで、その次ってことだよね？」

ちなみに、四番目の妻が六郎の母親で、五番目の妻が七重たちの生母である。

三理と婚姻関係にあった女性のうち、ただ一人、子どもがいない。そのため離婚と同時に関係も切れていて、七重は会うどころか名前すら知らなかった。

「承子さんは、美福さんに会ったことあるんだね」

「藤川美福だった時代にね。あちらの方が一つ上なんだけれど、放っておけなくて」

当時、三理は三十代。写真家として広く認知されるようになってきたところで、来る仕事は片端から受けている状態だった。

加えて、よく遊んだ。打ち合わせと称して、連日クラブのハシゴ。言い寄る女性も、後から後から現れた。

「こういう商売していて、ヤツが『それほど』羽目を外さないだろうってわかってるわたしでも、ブチ切れて離婚《わか》れたんだもの。堅いおうちで育って、写真家だか遊び人だかわかんない人の妻なんかやるもんだからね。あっというまに痩せちゃって」

見るに見かねて、承子さんが手を貸した。

「だけどフツー、前妻さんと後妻さんて、あんまり会ったりしないもんだよね」

「と思うわよ。だけど夫があのダダじゃね。なーんにも考えずにうちの店に連れて来るんだもの。わたしゃカーチャンじゃないっていうの」

ママ、みてみて。新しいおよめさんだよ。

満面の笑みで紹介する父がたやすく想像出来て、七重は頭痛を覚える。

「でも、千葉美福さんて、ほんとうに元・藤川美福さん？」

「とても珍しい名前だし、経歴や年齢も一致してる。それになにより、性格がね。相手に嫌われるってわかってるのにその行動が止められなくて、自分の不器用さに苦しくなると、カッとして爆発して」

「藤川美福さんがそうだったの？」

「狂言まではやってないけど。相手の気持ちが離れる原因や、その後の行動は同じ」

「じゃあ、ダダの気持ちが離れたことに、美福さんが切れて離婚って感じ？」

「あの人との離婚は、みんな妻側からの申し立てよ」と承子さんは笑う。「だって、本人はいたって快適だもの。なんの責任も負わず、家に帰れば妻と子が迎えてくれる」

「子どもが出来なかったのが、離婚原因じゃないの？　美福さん、いまのお姑さんにそれでいびられたみたいだから」

「出来なかったから、じゃなくて、作って家庭を維持する姿勢を見せなかったからよ。話を戻すけど、まあ、そういう関係の人だったから、写真集って聞いて焦ったの」

「昔の本をずっと持ってたなら、なんか未練っぽいもんね」

「でも、そうじゃないみたいね。ちょっとほっとした。お兄ちゃんのところに依頼に来たのは、きっと偶然じゃないでしょうけど」

「シズオちゃんは知ってるのかなぁ？」

「どうかしらね。でも、五武なら知っていても驚かないわ」

承子さんの言葉で、七重は五武の台詞を思い出した。

「知ってたと思う。シズオちゃんに『あんまり深入りするな』って警告してたから」

さもありなんと承子さんがうなずく。

「承子さん」と七重は口火を切った。「承子さんは、イツ兄との溝に気づいてる?」

そんなつもりはなかったのに、直球を投げてしまった。

気まずく口をつぐんだ七重に承子さんは目を瞠り、それから苦笑した。

「気づいてるわ。いまは、だけど」

「昔は、そうは思ってなかったの?」

「正確には、考えるゆとりがなかった、かしら。ナナちゃんも少しは知ってるみたいだけど、子どもの頃、お兄ちゃんは本当に大変で。その絡みと、日々の生活を回していくことで精一杯だったの。五武の我慢や寂しさは感じてたけど、手が回らなかった。ううん、あの子ならわかってくれるだろうって甘えてたのね」

「もし、イツ兄が言ってくれてたら変わったと思う?」

「たぶん――いいえ。考えるきっかけにはなったかもしれない。それでも、わたしのほうに余裕が出来なければ、ごまかしたままで終わった気がする。だってこれは、あくまでも母親側の問題だから」

「そのこと、イツ兄と話したことある?」

「一度、謝ったわ。でも、遅すぎたみたいね。成人後だもの」

「いまからじゃ、だめなのかな」

「だめでしょ。っていうより、もう必要ないわ」

承子さんは即答し、口を引き結んでから続けた。

「五武がほしかったものは、子どもの頃でこそ意味があったものだもの。だけどそれは、あの頃のわたしには無理だったことで、今さら取り戻せもしなくて、だからわたしはずっと、この申し訳なさと折り合いをつけて行くしかないの」

自分の振る舞いの結果を、承子さんも見たのだ。


そして、自分の振る舞いの結果を見たのは七重も同じだった。

承子さんのマンションを辞した七重は、舗道の敷石につまずきながら歩いていた。

彼の気持ちを考えもせずに甘えていたから、こんなふうに切られたのだ。

そして、関係はきっと取り戻せない。

「ちょいと、七重ちゃん」

家のすぐ側まで来た時、七重は呼び止められて飛びあがりそうになった。

一年中、だぶっとしたワンピースと靴下にサンダルといったいでたちの「畑中《はたなか》のおばちゃん」が眉をひそめている。

町内ご意見番の一人であるおばちゃんの渋面は、つまり、藤川家の誰かがなにかをやらかした、という意味がある。

「あんた、十遠ちゃんになにさせてんの？」

苛立った声で切り出され、七重は戸惑った。

「なにって、買い物とか料理とか――」

「買いもンなんか、どうだっていいよ。十遠ちゃんが非行してることだよ！」

七重はぽかんとした。十遠は非行とはほど遠い生活をしている。年上の悪いグループとつきあうようなこともなく、スマホにも、ネットの閲覧制限を自発的にかけている。

「じゃあ、あんたは知らないんだね。シズちゃんはなにやってんだい？　島崎のせがれから、ちくり電話が行っただろうに」

腹立たしげなひとりごとに、七重ははっとした。

島ぶんさんからの電話！

「なにがあったの、おばちゃん。テンちゃんは、なにしてるの？」

「学校をサボってんのさ。もう五回は見たね。あんたらみんなが出かける日だよ。こそーっとランドセルのまま戻ってきてさ。しばらくすると出かけてくのさ」

「学校、行ってないってことですか？　でも、だったら先生から連絡が」

昨今の痛ましい事件などもあって、無断欠席した児童の家には、必ず担任が確認を入れるルールになっている。

「うち、シズオちゃんが第一連絡先で、次がイッ兄。それから承子さんも」

その誰にも連絡がつかないことはまずない。

連絡を受ければ、家で話題に上るはずだ。しかしそれもないなら、学校からはなにも言ってきていないのだ。

その場合、と考えて七重は背筋がすっと冷えた。

「無断欠席じゃないってこと――？」

十遠の通う小学校は、欠席は保護者がメールで連絡することになっている。

あらかじめ登録したメールアドレスからだ。十遠の連絡は、四寿雄のアドレスを使用して行うように設定してある。

つまり欠席のメールが送られていれば、学校から電話が来ることはない。

「おばちゃん、ごめんなさい。また今度！」

七重は詫びて自宅に急いだ。

なんだろう。嫌な予感しかしない。

引違戸をあけると、三和土には相変わらず兄弟の靴が散らかっていたが、十遠のスニーカーがない。

「テンちゃん？」

呼びかけながらキッチンに向かった。いまの時刻、十遠は夕食を作っているはずだ。

だが、十遠はキッチンにはいなかった。

油の冷えかけた臭いを嗅いで、天麩羅《テンプラ》鍋に手をかざす。ほんのりと温かい。

冷蔵庫には大型のタッパーに鶏肉が詰めこまれていた。まだ生で、下味を揉み込んである状態だ。

なのに天麩羅鍋は温かく、水切りかごには、すでに使用されたとおぼしきボウルが伏せられている。

七重は生ゴミ入れをあけた。野菜の切りくずと、小麦粉らしき粉。油を吸ったキッチンペーパー。

炊飯器を見ると、すでに保温ランプが点《つ》いていた。

蓋を開けてみると目測で、茶碗二杯分ほどの米飯が消えている。

考えられるのは、こういうことだ。

だれかが唐揚げを数個だけ調理し、用具を洗い、炊きあがったご飯を持って行った。

「六郎くん？　ううん、六郎くんに揚げ物は無理」

万が一、出来たとしても、洗いものまでするとは思えない。

「シズオちゃん、もしかして先にご飯食べてる？」

一縷《いちる》の望みをかけ、七重は兄の様子を見に行った。便利屋業が夕方から入る場合、一人だけ先に食事をすませることもあるからだ。

「んー？　今日はもう飯か？　早いなぁ」

呑気《のんき》なことを言いながら競馬新聞を読みふける四寿雄から、七重は新聞を取り上げた。

「あっ。なにするんだよぅナナ」

「テンちゃんがいないの」

抗議に、言葉を押し被《かぶ》せた。目を丸くする四寿雄に、事実を並べる。

「夕飯の唐揚げ、先にいくつか揚げたあとがあって、ご飯が二杯分なくなってる」

四寿雄がわずかに顔をしかめた。

「知ってるの、シズオちゃん？　それとも関わってるの？　畑中のおばちゃんが言ってた。テンちゃんが学校をサボってるって」

「――本当だよ」

長い沈黙のあと、四寿雄が認めた。

「この間の、島ぶんさんの電話？」

「ああ。他からも何件か」

界隈ではマンションが優勢だが、古くからの住民も多い。そういう「身内」同士の結びつきは強く、内輪の人間になにかあれば、すぐにご注進の電話が飛んでくる。

「この辺じゃ、悪いことも出来ないよな。兄ちゃんがそうだった」

「シズオちゃんの昔話なんて、いまはどうでもいい。知ってたってことだよね。シズオちゃん、テンちゃんはあの人にご飯運んでるの？」

あの人――緑川勇次に。

「ほかには考えられないからな、そうだろう」

「そのために、学校をサボってるの？　うちでこっそり料理するため？」

訊きながら、おそらくそうだとわかっていた。

先日のミートローフ。あれも、みなが出払うのを見計らって戻った十遠が作ったのだ。

切り取られていたのは、つまみ食いではなく、届けるため。

「なんで、向こうの家で作らないの？　なんで隠れてやってるの？」

「二軒分の家事をこなす時間はないし、反対されるのもわかってるからだよ」

四寿雄がそう言った時、引違戸がそろそろと開いて十遠が滑り込んできた。

七重の靴にぎくりとし、それから足音をさせないように廊下を進んでいく。

「テンちゃん！」

七重は廊下へ飛び出した。驚いて振り返った十遠が、おどけて笑みを浮かべる。

「わ、びっくりした――」

「どこへ行ってたの？　ご飯と唐揚げ、だれに届けたの？」

逃げ道を塞ぐために、ストレートに訊いた。

言い逃れはさせない。

七重の意気を察した十遠は、息を整えると、「お父さん」と答える。

逃げも隠れもしない十遠を見て、七重の中で感情がはじけた。
七重は手を振り上げ、大きく十遠の頬を打った。

第4話　ありがとうの遺言

1

「ナナ！」

事務所の入り口で見守っていた四寿雄が走ってきた。

されるがままに引き離された七重は、自分の行動にショックを受けていた。

叩いちゃった――。

これまでに一度だって、感情にまかせて手をあげたことなんてないのに。

頬に赤い痕をつけた十遠は、七重をにらみつけていた。目が血走っている。

表通りで、ハザードランプをつけたタクシーが停まった。目隠しの磨りガラスの上に黄色い屋根が見え、オレンジ色のランプがガラス越しに点滅している。

タクシーから降りてきたのは、白髪の男性だった。歩道の植え込みを回りこんで、藤川家の玄関を開けた。

「ごめんください」

その声は枯れ葉がこすれあうような、ごく小さなものだった。人の気配を探すように中を窺い、七重たちと視線が合うとひょこんと頭を下げた。

「遺言を代行してくれるところは、こちらですか？」

それだけ訊ねるのにも、息が乱れている。両膝に手を突いて踏ん張ったその人を、四寿雄が飛ぶように支えに行った。

「大丈夫ですか？」

「いやぁ、あんまり」

七重たちを気遣ってか冗談ぽく言うが、ぜんぜん笑えない。

「こちらへ。靴のままでかまいませんので」

四寿雄が壁ぎわのソファに座らせているうちに、七重はキッチンに水を取りに急いだ。グラスを摑んで戻ってくると、四寿雄が男性の運動靴を脱がせているところだった。

「申し訳ない。タクシーに乗ってる時は、行けると思ったんだが」

「お水どうぞ」

七重の差し出したグラスを、男性は受け取って唇を湿す。

「すみません。少しだけこのままで」

グラスを包みこんだ男性は、頭を壁に預けて目を閉じた。

病気なのだ、と一目でわかった。呼吸が荒すぎるし、声はやっと絞りだしている。歳の頃は七十代半ばだろうか。おろしたてに見える胸ポケットつきのポロシャツと、折り目のついたスラックスを合わせ、腕には黒い革ベルトの時計を巻いている。

丁寧に撫でつけた髪からは、甘い整髪料の香りがした。初等部の校長先生が、こんな香りを振りまいていたっけ。

「今日はね、息子への遺言を頼みに来たんですよ」

目を閉じて顔を仰向《あおむ》けたまま、男性が話し始めた。

「パソコン見たら、ご依頼の際には一度ご来所くださいとあったもんだから」

「ご無理なさらなくても、お電話でご相談くだされればお伺いしたのですが――」

「だったら、そう書いといてくれなくちゃ」と苛立ちまじりに言った男性が咳《せ》きこんだ。

苦しい息を整え、先を続ける。「年寄りには、書いてあることがすべてなんだから」

「申し訳ありません」

四寿雄が最敬礼で詫びると、男性の気持ちは収まったようだ。

「でもまあ、わたしにもこんな力が残ってたんですよ。なんとしても遺言を作らなくちゃって思いがあったもので」

「ナナ、ノートを取ってきてくれ」

七重は事務所のキャビネットを開け、新品の遺言ノートを一冊抜き出した。

手近なボールペンを摑んで戻ってくる途中で、十遠の姿がないことに気づく。

黙って部屋に戻ったのだろう。気にはなったが、具合の悪い依頼人が優先である。

「こちらに必要事項をご記入いただきたいのですが、お書きになれそうですか？」

四寿雄の問いに、男性は首を振って応じた。身体をずらしてズボンの尻ポケットを探り、財布から黄ばんで角のよれた名刺を取り出した。

「わたしは、こういう者です」

「諸岡《もろおか》啓《あきら》さん」

四寿雄が名前を読み上げた。肩書きは「喇叭《らっぱ》オーナー」となっている。

「楽器屋さんをされているのですか？」

「みんなそう間違えるんだよねぇ」と啓さんがかすれた声で笑った。

実際は喫茶店なのだそうだ。

「オーナーっていっても、身体がこうなってからは息子がやってるんですよ。息子と嫁で。だから、その名刺は古いんだけどこれしかないもんだから」

七重は遺言ノートに名前と住所を書きとめた。住所は瀬谷区だ。

「ご遺言されたいのは、お店を継がれた息子さん宛てですか？」

「ええ。お宅は、――なんというかこっそりやってくれるんですよね？」

「ご希望に沿わせていただきます」

四寿雄の返答に、啓さんは声を出さずに笑うそぶりだけした。

「だから、頼む気になったんですよ。わたしの感謝を息子に、わからないように伝えてもらいたいんで」

「息子さんに、わからないように――ですか？」

四寿雄がオウム返しにし、七重は手を止めて顔を上げた。

「わたしは、あんまりいい親じゃなかったからね。結果やろ、やろにして」

やろ？　と訊ねようとした瞬間、頬に苦い色を浮かべた啓さんが咳きこみ始めた。

グラスが激しく揺れ、水がこぼれる。

四寿雄がグラスを受け取って七重に渡した。啓さんの背をさする。

啓さんの呼吸はなかなか元に戻らない。こめかみに汗を浮かべた啓さんが、表通りを指した。

「タクシー、待ってる」

啓さんの乗ってきたタクシーは、ハザードをたいたままそこにいた。

「お帰りになりますか？」

四寿雄に、啓さんがうなずく。

「ナナ、諸岡さんの靴。それから兄ちゃんの財布」

七重は指示に従った。四寿雄は啓さんに靴を履かせ、肩を貸して立ち上がらせる。

引違戸を開け、そろそろと進んでいると、様子に気づいたタクシーの運転手が介助のために出てきた。啓さんを後部席に乗せ終えたところに、七重は追いついた。

「シズオちゃん、お財布！」

「サンキュ。じゃ、このまま行ってくるから」

啓さんを一人では帰せない。送ってくるのだ。

「わかった。行ってらっしゃい」

七重はタクシーを見送った。タクシーが場所をあけると同時に、路線バスがその場所に滑り込んでくる。

路駐していたのは、停留所だったのだ。

開いたドアから、バスの運転手が七重を見遣る。客ではないので、七重は下がった。

扉を閉めたバスが、ゆっくりと停留所を離れる。

家の中に戻った七重は、遺言ノートを書き上げた。


息子さんに、それとはわからないように感謝を伝えること

七重は遺言ノートを事務所に運び、旧待合室の床を拭いた。そうしながらも、落ち着かない。

啓さん、無事に帰れるだろうか。なんの病気なんだろう。ひどく悪いように思える。

「ただいまー」

美晴と麗が外から戻ってきた。

「あ、お帰り」

「ちょっと見てよナナちゃん、ひどいでしょこれ」

片腕で麗を抱いた美晴が、もう片肘を曲げて蚊に刺された痕を向けてきた。

虫除《むしよ》けスプレーのにおいをさせている麗の足にも、赤い膨らみがいくつも出来ていた。

痒《かゆ》いらしく、足をもぞもぞ動かしている。

「やっぱり、暗くなってくると蚊が増えるんだよね。公園にいたママに虫除け貸してもらったんだけど、ちっちゃい子は狙い撃ちで、立ち止まると三匹くらいたかるの。ぞっとして逃げてきちゃった」

聞いているこちらまで鳥肌が立ちそうだ。

「お風呂、入っちゃったら？　刺されたところを石鹸《せっけん》で洗うとマシになるらしいから」

「うん、そうする。悪いんだけど、ナナちゃん。お風呂、沸かしてきてもらってもいい？」

自分と麗の着替えを取りに行きたいのだろう、と七重は了解した。

風呂場へ行き、湯船を洗って栓をする。設備が古いので、湯と水の蛇口をひねり、適温を作って溜めなければならないのだ。

「美晴ちゃーん、お湯張ったよー。止めるのは、入りながらやってもらってもいい？」

階段を仰ぎ見て呼びかけると、美晴の声が降ってきた。

「わかったー。ありがとー」


四寿雄から連絡が入ったのは、美晴と麗が風呂に入っている時だった。

『啓さん、無事についたよ。病院に』

「病院？」と七重は声を裏返した。「具合悪くなっちゃったの？」

『そうじゃなくて、あの人、入院していたのを抜け出してきてたんだよ。受付から病棟に連絡が行って、看護師さんがすっ飛んできてさぁ』

家族と誤解された四寿雄は、叱責を受けたという。

『とにかく、これから帰るよ。瀬谷区だからさ、三、四十分かな』

それなら夕飯に間に合うだろう、と見当をつけた七重は思い出す。

そうだった、食事の支度をしなければ。

十遠の降りてくる気配はなかったが、七重はキッチンで仕事を始めた。油の臭いで胸焼けがするほど唐揚げを揚げ、サラダをボウル二つ分用意する。

「ただいまー。つか、まだメシ出来てねぇってどんな怠慢よ？」

めずらしく外出していた六郎が、キッチンに顔を出すなり文句を言った。マジかよ腹減り過ぎて死ぬっつうの、と悪態をつきつつ、唐揚げを大皿からかすめていく。

「食べないでよ！　っていうか、手を洗って！」

　みなで食べるものを、汚い手でつまないでほしい。

　美晴と麗が風呂から上がる頃、四寿雄、八重、九重が帰宅した。五武はあいかわらずの残業だ。夕飯はいらない、とあらかじめ言われている。

　きょうだいがダイニングルームに揃っても、十遠は姿を見せなかった。食事だ、と七重はＬＩＮＥを入れたが、それも既読にならない。

「なにしてんだよ、テンのやつ」

　腹を鳴らしながら八重が二階を見上げた。十遠の部屋は、ちょうどこの上辺りだ。

「ああ、ちょっと兄ちゃんが見てくるよ」

「なに？　なんかあったの？」

　ぶらぶらとダイニングルームを出て行く四寿雄を見送りながら九重が訊いた。

　答えられない七重は、聞こえないフリでキッチンへ逃げる。

　階上では四寿雄が歩き回っているようだった。昔の家なので、防音性は低い。

「ドタバタうるせーよ、おまえ」

　降りてきた四寿雄に、六郎が文句を言った。

「ああ、すまん。――ナナ、トオは出かけてないよなぁ？」

「シズオちゃんがタクシー乗った頃に、部屋に籠もったはずだけど」

「いないんだよ」

「ほかの部屋にいんじゃね？」

「いちおう、二階の全部の部屋のドアを開けたさぁ」

「俺らの部屋のほうは？」

訊ねた八重が、自ら旧診療所側を見に行った。戻ってきて、いない、と報告する。

「っていうかさ、十遠の靴って薄い紫のスニーカーだよな？　それ、ないんだけど」

その言葉で、七重は玄関に駆けた。

ない。確かにない。

七重は冷水を浴びせかけられたような気持ちになった。

出て行ったの？　いつ？

啓さんがソファにいた時ではない。いくら何でも、それなら気づく。

かといって、裏から抜け出したというのもありえない。この家は、表通りに面した引違戸以外の出入り口はないのだ。裏手はじめついた塀と接しており、通り抜けすら不可能だ。

となると、美晴の帰宅後、七重が風呂の用意をしていたタイミングだろうか。

美晴は麗の世話をしていた。ほかの兄弟は不在だった。

「テンちゃん！」

呼びながら、七重は二階に駆け上がった。十遠の部屋をあらためる。

学習机の上、ベッド、クローゼット。

「ない」

十遠がなによりも大切にしている、花柄のミニバッグがない。

それに、ランドセルも見あたらない。財布やスマホも。

テンちゃん　いまどこ？

七重は自分のスマホを引っ張り出してメッセージを打った。祈るように画面を見つめたが、既読のマークはつかない。

「テン、出てったのかよ？　なんで！」

入ってきた六郎に、七重はうろたえながら答えた。

「あたしが、――さっき叩いちゃったから」

「は？　なにDVしてんだよおまえ！」

六郎に胸ぐらを摑まれた。追って来た四寿雄が引き離す。

「よせ。事情があるんだ」

「はい？　理由があれば暴力振るっていいんだ？　この国、そういう法律なんスか？」

「トオが学校をサボっていたんだ。それで、緑川さんに差し入れをしていた」

六郎が啞然とする。

とりあえず戻ろう、と三人は階段を降りた。

ダイニングルームでは、九重たちが落ち着かなげな様子で待っていた。茹でたニンジンを手づかみした麗だけがごきげんだ。

「テン、出てったのか？」

九重に訊かれ、七重は涙ぐみそうになりながら部屋の様子を話した。

「ランドセルと、花柄のミニバッグがないの」

布製の斜めがけバッグには、十遠の過去すべてが詰まっている。

「テンが父親にメシ貢いでたのって、おまえら知ってた？」

六郎が九重たちを眺め回した。一様に首を振ったので、七重は補足した。

「学校サボって、会いに行ってたみたいなの。その時に、うちでご飯を作って持って行ってたみたいで」

「って、うち、いつでも誰かいるじゃん」

八重が美晴や四寿雄を示すそぶりをする。

「それが、いないタイミングを狙ってたみたいなんだよ」と四寿雄が応じた。「たとえば、今日は兄ちゃんもロクもナナも、美晴ちゃんも出かけてたし」

「その前は、あたしとシズオちゃんが美福さんのマンションに行ってた日で」

「麗も予防接種だったよな」

さすがに九重が覚えていた。

「だけどあいつ、フツーに登校してたろ？　俺、いつも一緒くらいに家出るけど」

八重が記憶を辿った。

「そうやって、カモフラージュしてたらしいんだ。あとでこっそり戻ってきて、しばらくして出かけるところを、近所の人に何回も見られている」

四寿雄の言葉で、兄弟は露見した理由に納得した。

「学校から、電話とかなかったんですか？」と美晴が訊いた。「無断欠席って、担任の先生から連絡来ますよね？」

「無断欠席じゃないから、来ないよ」

「どういう意味だよ、シズオ」

眉をひそめた八重に、四寿雄は沈んだ表情で言った。

「確認したら、登録したメールアドレスが変えられてた」

「つまり、新しいメアドを使って、休みたい時に休んでたってことか？」

「そうなんじゃないかな」

「シズオちゃん、それ知ったのっていつ？」

七重は訊いた。

「この間、島ぶんから電話もらったあとだよ。学校から連絡が来ないのはおかしいから」

「おまえがそれ、今日まで黙ってたのはなんで？」

きつい眼差しを向ける九重に、四寿雄は応じた。

「なるべく刺激せず、やめさせる方法を考えてたんだ。普段、トオはここまでする子じゃない。つまり、それくらい父親の側にいたいわけだけど――方法に問題がありすぎる」

ため息をついた四寿雄は続けた。

「メアドの操作までして、家族を騙した。それだけじゃなく、たぶん貯金も使ってる」

「テンの金って、母親の遺産だろ。しょぼい額だけど」

こんな時でも余計なひとことを言わずにいられない六郎に、四寿雄が首を振った。

「額の問題じゃない。問題はそこじゃないんだ」

「ごめん、シズオちゃん。ごめん」

七重は詫びた。自分が感情的になったせいで、シズオの水面下での動きを台なしにしてしまった。

「いや、ヘタに隠した兄ちゃんが悪い。もっと早くに、みんなに相談するべきだった」

「テンちゃんの行き先、お父さんのところじゃないですか？」

美晴の言葉にはっとした七重は勢いこんだ。

「あの人の家、どこ？　シズオちゃん」

「行ったらこじれるぞ」

八重に強い調子で釘を刺され、七重は反発する。

「でも！」

「でもじゃねぇよ。これ以上、溝深めてどうすんだよ。無理矢理引き戻そうとしたら、あいつ、二度と戻って来なくなるぞ」

「じゃあ、どうすればいいの？　このまま見守るの？」

「それしかないだろ」

「なんでよ？　あの人はテンちゃんに食事持ってこさせるような人なんだよ？　貯金使わせるような人だよ？」

勇次を「クズのにおいしかしない」と評したのは誰だっただろうか。

その時、七重のスマホが鳴った。メッセージアプリ経由の無料電話。

発信者は十遠だ。

「もしもし、テンちゃん！」

七重はその場で大声を出した。

一拍おいて、音質の悪い、やや遠い声が聞こえてくる。

『お父さんのところに着きました』

第一声に、まずはほっとした。

だが、十遠の周囲が騒がしい。音量調節なしの、野太い笑い声。高くてよく通る、女性の声。

――お待たせしましたー、ほろ酔いビールセットですー

「居酒屋？」

非難がましい言葉が、考えるよりも先に口を衝いて出ていた。

「テンちゃんさっき、お夕飯届けたんでしょ？　なのに、なんでそんなお店にいるの？」

『わたしが来たから、そのお祝いだそうです』

――ねー、お姉ちゃーん。酎ハイまだ待たなくちゃダメー？

勇次の、あのいやな喋り方が聞こえて七重は目を閉じる。

「テンちゃん。あの人、お金ちゃんと持ってるんだよね？」

訊ねるのに被せるように、電車の通過音が聞こえた。線路沿いの店のようだ。

七重は電車の音が消えるのを待って、言った。

「ねえ、さっき、叩いちゃってごめん。もうしないって約束するから、冷静になろう？　あなたのしてること、おかしいよ。嘘ついて学校サボって、みんなを騙して黙って出てくなんて」

『ごめんなさい』

「謝らなくていいから、帰って来て。ちゃんと話し合おう、どうするのがいいのか」

『わたしの気持ちは決まってるんです。お父さんと暮らします』

「テンちゃん！　ふざけるのはやめて。馬鹿なこと言わないで帰って来て！」

『どうして「馬鹿なこと」って決めつけるんですか？　わたしにはお父さんが必要なんです。お父さんには、わたしが必要なんです』

「それは家事がぜんぜんできないからでしょ。あなたを家政婦みたいに使えるから」

『それのなにがいけないんですか？』

「なにがって、それは――」

言いよどむ七重を、十遠がたたみかける。

『わたしと、千葉青花さんとどう違うんですか？』

千葉青花さんは、前回の依頼で知り合った依頼者の娘だ。母親の死後、家事の出来ない父親と暮らすために、その実家に移り住んでいる。

『青花さんは、わだかまりを飲みこんでお父さんと暮らすんですよね？　亡くなったお母さんがほしかったものを取り戻したいから』

幸せな団欒。それは、青花さんの母・美福さんが築くことのできなかった家族の形だ。

『わたしも同じです。わたしとお父さんが家族だっていう形がほしいんです』

「一緒に暮らせば家族になれるって言うの？」

『そう教えてくれたのは、四寿雄お兄さんじゃないですか』

反撃に七重は息を詰めた。たしかに、四寿雄は言った。

四年前、十遠が藤川家で暮らし始めてすぐの頃だ。自分の居場所を作ろうと必死に策を巡らせる、七歳の十遠の心を溶かした言葉だった。


うちでは、一緒に暮らしている大切な人同士が〈家族〉だからさ。

血のつながりなんて、あってもなくてもいいんだ。

藤川家の一員でいたいと思う人は、誰でも家族になれる。


あの言葉は、それぞれの事情から寄り集まって暮らすきょうだいをつなぐものだ。

それを十遠は、まるで逆手に取るような解釈で振りかざしている。

「シズオちゃんの言葉を、都合良く曲げないで」

『曲げてません。お兄さんは、わたしにすてきなことを教えてくれました。赤の他人でも互いを想うだけで家族になれるのなら、血がつながっていて、さらに一緒にいたい親子だって家族になれるはずです』

「どうしてその人と家族になりたいの？　家族ならもうあるじゃない！」

『家族って、一つだけしか持っちゃいけないんですか？』

七重は答えに詰まった。

『九重お兄さんだって、いままで暮らした家族がいて、美晴お姉さんや麗ちゃんと新しい家族を作りました。わたしだって、同じようにする権利があるはずです』

正論だった。でも、だけど！

「テンちゃん、わかってよ。あなたが不幸になるのを見過ごせないの。家事させられて、こき使われて、お金まで貸して。それって、娘が父親にすることじゃないよね。父親が、娘にさせることじゃないよね？」

『じゃあお姉さんは』

いきなり訊かれて七重は面喰らった。

「え？」

『わたしが来るまではずっと、一人で家事をしていたでしょう？　部活にも入らず、外で遊んできたお兄さんたちにご飯食べさせて、散らかした靴を片付けて。それって、不幸でしたか？』

十遠の言葉が、七重の中のなにかを揺るがした。

「ちがう……」

『わたしもです。わたしは、お父さんのためにやりたいからやるんです。家族の喜ぶ顔が見たいから。お姉さんと同じです』

「ねえ」と七重はあえぐように言葉を押し出した。「どうして、なんにでも自分も同じですって並べてくるの？」

『そうしないと、わかってもらえないからです。わたし、何回も言ったでしょう？　見守ってほしい、応援してほしいって』

「だけどテンちゃん——」

なおも言い募ろうとすると、十遠が叫んだ。

『どうしてわかってくれないの、お姉ちゃん！　わたしに、お父さんは一人しかいないの！　お願いだから見守って！　見守ってよ！』

『つうことだから、もうかけてくんのやめて？』

声がふいに勇次に変わったと思った途端、通話を切られた。

すぐにかけ直したが、ＩＤをブロックされつながらない。

七重は呆然とスマホの画面を見つめた。あまりにも一方的すぎる。

「仕方ないよ、ナナちゃん。誰だって家族がほしいもの。出来れば血のつながった、どこにでもあるような普通の家族が」

「あたしたちは、家族としては偽者って言いたいの？」

行き場のない悔しさから、七重は美晴をにらみつけた。

「そいつに突っかかったって、しょうがねーべ」

美晴の肩を持つような発言をした六郎が、不本意そうに続ける。

「そりゃあ俺だって、大事にしてくれるカーチャン欲しかったわ」

うすうす感じてはいたが、初めて聞く六郎の本音だった。

「じゃあ、六郎くんもいまお母さんが呼んだら行っちゃうってこと？」

「あのババアが呼ぶか。つか、もうそんなトシじゃねぇよ」

「十年前なら？」と九重が訊く。

「わかんね。俺が十三の時、まだババアシングルだったし。――けど、あの時、ババアが継父《オッサン》より俺を選んでればさ」

そこで言葉を止めた六郎は、シミュレーションのためにか宙をにらんだ。

「や、どっちにしても引きこもったわ俺」

「なんだよそのオチ」

八重に呆れられた六郎がむっとして応じる。

「オチじゃなくて、冷静に考えてみたんだっつの。もともと俺とババア、上手くいってなかったからさ。きっかけがあれば、どっちにしろ同じだったんじゃん、って」

その言葉に、七重は驚きを覚えた。

これまでの六郎は、人生の躓きすべてを母親のせいにしてきた。再婚相手の意向を重視し、実子を遠ざけた母親を恨むことで自身を保っていたのだ。

そんな六郎が、たとえ母親が再婚を取りやめたとしても結果は変わらなかった、と分析したのは大きい。

なにが彼を変えたのだろうと見つめた七重は、あることにふと目を留めた。

「六郎くんが日焼けしてる――」

ちょうどのど仏の辺りを境に、膚の色が違っている。

そう言えば最近、六郎は外出が多い。

「就活してて悪いか」

むすっとした告白は、まさに青天《せいてん》の霹靂《へきれき》だった。きょうだいは声を揃える。

「「「マジで？」」」

「そういう反応がヤだから言わなかったんだっつの！　てか、俺二十三なんスけど？そろそろ本気出さねぇと、超ブラック企業だって採ってくれなくなるじゃん」

「一応、そういう焦りはあったわけか」

見直したとでも言いたげな九重を、六郎が忌々しそうに見遣った。

「焦ってるって認めたくないから、ここまで引っ張ったんだっつの」

二年間自宅浪人した後に入った専門学校も半年で自主退学して、そこからさらに二年。

「よし、呑もうロク！」

感極まった様子で握手を求めた四寿雄を、六郎はウンザリ顔で振り払った。

「呑まねぇし。明日も面接あるし、酒臭《くせ》ぇのなんて論外だし」

「実際問題、戦況ってどんなカンジよ？」

来年は自身が就活生となる、専門学校一年の八重が知りたがった。

「二十六連敗」

「おまえにしちゃ、粘るじゃん」

ゲームに少しでも手こずると、とたんに投げ出す性格だと家族は知っている。

「しゃーねーべ、ジコセキニン」と応じた六郎が席を立った。「ごっそーさん」

「六郎くん、サラダ残ってる」

「いらね」

生野菜には目もくれず、悠々とダイニングルームを後にする。

「ロクの就職が決まりますように」

祈った九重に、八重がつっこみを入れた。

「それ、応援よりも保身の意味でだろ？」

「当然。これ躓いたら、あいつの怒りの矛先がどこに向かうかわかんないじゃん」

自分や妻子が標的にされるのはごめん、というわけである。

「どうしても上手くいかなかったら、そこは兄ちゃんが何とかするさぁ」

四寿雄が胸を叩いた。無駄に広い人脈を使い、就職口を世話するのだろう。

「ねえ。いままで斡旋《あっせん》しなかったのは、六郎くんにやる気がなかったから？」

七重が問うと、四寿雄はうなずいた。

「本人に気持ちがなければ、どんなにお膳立てしたって続かないだろう？　だいいち、相手にも失礼になるし」

「今度は大丈夫ってこと？」

「そう思うよ。ロクは、自分から動いたんだ。変わるために」

「十遠ちゃんもそうなんだよ、七重ちゃん」

美晴の言葉が胸に刺さる。

「結局どうすんの、テンの件」

八重が訊くと、四寿雄はため息と共にモジャモジャ頭を掻きむしった。

「緑川さんと連絡を取ってみる」

2

緑川勇次との話し合いは不調に終わった。

『なんでよ？　実の娘が実の父親と暮らすののどこがダメなわけ？』

四寿雄からの電話に、勇次は一貫してそう言っていたという。

せめて一度会って話したい、というこちらの要求は通らなかった。

『そんなことより、姫の荷物を早く送ってよ。いろいろ不便だからさぁ』

「イツ兄、弁護士として間に入ってよ。裁判所に訴えて！」

やりとりを聞いた七重はいきまいたが、五武に断られた。

「俺も勉強不足なんだが、今回のようなケースは訴えたところで通らないだろう」

「テンちゃんを連れ戻せないってこと？」

「まず無理だな。そもそも、うちは親権者じゃない」

十遠の親権者は母方の祖父母だ。藤川家は祖父母の承諾のもと、十遠と生活を共にしていたに過ぎない。

「じゃあ、親権者に止めてもらったら？」

「あちらが止めるとは思わない。むしろ、実の父親が親権を希望すれば喜んで手続きするんじゃないのか」

祖父母にとって、十遠はやっかいものだ。だからこそ、渡りに舟とばかりに藤川家に押し出したのである。

「緑川さんにしても、たとえば、彼が無職だったり過去に虐待があったならともかく、行政が現時点で養育に不適格という判断を下すとは思えない。それに、十遠は意見を考慮してもらえる年齢に達している」

「じゃあ、テンちゃんがあっちで暮らしたいって言えば、あたしたちはどうにも出来ないってこと？」

「そうなるな」

「だったら、結局、あたしたちのやってたことは家族ごっこに過ぎないってこと？」

悔しさがこみあげて訊ねると、五武が、一拍おいてから答えた。

「法的にはそうだ」


十遠が藤川家を出て行って、五日が過ぎた。

相変わらず、七重のＩＤはブロックされたままだ。それどころか、携帯電話の番号も着信拒否されている。

それなのに、勇次からはこれ見よがしな写真が送りつけられてきた。親子で遠出した際の自撮りである。

花柄のバッグを斜めがけした十遠と、得意そうな勇次。即座に削除、ブロックした。

あれ以来、なにも手につかなかった。講義に出ても内容が耳に入ってこない。

そして今日、七重は初めて大学を自主休講した。自宅近くまで帰って来たものの行く当てがなく、みなとみらいへ出て山下公園方面にぶらつく。

こっそり小学校を休んだ十遠も、こんなふうに時間を持てあましていたのだろうかと思った。いや、違う。十遠には家族が出かけた後に予定があった。出払うのをいまかいまかと待ちかまえ、はやる気持ちを抑えていたはずだ。

どうしてこんなことに。

ほんの少し前まで、七重たちは仲の良い「家族」だったのに。どこで間違えたのだろうか。どこでボタンをかけ違えたのだろうか。

頭の中で、疑問ばかりがぐるぐる回るのに答えは見つからなかった。

泣きそうになりながら七重は歩く。歩くしかないのだ。

ふと七重は、自分がずいぶん遠くまで来ていたことに気づいた。赤レンガ倉庫から山下公園へ抜けており、右手前方に、先日美晴と訪れたパンケーキ屋がある。

――食べていこうかな。

お腹は空《す》いていなかったが、迷った。店に向けて横断歩道へ踏み出そうとした時、店のドアが開いて中から客が出てきた。

ベビーカーを押した母親が二人。

後から出てきた方の母親に、七重は目を丸くする。

美晴ちゃん。

頭の両サイドに編み込みを施した美晴が、笑顔でもう一人と話している。

復職してしまったというママ友さん？　そうではなさそうだ。その人は三十代半ばと聞いていたが、目の前の女性はどう見ても二十代前半である。

視線を感じたのか美晴が顔をあげた。この時間、大学にいるはずの七重をみとめて驚いたのもつかの間、破顔して大きく手を振ってきた。

つられた七重も笑顔で手を振り返し、連れには会釈する。

美晴ちゃん、ママ友出来たんだ。

「よかった」

つぶやいた途端、なぜか涙がこみ上げた。

安堵に、違う感情が混じっていた。

七重は独り、美晴たちに背を向け、パンケーキ屋を横目に石川町方面へと進路を取る。

☆

諸岡啓さん、七十四歳。

喫茶店『喇叭』の元オーナー。

家族は一人息子の冬弥《とうや》さんと、その妻・梨乃《りの》さん。

妻の八重子《やえこ》さんとは十年前に死別。しばらく独り暮らしをしていたが、数年前より息子夫婦と同居を始める。

同時に、店を譲って隠居の身となる。
わたしは、あんまりいい親じゃなかったからね
自分をそう振り返る啓さんの願いはただ一つ。
冬弥さんに、悟られぬように感謝を伝えること――。

☆

「さあ、簡単なフリして難易度高すぎの遺言入りましたー」

六郎の茶化すような台詞に、きょうだいはそろってうなずいた。

諸岡啓さんの訃報が入った日の夜、場所は旧待合室である。

めいめいが気に入りの場所に陣取った、いつもの光景だ。

だからこそ、七重はその席に目をやらずにはいられなかった。

しかし、それは七重だけだ。

十遠がいないことは、すでに藤川家の日常になりつつある。

「っていうより、不可能案件でしょこれ」と九重が呆れた。「たとえば、物をこっそり戻すとかならわかるけど、気持ちを相手にわからないように伝えるって、そもそも矛盾してるじゃん」

「矛盾してたっていいじゃないか。啓さんの本当の気持ちだ、ってところが大事なんだぞぅ」

「と威張られましてもね、シズオ先生。代行すんのも苦労すんのも、俺らなんスけど」

八重が自身の胸を指してみせる。

「今回のって、入院先から抜け出して来た方ですよね？」と美晴。

「以前から循環器系が悪かったようなんだ。入院していたのも、心膜炎かなにかを起こしていたからで、とても外出できるような状態じゃなかったんだそうだよ」

四寿雄は啓さんを病院に送っていった際、看護師さんの説教を聞いたらしい。

七重は啓さんのかすれた声を思い出した。

「啓さん、無理しなかったら、まだ元気でいられたのかな」

亡くなったのは、外出の二日後だったそうだ。

顔を合わせたばかりの人の訃報は、ことさらに胸が痛い。

「それはわからないけど、ただ、啓さんにとっては、絶対に伝えたい想いだったんだよ。だからせめて、みんなで、全力を尽くそうじゃないか」

「――ときれいにまとめるのはいいが、策はあるのか？」

五武の冷静な問いに、四寿雄がわざとらしく声を張り上げた。

「だからそれを、いまからみんなで考えようじゃないかぁ！」

あいかわらずの無茶振りである。

「まず、前提として冬弥さんに気づかれちゃダメなんだよね」

自分の頭を整理するためもあって、七重はそんなふうに話し始めた。

「それでいて感謝を伝えるとなると――、ストレートに『ありがとう』はまずいわけだから、なにかに変換するしかないんじゃないかと思うんだけど」

「なにかって、金銭《カネ》っスか？」

六郎は揶揄《やゆ》する調子だったが、七重はうなずいた。

「まさにそんな感じで」

「まあ、気持ちを物や金に托すのは一般的だけどさ。ちなみに今回の資金はどこから出るわけ？」

九重の言葉を受けて、五武が訊ねた。

「四寿雄。今回、いくらで引き受けた？」

「金額は問題じゃない。値段は依頼人の気持ちで決まるんだぞぅ！」

「違《ち》げーよ、そういうことじゃなくって」と口を挟んだ八重を、五武が制した。

「論点をずらしてきた時点で、責められるような額だと察しろ」

「あ。待ってシズオちゃん。もしかして、支払いしてもらってないんじゃない？」

七重は思い返してみたが、あの時、そんな余裕はなかったはずだ。

「したぞぅ、したした」と四寿雄が目を泳がせる。

「おいくら万円よ？」

「えーっと。れいてん二万円」

六郎にたたみかけられて明かした額は二千円。いかにも四寿雄の小遣いから出せそうな額である。

どうするよ、ときょうだいは視線をかわした。

そうまでして四寿雄がごまかす理由は明白だった。

遺言代行は、その特殊性から完全な前金制だ。逆に言えば、支払い以前に依頼者が亡くなった場合、契約は不成立となる。

それを避けんがための嘘だった。死を賭してカンパニーを訪ねてきた啓さんの想いを、汲《く》みたいのである。

きょうだいがもし異を唱えた場合、と七重は思い浮かべた。

四寿雄がごねる↓泣き落としにかかる↓きょうだいが折れるという流れは、もはや様式化している。

省略でよくね？　ときょうだいは視線で会話した。代表して、八重が口を開く。

「じゃ、その二千円が軍資金ということで」

四寿雄が大げさに両手を合わせ、五武が話を進めた。

「で、だ。感謝をなにかに変換する七重の案で行くとして、どうする。理由のない金品を、先方が受け取るとは思えないが」

「かといって、金一封をこっそり置いてくるとかもナシ――だよね」

七重が言いながら反応を窺うと、兄弟がこぞって首を振った。

「とりあえずさ、方法を決めるためにももう少し情報が要るんじゃん。息子さんの人となりとか」

九重がもっともな指摘をする。

「瀬谷で茶店やってんだろ？　見てこいよシズオ」

「威張るなら、オマエも行けばいいのに」

暇だろ、という口調の九重に、六郎がどこか誇らしげに応じた。

「無理。二次面接《にじめん》だし」

「二次？」ときょうだいが沸いた。「なにその快挙。明日って、まさか雪？」

「降らねーよ！」

言い返した六郎は笑顔だ。

「おまえの職が決まったら、俺が焼き肉に連れてってやるよ」

五武がそう言い出し、八重と九重が騒ぎ立てた。

「なにそれ、イッ兄！」「ロクだけ？　不公平じゃん」

「おまえらが就職する時も、奢ってやるよ」

「俺来年だから、金貯《た》めといてよイッ兄」と八重。

「三年後は、俺とナナな」

三年後。九重のその言葉から逃げるように、七重は急いで話を戻した。

「じゃあ、喇叭屋さんに行くのは、シズオちゃんとあたしでいいよね」

「そのことだけどさ。行くのは、兄ちゃん一人でやっておくよ」

断られた瞬間、七重は身体の中に炎が走った気がした。

「ううん、行く。だって、シズオちゃんひとりじゃ心配だし」

「そうは言っても、ナナは学校があるじゃないか」

「大丈夫。今週だったら、一日くらい休んでも」

明日はグループ討論が予定されている講義があったが、どうにかなる。たぶん。

「だったら講義のあとで待ち合わせよう。近いんだし」

七重の通う大学は、『喇叭』から数駅のところにある。

「乗換駅にいるよ」

四寿雄に決められ、七重は渋々ながらうなずいた。

「わかった」

翌日の夕方、七重と四寿雄は『喇叭』を訪れた。

『喇叭』は駅にほど近い商店街の外れにあった。藤川家と似たり寄ったりの築年数と思われる二階建てで、一階が店舗、二階が住居になっているようだ。

『喇叭』の入り口は年季の入った木製枠の硝子《ガラス》ドアで、色あせた「OPEN」の札がかかっていた。

建物が古いせいか、トイレの芳香剤のにおいが外にまで漂ってきている。

「いらっしゃいませ」

ドアを開けるとベルが鳴り、愛想のいい声が迎えた。

カウンターに、エプロン姿の男性がいる。

歳の頃は四十代。おそらく、彼が冬弥さんだろう。

「すみません、ただいま混んでおりまして、狭くてもよろしいでしょうか」

男性が示したのは、通路の隅に申し訳程度に置かれた二人がけの席だった。

そこ以外は、どのテーブルも埋まっている。

二人が席に着くと、水とおしぼりが運ばれてきた。

「ようし、ナナ。今日は兄ちゃんが奢っちゃる」

四寿雄がメニューを開いた。サンドウィッチ、ナポリタン、と美味しそうなメニューが並んでいる。

「いまはコーヒーしかないよ」と近くの席から声がかかった。「そのメニューは古いんだよ。先代が大昔に作ったものだからさ」

言われてみれば、メニューのビニールカバーは硬化しており、文字も色褪《いろあ》せていた。それどころか、かつて行っていたキャンペーンの手書きポップも貼りつけたままだ。

にゃロットあるニャ。ご利用、五百円ごとに『にゃロット』一枚進呈！

ネーミングからすると、商店街の振興券のようである。

「すみません。うちは常連さんがほとんどなもので失念していました」

冬弥さんに詫びられた四寿雄が訊ねた。

「じゃあ、コーヒーのメニューは？」

「ブレンド、アメリカン、本日のおすすめの三種で、本日はマンデリンになります」

四寿雄がマンデリンを、七重がブレンドを頼む。

アルコールランプを使い、一杯ずつ抽出するサイフォン式のため、コーヒーが出来るまでしばらくかかりそうである。

七重はあらためて店内を見回した。テーブル席が六つ、カウンター席が二つ。

壁紙は上部が剝がれかかり、煙草のやにで黄ばんでいる。店の南面がガラス窓になっており、通りを挟んだ向かいの履物屋が見える。

お喋りに興じている六、七十代の女性は近所の住人のようだ。漏れ聞こえる内容から

　すると、商店街の関係者らしい。

「啓さんが亡くなったのって、二週間くらい前だよね？」

　七重は小声で確認した。

「うちに来た二日後だから、そのくらいだと思うぞぅ。どうかしたのか？」

「ってほどじゃないけど。なんか、空気がゆったりしてるなあって。そんなもの？」

「亡くなって間もないとはいえ、先代だからなぁ」

　引退は数年前だ。店に顔を出さなくなって久しいなら、客の関心も薄くなる。

　小学生が数人、ランドセルを鳴らしながら通りを走って行った。

　午後三時を回り、下校が始まったのだろう。

「お待たせしました」

　コーヒーが運ばれてきた。真っ白なカップとソーサーは揃いで、「喇叭」とロゴがインディゴ色でプリントされている。

　七重のブレンドコーヒーは、雑味が少なく優しい味がした。一口啜《すす》った四寿雄は目を細めて、ポケットから煙草を取り出す。

「この店、禁煙だよ」

　目敏《めざと》い年配の常連客に指摘され、四寿雄は煙草を引っこめた。

「残念。何年も前にここを知っていたら、美味しいコーヒーと煙草が味わえたのに」

やにのこびりついた壁紙を見遣って言ったのを、常連客が聞き咎めて笑った。

「ダメダメ。煙草が吸えた時代のコーヒーはインスタントだったからねぇ」

七重は思わず四寿雄と視線をかわした。

インスタント。曲がりなりにも喫茶店で。

「この店はね、いまのマスターが立て直したんだよ」とその常連客がささやいた。「前のマスターは、小金が出来るとすぐにこれだったから」

これ、とパチンコのハンドルを回すしぐさをする。

ギャンブルにうつつを抜かし、おざなりな経営をしていたらしい。

「ふぅむ」と声をもらした四寿雄が、コーヒーカップを見つめてモジャモジャ頭を掻く。気にかかることがあるのかと七重が訊ねようとした時、カランカラン、と昔風のドアベルが鳴った。

入ってきたのは四十代くらいに見える女性だった。スーパーの制服らしきものを着ており、両手には買い物でいっぱいのエコバッグを提げている。

女性は無言でカウンターの内側へ入り、冬弥さんの後ろを通り抜けた。エコバッグがコーヒーカップを引っかけたのか、陶器の割れる音が聞こえた。

「失礼しました」

詫びたのは冬弥さんだ。女性はそのまま強引に押し進んで、住居とつながっているとおぼしきガラス戸の向こうに消える。

息を詰めていた常連客が、一斉に肩の力を抜く。

「毎度ながら、恐怖の一瞬」と仲間内でささやき合っている。

「いまの、奥さんの梨乃さんだよね？」

七重はささやいた。年格好からも、住居に入っていった辺りからもそのはずだ。

だが、マダムにしては愛想がなさすぎる。それどころか、客に緊張を強いている。

地元密着型の個人経営店でこれは、致命的だ。

冬弥さんが割れた陶器を掃き集めている。

その表情は、悲しそうでもあり諦めているようでもあった。


「そういえばシズオちゃん、さっき、なんで呻《うめ》いてたの？」

思いがけず長居した『喇叭』からの帰り道、七重は訊いてみた。

「んー、あれかぁ。ちょっと不思議に思ったんだよ、あのカップを」

「カップって、コーヒーカップ？」

七重は目を丸くして訊ね返した。

別段、おかしいところはなかったように思う。どこの店にもありそうな、ありきたりな店名入りのカップとソーサーだ。

「言われてみれば、ロゴが凝ってたかなぁとは思うけど――」

「ロゴじゃなくて、本体の方だよ。おろしたてみたいにピカピカだったろう?」

「たしかに真っ白だなと思ったけど、磨き上げたとかじゃなくて?」

「ほぼ新品だったはずだよ。ロゴがまだ鮮やかだったし」

そう言われてみれば、そうだったような気もする。

「だけど、それってそんなに変なこと?」

「ざっと見た感じ、店内のカップすべてだったからね」

「単に、ボロくなったから入れ替えたとかじゃなくて?」

「まあそうなんだろうけど、あの店の設備、古かったろう?」

カバーが硬化したメニュー、黄ばんで剝がれかかった壁紙。

臭気をごまかすための、過剰な芳香剤。

「兄ちゃんなら、もしお金があるならリフォームを最優先にするなあ、ってさ」

「居心地の良さを上げれば、売り上げにつながるもんね。でもリフォームって、すごくお金がかかるんでしょ?」

だからせめて、それよりはお金のかからないカップのリニューアルにしたのではないかと七重は想像した。

「冬弥さん、豆にこだわってるみたいだし、新しいカップで気持ちよく飲んでもらいたいとか」

「うーん」と納得いかなそうな声を上げた四寿雄の腹が鳴った。

「なんか食べてくシズオちゃん？」

駅前にはたしか、ドーナツショップがあったはずだ。

「いや、いいよ」

四寿雄は、せかせかとICカードを用意する。

「じゃあ、せめてパンを――」

改札の並びにパン屋を見つけて声をかけたが、四寿雄は改札を通ってしまった。

横浜方面行きの電車到着のアナウンスが聞こえたため、七重も続かざるをえなかった。

乗り込んだ電車が動き始めてから、四寿雄が急に心細そうな顔をする。

「だめだ、兄ちゃんはエネルギーが切れる」

「もう。だからパン買うかって訊いたんじゃない」

「そうなんだけどさぁ――」と言って四寿雄が言葉を切った。いくら待っても続きがないので、七重は痺《しび》れを切らす。

「そうなんだけど、なに？」

「ああ、いや、うん。なんでもないよ」

ただされると思っていなかったらしい四寿雄が、慌てたように返した。

まあいいけど、と七重はスマホを確認した。

午後、四時二十四分。

「ねえ、うちに着くのが五時頃で、お夕飯はそこからさらに二時間先だけど、乗換駅で軽くつまんどけば？」

「そうしようかなぁ」

のんびりと四寿雄が応じる。

七重は、帰宅後の夕食の段取りを考え始めた。

3

七重は『喇叭』に来ていた。これで連続八日目である。

初日を除き、すべて一人だ。

遺言代行の手がかりになりそうな情報を、なんとか集めたかった。それには『喇叭』に通うのが、いちばんの近道ではと考えたのだ。

行く時間はまちまちだったが、冬弥さんは三日目で顔を覚えてくれた。「近くに越していらしたんですか？」と訊かれたのが五日目のこと。四寿雄を彼氏だと思っていたらしいので、きっちり「兄です」と訂正したのが昨日だ。

「今日は、これから授業？」

開店してまもない時刻に現れた七重に、冬弥さんが訊いた。袖がヒラヒラしたコットンのブラウスにジーンズ、リュックという恰好はいかにも通学風だ。

「あ、午後からです」

無難に答えたが、実際は午前中の講義をサボっていた。昨日も一昨日もだ。そうやって通い詰めたわりに、成果は上がっていない。

七重の席に、ブレンドが運ばれてきた。

カップとソーサーは今日も新品同様である。

「カップ、いつもピカピカですね」

そう口にすると、冬弥さんが笑った。

「ああ、新品だから」

「お店のカップ全部ですか？」

「たくさんあるんだよ、売るほどね。まだまだ倉庫に眠ってる」と応じた冬弥さんは、ふいっと横を向いて皮肉げに続けた。「あいつに少しくらい割られても、困らない」

暗に梨乃さんを指すセリフに気まずくなり、七重は話題を変えられそうなものを探す。

「あの、この『にゃロット』ってまだありますか？」

ぎょっとした冬弥さんは、すぐに平静を装った。

「ずいぶん前のだからね、もうやってないんだ」

触れてはいけない話題だったのかもしれない。七重は後悔する。

カランカラン、とドアベルが鳴って客が入ってきた。重たそうな革靴の音が響く。

「いやー、あっついねぇ。まいったよ」

いきなりの聞こえよがしな男性の声をうるさく感じ、七重は入り口に目をやった。

あっと言いそうになるのを、すんでのところでこらえて顔を伏せる。

あいつだ！

緑川勇次だった。どうしてここに？

「いらっしゃいませ。お好きな席へどうぞ」

冬弥さんに促され、勇次はカウンター席のスツールに陣取った。ちょうど、七重に背を向ける形だ。

麻のシャツにチノパンという軽装に、手ぶらである。

仕事は？　と盗み見る七重は眉をひそめた。外回りの休憩や会社帰りとは思えない。

勇次はどっかりと足を組むと、冬弥さんに注文した。

「ナポリタンちょうだい。それから、コーヒー。インスタントのやつ」

「インスタント」はわざとらしく強調して、冗談だというように軽く笑う。

「申し訳ありません。いまは食事のメニューはやっておりません。コーヒーはアメリカン、ブレンド、本日のおすすめの三種からお選びいただけますか」
「あ、そう。じゃあブレンド。あと灰皿ね」

「申し訳ございません。当店は禁煙で」

「なによ。しばらく来ないうちに、意識高い系の店になっちゃったねぇ」と勇次は店内を大げさに見回した。「昔はナポリタン頼むと、マスターがかったるそうに冷凍庫を開けてたんだけどさぁ」

「父をご贔屓《ひいき》にしてくださっていたんですか。ありがとうございます」

冬弥さんが水の入ったグラスを勇次の前に置いた。

「昔、この近所に客がいてさ、そこに行くってことにして来てたのよ。ここ、営業サボるにはぴったりでさぁ。客はいない、マスターはいい加減。テレビは見放題で煙草も吸い放題、半日はいたね」

勇次のそんな姿はたやすく想像出来た。ソファに寝そべって、まるで別宅のようにくつろいでいたに違いない。

「今日は、しばらくぶりでこの辺にいらしたんですか？」

冬弥さんは勇次を「話したがる客」と判断したようで、水を向けた。

「ああ、一年くらい前に引っ越してきてたんだけどさ。いやほんと、去年は最悪の年で」

婚外子がいると妻にばれて離婚になったことを指しているらしいが、原因を作ったのは勇次自身ではないか。

「色々あって、いまは娘と一緒に住んでんのよ。わけあって、ずっと別々に暮らしてた娘でさぁ」

勇次はスマホを取り出し、画面をタップしてから冬弥さんに向けた。

「かわいらしいお嬢さんですね。おいくつですか」

「十一。小五よ。背なんかもう、こんくらいあって」

勇次は手で、自身の顎の下を示した。

「夕メシもあり合わせでさっと作っちゃうし、洗濯も掃除もばっちり」

「それはすごいですね」

「だけど、いままでそれだけ苦労してきたのかって思うと、申し訳ないやらかわいそうやらでさぁ」

勇次の大げさなため息が、七重の胃をきゅっと縮ませた。

十遠は苦労してきたからこそ、家事をこなせる。

勇次はそう言ったも同然だった。つまり、七重たちとの生活を否定したわけだ。

自分はなんにもしなかったくせに。

十遠が一番支えを必要としていた四年前は、保身のために逃げたくせに。

七重はこみあげる怒りを飲みこんだ。つかつかと近づき、厭味の一つでもかましてやろうか。この場で、酷い父親なのだと暴いてやったら、どんな顔をするだろう。

想像で気を紛らわせるあいだも、勇次の話はダラダラと続いている。十遠の自慢。自身の悲劇的立場の強調。政治や職場、自身を取り巻く環境への愚痴。

合間に二度、勇次は煙草に火をつけた。いずれも注意されてもみ消したが、しばらくするとソワソワと立ち上がった。

「さぁて。オジサンはご大層な店から退散するか」

禁煙を皮肉って会計した。金額を告げられ、顔をしかめながら千円札を差し出す。

「旧《ふる》いなじみがきた時はさぁ、ちょっとはお父ちゃんを見倣うもんだよなぁ」

どうやら、暗にまけろと言っているらしい。啓さんならそうしたはずだ、とも。

冬弥さんは苦笑して、しかし、正確な額の釣り銭を渡したようだ。

「それにしてもさ。直した方がいいんじゃないの、トイレ。臭いよ」

意趣返しとばかりに指摘すると、勇次は軽く手をひらめかせて出て行った。

「なんなの、あいつ」

勇次の姿が見えなくなるなり、常連客から批判の声が上がった。耳をそばだてていたらしい彼女らは、口々に勇次をこき下ろす。

むろん、冬弥さんを慰めるのも忘れない。

「気にしちゃ駄目よ、冬弥くん」

「いやぁ、設備が古いのは事実だから」

芳香剤でごまかしている現状を、冬弥さんも気にはしているらしい。

「そんなこと言ったって、リフォーム代がねぇ」

「まだどのくらい、お父さんの借金残ってるの冬弥くん」

啓さんの借金。耳新しい情報だった。なにかつかめるかもしれないと、七重はメールを打つ。


シズオちゃん、啓さんの借金のこと調べられる?


冬弥さんは具体的な額を口にせず、ええ、まあと濁した。完済にはほど遠い印象だ。

「でもあと少しよ。売り上げだって良くなってきてるんだからねぇ」

「頑張ってるわよ、冬弥くんは。だからほら、新しいお客さんだって増えて」

どうやらそれは、七重のことらしい。

目に見える変化がその程度だとしたら、ずいぶん楽観的な言い分に聞こえる。とはいえ、常連客たちは冬弥さんの味方のようである。

それから一時間ばかりを『喇叭』で過ごした七重は、昼すぎに店を出た。午後から講義だと言ったのを、冬弥さんが覚えていて促されたのだ。

駅へ向かったが、大学に行くつもりはとうに失《う》せていた。

かといって、ほかに行く当てもない。

どうしようかと考えを巡らせた七重は、ふと、勇次の言葉を思い出した。

そう。勇次と十遠は、この近所に住んでいる。

どんな家なのだろう。こぎれいなハイツ？　新築のマンション？

倒れそうなオンボロアパート？

はたして、小学生が住むに適した環境なのだろうか。

急に不安が押し寄せ、七重は近隣を歩き回ってみた。

駅の南側は地元に根付いた商店街のある、ごく普通の住宅地だ。北側はさらに活気があり、マンションと小洒落《こじゃれ》た分譲住宅が建ち並んでいる。

治安は、藤川家のある界隈よりもよほどいいと言える。

ひとまずは安心だが、生活はどうだろう。不足品は買い足してもらえているだろうか。

きちんとプライバシーを保てているだろうか。

泣いてやしないよね、テンちゃん。

確認しないと、と思った。家を探して、中を見てみないと。

でも、どうやって？

七重は勇次の住所を知らされていない。十遠が出て行くまでは、知りたいとすら思っていなかった。

勇次の話には、具体的な地名や目印になるものは出ていなかった。ただ『喇叭』の近所というだけでは、漠然としすぎている。

思案する七重は小学校の前に差しかかっていた。今のところ、家庭の事情ということでもとの学校に通っている十遠だが、いずれはここに通うことになるのだろう。

そう思った七重はふと閃いた。

駅で十遠をつかまえればいいのだ。

十遠は下校後、電車を乗り継いでこの町に帰ってくる。さいわい改札口は一箇所で、見張るのはそう難しくないはずだ。

七重はスマホの時計を確認した。午後二時ちょうど。

五年生である十遠の下校時刻は三時三十分だ。まっすぐ駅に向かって電車に乗ったとして、帰り着くのは四時二十分あたり。友だちとお喋りをして遅くなれば、五時前くらいになるだろう。

四時まで時間を潰そうと、七重は南口のドーナツ店に腰を落ち着けた。少しばかり長居になるので、多めにドーナツを買う。

駅からの人の動きに注意しながら、来週が提出期限のレポートの下書きをした。といっても、先週、今日と連続で講義を欠席してしまったため、ノートは二週間前までしかない。

あとで、誰かにコピーさせてもらおう。

そう考えたのを見透かすようなタイミングで、メッセージが着信した。

附属校から同じ学部に進学した友人からである。


ナナちゃん崖っぷちだよ？　大丈夫？


特別な理由がない限り、欠席三回でアウトと言われる講義である。

七重は返信せず、スマホを裏返して置いた。


セットしたスマホのアラームが午後三時三十分を告げた。

七重はノート類をリュックに放り込んだ。トレイを返却コーナーに置き、店を出る。

少々早めだが、確実性を増すため駅前に移動するのだ。

改札の真正面の壁で待とうと決めた。ここにいれば、見落とすこともないだろう。十遠の赤いランドセルも目印になるはずだ。

七重は行き交う人を眺め、時々、退屈しのぎにスマホをいじった。

時間が五分、十分と過ぎてゆく。

時刻が四時を越えると、高校生とおぼしき制服姿が目立つようになった。同時に習いごとなのか、小学生もちらほら混じっている。

四時二十二分発の横浜行きが到着した。先日、四寿雄と訪れた際はこれに乗って帰ったな、と思い出す。

四時三十分発の急行海老名《えびな》行きが、ホームにどっと人を吐きだした。真っ先に現れたのは十遠だった。息をはずませ、満面の笑みだ。

「テンちゃん！」

呼びかけると、階段を振り返っていた十遠がぎょっとして向き直る。

七重をみとめたその瞬間、表情に戸惑いと嫌悪が入り交じった。ランドセルとは別に斜めがけした花柄のバッグの肩紐を握って背後を気にする。

勇次が現れた。『喇叭』で一服した後、十遠を迎えに行っていたのだろうか。

勇次は怪訝そうに七重を見遣り、誰なのかを悟ると不快そうに顔を歪《ゆが》めて改札を抜けてきた。

「あのさぁ。なにやってんの、おねぇちゃん」

非難がましい大声は周囲の注目を集めた。通りすぎざま、幾人かが視線を投げてくる。

「どうしてここにいるの、お姉さん。住所をシズ兄に聞いたの？」

父親に追いついた十遠が控えめな声で訊ねたのに被せて、勇次が声を大きくする。

「困るなぁストーカーは」

犯罪者まがいの呼ばれ方に七重は反発した。

「違います！」

「じゃあなんで駅にいんのよ？　ここ、おねぇちゃんの生活圏じゃないじゃん」

「偶然です。今日は代行の仕事があってここに来ていて。啓さんの件」

依頼人の名は十遠に向けて言ったが、反応が鈍い。

そうだ、十遠は啓さんの来所と入れ違いで出て行ったのだ。

「っていうかさ、あれぇ？」と勇次が首を傾げてニヤニヤし始めた。「そうだよおねぇちゃん、昼間、商店街の喫茶店にいたでしょ？」

記憶の画像と、目の前の七重が照合されたのだ。勇次がわざとらしく肩をすくめる。

「おいおい冗談はやめてよ。半日以上も嗅ぎ回ってるって、ちょっと悪質じゃね？」

「だから嗅ぎ回っていたわけじゃなく、仕事で」

繰り返したが、街を歩き回った事実が邪魔して声に力がこもらない。

「あのさ。あんた訴えるよマジで」

勇次が口調をがらりと変えた。

「俺の娘、小学生よ？　みーせーいーねん。つきまとっても同性だからって罪にならないと思ってんなら、それ、間違ってるから」

「あたし、つきまとっても嗅ぎ回ってもいません」

「じゃあなんでここにいんのよ？仕事だって言いわけはいいからね、学生さん」

揶揄する口調で、七重の身分を周囲に知らしめる。

七重は、喋れば喋るほど自分が劣勢に立たされていくのがわかった。立ち止まって遠巻きにしている人々の視線が、次第に侮蔑的になっているように感じる。

売店の店員が同僚に耳打ちするのが見え、七重は顔から火が出そうになった。

「どうしました？」

人だかりに、とうとう駅員が事情を聞きにやって来た。

満を持したとばかりに、勇次が口をひらきかける。

七重はその横をすり抜けてICカードを使った。階段を駆け下りる。

ちょうど閉まりかけていた横浜行きの電車のドアに、身体をねじ込んだ。ドアは音を立てて止まった後、一度開き直してから閉まった。

『閉まりかけた扉からの無理なご乗車はおやめください』

名指しに等しい車内アナウンスが流れて、電車が動きだす。

恥ずかしさで、汗がどっとわいた。ハンドタオルで額を押さえた七重は、いたたまれなさに苛《さいな》まれながらうつむく。

やられた。完全に負けた。

腹のなかで悔しさがくすぶる。勇次にいいように手玉に取られ、ストーカーに仕立て上げられた。あの場にいた人々は、きっと勇次を信じたに違いない。

横浜に到着し、みじめな気持ちで七重は乗り換えた。重い足取りで藤川家に辿り着き、引違戸を開ける。

「お帰り」

旧待合室のソファに四寿雄が座っていた。

立ち寄る約束の友人でも待っているのだろう、と七重は気にも留めなかった。

「ただいま」と靴を脱ぎ、自室へ向かう背中に四寿雄の声がかかる。

「緑川さんから電話があったよ」

はっと振り向くと、立ち上がった四寿雄がこちらにやって来た。

「ストーカーはやめさせてくれとのことだった」

「あいつ！」

「あいつ、じゃないよ。駅でトオを待ち伏せしてたって聞いて、兄ちゃん心臓が口から飛び出しそうだったぞ」

「待ち伏せなんかしてない」

「ナナが一時間くらい改札前に立っていたって、売店の人が証言したそうだよ」

店員が同僚に耳打ちする姿を思い出し、告げ口かよと憎しみが湧く。

「あんな時間に、どうして向こうの駅にいたんだ。昼前に、兄ちゃんに啓さんの借金のことでメールしてきただろう？　もしかして、その時間からあの辺にいたのか？」

「それは、――代行のための情報を得ないとだから」

「大学はどうした？」

口調は静かだったが、ナイフで斬りこまれたように感じてうつむいた。

「ナナ。兄ちゃんの仕事は、学校をサボってまで手伝う必要はないんだ」

「だけど」

「ナナが最優先すべきなのは、アルバイトじゃない」

学業だ。でも。

「そんなこと言ったって、シズオちゃん。今回ちっとも動いてないじゃない。お店に行ったのだって一回きりでしょ？　それじゃ、いつまで経っても進まないでしょ」

「いまはほかの方面を調べてるんだよ」

「だったら、シズオちゃんはそっちに専念して。お店のほうはあたしが受け持つし」

「もう行っちゃいけない」

「どうして？　あいつがあたしをストーカー認定したから？」

「緑川さん、もし次にナナをあの駅近辺で見かけたら訴えるそうだ」

「訴えるって――、だってあたし、なんにも悪いことしてないのに？」

「駅で一時間も待つのは、いや、昼からずっとうろついていたのは度を越しているよ」

「だから！　あそこに行ったのは『喇叭』があるからなんだってば！　テンちゃんが住んでるってわかったのは、あいつが偶然お店に来て喋ったからなのに」

そこまで言って、七重は十遠の言葉を思い出した。

住所をシズ兄に聞いたの？

脳裏で、パズルのピースがはまるように二つのことがつながった。

「――シズオちゃん、『喇叭』に行った日、早く帰りたがったよね。あれは、駅であたしとテンちゃんが鉢合わせしないようにだったの？」

腹が空いたとぼやいたくせに、四寿雄はパン屋には目もくれず四時二十二分発の電車に飛び乗った。

そして今日、十遠は四時半着の電車で帰ってきている。

「シズオちゃんはあいつの住所、知ってるんだよね？　そしたら当然最寄り駅もわかってて、テンちゃんがいつ頃あの駅を通るかも逆算できて。もしかして、あたしが『喇叭』に行くって言った時に渋ったのも、だから？　テンちゃんに会わせないように？」

詰め寄ると、四寿雄が肯定した。

「そうだよ。ナナはのめり込みすぎてる」

「シズオちゃんは心配じゃないの？　あんなクズ男にお金まで貢いでるのに」

「だからこそ、いつでも手を差し伸べられる距離で見守るんだって、前にも話したろう？」

「じゃああたしは逆効果なんだね！　近づいて、刺激して、ストーカー認定されて！」

「やけくそみたいに言うんじゃなく、わかってくれ」

必死な表情に、七重は口を引き結ぶ。

「ナナ。ほかにもあるんだよ。そろそろ、――もっと外に目を向けよう」

がつん、と殴りつけられたような衝撃が走った。

「どういう意味？」

「もう、みんなの世話はいいよ」

「どういうこと？　あたし、いまやってることじゃ足りないの？」

「そうじゃないんだ」と四寿雄がもどかしそうに頭を振った。「逆なんだ。やりすぎ。正直、最近のナナには、みんなそう思ってる」

みんな？　と挑戦する目つきをすると、四寿雄が言った。

「じゃ、例を挙げようか。オーダー天丼」

数日前のメニューだ。喜んでもらおうと、七重は各自に具材の希望を訊いた。

そうして出来上がった天丼を前に、兄弟は目配せをかわした。

期待していた反応とは違った。いまになってその意味がわかった。

あれはつまり、みんな、四寿雄と同じように感じていたわけだ。

重たい。

「もちろん、心がこもっていて美味しかった。歯触りも汁の濃さもばっちりで」

フォローを、七重ははねのけるしぐさをした。

「だけど、いらなかったんでしょ」

「そんなこと言ってないよ」

「言ってるよ。言ったでしょ、やりすぎって!」

七重の両目から涙が溢《あふ》れた。四寿雄が両肩に手を置く。

「心を落ち着かせて聞いてほしいんだ。ナナはいま、心のバランスを欠いてる。自分と家族の区別がついていない。だから」

聞きたくない!

七重は四寿雄を突き飛ばして逃げた。家事をする小部屋に駆け込み、背中で閉めたドア伝いにしゃがむ。

出しっ放しのアイロンが、広げたアイロン台の上で冷えていた。昨夜はワイシャツやハンカチの皺を丹念に伸ばしたっけ。

馬鹿みたいだ、と頬を歪めた。アイロンだってきっと、おろしたてのような形状なんて誰も望んでいなかったのだ。うちのことも、なにもかも、適当でよかったのだ。

だからこその四寿雄の言葉で、兄弟の目配せなのだ。

むなしさが七重の胸にこみあげた。

一生懸命やって来たのに、と身体が震える。

しゃくり上げた七重は、いつしか声を迸らせていた。声とともに苦しさが出ていくようで、七重はさらに声を張り上げて泣いた。

4

玄関の方がにわかに騒がしくなった。

家事室の床に伏していた七重は、そちらに意識を向けた。ほぼ同時にドアが叩かれ、がちゃりと開く。

「ナナちゃん！」

飛び込んできたその人の声で、七重の目に新たな涙が浮かんだ。

「しょこ、さん」

承子さん。そう言ったつもりだったが、口が回らない。

「お兄ちゃんが電話かけてきたのよ。ナナちゃんが泣き止まないって。どうしたの？

なにがあったの？　なにかされたの？」

たたみかけるように訊ねる承子さんの案じる眼差しに、七重は嗚咽をもらす。

ドアの陰から四寿雄が覗いていた。弱り切った表情だ。

「だいじょぶ、だから」

「なに言ってんの？　どこがよ！　いい、喋らなくって。とにかくいらっしゃい」

額に汗で貼りついた髪を払うと、承子さんは七重を立たせた。支えながら歩かせ、玄関で靴を履かせる。

表ではタクシーが待っていた。有無を言わさず乗せられた七重は、承子さんのマンションに連れて行かれる。

タクシーに揺られている間中、承子さんは七重の髪を撫でてくれていた。守られている安心感に七重は目を閉じる。

マンションに着いて、承子さんは七重をソファに座らせると、ココアを作った。カップを七重の目の前に置くと、飲めというように仁王立ちする。

そっと口をつけると、ココアは顔をしかめるほど甘かった。

「歯が溶けそう」

「それが狙いよ。嫌な気持ちも溶かしちゃいなさい」

名案だと思って、七重はココアをあおった。祈るように飲み下す。

「もう、落ち着いたから」

七重がそう言うまで、承子さんは見守っていた。どうにか浮かべた笑顔に、大きく息を吐く。

「ひとまずはほっとしたわ。ふう。着替えてくるわね」

承子さんは膝の抜けたスウェットを穿き、カットソーの上から薄いおしゃれジャージを羽織っていた。これまで幾度となく遊びに来ていたけれど、一度としてお目にかかったことのない服装だ。

取るものも取りあえず駆けつけてくれたのだ、と思ったところではっとした。

「承子さん、お店!」

「電話が来た時点で、休みにしたから大丈夫よ」

「ごめんなさい」

迷惑をかけてしまったとうなだれた七重の頭を、承子さんはポンと叩いた。

「なんの。子どもたちの危機だもの」

子どもたち、と分け隔てない表現が心にしみる。

七重が目を潤ませると、承子さんはにやりとして肩をすくめた。

「ま、ママハハだけどね」

承子さんはお洒落な部屋着に着替えてきた。下ろしたままの髪がウエーブして、顔の周りを豪華に縁取っている。

「それで、と。話せる？」

　隣に腰を下ろした承子さんに、七重はうつむいて首を振った。

「どこから、なにから言えばいいのかわかんない」

「お兄ちゃんは、自分のせいだって言ってたけど？」

「そうじゃないけど――そうかも。きっかけは、シズオちゃんに言われた言葉だから」

「なんて？」

「おまえはやり過ぎ。もう自分の道を歩きなさい、って全否定」

「全否定？」

「だってそうでしょ？　いままでずっと、家族が仲良くやれるよう、気持ちよく過ごせるようにしてきたのに。もういい、これからは自分を一番に考えろって」

「そうね」

　承子さんの相槌は否定に聞こえて、七重は噛みついた。

「承子さんもやりすぎって思うの？　分担したほうがよかったの？」

「どうかしら。でも、役割がある方がその環境にとけ込みやすいじゃない？　だから、あの家に来たばかりの十二歳のナナちゃんが、役に立とう、認められて居場所を作ろうって頑張るのは、自然なことだと思うわ」

「じゃあ、藤川家になじんだところで、やめればよかったってこと？」

「言うのは簡単だけれど、一度その役についてしまうと、離れるのはなかなか難しいものよ。ましてや、手応えがあったはずだもの。自分は役に立っている、って」

だったらどうしろっていうの？　反発が表情に出たのか、承子さんが言った。

「誰だって誰かに必要とされたいものよ。ただし、その役割にはいつか終わりが来るの」

「それが『いま』だって言いたいの？」

「ええ」

肯定され、七重は唇を噛みしめる。

「みんな成長して、これからは巣立っていく。六郎くんだって、仕事が決まりそうなんでしょう？　ヤエくんの就職も来年。ナナちゃんとクーくんの卒業は三年後。もしかしたら、そのタイミングでクーくんたちも藤川家を離れるかもしれないわね」

目を背けていた事実が胸を抉《えぐ》る。

遅かれ早かれ、きょうだいはバラバラになっていく。

それはどこにでもある、ごく当たり前の風景だ。

けれど
「ナナちゃん。自分には無理って思ってるでしょう？」

胸の裡《うち》を言い当てられ、七重は目を上げた。

承子さんは穏やかに見つめて言葉を継ぐ。

「ほかのみんなは違うのに、ナナちゃんだけこのままがいいって思ってる。変わるのは当然の流れだってわかっているのに、感情がついていかない。そうよね？」

そうだ。その通りだ。

だから苦しい、こんなにも。

「理由、わたしにはわかるわ。ナナちゃんはあの家のお母さんだったからよ」

藤川家のお母さん。

その言葉が、すとんと胸におさまった。

ああ、と七重は思う。ああ、そうだった——。

ため息をもらした七重に、承子さんが訊いた。

「納得したのね」

「うん。自分がなんでこんなに必死だったのか、やっとわかった。あたし、守ってるつもりだったんだね。家族をっていうより『家族の形』を。だから、テンちゃんの父親も受けつけなかったんだ。だってあの人は『お母さん』からすれば家族の形を壊しに来た外敵だから」

「もともと、ナナちゃんはお母さん気質だったのよね」

『七重も、弟たちに嫉妬したことないだろう』

五武の言葉を思い出す。あれはここにつながっていたのかもしれない。

「あたしね、自分でいうのも変だけど、反抗期とかわがままとかほとんどなかったのね。だから、友だちが兄弟に嫉妬したっていう話にも共感できなくて、人として感情が欠落してるのかなって心配だったんだ。でもそうじゃないんだね。だってあたし、小さい頃からずっと、お母さん気取りだったんだから」

弟たちと同じ土俵に立っていなければ、嫉妬のしようもない。

「ナナちゃんなりの、無意識の知恵だったんだと思うわ。精神的な生存競争の」

承子さんの見解に、目から鱗が落ちる。

ともあれ、七重はようやく自身の状況をつかんだ。

実父を選んだ十遠。就活を始めた六郎。ママ友が出来た美晴。

みな、軽々と先に進んでいく。七重にはそれが眩しくて、寂しかった。

変化は安定の対極にある。一連の流れは、七重が丹精した「家族の形」を脅かすのに充分だったのだ。

「自分をわかってないって、怖いね。あたし、遺言代行も家のこともやり過ぎになってた」

牙城を崩されまいと躍起になり、周りが見えていなかったのだ。

「それだけ大切な所だったのよね、藤川家」

しみじみと承子さんが言う。

そう。大切だった。あの場所がなければ、やってこられなかった。

「みんなも同じ。でも、幸せに暮らせたからこそ、もっと遠くに歩きだせるのよ」

「でもあたしは？　お母さんになっちゃったんでしょ？　お母さんって、どこかへ行くものじゃないよね？」

「昭和の母みたいなこと言わないで」と承子さんが苦笑した。「というより、まずは自分を役目から解放したら？」

想像した七重はうろたえた。物心ついて以来、ずっと続けてきた役割だ。

「やめ方って、どうすればいいの？」

「じゃあ、とりあえずやってみましょうか」

七重の手の甲を軽く叩くと、承子さんはキッチンに立った。

トレーに、ワイングラス二脚とコーラを載せて戻ってくる。

「なにをするの？」

「乾杯」

「え」

「親として、子どもの自立を見送れれば上々よ。だからお祝い。そして卒業」

「いま？　――急にそんな気持ちになれないよ」

尻込みすると、コーラを満たしたグラスを押しつけられた。

「なれなくてもいいから、やるの。区切りって大事よ。さあ行くわよ――乾杯！」

グラスを掲げられ、七重はままよと目をつぶってグラスを合わせた。

☆

翌日から、七重は大学に復帰した。

承子さんは正しかったのかもしれない。無理矢理つけられたピリオドのはずなのに、なぜか一夜明けると、出席日数のことが猛烈に気になっていた。

自主休講を返上すると、講義にもレポートにも、これまで以上に熱心に取り組んだ。友人たちとのお喋りに花を咲かせ、遊びにも出かける。

『喇叭』には、手を退いた七重に代わり、四寿雄が顔を出しているようだった。頻度は七重より落ちるが、あれは過剰だったのである。

あの夜、一晩泊まって翌朝戻った七重に、四寿雄はなにも言わなかった。

七重も、なにも言わずに行動で示そうと思った。

これまでより学業と友人付き合いに重きを置いた結果、夕食の質は落ちたがなぜか文句は出なかった。そして、皿洗いと洗濯が兄弟の当番制になった。

拍子抜けする思いだった。どんなにやかましく言っても靴も揃えず、使った皿も下げなかったのに、と。

もしかして、家事をあれほど必死に抱えこまずともよかったのか。

それとも、この事態に兄弟の意識も変わったのか。

どちらにせよ、七重はありがたくこの波に乗った。そうしてから、改めて気づく。

風が通る。

よどんで吹き溜まっていた気持ちが、いつの間にか薄まっていた。冬の初めの陽射《ひざ》しを眩しい、と感じられる。

テンちゃん、ごめんね。

いまさらながら、七重は十遠に詫びた。たった十一歳の妹が自分のせいいっぱいを発信していたのに、自分の気持ちにばかり囚われていたことを。

ＬＩＮＥやスマホのショートメールで、七重は謝罪の言葉を送ったが返信はない。

待とう。

冷たい風を頰に受けた七重は思う。今度こそ、ちゃんと十遠の気持ちを尊重しよう。

今度こそ、自分の振る舞いの結果を、きちんと取り戻せるように。

『喇叭』のカップについての真相を四寿雄が聞きつけてきたのは、十一月に入ってすぐのことだった。

「あれ、啓さんの遺産なんだそうだよ」

「遺産って、倉庫に眠ってるっていうカップの在庫って意味?」

夕食の席で、九重が目を丸くした。

「そう。別名を借金」

「借金ってもしかして」

七重が声を上げると、四寿雄はマカロニサラダに伸ばした箸を振り上げた。

「そうそう、前にナナが言ってたヤツ」

『喇叭』の常連の話を耳にし、四寿雄にメールした件である。

「啓さんがマスターだった時代に、食器の新調を持ちかけてきた業者がいたらしいんだ。まあ、そういうのはよくあるんだろうけれど、あんまり質がよくなかったらしくてさ」

「粗悪品を売りつけたとか?」と八重が訊く。

「問題は、品質じゃなくて数」

「冬弥さん、在庫が売るほどあるって言ってた。まさか、個人店に何百個も売ったの?」

はっと思い出した七重の言葉に、四寿雄は指でゼロを作った。

「もう一つゼロがつく」

「千個？　チェーン店じゃないんだよ？」

「それ、おかしいと思わなかったんですか？」と美晴が訊いた。

「啓さん、契約書、ほとんど読まずに判を押したそうなんだ。兄ちゃんにその話をしてくれた人の話じゃ、見栄《みえ》っ張りなところがあったそうだから」

「営業に持ち上げられて、気分良く契約しちまったのか」

しかめ面をした五武に、四寿雄がうなずく。

「千個かぁ」

七重は想像した。カップ、ソーサー。パン皿やパスタ皿、グラタン皿。いったいどれほどの量になるのか。

「納品された時点とかで、詐欺って訴えれば良かったんじゃね？　個人店とわかってて千個も売りつけるとか悪質って騒ぐとかさ」

六郎は言うが、その主張ははたして通るのか。

「ま、弁護士次第だな」と五武が六郎に応じた。「どのみち、いまからでは無理だぞ。こういうのは支払いに応じた時点で、払う意思があるとみなされる」

「てことは、冬弥さんも経営を引き継いだ時点でそれなの？」

「ああ」

相続放棄でどうにかなるのではという考えは、甘かったようだ。

「冬弥さん、とんでもない負の遺産を継いだんですね」と美晴が眉をひそめた。「転職して借金背負って、その倉庫代だって馬鹿にならないですよね？　わたしでも、カップ割ってやりたいと思うかも」

「奥さんの梨乃さん、やっぱりそうとう溜まってるみたいだよ。常連のオバちゃんいわく、終わりが見えてきてるらしい」

四寿雄が言った。

「それでいいのかな、冬弥さん」

九重は納得がいかない様子だった。

「親だって大事だけど、配偶者だってそうじゃないのか？　一方にのめり込んでもう一方を蔑《ないがし》ろにして、それでなにが残るんだろう」

「行き場のない思い？」と美晴が言った。「でも、それでも親を切れないのもわかる。期待が強ければ、強いほどね」

窮地を救えば、今度こそ振り向いてくれるかもしれない。

認めてくれるかもしれない。

「承子さんが言ってた。『血のつながりは一番厄介で、一番、目が曇るものだ』って」

七重の言葉に美晴はうなずいたが、九重は鼻を鳴らした。

「啓さんもそれでいいのかって思うよ。息子巻きこんで、結果別れさせることになったとして、やっぱり『ありがとう』なわけ？」

「そういう親もいいんじゃね？　自分が助かれば、子どもの生活はどうなってもオッケー」と皮肉げに六郎。

「啓さんは、そんなふうに見えなかったよ」と七重は庇った。「それに、そういうタイプの人なら、あんな遺言しないよ」

「――ロク、調べてくれないか？　『やろ』ってどういう意味があるか」

怪訝そうな顔をしつつ、六郎が従う。

「方言で語尾として使うやつしか出てこねぇぞ。そうやろ、みたいなやつ」

「語尾じゃなくて、状態を表すのは？」

「シズオちゃん、急にどうしたの？」

「啓さんが送って行くタクシーの中で言ってたんだ。あいつはいつもやろで、って」

その言葉で七重は思い出した。

「あ。それ、あたしも聞いた。『自分はあんまりいい親じゃなかった。結果やろにした』って。意味を聞こうとした矢先に啓さんが発作を起こして、それきりになっちゃったんだけど」

四寿雄が聞いたのと合わせると、ネガティブな意味合いなのではと思えた。

「ダメって意味なのかな。あいつはいつもダメで、とか、結果ダメにした、とかだとしっくりくるよね」

「検索には上がって来ねぇけどな」と六郎。

「四寿雄。こういう時こそ、おまえの出番じゃないのか？」

世間話から掘り出すのは得意だろう、と五武は言いたいらしい。

「簡単そうに言うけどさぁ、あれはあれで技術がいるんだぞぅ」

「飾ってある技術になど、一円の価値もない」

苦労を語る前にぴしゃりと遮られ、四寿雄が口を尖らせる。

「とりあえず、まだ遺言代行には至らないってことで」

八重の言葉をもって、報告会は終了となった。


三日後の夕方。七重はめずらしく在宅していた。

午後いちの講義が、急に休講となったのだ。遊び仲間との予定も合わず、提出期限の迫ったレポートもあるため戻って来たのである。

いまいちはかどらない。

机に向かっていた七重は肩を揉んだ。この時刻、藤川家は静かなものである。それが逆に落ち着かない。

トートバッグにノートを放り込み、外へ出る支度をした。行きつけの喫茶店には穴蔵のような席があって、そこでならくつろぎつつ集中できそうである。

廊下を歩いて旧待合室に抜けると、玄関の磨りガラスに人影が映った。

透けて見える赤いランドセルに七重は棒立ちになった。

引違戸が開き、入ってきたのは十遠だった。出くわした七重にぎくりとして歩を止め、けれど逃げはせずに会釈する。

「シズオお兄さんいますか」

「シズオちゃん！」

トートバッグを抱いたまま七重は長兄を呼んだ。

十遠は三和土から動かない。まるで来客のようだ。

七重は「上がれ」と言えずにいた。だから代わりに訊く。

「学校の帰り？」

「はい」

十遠は言葉少なだ。淡々とした声である。

「ふぇーい」と返事をした四寿雄が事務所から顔を出した。十遠を見て目を瞠る。

「大丈夫です。今日、お父さん仕事だからお迎えなしで」

「それでも寄り道はマズいだろう？」

「十二分だけ余裕があります。その間に、二つ済ませたいことがあるんです」

そう言った十遠はランドセルを下ろし、連絡帳に挟んでいた紙片を四寿雄に見せた。手のひらサイズの色画用紙が、猫の顔の形に切り抜かれている。

「にゃロットあるニャ」

文字を読み上げた四寿雄が不思議そうな顔をした。

「たぶんこれが、お兄さんたちが探してた『やろ』です」

聞き覚えに記憶をたぐっていた七重は声を上げた。

「それ！　『喇叭』のメニューに貼ってあったポップ！」

「こっそり持って来ちゃいました」といたずらっぽく十遠は舌を出す。「にゃロットは『喇叭』のおじいさんの口癖だったそうです」

「ダメって意味で？」

七重が訊くと、十遠は首を振った。

「ハズレだそうです。にゃロットは商店街でやってたくじで、当たるとそのお店の商品や割引券をもらえたみたいです」

語呂合わせからすると、数字を当てるロト形式のくじだったのだろう。

「『喇叭』のおじいさん、当選者が出るのが嫌で、自分のお店のくじに細工してたらしくて、全部ハズレくじにしてたってお父さんが言ってました」

「啓さんが緑川さんに喋ったのか」

十遠がうなずいた。

「それであの、時間がないから次に行っていいですか？　お兄さん、遺言ノートを一冊ください。わたしもミキちゃんみたいに、未来の自分との約束を書きたいの」

ミキちゃん——ウララちゃんのことだ。

「おいで」

四寿雄は十遠を事務所に招いた。キャビネットを開け、まっさらなノートを取り出している音がする。

七重はその場から動けずにいた。幸せになるための、自分との約束。それを書かなくてはならないほど、十遠は追い詰められているのだろうか。

事務所に飛び込んで問い詰めたい気持ちをこらえる。

待つと決めたのだ。

ほんの数分で、十遠は事務所から出てきた。すでに内容は考えてあって、急ぎ書きつけたのだろう。

「じゃあ、わたしはこれで帰ります」

「寄ってくれてありがとう」と遅れて現れた四寿雄が言う。

「いいえ。ちょうどノートのこともあったから」

十遠はそういうと、ぴょこんとお辞儀をした。

引違戸を閉めた十遠が北風に身震いして駅へと駆け出す。

「テンちゃん！」

七重は表に飛び出していた。

立ち止まった十遠が、顔を強ばらせて振り返る。

「帰り、気をつけてね！」

とっさに出た言葉はそれだった。

表情を凍りつかせた十遠が、そのまま背を向けて駆けた。ちょうど青になった信号を渡り、停車した車の波の向こうに見えなくなる。

打ちのめされた気持ちで、七重は家の中に戻った。心配顔の四寿雄に泣きたくなる。

「シズオちゃん。テンちゃんに仕事頼んだんだね」

「緑川さんにあたるのは、兄ちゃんたちじゃ無理だからね。それに、トオも家族だろ」

「そう思いたいけど、あたしはすっかり嫌われちゃったみたい」

無言で走り去られたのが、ひどくこたえる。

「あたし、頑張ったよねシズオちゃん」

非難めいたことは一つも言わなかった。帰って来てとも頼まなかった。

「ああ、頑張ったよ。それは兄ちゃんがちゃんと見てた」

「でも、やっぱり遅かったってことなのかな――」

声に涙が混じった時、メッセージが着信した。

トートバッグを探って発信者を確かめる。

「テンちゃん」

ブロックが解除されたのだ。七重は震える指でメッセージを開いた。

お姉ちゃん、さっき、黙って帰ってごめんね
泣いたら電車に遅れそうだったから

ありがとう

続けて、スタンプが送られてきた。

笑顔のうさぎが手を振るイラストに吹き出しがついている。

また遊ぼうね

画面を見せると、四寿雄はわがことのように喜んだ。

「よかったじゃないか」

「でも、もうテンちゃんはすっかりよその子なんだなって」

一つ屋根の下に暮らしていたら、選ばない言葉ばかりなのが切ないけれど。

「ナナ、これ見てくれるか？」

四寿雄が自身の携帯電話の画面を向けた。十遠と勇次の自撮りツーショットである。以前、勇次から七重に送りつけられたものと、構図も笑顔もそっくりだ。

だが、その決定的な違いに七重はうたれた。

「テンちゃんは、ちゃんと前に進んでんだ」

勇次がどんな人物にしろ、きちんと向き合い、家族になろうとしているのがわかる。

「がんばれ」

思わずこぼれた言葉に、うなずいた四寿雄が、七重の髪をくしゃくしゃにした。

5

あいつはいつもハズレで、と啓さんは息子を評した。

自分がいい親じゃなかった結果、ハズレにした、とも言った。

その二つの言葉の、意味の差は大きいと七重は思った。前者は冬弥さんの不運を嘆くかのようであり、後者は懺悔に聞こえる。

　啓さんから見て、冬弥さんの生き様には歯がゆい部分があったのだろう。反面、自分のせいで借財を負わせたことを後悔していたのだろう。

「啓さんの『ありがとう』は、『家族でいてくれて』なのかもしれないな」と四寿雄は言った。見捨てずにいてくれた。戻ってきてくれたことへの感謝だ、と。

「それをわからないように伝えたいのは、負い目から？」

　そう訊いた七重に、六郎が応じる。

「ジコマンの自覚じゃね？　不満を溜めてるところに礼なんざ言われたら、誰だってキレるだろ？」

　もし冬弥さんが不満を燻らせていたのであれば、そうだろう。こうなったのはオヤジのせいだと恨んでいるのなら、たとえ遺言であっても礼など聞きたくもないはずだ。

　否、遺言ならなおさらのこと。

　冬弥さんはどうなんだろう。啓さんの息子だったことをどう感じているのか。

　七重は、冬弥さんに訊いてみたくなった。

『喇叭』のドアに手をかけた時、なにかを投げつける音が派手に響いた。

「梨乃！」

冬弥さんの声が聞こえ、それをかき消すように陶器が次々と割れる。

カウンターの収納棚のカップすべてを叩き落としているかのような勢いに、七重は四寿雄を振り向いた。

ほとんど同時に、ガラスの砕ける音がした。

「いい加減にしろ！　出て行け！」

身の竦《すく》むような怒声に、梨乃さんが叫び返した。

「うるさい！　おまえなんかコーヒーと心中しろ！　このまくたばれ！」

ドアが突きのけられるように開き、七重は飛びのいた。鬼の形相だった梨乃さんがはっと顔を赤くし、足早に脇をすり抜けてゆく。

「痛《い》てっ」と四寿雄がうずくまりかける。梨乃さんが肩にかけていた大きなバッグが当たったらしい。

「大丈夫ですか」

声を聞きつけた冬弥さんが店から出てきた。七重たちを認めると、ばつの悪そうな顔になる。

「申し訳ありません。せっかくお越しいただいたのに、臨時休業になりそうです」

「手伝いますよ」と四寿雄が返事を待たずに店内に入りこんだ。「とりあえず、全部集めちゃいましょう。この箒《ほうき》貸してください」

カウンターの隅に立てかけてあった箒とちりとりで、カップの破片を掃き集め始める。

そうなると冬弥さんも帰れとは言いにくいようで、なしくずしに頭を下げた。

「すいません」

七重はドアの札を「CLOSE」にしてから続いた。一人だけ突っ立っているわけにもいかず、空き段ボールとビニール袋で即席のゴミ箱を作る。

店内は惨憺《さんたん》たる有様だった。至る所でカップやソーサーが砕け散っている。

「ケンカですか？」

状況にそぐわない軽い訊き方に七重は焦った。だが、それが逆に冬弥さんの口をほぐしたらしい。

「そんなかわいいもんじゃなくてね。出て行ったんですよ、嫁」

もう戻って来ないと覚悟している口調だった。

「仕方ないんです。苦労、かけ通しですから。二十代は転々とフリーター、三十半ばでやっと定職に就いたと思ったら、オヤジの仕事を継ぐことになってこれですから」

「僕、好きですよこちらのコーヒー。常連さんたちの話じゃ、業績も上向いてきてるんですよね？」

冬弥さんはカップの欠片《かけら》をゴミ箱にあけると、泣き笑いの顔になった。

「それを上回る借金があっちゃ、意味がないんです。もう何回も言われましたよ、嫁に。

どんなにパートを頑張ったって焼け石に水だ。なんとかしてよ、って」

「どうにか出来るなら、やってみますか？」

「そんな上手い話なんてありませんよ。倉庫一杯の食器、代金の支払いと倉庫代。この土地のローン。どうせあなたも、清算しかないって言うんでしょう？」

「奥さんは、そう希望されてるんですか？」

「そう。商売畳んで土地を売って田舎へ移ろうって。そんな簡単にいくもんか。四十過ぎて、田舎で仕事なんて見つかるはずがないでしょう？ それに、この店はオヤジが遺《のこ》した店なんだ」

「自分の代では潰せない？」

四寿雄が問うと、冬弥さんは頑《かたく》なな表情でうなずいた。

「そうだ。僕、今日はお詫びに伺ったんでした」

財布を探った四寿雄は、取り出した色画用紙を冬弥さんに渡した。

「小学生の妹が、昨日、メニューから剝がして持って来ちゃったらしくて」

すみませんと頭を下げる四寿雄をよそに、冬弥さんは怪訝な顔になった。

「昨日っていうか、うちにはいつも、そんな若い子は来ません。——あ、もしかして父親と一緒だったポニーテールの子？」

思い出した冬弥さんは、七重と見比べるようにして納得したらしい。

「ずっとメニューに貼りっぱなしだっただけなんですよ、これ。二十年近く前の、オヤジの店だった頃の商店街の企画で、持って行かれちゃっても困らないものだから」

そう言いながらも、冬弥さんは色画用紙を捨てようとはしなかった。

「おまえはにゃロットだ、って酔ったオヤジによく言われました。初めは意味がわからなかったんですけどね、オヤジは『ハズレばっかり』って意味で使ってたらしくて」

「そんなことを」

「言われるだけのことはある人生だったんで。何をやっても普通のやや下。学校行事のたびに熱を出したり怪我をしたり」

冬弥さんは靴の爪先で、欠けたカップのロゴを示した。

「オヤジが店の名をこれにしたのは、期待したからなんですよ。中学の部活で吹奏楽をはじめたら、自分でもびっくりするほど上手かった」

「喇叭を吹いてらしたんですか？」

「っていうか、サックスですけどね。オヤジにはいくら言っても違いがわかんなくて」

「じゃあ、その道に進まれたんですか？」

七重は訊いた。

「突っ走って高校を中退してすぐ、プロの壁の高さにぶちあたりましたよ。何年かあがいてはみたんですけどね、コネも実力も足りなすぎた」

こつん、と冬弥さんが破片を蹴る。

「オヤジには何度も罵られましたよ。こっちは応援してやってんのに、なんで出来ない？　って。――店名入りの食器を倉庫一杯作っただけのくせに」

傷ついてきた冬弥さんを思うと、七重はいたたまれない気持ちになる。

「あの。そんな応援の尻ぬぐいなら、止めちゃってもいいんじゃないでしょうか」

「そうしたら、あの世でオヤジがすぐさま言いますよ。店一つ切り盛りできないなんて、ほんとうにおまえはにゃロットだ、って」

「そのにゃロットのポップを、剝がさずにいたのは意地ですか？」

四寿雄の問いに、冬弥さんは苦笑した。

「死ぬほど嫌いな言葉だったからね。やる気の起爆剤にしたくて」

俺はハズレじゃないと、オヤジを一度でいいから見返してやりたくて。

片付けが終わると、冬弥さんは新しくおろしたカップでコーヒーを淹れてくれた。

無事だったサイフォンは小さなサイズが一つきりで、一人分ずつになる。

「ったく。サイフォン一つ買うのに、いくらかかると思ってるんだ」

カウンターで冬弥さんが悪態をつく。

二杯淹れ終え、自分が飲むための三杯目を作りながら冬弥さんが言った。

「この店を継ぐって決めた理由の半分は、チャンスだと思ったからなんです。馬鹿みたいな話、『喇叭』の再建が、自分の生き直しになるように思えて」

馬鹿みたいだとは、七重は思わない。

「理由のあと半分をお訊きしてもかまいませんか」

四寿雄が訊ねると、冬弥さんは自嘲した。

「礼をね、いっぺんくらい言われてみたかったんですよ。オヤジに」

七重ははっとした。

ありがとうを言えなかった啓さん。

ありがとうを聞きたかった、冬弥さん。

どうしよう、と四寿雄を見た。ザ・フジカワ・ファミリー・カンパニーは啓さんの遺言を預かっている。

冬弥さんの望むとおりの言葉を預かっている。

四寿雄が任せろとアイコンタクトして、口を開いた。

「ありがとうって、ぼくは待つものじゃなく伝えるものだと思うんです」

「どういうことですか？　わたしが、オヤジに感謝しろって？」

「そうじゃなくて、身近でいつも支えてくれる人に伝えられたらなって」

冬弥さんが殴られたように身を固くした。それから徐々に、顔を歪める。

「俺、にゃロットだ――」

気づいたのだ、と七重は思った。苦労をかけ通しだったという梨乃さんに、冬弥さん自身がどんな態度でいたのかを。

従って当たり前。それはどこか、啓さんのやり方に似ていたのではないだろうか。

殴られたような顔をした冬弥さんがつぶやいた。

「あいつに、最後にありがとうって言ったの、いつだか思い出せません」

「今からでも、伝えることは出来ますよ」

気持ちの距離を埋めるのには、間に合わないかもしれないけれど。

迷い顔をした冬弥さんが、腰のエプロンをかなぐり捨てた。

「すいません。今日は、これで店じまいさせてください」

梨乃さんを追いかけるのだ。

追い立てられて、七重たちは店をあとにする。ミリタリージャケットを羽織った冬弥さんが、もどかしく店のドアに鍵をかけた。

「諸岡さん。もし店を続けられるのなら、ぼく、相談にのります」

冬弥さんも、七重も目を瞠った。安請け合いしていいのか？

「在庫の件、処分の方法があるかもしれません。あ、これ、名刺です」

「便利屋？」

名刺に目を走らせた冬弥さんがつぶやいて、ポケットに突っ込んだ。

「その話は、また。すみません、じゃあこれで」

冬弥さんが駅の方角へ駆け出した。

見送った四寿雄が、眉尻を下げて店を振り返る。

「最後まで飲みたかったなぁ」

「もう」と七重は肘鉄をお見舞いした。「いやしいこと言わないの」

「んじゃ、駅前のドーナツ屋でドーナツとコーヒー奢ってくれよぅ」

「妹にたからないで。っていうか、長居してあいつに難癖つけられても知らないから」

勇次は七重をストーカー認定している。

「大丈夫。二時までに離れる約束で、ここの駅を出たら連絡することになってる」

トラブルを避けるため、勇次にはこの街に来ることを伝えてある。

「そう言えばシズオちゃん。冬弥さん、あたしの顔を見て、テンちゃんが妹って納得したみたいだったけど、なんでだろ」

「あれは」と四寿雄が言いよどんだ。「ナナとトオに似てるとこがあるからかなぁ」

「似てる？　言われたことないけど」

「うん、まあ、似てるってほどじゃないよ」

「言ってること逆じゃん。さっきは似てるって言って、今度は似てないって言って」

はっきりしろと詰め寄ると、四寿雄は嫌々のように明かした。

「どっちかって言うと、似てんのは父親同士かな」

「ダダとあいつ？」

思いきり反発したが、冷静に思うと髪型や表情、仕草が似ていなくも――ない。

「美月さん、だからあいつを選んだの？」

ファンだった藤川三理の代わりに。

「想像だけどね。で、これも想像だけど、だから彼も必死なんだと思う」

「必死って、テンちゃんのこと」

「うん。娘にちゃんと必要とされれば、身代わりでも意味があったって思えるだろ」

「なんか、代償行為を代償行為で昇華しようとしてるって聞こえる」

「解釈は間違ってないよ。誰だって、誰かを必要としたいし、必要とされたいんだ」

承子さんと同じことを四寿雄は言う。

あんなやつでも？　と七重は勇次を思い浮かべる。

「誰でもだよ」

四寿雄が繰り返した言葉が、心にしみる。

優等生も、はみ出し者も、意地っ張りもマザコンも。

そうだよね、と七重はうなずいた。もちろん自身もその一人である。

「ナナ、みんなに連絡してくれないか？　任務終了、って」

「さっきのあれでいいの？」

「うん。本当は啓さんも感謝してたんだって知るよりも、その感謝をきちんと大切な人に伝えられることの方が、冬弥さんにとっての幸せにつながるはずだから」

冬弥さんが幸せになれば、巡り巡って啓さんのありがとうが伝わったことになるという理論らしい。

なんだか、いいようにごまかされた気がしないでもないが。

「あたし、シズオちゃん言っちゃうかと思った」

「『ありがとう』って？　でもそれすると、うちのコン、コンてんぽらりーに引っかかっちゃうじゃないか」

それを言うならコンプライアンスだろ。

四寿雄は初冬の晴れた空を見上げた。

「これでいいかな、啓さん。冬弥さんはもう、ハズレじゃない」

最終話　嵐、のち虹！

あの日、梨乃さんに追いついた冬弥さんは「ありがとう」を伝えることができた。

返礼はびんたと号泣だったという。

やり直すには、やはり遅すぎたのだ。ほどなく、二人は離婚した。

けれどいま、梨乃さんは『喇叭』の客として時々やってくる。

ゆっくりとブレンドを堪能し、満足そうに帰って行くそうだ。

☆

「シズオちゃーん！　ケーキ皿の箱がひとつ足らない！」

クリップボードを持って最終チェックをしていた七重は、倉庫の奥に向けて怒鳴った。

十一月初頭。風の強い日である。そのくせ陽射しは、まだ夏を残しているように強い。

ザ・フジカワ・ファミリー・カンパニーの面々がいるのは、冬弥さんが契約した貸倉庫である。

『SNSで呼びかけましょう』

在庫の処分に協力するといった四寿雄は、連絡をくれた冬弥さんにそう提案した。

『ロゴ入りでも、食器を格安で揃えたい方をターゲットにしたら、行けると思います』

冬弥さんは初め半信半疑だったが、目論見《もくろみ》は当たった。善意の個人だけでなく、開業予定の事業主からのコンタクトも複数あって、かなりの点数が捌《さば》けたのである。

懸案のロゴ入りという点も、各自のアイデアで活《い》かしていくという。

『ようし。きょうだい一丸となって頑張ろう！』

高らかな声と共に拳を突き上げた四寿雄に、七重たちは白けた目を向けた。

四寿雄ときたら、いつもこれだ。なんでもみんなでやりたがる。

とはいえ、誰一人反対の声を上げなかったのは、予感があったからだ。

きっとこれが、七人でやる最後の仕事になる。

そして迎えた今日は、大口購入者向けの引き渡し日だった。時間差で、購入者が倉庫を訪れる予定になっている。

「ナナ、ケーキ皿」

埃まみれの六郎が、段ボール箱を抱えて作業スペースに現れた。ひとかたまりにした段ボールの脇に、そっと置く。

むろん、すべての食器は募集をかける前に検品済みである。

「ナナ、森口さんの数ってこれであってるっけ？」

八重に声をかけられ、七重はクリップボードを手に飛んでいった。

「森口さま、カップ&ソーサー百、ケーキ皿五十、パスタ皿五十」

「あってる。オッケー」

七重は確認済みのハンコを一覧表に押した。

購入者とのやり取りをするスマホを確認しながら、冬弥さんは落ち着かなげだ。長年の悩みの種が消えることが、いまだに信じられないという。

「コーヒー、飲みますか？」

そう訊ねるのは十遠だ。状況を鑑みると、恐ろしいほど肚が据わっている。

十遠は、勇次に無断でここにいた。もっといえば、アリバイ工作までしてである。

勇次が藤川家との交流を禁じているからだ。しかし十遠は不当な命令に従うつもりはないそうで、いくら諭されても意志を曲げなかった。

『今回だけだぞ。この一回だけだ』

四寿雄がそう念を押して折れたのも、十遠が真摯にうなずいたのも「これが最後」だからだ。

と、シルバーのワンボックス車が通りを曲がって現れた。約束の時間ちょうどだ。

「どうも。お約束していた山下です」

車を降りてきた男性が、よく通る声で挨拶する。

冬弥さんが迎えに走り出し、七重たちも引き渡しの準備を始めた。


最後の購入者を送り出した頃には、辺りはすっかり暗くなっていた。

「今日は、本当に本当にありがとうございました。これで、もうちょっと経営が安定したら、店舗にリフォームがかけられます」

深々と頭を下げる冬弥さんに、四寿雄が言った。

「とんでもない。こちらこそ、いい仕事をさせていただきました」

全員、汗と埃でドロドロだ。けれど全員、笑顔だ。

「テンちゃん、時間大丈夫？」

七重が気にすると、十遠が訊いた。

「えっと。いま何時、お姉ちゃん」

「おまえ、自分のスマホは？」

六郎にいぶかしがられ、十遠はためらってから答えた。

「ハルくん家《ち》」

「おい。ＧＰＳ起動して置いてきたんだろ」

アリバイ工作の方法にぴんときた六郎に、十遠は肩をすくめてみせる。

「トオはもう行かなくちゃダメだぞぅ」と四寿雄。「万が一にも、晴臣くんに迷惑がかかったら申し訳ない」

「っていうか、うちとの交流は却下で、異性とふたりきりで遊ぶのはいいんだ」

九重は将来、麗に許すつもりはないらしい。

とりあえず倉庫を出ようということになり、冬弥さんが施錠しに行く。

各自忘れ物がないか確認していると、暗がりから男性の声がかかった。

「お疲れ」

ふいうちに七重はぎょっとし、街灯の下に進み出てきた人物に悲鳴を上げた。

「ダダ！」

振り向いたきょうだいもパニックに陥りかかる。なぜ、父がこの日この場所に？

「ほんのさっき、日本に着いたんだよね」と三理はファッションなのか天然なのかわからないボサボサ頭を掻いた。「で、明日の仕事が横浜だったから藤川家に行ったら、誰もいなくてさぁ。いやぁ、探しちゃったよ」

なぜに探しに来る、ときょうだいは顔を見合わせた。藤川家の合鍵は、承子さんにも三理のマネージャーさんにも渡してあるというのに。

「揃って出かけてるってことは、楽しいことしてるんだろうなと思ったのよ」

「つまり、混ざろうと思って探したのね」

察しの良い四寿雄に、三理が満面の笑みを浮かべる。

「混ざってたよ。ここでね」

子どもたちの怪訝な顔に、三理は手にしていたカメラを掲げてみせた。

「撮ってたの？　いつから？」

三理はニヤニヤして答えない。

「気づかなかったの、イツ兄？」

八重が神経質な五武を振り向く。出し抜かれたらしい五武は渋面だ。

「でさ。ちょっと並びなさいよ」

三理がきょうだいを整列させようとする。

「盗撮しといて、まだ撮んのかよ？」と六郎。

「これ公開する時は、あなたたちの許可取りますよ。っていうか、いいもの見せてもらったから、その記念にね」

どういう記念なのか、七重たちにはこれっぽっちもわからない。

それでも、きょうだいは並んだ。前列に七重と十遠。

それを囲むように、八重、六郎、四寿雄、五武、九重。

三理が嬉々《きき》としてシャッターを切る。今日を焼きつける。

「それじゃあ、ぼく先に帰ってるね」

記念写真を撮り終えると、三理は満足そうに歩きだした。

冬弥さんが愕然としている。なんだこのオッサン、と思っているだろう。

なれっこのきょうだいとしては、こう言うしかなかった。

「気にしないでください。ああいう人なんです、うちの父」

☆

「七重ちゃん」

駅前のスーパーで呼び止められた七重は振り返った。

にこにこしているのは、十遠の同級生である晴臣くんの母親・はるかさんだ。

「あら、買い忘れ？　わたしもなの」

サッカー台で七重のカゴを覗きこんだはるかさんが微笑んだ。

七重のカゴにマヨネーズとハム、はるかさんのカゴにはケチャップが一つ入っている。

「先日は、ご迷惑をおかけしてすみませんでした」

十遠が晴臣くんをアリバイ作りに使ったことを詫びた。

「いいのよ。ハル、重大任務に大張り切りだったわ」

「ハルくん、今日は？」

「お友達のところでゲームですって。男の子って、ほんとゲームばっかり」

エコバッグにケチャップをしまったはるかさんと、七重は連れ立って店を出る。

冬至を二十日後に控えたこの時期、四時半だというのに辺りは真っ暗だ。

「十遠ちゃん、転校するんですって？」

並んで歩きながらはるかさんが訊いた。

「そうなんです。これまでは便宜的にもとの学校に通わせてもらってましたけど、学区も違うし、そろそろきちんとした方がいいだろうってことになって」

二学期いっぱいで、十遠はこちらへの登校を終える。

「よく決断できたわね。ハルの話じゃ、十遠ちゃんのお父さんって自由な感じだってチャラくて信用がおけない、をはるかさんは見事に置きかえてくる。

「どんなに心配でも、うちに口を出す権利はなくて」と七重は言った。「でも、いろいろ見ていて、少なくともテンちゃんは大丈夫かなって思ってます」

「見るって、なにを？　直接じゃないでしょ？」

「はい。父親の撮った写真です」

「写真なんて、虐待してたってわかんないじゃない」

「テンちゃんのはわかるんです」

　はるかさんは半信半疑の様子を見せたが、七重たちは知っている。十遠の心は、花柄のミニバッグが教えてくれる、と。

　お守り。現金。チャージされたICカード乗車券。母親と二人で撮った写真。母親と住んでいたアパートの鍵。それらを詰めこんだミニバッグは十遠の拠《よ》り所《どころ》だ。

　心を許さない限り、決して身から離さない。

　勇次の写した十遠は、つねにミニバッグを身につけていた。思えば、七重が駅で待ち伏せした日もそうだった。

　それが変わり始めたのは、十遠がにゃロットのポップを持って来たあの日、四寿雄が見せてくれた写真からである。あの写真の十遠は、バッグを膝に置いていた。

　そしてある時から、写真にバッグは写らなくなった。

　それを見て、もう大丈夫と思えたのだ。

「いまだから打ち明けるけど、わたしね、トオちゃんには感謝してるの」

　はるかさんの思いがけない告白に、七重は目を瞠った。

　十遠は晴臣くんを脅していたことがある。問題解決後はよき友人となったとはいえ、感謝は理屈に合わない。

　そんな七重の気配を読んだように、はるかさんは笑った。

「いろいろあったけれど、トオちゃんをクラスの輪に入れようと頑張ったことで、あの子は意識が変わったの。自分も誰かの力になれる。――いらない子じゃないんだ、って」

はるかさんは自嘲する表情で七重を見る。

「ほら、わたし、最低な母親じゃない？」

「そんなことは――」

「あるのよ」とはるかさんは言葉を被せた。「最低だったの。親として、一番してはいけないことをしてたの。だって、ハルをいない子みたいに扱って」

「だけどそれは」

「そうよ、彩波《いろは》が病気だったから。そして彩波が旅立ったから」

晴臣くんの妹・彩波ちゃんは、難治性の病のためわずか五歳で亡くなった。

「わたし、必死だった。ほんと必死だった。つきっきりで、泊まり込んで、食事はコンビニのお弁当を流し込んでソファで仮眠して。あの子が旅立った時、世界は終わったと思ったの。このまま一緒に連れていってって、どれほど願ったか」

「きっと、どの親御さんもそうなんじゃないでしょうか」

我が子を喪《うしな》った親の哀《かな》しみは、他者には計り知れない。

「いいえ。その子にきょうだいがいるなら、忘れちゃ駄目なのよ。母親なら、自分の哀しみを後回しにしても、それまで我慢してきたきょうだいのケアをするべきだったの。

なのにわたしには、それが出来なかった」

はるかさんは、目をしばたたいた。

「ちょうどあの頃、わたしはハルの存在を心から締め出してたのよ。だから、彩波の遺言を四寿雄さんに伝えてもらわなかったら、いまもひどい母親のままだったはずなの」

「にほへ」

最後の入院を控えた彩波ちゃんが気にしていた猫の名に、はるかさんはうなずいた。

「ええ。にほへが、うちの家族をつないでくれたの。そしてトオちゃんとの関わりがハルを救ってくれたの。わたしはそう思ってる」

そして十遠も晴臣くんに救われたのだ。かつて「かわいそうな子」だった十遠は、友人との関わり方を知らなかった。晴臣くんがそれを教えてくれたからこそ、クラスメイトと遊びに行けるまでになったのである。

「あれからもう四年なのね」

感慨深そうにつぶやいたはるかさんが、ふいに顔を強ばらせて前屈《まえかが》みになりかかる。

「はるかさん？」

慌てて支えた七重の腕にしがみついたはるかさんが、慎重に身を起こした。

「ああ、ごめんね。なんでもないの。いたたたた」

七重から離れたはるかさんは下腹部をさすった。

見れば、ゆったりとしたカットソーにつつまれたお腹が丸みを帯びている。

「もうすぐ八ヶ月なの。くうう、思いきり蹴ってくれた～」

「おめでとうございます」

「ありがとう」

はるかさんは、自分のお腹に愛《いと》おしそうな目を向けた。

「この子が出来るまでね、わたし、ずっと怖くてたまらなかったの。うちって、わたしが馬鹿な母親だったって気づいたところから、何年もかけて家族に戻ったのね。ハルにたくさん謝って、あの子が許してくれて、でもやっぱりギクシャクしたり、一緒になにかを楽しんだり。そういうのを繰り返して、やっと家族の形が固まったの」

この形を壊したくない。

はるかさんの気持ちが、藤川家の母親だった七重には痛いほどわかった。

「ここにいる三人と一匹と、天国で待っている一人。そういう新しい家族の形を、わたしは壊したくなかった。だって、二度目なんて耐えられない。もう絶対に、無理」

家族の誰か一人でも喪われたらと思うだけで、叫び出しそうになる。

「だからわたし、主人を怒鳴りつけたこともあるのよ。ハルにきょうだいを作ってあげないか、って持ちかけられて、その瞬間ピンタしちゃった」

「――――」

「ふざけんなおまえって叫んだわ。彩波の時、どれだけつらかったか忘れたのかって。彩波が旅立った瞬間を思い出さない時は一秒だってないのに、おまえはあんな思いをまたしたいのか？　もう二度と赤ちゃんなんかいらない！　って」

それなのに、いま、はるかさんのお腹には命が宿っている。

七重の視線を感じたはるかさんは微笑んだ。

「理屈じゃなかったみたい。この子がお腹にいるってわかった瞬間にね、ガチガチに凍ってた気持ちがフッ――って融《と》けたのよ」

妊娠が判明したはるかさんは、祐介《ゆうすけ》さんや晴臣くんと相談し、産むと決めた。

祐介さんはもちろん、晴臣くんも大喜びだったそうだ。自分が名前をつけたい、と事典と首っ引きだという。

「あたしも、家族の形が変わるのが怖かったです。テンちゃんの父親なんて、一生現れなければよかったのに、って」

「七重ちゃんの、その気持ちが変わったのはなぜ？」

「自分が、なにを怖がっていたかわかったからです。うちのママハハにも、区切りつけさせられたし」

「区切り？」とはるかさんが目を丸くする。

「そうです。子どもが自立できたんだから万歳の体《てい》で、乾杯させられました」

「素敵なママハハね。わたし好きよ、そういうやり方」

カラカラと笑ったはるかさんが続ける。

「もしそれに納得出来たら、つぎは『家』になったら？　今の家族のでも、新しい家族のでも、心が帰って来られる場所に。わたしはそれを目指すわ」

はるかさんがガッツポーズをする。

「はるかさん。人って変わっていきますよね。それできっと大切なものもどんどん増えて。増え続けていってもいいんだと思いますか？」

いつか七重にも大切な人が出来て。藤川家をあとにして。

不安をそのまま口にして、我ながら支離滅裂だと思った。

けれどはるかさんは、しっかりと目を見て笑ってくれた。

「そうね、人それぞれだけど。わたしは、新しい幸せを心待ちに出来るのが嬉しいわ」

☆

十二月中旬。十遠の転校に先駆けて、六郎の引っ越しが決まった。

十一月末に初月給を手にしたばかりの六郎がいきなり告げたのだ。

「寮に入るから」と。

六郎の勤め始めた製作所には、小さな寮がついている。職場まで徒歩五分の好立地だが、蹴ったら崩れそうなボロアパートの１Ｋ。しなくてもいい苦労を選んだのは「甘えたくないから」だという。

「あれがあの六郎くんだなんて」

七重は挽肉《ひきにく》をこねながら言った。継父に高額の仕送りをさせ、それを散財しながらネットで女性バッシングをしていた彼はどこへ行ってしまったのだろう。

「あんがい、あっさり立ち直ったよな」とキャベツをじわじわと刻みながら九重。「俺、ひそかにあいつは終生ニートって賭けてたんだけど」

「ザセツして戻ってくるかもよ？」

意地の悪いことを言うのは八重だ。眉間に皺を寄せ、餃子《ギョーザ》を包む手がおぼつかない。

今夜は、六郎の壮行会である。主賓の希望により、メニューは唐揚げに餃子、ハンバーグ、ピザとなっている。主賓の嫌いなサラダは、台所で食すというルールもある。

「誰か来たみたい」

玄関から訪問者の声が聞こえた気がした。「ピザ屋じゃね？」「出てよナナ」と弟たちが口々に言う。

あたしだってハンバーグ作ってるんですけど。七重は不満だったが、作業を止められるのは自分だけのようである。

「いまいきまーす！」

廊下に叫んでおいて手を洗い、財布をつかんで急いだ。

三和土で待っていた人物に、七重は声を上げた。

「テンちゃん！」

「こんにちは！　ケーキ買ってきたよ！」

笑顔の十遠はランドセル姿である。大きな箱はホールケーキのようだ。

「ありがとう。一緒にどうって言いたいけど――」

今日も猶予は十数分だろうか。

「なに言ってんの、お姉ちゃん。わたしも参加するに決まってるじゃない」

「大丈夫なの？　またアリバイ作ってるとか？」

「さすがに今日は説き伏せました。お父さんそこの駐車場にいるし」

「いるの？　っていうか、来ないの？」

「そんなヤボじゃないんだって」

駐車場で待機するのだって、充分ドン引きなんですが。

「お父さんね、番犬みたいだねって言ったら騎士と言えだって。そんなお花畑なこと言ってて、カレシとか出来たらどうするんだろうね」

相変わらずドライな十遠に、七重は呆れつつ安心した。テンちゃんらしい。

「あっちの小学校ね、よさそうなんだ。ちょっとタイミングがビミョーだけど、ひまりんやゆんちゃんみたいな仲良しが出来るといいなって」

「いじめられたら言いなよ」

つい念を押すと笑われた。

「お姉ちゃんはほんと心配性。でも、ありがと」

七重は訊きたいことがあった。チャンスはいまだ。

「大丈夫？」

暗号めいたひとこと。けれどそれで父親との関係についてだと「妹」には伝わる。

玉を手のひらで転がすしぐさを返され、七重は噴き出した。

そういう家族も、悪くないのかもしれない。家族の『形』はきっと、星の数ほどあっていい。

「テンちゃん。ひとつ訊いてもいい？　遺言ノートになにを書いたのかって」

ずっと気がかりだったことを訊ねると「家内安全」と即答された。ぺろっと舌を出されてうやむやにされたが、ええい、よしとしよう！

「ナナー！」と台所から八重の悲鳴が飛んできた。「クーが手ぇ切った！」

七重は顔をしかめ、十遠が驚く。

「お兄さんたちが料理してるの？　うわー、大革命」

「革命っていうかいまのところ破壊活動レベル？　っていうかテンちゃん、来た早々申し訳ないけど手伝ってもらっていい？」

あと一時間もすれば、外出している四寿雄と六郎が戻ってくる。プレゼントを受け取りに行っている美晴と麗も、定時で仕事を納めた五武も駆けつけるはずだ。

「えー。この家って、ほんと人使い荒い」

文句を言う十遠に、七重はにやりとした。

「あれ？　お客さんだった？」

「違いますよ実家です」

十遠はむくれてみせ、それから、靴を蹴り脱いで中へ駆けこんだ。

「ただいまぁ！」

解　説

佐川光晴

私事から始めて誠に恐縮だけれど、私は五人きょうだいの長男である。妹が三人に弟が一人。名前は上から順に光晴《みつはる》・美佐子《みさこ》・美穂子《みほこ》・恵美子《えみこ》・道雄《みちお》である。父は光徳《みつのり》、母は美智子《みちこ》で、つまり全員「み」の音がつく。ひとりっ子である私の妻は、初めて私の実家を訪れた際、名前をメモした紙に時折目をやりながら、にぎやかすぎる団らんに加わっていた。

本シリーズの第一作『ザ・藤川家族カンパニー　あなたのご遺言、代行いたします』を読みだしたとき、私は妻の戸惑いがよくわかった。横浜の旧繁華街にある築五十年を超える診療所の建物を「藤川家」として、母親の違う六人のきょうだいが暮らしている。長男の四寿雄《しずお》は三十歳で、「遺言代行」なる不思議な商売を営んでいる。二歳違いで次男の五武《いつむ》は弁護士。三男の六郎は浪人生なのにコンピューターゲームばかりしている。七重《ななえ》（♀）・八重《やえ》（♂）・九重《ここのえ》（♂）の中三トリオは三つ子だが顔も背格好も似ていないし、通っている学校もなぜか別々だ。四寿雄と五武は母親が同じで、六郎だけが母親を同じくするきょうだいがいないうえに母親が再婚していて、それが心の傷になっている。七重たちの母親は、七重たちが中学一年生のときに交通事故に遭い、おなかの赤ちゃんも一緒に死亡した。

テレビドラマや映画なら、役者が演じるので、人物の見分けはつく。しかし文章で描き分けられた六人の生い立ちや個性はすぐには覚えきれず、相関図を作ろうかと思いつつ読み進めていくと、さらに七歳の十遠《とお》が「父の隠し子」として藤川家に加わる。万事寛容なはずの七重は、十遠という名前とできすぎたふるまいに違和を感じて、母親を亡くしたばかりの少女を受け入れようとしない。

おいおい、待ってくれ。ただでさえややこしい家族関係をこれ以上複雑にしないでくれと困惑しながらも、私は作者の巧みなストーリーテリングに乗せられて作品の世界に引き込まれていった。

藤川家族シリーズを1・2・3と読み続けてきた読者は、私も含めて、今ではすっかり七人の個性が頭に入っていて、新作の刊行を待ちわびていたはずだ。お世辞でなく、このシリーズは巻を追うごとに深みが増し、面白くなっていく。

第一巻と第二巻では、四寿雄がことあるごとに口走る「家族一丸」「家族で協力」がやや強調されすぎていたきらいがある。もちろん作者の響野さんはそのことに自覚的で、頼りないと思われている四寿雄がほかのきょうだいたちに助けられながら依頼された遺言代行をどうにか達成するなかで、図らずも「家族一丸」「家族で協力」が実現されていくという自然な展開が見事だった。

「家族って、なっていくものだと思うから。特に、藤川家《うち》は」

第一巻のラスト近くで、父の子ではないことが露見した十遠を七重がついに受け入れるときに発することばは感動的だ。しかし、かすかにではあるが、ここには危険な発想が潜んでいる。

四寿雄をはじめとする六人きょうだいの父親である藤川三理《みつり》は長身のイケメンで、自然写真家・ロマンス詩人として人気を博している。常に異郷・辺境を放浪しており、連絡は取れるが滅多に帰国しない。つまり、父親として家庭を築くことはハナから放棄しているくせに、女性にモテる。そのことが原因で妻となった女性たちから離婚を申し渡された結果、五回の結婚で六人の子を持つ身となったのだ。ただし、本は売れているし、テレビに出たりもして稼ぎはよく、こどもたちの生活費や学費は三理が負担している。十遠は、三理の大ファンである女性が別の男性との間に宿した子で、自分の死後に「三理の隠し子」と称して藤川家に向かわせたのだ。

三理は普通の父親とはかけ離れている。四寿雄たちきょうだいはそんな父親に呆《あき》れつつも誇りに思っているし、いざという場合は助けを求めもする。つまり、うがった見方をすれば、藤川家は特別な生き方をしている父・三理に関わりのあるこどもたちによって構成されている特別な家族ということになるのである。

四寿雄が営む「遺言代行」も、そうした特権的な意識を図らずも強化する。生前にはどうしても叶《かな》えられなかった願いを依頼人の死後に果たすという仕事の趣旨は麗《うるわ》しい。料金は依頼人任せというのも愉快だ。ただし、依頼者は往々にして家族のなかで不利な立場に置かれており、遺言に記された願いを叶えようとすれば、家族が隠していた闇を白日の下にさらすことになる。故人に精神的な圧迫を加えていた者が改心して、ハートフルな結末を迎えたとしても、世間体を取り繕うことに汲々《きゆうきゆう》としている普通の家族より、多少変わっている藤川家のほうがましなのだという自己肯定感が生じてしまう。

その傾向は、七重において最も顕著だ。藤川家の「お母さん」である七重は食事や掃除といった家事を一手に担っている。女性だからという理由でむりやり任されているのではなく、藤川家で暮らしだしたばかりのころにすすんで引き受けた結果、役割が固定してしまったのだ。本人も失敗したと思っているが、男たちは無精者ばかりなので、気がつけばまた「お母さん」としてふるまっている。四寿雄の「遺言代行」を一番手助けしているのも七重だし、なかなかうちとけない十遠とも家事を分担しながらしだいに仲良くなっていく。あれこれ文句を言いつつも、七重は一風変わった藤川家を支えている自分に満足しているのである。

しかし、ついに、そうした特別な一体感にほころびが出始める。第三巻の第1話で、七重の弟・九重が恋人・美晴を妊娠させてしまうのだ。できのいい兄に累加が及ぶのを恐れた両親は美晴を見放す。美晴は高校を退学して藤川家で暮らすことになるが、こどもをおろさずに産むと決意したために九重とケンカになり、二人をからかった六郎と九重が取っ組み合いになる。要するに、きょうだいたちは身体も心も大人に近づき、それぞれの将来に向けて新たな一歩を進みだそうとしているのだ。もはや藤川三理のこどもという繋《つな》がりで生活をともにしている時期は過ぎた。

ところが、「お母さん」である七重はいまの藤川家を維持しようとする。家族が増えるのはかまわないが、出て行かれるのはイヤなのだ。

第三巻のラストで、七重はお腹《なか》の大きくなってきた美晴に表札《ひょうさつ》に参加してほしいと頼む。プラスチックのプレートにアルファベットで「The Fujikawa Family」と手貼りされた表札は藤川家の象徴だ。七重にうながされて、美晴は表札にハートマークを付け足すことにする。暗に、出産後も藤川家で暮らすことを約束させられたわけだ。

さて、そしていよいよ最終第四巻である。第三巻の終わりから一年半が過ぎて、美晴は無事に出産し、麗《うらら》と名付けられた女の子を藤川家で育てている。七重は大学一年生になり、初めての彼氏もできた。十遠とは引き続き仲良しで、「お姉ちゃん」と呼んでくれる。かつて「七重お姉さん」と他人行儀な呼び方をされていたときと比べたら雲泥の差だ。

七重がそんな感慨にひたっていたところに、予期せぬ人物があらわれる。十遠の実父である緑川勇次が娘との同居を希望してきたのだ。十遠を認知していたことが妻にバレて、去年離婚させられたという。五十代の緑川は気障《きざ》で軽薄なうえに傲慢で、いいところが一つもない。三理に恋い焦がれていた十遠の母が選んだ男性にしては、あまりにも見劣りがする。こんないい加減な男に大切な「妹」は任せられない。七重は猛烈に反対するが……。

これより先はネタバレになるので書くのを控えるが、私は本作を読みながら、藤川家族シリーズが一貫して七重を視点人物にしている理由がようやく飲み込めた。全四巻に亘《わた》るシリーズの目的は七重を解放することにあったのだ。藤川家の日常を成り立たせるために「母親」として日々奮闘し、藤川家の素晴らしさを存分に吸収した七重を藤川家から解き放つこと。それが七重本人にとっていかにつらく悲しいことかは、本作での美晴や十遠とのシンドイやりとりが克明に物語っている。

美晴のように、親から見捨てられたために自立せざるを得ない人生も大変だが、自分が必要とされて、精一杯の愛情を注《つ》ぎ込んできた場所から離れていくのも、恐ろしく困難なことなのだ。しかし、ひとところに居座ってしまえば、いつしか周囲に害を及ぼす人間になっていくのは、「遺言代行」での数多くの経験からして明白だ。

藤川家を舞台とする物語は、製作所の寮に入ることにした六郎の壮行会で幕を閉じる。

二浪したあとに入った専門学校も途中で辞めた六郎だが、みずから立ち直り、先陣を切って引っ越しを決めたのだ。いずれ七重にも藤川家を出ていく日がくるにちがいない。

これから先、藤川家で暮らしたきょうだいたちは、どこでどんな人生を歩んでいくのだろう？　響野さんが続編を書いてくれるかどうかはわからない。しかしシリーズの愛読者は、モジャモジャ頭の四寿雄とスマートなイケメン弁護士の五武が年下の弟妹たちを引き取って始めた藤川家の温かさをたっぷり味わわせてもらった。それなら、続編を待ち望みつつ、かれらと肩を並べるようにして現実を生きていけばいい。

響野さん、素晴らしい物語をありがとうございました！


（さがわ・みつはる　小説家）

本文デザイン／川谷デザイン

本書は、集英社文庫のために書き下ろされた作品です。

集英社文庫　目録（日本文学）

集英社文庫 目録（日本文学）

集英社文庫

ザ・藤川家族《ふじかわかぞく》カンパニー Final《ファイナル》 嵐《あらし》、のち虹《にじ》

2018年7月25日　第1刷　　定価はカバーに表示してあります。

著　者　響野夏菜《ひびきのかな》

発行者　村田登志江

発行所　株式会社 集英社
東京都千代田区一ツ橋2-5-10　〒101-8050
電話　【編集部】03-3230-6095
【読者係】03-3230-6080
【販売部】03-3230-6393（書店専用）

印　刷　凸版印刷株式会社

製　本　凸版印刷株式会社

フォーマットデザイン　アリヤマデザインストア　　マークデザイン　居山浩二

ISBN978-4-08-745774-2 C0193